ullstein

LORENZ STASSEN, geboren 1969, wuchs in Solingen auf und emigrierte 1992 nach Köln. Er arbeitete in der Film- und Fernsehbranche, seit 1997 ist er freischaffender Drehbuchautor und Schriftsteller. Lorenz Stassen gehört dem Traditionskorps der »Roten Funken« an.

LORENZ STASSEN

Rosen montag

HISTORISCHER KRIMINALROMAN

Ullstein

Besuchen Sie uns im Internet:
www.ullstein.de

Originalausgabe im Ullstein Taschenbuch
1. Auflage November 2022

Umschlaggestaltung: zero-media.net, München
Titelabbildung: © (Illustration) F. Schilberz; © GRUPPE Köln, Hans G. Scheib (Fotograf)
Satz: Pinkuin Satz und Datentechnik, Berlin
Gesetzt aus der ITC Galliard Std
Druck und Bindearbeiten: CPI books GmbH, Leck
ISBN 978-3-548-06415-4

Für
Michael Morant
»Futzkiddel«

VORWORT

Dies ist ein historischer Kriminalroman. Die Geschichte spielt im Winter des Jahres 1822/1823 in Köln und basiert zum Teil auf realen Ereignissen, wie sie sich zur damaligen Zeit abgespielt haben – oder haben könnten. Der erste Maskenumzug, der heute als Rosenmontagszug geläufig ist, fand am 10. Februar 1823 statt.

Historische Personen und Ereignisse werden am Ende des Buches in einem Glossar vorgestellt. Einige Charaktere in diesem Buch haben es sich nicht nehmen lassen, hin und wieder in Kölscher Sproch zu reden, stets darauf bedacht, dass auch Nicht-Kölner sie gut verstehen können. Der Autor hingegen hat es sich nicht nehmen lassen, auf Basis seiner Recherchen die eine oder andere Behauptung aufzustellen, wie der erste Rosenmontagszug »tatsächlich« zustande kam.

Die Geschichte ist wie in jedem Roman fiktiv.

Köln, im August 2022

3. JANUAR 1823

Der Köder dümpelte ruhig im Spiegelbild des Mondes. Nichts tat sich. Lambert hob den Blick und schaute zum Himmel, der Mond war nicht mehr ganz so rund wie noch zu Weihnachten. Seit Beginn des Jahres schien es jede Nacht immer kälter zu werden. Lambert freute sich auf zu Hause, auf den Ofen, den er anmachen würde, und auf seine Frau, die die ganze Nacht in der Kälte eines ungeheizten Zimmers geschlafen hatte, da sie Kohlen sparen mussten. Sein Atem dampfte in der Luft, er blies in die Hände, bewegte die Finger, um sie warm zu halten. Von Minute zu Minute schien es heller zu werden. Auf einem der Boote im Wasser flackerte eine Öllampe auf. Bald würden die Besatzungen an Deck kommen, und spätestens dann müsste er weg sein. Es war verboten, im Sicherheitshafen die Angel auszuwerfen, wie so vieles andere auch verboten war, seitdem die Preußen am Rhein das Sagen hatten.

Lambert zog an der Rute und fischte den Köder aus dem Wasser, ohne dass etwas Nahrhaftes daran gewesen wäre. Die Ausbeute der Nacht könnte spärlicher kaum sein, nur ein Flussbarsch und eine kleine Brasse lagen beide steif gefroren neben seinen Füßen auf dem Boden. Lambert hoffte, dass der miese Fang dieser Nacht nicht ein schlechtes Vorzeichen für das neue Jahr bedeutete.

Sein Blick schweifte umher, er war nicht der Einzige, der im Schutz der Dunkelheit für etwas zu essen sorgte. Dass es den Leuten schlecht ging, lag an den Preußen. Er hasste das arrogante Volk aus dem Osten, auch wenn er persönlich noch nie einem Vertreter begegnet war. Lambert fror so sehr, dass er kaum noch seine Finger spürte. Wenn es noch länger so kalt bliebe, würde der Rhein im Hafen zufrieren, dann müsste er sich eine andere Stelle suchen. Der Sicherheitshafen lag außerhalb der Stadtmauer, was es gefährlicher machte, die Nacht hier zu verbringen. Dafür tummelten sich im Hafenbecken mehr Fische, weil sie mit der Strömung hineingezogen wurden und dort blieben. Lambert sah zu den Booten, ob sich etwas an Deck tat. Die Rheinschiffer mochten keine Konkurrenz, sie wollten auch Beute machen und mit niemandem teilen. Gleichzeitig boten sie Lambert auch einen gewissen Schutz, denn nur besonders dreiste Räuber wagten sich nah an die Boote heran. Die Schiffer machten kurzen Prozess mit ihnen, schlugen so lange auf sie ein, bis sie sich nicht mehr rührten. Angler wurden ebenfalls nicht verschont, aber nicht ganz so hart angegangen. Bisher hatte Lambert immer Glück gehabt, weder Räuber noch Schiffer hatten ihn je zu fassen gekriegt.

Der Nachthimmel änderte seine Farbe, war nicht mehr ganz so schwarz, und die Sterne am Firmament dünnten aus. Gleichzeitig flackerten immer mehr Kerzenlichter oder Öllampen hinter den Fenstern der Boote auf, es war

Zeit zu verschwinden. Lambert packte seine Sachen, als er im Mondlicht etwas aus dem Wasser ragen sah. Ein Stück Holz? Eine Planke? Hatte eines der Schiffe etwas verloren? Lambert sah seine Chance, doch noch einen guten Fang zu machen. Wenn es ein Gegenstand war, der an Deck eines Schiffes gehörte, würde der Kapitän vielleicht ein paar Silbergroschen springen lassen, vielleicht sogar einen ganzen Thaler. Er warf die Angel noch mal aus. Daneben. Beim dritten Wurf verfing sich der Haken, Lambert zog an der Rute und spürte sofort, dass es kein Stück Holz war. Viel zu schwer, viel zu träge. Was war es dann? Lambert wollte sich vergewissern. Ein Mensch vielleicht? So manche Bootsbesatzung verlor einen der ihren, weil er unbemerkt von Bord ging. Oder ein Trinker, der nach einer durchzechten Nacht nicht mehr nach Hause fand? Vielleicht hatte er ja nicht sein ganzes Geld versoffen, und es könnten noch ein paar Silbergroschen in den Taschen sein, dachte sich Lambert.

Mit aller Kraft zog er an der Rute und fand Gewissheit, es war ein Mensch. Der Rücken des Mannes ragte über die Wasseroberfläche hinaus, das Gesicht blieb untergetaucht, während er sich langsam in Lamberts Richtung bewegte. Hinter den Fenstern der Boote flackerten immer mehr Kerzen und Öllampen auf. Lambert musste sich beeilen, der Tote schwamm jetzt direkt am steil abfallenden Ufer. Die Kleidung verriet, dass es sich nicht um einen Seemann handelte. Lambert tat sich schwer damit, ihn herauszuziehen, die mit Wasser vollgesogene Kleidung machte den Leichnam noch schwerer, und er bekam nasse Füße. Lambert zerrte an dem Körper, bis er halb aus dem Wasser war, löste zuerst den Angelhaken, der sich im Mantel verfangen hatte. Dann, ein heftiger Ruck, und er drehte den Toten, das Licht des Vollmondes erhellte dessen schneeweißes Gesicht. Statt der Augen klafften zwei tiefe, dunkle Löcher in dem Schädel.

Lambert schreckte zurück, taumelte, keuchte, krümmte sich zusammen und musste sich schließlich übergeben. Galle und Speichel trieften aus seinem geöffneten Mund, tropften auf die Schuhe. Er sah noch mal hin, obwohl sich das Bild längst in sein Gedächtnis eingebrannt hatte. Das Gesicht des Toten war zerstört worden, die Haut so weiß wie die Knochen, die aus der Haut ragten. Seine Lippen waren zerfetzt, dazu die Löcher anstelle der Augen. Das war kein Gesicht, es war eine dämonische Fratze, einer Maske gleich, wie es sie gab, um Leute zu erschrecken. Der Mann konnte nicht einfach nur von Bord gefallen sein – man hatte mit aller Kraft und brutaler Gewalt auf ihn eingeschlagen. Und Lambert war sich sicher, dass Fäuste allein nicht ein solches Ausmaß an Verletzungen verursachen konnten.

Er atmete tief durch, schaute nicht mehr zur Leiche. Da vernahm er ein Geräusch hinter sich und fuhr herum.

»Heda«, ertönte eine Stimme aus dem Halbdunkel. »Was tust du da?«

Lambert konnte nur den Umriss seines Gegenübers erkennen, es trug einen dunklen Mantel und einen Schlapphut, der einen Schatten auf sein Gesicht warf. Und da war noch etwas, in der nur mäßig erhellten Nacht glänzte Metall. Der Mann hielt einen Enterhaken in seiner Hand.

VOLLMOND

Sieben Tage zuvor

KAPITEL 1

Das Klappern der Hufe hallte von den Hauswänden wider. Gustav Zabel ritt in gemächlichem Tempo durch die schmalen Gässchen. Laternen sorgten für ein klein wenig Helligkeit, ihr flackerndes Licht spiegelte sich auf dem Kopfsteinpflaster. Während Dampfschwaden aus den zahllosen Misthaufen entwichen und sich in der kalten Luft auflösten, blieb der fürchterliche Gestank zurück. An manchen Stellen türmte sich der Unrat bis zum ersten Stockwerk hinauf oder sogar höher, wodurch die engen Gassen noch schmaler wurden. Die Gegend rund um den Freihafen glich einem Labyrinth, von dem es hieß, dass des Nachts nicht jeder lebend hier herausfand. In zahllosen verwinkelten Wegen und Nischen zwischen den Häusern harrten im Dunkeln die Räuber aus, darauf wartend, ein willfähriges Opfer zu finden. Zabel trug zivile Kleidung, aber als ehemaliger Soldat machte er sich wenig Sorgen. Der Säbel an seinem Gürtel wäre jedem Angreifer eine Warnung, deshalb hatte er den langen Mantel zurückgeschlagen, sodass jeder die Waffe sehen konnte.

Zabel kam im Trab aus einer Gasse auf den Heumarkt.

Für die Händler und Bauern aus dem Umland begann der letzte Samstag des Jahres 1822. Sie trafen mit ihren Fuhrwerken ein und errichteten die Stände, um die städtische Bevölkerung mit Nahrung zu versorgen. Die Feiertage zur Geburt Christi waren gerade vorbei.

Zabel ritt auf einem Haflinger mit goldbraunem Fell und heller Mähne. Diese Rasse war kleiner als so manch andere, was in den Gässchen Kölns von Vorteil war. Seine Liebe zu Pferden währte schon lange, seit seiner Kindheit, weshalb man ihn beim Militär in die Kavallerie erhoben hatte. Der Krieg gehörte zum Glück der Vergangenheit an. Der neue Feind, den es nun zu bekämpfen galt, war das Verbrechen. Die Habgier, der Hass, die Boshaftigkeit. Und diese Gegner waren nicht so leicht zu stellen wie einst die Soldaten Napoleons, die wenigstens von Angesicht zu Angesicht in der Schlacht gekämpft hatten.

Wenn die Häuser ihn nicht verdeckten, spendete der Vollmond mehr Licht als alle Laternen der Stadt zusammen. Gegen den Nachthimmel trat die dunkle Silhouette des Doms hervor. Zumindest das, was in den letzten sechs Jahrhunderten von der Kathedrale fertiggestellt worden war. Nicht allzu viel, fand Zabel. Aus Sicht eines Preußen, der in Potsdam und Berlin an nicht annähernd so alte, dafür aber bewohnbare Schlösser gewöhnt war, sah der Dom für einen großen Wallfahrtsort eher beschämend aus. Die halb fertigen Türme des Doms wirkten wie verfallene Säulen eines antiken Bauwerks, die vor sich hin bröckelten, gekrönt von einem alten Baukran, der seit Jahrhunderten über der steinernen Kirche emporragte und den man zum Glück nicht von jeder Seite sehen konnte. Zwischen Türmen und Chor des Doms klaffte eine tiefe Baulücke. Die Franzosen hatten die Kirche sogar als Pferdestall missbraucht, eine Ohrfeige für jeden Katholiken, aber nach viel mehr sah das Mittelschiff nicht aus. Ein trauriger Anblick. Seinem Haflinger schien es ähnlich zu gehen, das Pferd ließ den Kopf hängen.

Neben einer massiven Holztür wartete der Bote des Domkapitels. Zabel schwang sich aus dem Sattel und hielt dem Geistlichen die Zügel hin. »Wo ist er?«

Der Kaplan Johannes Schulte zeigte zu der massiven Holztür, die nur angelehnt war. Eine halbe Stunde zuvor hatte er an die Wohnungstür des Kommissars gehämmert und ihn geweckt, um ihm voller Aufregung mitzuteilen, dass jemand in die Schatzkammer eingebrochen war. Zabel hatte den Kaplan zurück zum Dom geschickt mit der Anweisung, niemand solle etwas unternehmen, bis die weltliche Obrigkeit in Gestalt seiner Person eintreffe.

»Der Kapitularvikar wartet drinnen auf Sie«, antwortete Schulte und hielt die Zügel fest.

Zabel seufzte. »Was hatte ich Ihnen eben gesagt?«

»Dass niemand etwas unternehmen solle«, antwortete der Kaplan unterwürfig. »Aber er ist doch der …«

Zabel schnitt ihm das Wort ab. »Und wenn er seine Heiligkeit der Papst wäre, selbst dann sollte er sich an weltliche Regeln halten.«

Zabel drückte gegen die Tür, die knarrend aufging. Erschrocken fuhr der Vikar herum und atmete auf, als er Zabel erblickte. »Dank sei Gott, da sind Sie ja endlich.«

Zabel nahm einen unangenehmen Geruch wahr. Es schien ganz danach, dass jemand an Blähungen litt. Oder lag es an den alten, modrigen Mauern, die ihn umgaben? Der Raum war klein und das einzige Fenster zerschlagen, die Scherben lagen auf dem Boden verteilt.

Vor Zabel stand Martin Wilhelm Fonk. Er war eine imposante Erscheinung, trug eine hermelingefütterte purpurrote Fellmütze, die seine Halbglatze vor der Kälte schützte. Zabel hatte sich von seiner Frau erklären lassen, was es mit Fonk als Kapitularvikar auf sich hatte. Das Erzbistum Köln war noch im Aufbau, und Fonk würde in naher Zukunft zum Dompropst ernannt werden, weshalb ihn mancher auch schon so bezeichnete. Offiziell aber war er der *Candidatus Designatus*. Er hatte in diesem Jahr seinen siebzigsten Geburtstag gefeiert, und man wusste allgemein, dass er den geistlichen Dingen ebenso zugetan war wie den weltlichen. Gutes Essen und reichlich Wein hinterließen Spuren, die sich unter seinem schwarzen Mantel abzeichneten. Zabel bemerkte, dass die Hände des Dompropstes zitterten, vielleicht lag es an der Kälte, Handschuhe hatte er in der Eile anscheinend vergessen. Zabel streifte seine ab.

Fonk drückte die Außentür zu und sagte mit leiser Stimme: »Es ist schon wieder passiert.« Sein zittriger Finger deutete auf das zerbrochene Bleiglasfenster, durch das der Einbrecher in den Vorraum gelangt war.

Zabel sah ihn fragend an. »Schon wieder?«

»Erst vor zwei Jahren. Da hat ein Deserteur sich am Schrein der Heiligen Drei Könige vergangen.«

»Was ist mit dem Mann geschehen?«

»Er wurde verurteilt, zu hundert Hieben und zehn Jahren Festungshaft.«

»Dann kann er es schon mal nicht gewesen sein.« Zabels Blick schweifte durch den kahlen Vorraum, der nur aus Mauerwerk bestand und als Eintrittspforte zur Schatzkammer diente. »Haben Sie irgendetwas angefasst?«

Fonk sah ihn irritiert an. »Wieso?«

Zabel sparte sich die Antwort, holte einen Bleistift sowie einen in Leder gebundenen Block aus seiner Manteltasche. Er war vor zwei Jahren von Berlin nach Köln versetzt worden mit dem Auftrag, das Berliner Polizeireglement von 1811 in der Rheinprovinz anzuwenden. In Preußen hatte die Polizei bereits einige Fortschritte in der Verbrecherjagd erzielt.

»Die Unversehrtheit eines Einbruchortes erweist sich oftmals als hilfreich, wenn man später bei einem Verhör den Lügner von einem unterscheiden will, der die Wahrheit spricht.«

Fonk verstand. »Über so etwas habe ich noch nie nachgedacht.«

Zabel lächelte ihn an. »Warum auch? So hat jeder seine Bestimmung.«

Der Dompropst sagte demütig: »Ich hoffe, ich habe Ihnen jetzt nicht die Arbeit schwerer gemacht, als sie tatsächlich schon ist?«

Zabel schüttelte den Kopf, klappte seinen Block auf und begann. Das Zeichnen hatte er sich selbst beigebracht und im Laufe der Jahre stetig verfeinert. Mittlerweile war eine Leidenschaft daraus geworden. Am liebsten zeichnete er seine Frau bei alltäglichen Dingen wie Kochen oder bei Handarbeiten, was Eva sehr gerne tat. Erst seitdem er sie kennen- und lieben gelernt hatte, war Zabel auch als Mensch in Köln angekommen. Vor der Hochzeit hatte er noch mit anderen Soldaten in einer Kaserne gewohnt. Das Militär unterstützte die Polizei, insbesondere, wenn es zu Unruhen auf den Straßen kam. Mit den Soldaten hatte Zabel sich besser verstanden als mit seinen Kölner Kollegen, was wohl an seinen preußischen Tugenden lag, die Zabel im Blut steckten und mit denen die Kölner nicht gut umgehen konnten. Vor zwei Jahren hatte Zabel, ohne zu widersprechen, den Posten in Köln angenommen, auch wenn er lieber in seiner Heimat geblieben wäre. Die ersten Monate in der Rheinprovinz waren von Einsamkeit geprägt gewesen. Bis seine Frau Eva ihn ins gesellschaftliche Leben der Stadt eingeführt hatte.

Zabel schaute von seiner Zeichnung auf. Durch das zerbrochene Fenster gelangte man nur in den Vorraum der Schatzkammer. Der Dieb hatte erst noch ein weiteres Hindernis überwinden müssen. Zabel sah zur massiven Tür aus dunklem Holz mit reich geschnitzten Verzierungen, die in die eigentliche Schatzkammer führte und ebenfalls nur angelehnt war.

Fonk beobachtete den Kommissar bei seiner Arbeit, sagte aber nichts, was Zabel nur gelegen kam. Er wollte sich konzentrieren, ging von der ersten Tür auf die zweite zu und notierte sich die Entfernung in Metern. Als ehemaliger Soldat war er befähigt, jeden Schritt exakt gleich zu machen, und konnte so den Raum schnell in seiner Größe erfassen. Dann gab er der zweiten Tür einen leichten

Stoß, die quietschend aufschwang. Als Erstes fiel ihm der Eisenbeschlag des Riegels ins Auge, er war aus der Wand herausgerissen und lag auf dem Boden. Es musste einiges an Kraft aufgewendet worden sein, um die zweite Tür zur Domschatzkammer aufzubrechen. Zabel sah sich das Holz an, es war nicht gesplittert. Dies deutete womöglich darauf hin, dass sich ein sehr kräftiger, schwerer Mann gegen die Tür geworfen und sie aufgestoßen haben könnte. Zabel notierte sich das.

Er blätterte eine Seite in seinem Block weiter, schaute sich den Raum an, schritt ihn ab und zeichnete den Grundriss. Er notierte sich genau die Stelle, wo der Beschlag auf dem Boden lag. Sein Blick wanderte langsam umher. In dunklen Holzschränken, in deren Türen Bleiverglasungen eingefasst waren, befanden sich die sakralen Schätze wie vergoldete Kelche, Monstranzen und Reliquiengefäße. Eine schwere Kette sicherte die Türen. In einem anderen Schrank hingen Messgewänder, aber sowohl für die Kirchenschätze als auch für die jahrhundertealten Gewänder hatte sich der Einbrecher nicht interessiert. Nur ein schmaler Schrank, der völlig unscheinbar wirkte, war aufgebrochen worden. Vor diesem lag gesplittertes Holz auf dem Boden verstreut. Auch diese Stelle verzeichnete Zabel in seinem Grundriss. Er öffnete die Tür und sah hinein. Der Schrank war leer.

»Darin befand sich das Vortragekreuz«, sagte Fonk, der ihm auf leisen Sohlen gefolgt war.

»Ein Vortragekreuz?«

Der Dompropst nickte. »Aus reinem Silber. Wenn man es einschmilzt, bekommt man dafür bestimmt tausend Thaler.«

»Und was wurde noch gestohlen?«

»Das Kreuz. Reicht das denn nicht?« Fonk klang empört.

Zabel war Protestant, kannte sich aber gut genug mit den Ritualen der Katholiken aus. Diese Stadt war einst von den Römern gegründet worden, und viele Geistliche würden es gerne sehen, wenn auch heute noch Rom das Sagen hätte. Aber was Napoleon im letzten Jahrhundert begonnen hatte, setzten die Preußen fort: Religionsfreiheit. Protestanten, Hugenotten und alle anderen durften nun hier leben und ihre Geschäfte betreiben. Juden sogar schon länger. Die Preußen bestanden darauf, dass jeder nach seiner Fasson leben sollte, solange sich die Bürger an die Gesetze hielten und ihre Abgaben entrichteten.

Um den Geistlichen aus der Reserve zu locken, stellte Zabel sich unwissend. »Wozu dient das Vortragekreuz?«

Der Dompropst seufzte. »Es wird beim Einzug in die Kirche und bei Prozessionen vorneweg getragen. Und es ist aus purem Silber. Also von beträchtlichem Wert.«

»Wann brauchen Sie es das nächste Mal?«

»Na, morgen. Am Sonntag, beim Hochamt.«

Erst jetzt bemerkte Zabel das Stück Papier, das auf dem Schrankboden lag. Er ging in die Hocke, nahm es und faltete es auseinander, dann kam er wieder auf die Beine.

»Sie irren«, sagte er zu dem Geistlichen, »der Täter will das Kreuz nicht einschmelzen.«

»Was?« Die Verwunderung stand in Fonks Gesicht geschrieben. »Woher wissen Sie das?«

Zabel hielt ihm das Papier hin. »Lesen Sie selbst.«

Der Geistliche nahm es entgegen und hielt es so weit wie möglich von seinen Augen entfernt, um die Schrift entziffern zu können. Nach und nach öffnete sich sein Mund immer weiter, Zabel nahm schlechten Geruch wahr.

»Der Einbrecher will das Kreuz zurückgeben?« Fonk schaute entsetzt zu Zabel. »Gegen einen Obolus?«

Der Kommissar nickte. »Tausend Thaler. Genauso viel, wie Sie geschätzt haben.«

Der Dompropst verstand nicht. Obwohl die Sünde ihn tagtäglich umgab, schien er sich mit den Auswirkungen derselben wenig auszukennen. »Was hat das zu bedeuten?«

»Ich würde sagen, dass der Dieb sich mit den Schätzen der Kirche gut auskennt. Sehr gut sogar. Das Vortragekreuz hat einen materiellen Wert von tausend Thalern, erwähnten Sie gerade. Wenn man es einschmilzt und das Silber verkauft. Ich nehme an, der ideelle Wert aus Sicht der Kirche dürfte weitaus höher liegen, oder?«

Der Dompropst nickte und schien allmählich zu verstehen.

Zabel fuhr fort: »Er verkauft Ihnen den Wert des Silbers und spart sich selbst Kosten und Mühe.« Mit einem leicht ironischen Lächeln auf den Lippen kombinierte er weiter: »Ich würde behaupten, wir suchen nach einem Kaufmann, der gut rechnen kann, aber ansonsten in seinem Beruf versagt hat.«

»Woher wissen Sie so was?«

Er schaute den Dompropst an. »Na, sonst hätte der Dieb es wohl nicht nötig, die Kirche zu bestehlen. Oder?«

Zabels Gedankengänge schienen dem Geistlichen etwas zu schnell zu gehen.

»Darf ich?« Zabel nahm ihm das Papier aus der Hand und steckte es zwischen die Seiten seines Blocks. »Wer hat den Einbruch entdeckt?«

»Ich. Nachdem Kaplan Schulte mich gerufen hatte. Er war an der Schatzkammer vorbeigegangen und sah das kaputte Fenster. Also kam ich mit dem Schlüssel, und dann … dann habe ich ihn sofort losgeschickt, dass er die Polizei holen solle.«

»Der Kaplan hat keinen Schlüssel?«

Fonk schüttelte den Kopf.

»Nur Sie? Sonst niemand?«

Er nickte. Allmählich verstand der Dompropst, in welche Richtung die Fragen gingen. »Wollen Sie damit etwas andeuten?«

Zabel ließ den Block in seiner Manteltasche verschwinden. »Ich ermittle nur. Dazu gehören solche Fragen.«

Der Geistliche schien ihm das nicht zu glauben und wirkte leicht gereizt.

Zabel nahm keine Rücksicht auf Befindlichkeiten, wandte sich ab und schritt zur Tür. Es war zu früh am Morgen und zu früh in der Ermittlung, um jetzt weitere Fragen zu stellen, aber Zabel störte sich daran, dass auf dem Schreiben des Erpressers dieselbe Zahl geschrieben stand, wie sie der Dompropst ausgesprochen hatte.

»Was werden Sie jetzt unternehmen?«, fragte Fonk.

Zabel blieb an der Tür stehen und drehte sich zu ihm um. »Warten.«

»Worauf?«

»Auf die nächste Nachricht des Täters. Schließlich muss er uns mitteilen, wie Sie ihm das Geld übergeben sollen, damit er das Kreuz zurückbringt. Davon steht noch nichts auf dem Papier.«

Der Dompropst schien allmählich die Gedankengänge des Kommissars zu verstehen und lächelte.

Zabel fuhr fort: »Sie sollten schon mal alles Notwendige veranlassen und das Erpressergeld oder den Finderlohn, wie immer man es nennen will, bereithalten.«

»Tausend Thaler?« Fonk war offenkundig entsetzt.

»Machen Sie sich keine Sorgen«, erwiderte Zabel sofort, »Sie kriegen das Geld zurück.«

Ein Schimmer der Hoffnung huschte über das Gesicht des Geistlichen, und er sah ihn erneut fragend an.

Zabel war selbstsicher. »Glauben Sie etwa, wir lassen ihn davonkommen? Mit Gottes Hilfe werden wir das Kreuz in den Schoß der Kirche zurückführen.«

Der Dompropst bekreuzigte sich andächtig.

»Der Einbrecher wird sich bestimmt bei Ihnen melden. Aber Sie werden sich auf nichts einlassen, auf kein Angebot, ohne sich vorher an mich zu wenden. Egal, wie verlockend das Angebot auch klingen mag.«

Zabel ging weiter in den Vorraum, blieb plötzlich stehen und drehte sich unversehens um. Der Dompropst war ihm gefolgt.

»Bitte erklären Sie mir noch eines«, sagte Zabel. »Ich bin Protestant. Das Sakrament der Beichte ist mir deshalb nur in groben Zügen bekannt.«

»Eines der wichtigsten Sakramente«, betonte Fonk. Auf einmal war er in seinem Element und wirkte hellwach. »Ein Sakrament, das Luther abgeschafft hat.«

Zabel war nicht an einer theologischen Unterweisung interessiert. »Wenn er beichten würde, wäre es Ihnen nicht erlaubt, mir davon zu erzählen, oder?«

»Wen meinen Sie? Wer soll beichten?«

»Der Einbrecher.«

Fonk verstand nicht. »Er beichtet?«

Zabel nickte. »Genau das verlangt die katholische Kirche doch von ihren Sündern, oder?«

Der Dompropst nickte. »Ja.«

»Also«, fuhr Zabel fort, »wenn er sich in der Beichte an Sie wenden würde, dann dürften Sie nicht mit mir reden, oder?«

Der Gesichtsausdruck Fonks bekam fast etwas Ermahnendes, als hätte er einen Schüler vor sich stehen. »Das Beichtgeheimnis ist absolut und steht über allem. Es stimmt, was Sie sagen. Wenn der Einbrecher das tun würde, dürfte ich Ihnen noch nicht einmal sagen, dass er bei mir war und gebeichtet hat.«

Zabel nahm es zur Kenntnis. »Ich hoffe, dass ich mich irre und der Einbrecher nicht so gut über die Sakramente Bescheid weiß.«

Mit diesen Worten verabschiedete er sich und ließ den Dompropst mit seinen noch vorhandenen Schätzen zurück.

KAPITEL 2

Die Sonne schien grell in Zabels Gesicht und wirkte der Kälte entgegen. Trotz strahlend blauem Himmel war immer noch schwach der Vollmond zu erkennen. Zabel brachte den Haflinger in den nahe gelegenen Stall zurück und kümmerte sich selbst um das Stroh. Dies war ihm ein persönliches Anliegen, er betrachtete die Tiere nicht nur als Fortbewegungsmittel. Der Polizeibehörde standen immer ausreichend Pferde zur Verfügung, ebenso zwei Wagen, um längere Strecken zurücklegen zu können oder Gefangene zu transportieren.

Zabel verließ den Stall und schritt zum Präsidium. Am Eingang grüßte ihn ein Polizeisergeant. Er trug einen blauen zugeknöpften Rock, den Säbel an der linken Seite und einen Dreispitz auf dem Kopf. In dieser Uniform gingen etwa vierzehn von ihnen jeden Tag durch die Stadt, um für die Sicherheit der Bürger zu sorgen.

Zabel grüßte zurück, sein Respekt gegenüber den Sergeanten ging nicht weit über kollegiales Verhalten hinaus. Die meisten von ihnen rekrutierten sich aus ehemaligen Soldaten, die den Militärdienst aus unterschiedlichen Gründen vorzeitig beenden mussten. Zabel hatte im Laufe der Zeit feststellen müssen, dass besonderer Mut und Einsatzbereitschaft eher selten dazugehörten.

Das Berliner Polizeireglement schrieb jedem Beamten vor, Uniform zu tragen, außer wenn diese hinderlich bei der Ausübung des Dienstes war wie im Falle von Zabel und den anderen Kommissaren. Sie mussten sich unters Volk mischen können, um an Informationen zu gelangen, und manchmal war sogar der Säbel dabei hinderlich, weshalb Zabel im Dienst über seinem Rock einen langen dunklen Mantel trug, der die Waffe verdeckte.

Das Polizeipräsidium hatte die besten Jahre hinter sich und spiegelte in gewisser Weise den Zustand der Behörde wider. An einigen Stellen bröckelte der Putz von den Wänden, darunter kam das Mauerwerk zum Vorschein. Die düsteren Fenster enthielten mehr Blei als Glas, weshalb es im Eingangsbereich nie richtig hell wurde. Zabel stapfte die knarrenden Treppenstufen hinauf. Nur langsam wurden seine Füße etwas wärmer.

Im zweiten Stockwerk waren die vier Kommissare Kölns auf zwei Bureaus verteilt. Zabel betrat seine Amtsstube, ließ den Mantel an, hängte nur den Hut an den Haken und setzte sich an seinen Schreibtisch. Draußen verdeckten die Äste der Bäume die Sicht, sonst hätte Zabel bis zu seiner Wohnung auf der anderen Seite des Neumarktes blicken können. Evas Wohnung, um genau zu sein, denn seine Frau hatte Vermögen, nicht er. Sie war die Tochter eines Fabrikanten aus Ratingen bei Düsseldorf, aber im Gegensatz zu Zabel hatte sie sich sehr schnell am Rhein eingelebt und betrachtete Köln als ihre neue Heimat. Zabel fühlte noch nicht so, in ihm steckte zu sehr ein Preuße.

Der kleine Schreibtisch war aus Eichenholz, hatte rechts und links vier Schubladen, die durch eine schmale Tischplatte miteinander verbunden waren. Den Abstand der Schubladen hatte man gerade breit genug gewählt, sodass Zabels Beine dazwischenpassten. Ihn fröstelte es immer noch. Obwohl der kleine Kohleofen Tag und Nacht brannte, schaffte er es im Winter nicht, für ausreichend Wärme zu sorgen.

Zabel teilte sich die karge Amtsstube mit Fritz Bartmann, der noch nicht da war. Seit vier Generationen lebte die Familie Bartmann schon am Rhein, und die Tradition verlangte es, dass er den Namen in Köln nicht aussterben ließ. Er hatte drei Söhne und eine Tochter, aber aus den Gesprächen mit dem Kollegen ging hervor, dass die Anzahl den Eltern noch nicht genug erschien. Womöglich war dies ein Grund, weshalb Bartmann oft zu spät kam. Seine Ausreden lauteten immer gleich, dass er bereits auf der Straße zu tun gehabt habe und deshalb aufgehalten worden sei. Die Berichte zu solchen Einsätzen ließen dann so lange auf sich warten, bis sie vergessen wurden. Manches nahm man in Köln nicht ganz so genau wie in Berlin.

Zabel zog die Taschenuhr aus seiner Weste und schaute drauf. Es war halb neun. Die Uhr an der Wand zeigte fünf Minuten später an. Eine von beiden ging also nicht ganz richtig. Er nahm den Block aus seiner Manteltasche, legte ihn auf den Tisch und schlug ihn auf. Während er über den Fall nachdachte, starrte er zu dem verlassenen Schreibtisch seines Kollegen vor sich.

Zabel wusste, dass Bartmann beim Knobeln verloren hatte und sich deshalb das Bureau mit dem Preußen teilen musste. Eine Tür weiter saßen die Kommissare Conrad Görres und Konstantin Scheer, mit denen Zabel äußerst wenig zu tun hatte. Man sah sich auf dem Flur und an manchen Tagen, wenn Bartmanns Frau sie mit einer warmen Mahlzeit überraschte. Luise Bartmann konnte ausgezeichnete Eintöpfe kochen, jeweils mit dem, was auf dem Markt gerade billig zu haben war. Dann gab jeder einen Obolus dazu, und sie aßen gemeinsam im großen Vernehmungsraum am Ende des Korridors. In solchen Momenten bekam Zabel die viel beschworene Kölner Gastfreundschaft zu spüren. Zwist und Ärger waren dann wie fortgeblasen. Leider schaffte es keiner der Männer, egal, ob Rheinländer oder Preuße, über das gemeinsame Mittagessen hinaus Vertrautheit herzustellen. Treue von Berufs wegen schien das Einzige zu sein, was sie nach immerhin zwei Jahren verband.

Ein Grund dafür residierte zwei Stockwerke über ihnen, der Polizeipräsident Karl Philipp von Struensee, ebenfalls ein Preuße. Er war bei den Kölner Bürgern verhasst, und seine Unbeliebtheit färbte auch auf Zabel ab. Die ersten Monate in Köln waren daher äußerst schwierig gewesen, auch weil Zabel mit preußischer Disziplin versucht hatte, das Berliner Polizeireglement durchzusetzen. Mit gewissen Widerständen sei zu rechnen, hatten ihm die Vorgesetzten in Berlin mitgeteilt. Damit umzugehen gehöre zum Auftrag. Redlicherweise verschwieg man ihm nicht, wie stur und unbelehrbar die Kölner sein konnten. Aber das größte Problem war eben Karl Philipp von Struensee. Man hatte ihn vor fünf Jahren gegen den Willen der Bevölkerung und des damaligen Oberbürgermeisters von Mylius an die Spitze der Behörde gesetzt, um die Polizeiangelegenheiten von den Stadtgeschäften zu trennen. Zabel saß vom ersten Tag an zwischen den Stühlen, und in einem schwachen Moment, als er gerade mal drei Wochen in Köln verweilt hatte, hatte er in die Heimat geschrieben, um über eine Rückversetzung zu bitten. Als Antwort hatte er einen Formbrief bekommen, dass dem nicht stattgegeben werde.

Zabel sah wieder auf die Zeichnungen vor sich, nahm das Briefchen des Täters hervor, das zwischen den Seiten steckte, und sah es sich an. Die Handschrift des Täters war geschwungen und gut lesbar, mit Tinte zu Papier gebracht. Zabel ließ der Gedanke nicht los, dass bei diesem Einbruch und dem Motiv des Täters irgendetwas nicht stimmte. Die Wortwahl ließ auf einen eher gebildeten Täter schließen und nicht auf einen gewöhnlichen Einbrecher: *»Das Kreuz gehört der Kirche – und auch dorthin zurück. Dabei wäre ich Ihnen gerne behilflich gegen Zahlung einer Summe von tausend Thalern.«*

Tausend Thaler, der Wert des Silbers, genau wie der baldige Dompropst es gesagt hatte. Allein das erschien Zabel verdächtig, woher wusste der Einbrecher so gut Bescheid? Solche Vermutungen, die man als Beschuldigung auffassen könnte und die womöglich einen dunklen Schatten auf das Domkapitel warfen, sollte der Kommissar mit äußerster Vorsicht aussprechen. Zabel könnte sich Ärger einhandeln und dies ausnahmsweise mal nicht mit seinem obersten Vorgesetzten, denn Karl Philipp von Struensee war auch kein Freund der Kirche.

Zabel faltete das Papier wieder zusammen und ließ es in der obersten Schublade verschwinden. Er zog den warmen Mantel aus und hängte ihn an den Haken neben der Tür, den Säbel daneben. Allmählich hatte Zabel sich an die Temperatur im Bureau gewöhnt, außerdem trug er noch einen blauen Gehrock über der gelben Weste und dem Hemd mit Stehkragen. Die helle Hose rundete das Bild ab. Eva mochte die Kombination sehr, sie behauptete, dass diese aus Goethes berühmten *Leiden des jungen Werthers* stammte, ein sehr bekanntes Buch, das Zabel nicht gelesen hatte. Er war nicht so begeistert von Literatur wie seine Frau.

Da stapfte Fritz Bartmann ins Büro. »Guten Morgen, Herr von Zabel!«

»Guten Morgen!«

Bartmann erlaubte sich die Anrede nur, wenn er guter Laune war und das Eis am Morgen brechen wollte. Zabel nahm es mit Humor, auch wenn der Kollege ihn damit in die Nähe des Polizeipräsidenten rückte.

Er schaute zur Uhr an der Wand. »Oh, schon so spät?«

Zabel grinste. »Die geht vor. Sie sind absolut pünktlich.«

Bartmann grinste zurück. »Un Se sind ne miserable Lügner.«

Zabel bemerkte, dass Bartmann nicht alle Knöpfe seiner Hose zugemacht hatte, und wies ihn mit einem Fingerzeig darauf hin.

Bartmann sah an sich herab. »Oh. Isch han mich schon jewundert, warum et drusse so kalt es.«

Jetzt lachte Zabel. Einer der Vorzüge Bartmanns war sein Humor, gute Manieren schienen ihm dagegen eher fremd zu sein. Er konnte Hochdeutsch sprechen, sofern ihm daran gelegen war, dass Zabel ihn verstand. Zu Beginn ihrer Zusammenarbeit hatte Bartmann wenig Rücksicht auf den Kollegen aus Berlin genommen und einfach drauflosgeredet, mittlerweile drückte es seinen Respekt aus, wenn er sich mit seiner kölschen Sproch zurücknahm.

Bartmann deutete auf die Zeichnung, der Block lag offen auf dem Schreibtisch. »Wat es dat?«

»Mein Dienst fing heute schon sehr früh an«, sagte Zabel. »Ein Kaplan hat mich aus dem Bett gerufen. Ein silbernes Vortragekreuz wurde geklaut.«

»Aus welcher Kirche?«

»Domschatzkammer.«

Bartmann sah ihn verblüfft an. »Es nit wohr?«

Zabel nickte. »Vor über zwei Jahren soll so etwas schon mal passiert sein, wissen Sie etwas darüber?«

Bartmann nickte und nahm hinter seinem Schreibtisch Platz. »Na sicher. Dat hat damals für jroßen Buhei jesorgt. ’Ne Deserteur un Landsmann vun Ihnen wollt sing Fluchtkasse opflecke. Se han ihn zu hundert Hieben verurteilt un zehn Johr Kerkerhaft. Ävver dat Beste: Die mussten ihm de Prügelstrafe en drei Tranchen verpassen, sonst hätte er de Klopperei nit überlebt.« Bartmann lachte.

Als militärischer Gefangener dürfte der Deserteur nicht im Zuchthaus der Stadt untergebracht sein, vermutete Zabel. Vor der Säkularisation war das Zuchthaus ein Clarissenkloster gewesen, und die Bauweise erschien nicht ausreichend für die Inhaftierung von solchen Subjekten. Die Gefährlichen brachte man entweder im Gereons-Thor unter oder auch in einem der neu gebauten und von Soldaten bewachten Forts des äußeren Verteidigungsrings der Stadt. Die Auslagerung von Gefangenen hatte auch den Vorteil, dass, wenn einem doch die Flucht gelänge, er nicht versuchen würde, in die Stadt zurückzukommen, und somit wäre das Problem zumindest für die Kölner gelöst.

»Ganz schön hart die Strafe für einen Einbruch«, bemerkte Zabel.

Bartmann schüttelte den Kopf. »Dat is kein Enbruch. Dat is en Sakrileg. Jotteslästerung.«

Zabel dachte darüber nach, wie die heilige katholische Kirche wohl mit jemandem umginge, der ihr Nest beschmutzte. Sollte Zabel in diese Richtung ermitteln, war von Anfang an Vorsicht geboten.

»Isch schlage vör, m'r maache en Rund hück Naach.«

Zabel verstand nicht. »Eine Runde?«

»En d'r Unterwelt. Da weed ordentlich jeschwaad drövver.«

»Was wird da?«

Bartmann gab sich etwas mehr Mühe, deutlicher zu sprechen. »Na, geredet. Diskutiert und so.« Er seufzte. »Et weed allmählich Zick, dat Sie unsere Sproch he lernen. Villeich weiß ener unger däm kriminell Völckche, wer dat war. Oder hät wat jehört.«

»Keine Einwände«, sagte Zabel. »Würde es was ausmachen, wenn ich nicht mitkomme?«

»Dat wollt isch jerade vorschlagen.«

In mancher Hinsicht verstanden die beiden sich auf Anhieb. Die Vorstellung, nachts durch verrauchte Spelunken zu ziehen und Besoffene zu befragen, war Zabel zuwider, aber in dieser Kunst schien Bartmann genau der Richtige zu sein.

Da klopfte jemand an den Türrahmen. Ein Polizeisergeant stand vor dem Bureau.

»Kommissar Zabel. Unten vor dem Gebäude wartet jemand auf Sie, der Sie sprechen möchte.«

»Wer?«

»Der Mann wollte seinen Namen nicht nennen. Aber er sah aus wie ein Kutscher.«

Zabel erhob sich aus seinem Stuhl, schaute aus dem Fenster und erblickte den Zweispänner, der vor dem Gebäude stand, erkannte das Gefährt sofort. Er zog den Mantel an und schnallte den Säbel um.

Bartmann deutete auf den Block mit der Zeichnung. »Darf isch m'r dat ens ansehen?«

»Sicher«, sagte Zabel und verließ das Büro.

KAPITEL 3

Zabel trat hinaus auf die Straße, wo der offene Zweispänner stand. Hinter dem Kutscher im Wagen saß Marcus DuMont. Er faltete die heutige Ausgabe der *Kölnischen Zeitung* zusammen, die er nicht nur mitgebracht hatte, sondern deren Verleger er auch war, und ließ sie in der Manteltasche verschwinden.

»Gustav«, begrüßte er ihn.

Zabel stieg in die Kutsche, und sie gaben sich die Hand.

»Marcus. Was führt dich her?«

»Ich war zufällig in der Gegend«, sagte DuMont mit einem ironischen Grinsen. Beide wussten, dass Zufälle im Leben des Verlegers eher rar gesät waren.

DuMont gab dem Kutscher ein Zeichen. Das Gefährt setzte sich ratternd in Bewegung, durch den Fahrtwind wurde der unangenehme Geruch der Misthaufen verweht.

Marcus DuMont war zehn Jahre älter als Zabel und einen Kopf kleiner. Er legte größten Wert auf standesgemäße Kleidung. DuMont hatte einen ausgezeichneten Schneider, der nur die besten Stoffe verarbeitete, was auch einem modisch nicht so versierten Kommissar ins Auge fiel. Schwarzer

Gehrock mit gleichfarbiger Weste, weißes Hemd mit hohem Stehkragen und goldenen abnehmbaren Manschetten. Ein dunkelroter Plastron schützte seinen Hals vor der Kälte, ebenso der dunkelbraune Fellkragen an seinem tadellos geschnittenen Mantel. Auf dem Kopf trug er einen Zylinder.

Der Verleger gehörte zu Evas Freundeskreis, weshalb er vor anderthalb Jahren auch zu ihrer Hochzeit eingeladen gewesen war. An diesem Tag hatten Zabel und er sich das Du angeboten, allen Widerständen zum Trotz, denn beruflich standen sie auf unterschiedlichen Seiten. Die Presse wurde zensiert, und dafür zuständig war der Polizeipräsident Karl Philipp von Struensee. Er zählte zu den größten Gegnern der *Kölnischen Zeitung*, was aber den Kommissar nicht davon abhielt, mit DuMont Freundschaft zu schließen. Zabel bewunderte den Verleger, denn er verfügte über ein schier endloses Wissen.

Zabel hatte nie die Aussicht auf ein Studium gehabt, sein Vater war Kutscher gewesen und seine Mutter Bedienstete in gutem Haus. Dort hatten die beiden sich kennengelernt. Nach der Heirat kümmerte sich die Ehefrau um die drei Kinder und arbeitete nebenher als Näherin. Zabels Schwester Josefine lebte immer noch in Berlin, sein jüngerer Bruder Anton war in der Völkerschlacht bei Leipzig gefallen, im Alter von nur siebzehn Jahren. Genauso alt war Zabel gewesen, als er pflichtgemäß in den Militärdienst eingetreten war und fünf Jahre diente. Seine Liebe zum Vaterland hatte sich erst im Krieg entwickelt, denn der Feind band die Soldaten zusammen, und nur so hatte Zabel den nötigen Schneid gewonnen, todesmutig in die Schlacht zu reiten.

Eine Kameradschaft, wie man sie im Kriege erlebte, hatte er nirgendwo sonst erfahren.

Zabel unterschied sich von den anderen Männern aus dem Bekanntenkreis seiner Frau, und er würde sich wie ein Fremdling in der gehobenen Gesellschaft fühlen, hätte er dort nicht zwei wahre Freunde gefunden: Marcus DuMont und Heinrich von Wittgenstein. Von Wittgenstein war drei Jahre jünger als Zabel und maßgeblich dafür verantwortlich, dass Eva und er sich kennengelernt und zueinandergefunden hatten, weshalb Zabel ihn als Trauzeugen gewählt hatte.

DuMont und Zabel ließen sich ohne Ziel durch die Stadt kutschieren. Je weiter sie sich vom Neumarkt entfernten, desto besser wurde die Luft. Innerhalb der Stadtmauer gab es viele Gärten, was Zabel an Köln sehr schätzte. Das wog den ganzen Unrat auf den Straßen auf.

Zabel musste laut gegen das Rattern der Kutsche und das Klappern der Hufe anschreien: »Also, was hat dich zufällig zu mir geführt? Wieder Ärger mit unserem Polizeipräsidenten?«

»Nein, Struensee verhält sich im Moment ziemlich ruhig. Beinahe etwas zu ruhig.«

»Vielleicht will er das Jahr in Frieden ausklingen lassen«, mutmaßte Zabel. »Um dann wieder richtig loszulegen.«

Sie lachten beide. Zabel wusste, dass DuMont schon mehrmals um seine Existenz als Verleger hatte bangen müssen, auch unter französischer Besatzung, was ihn aber nicht daran hinderte, sich mit aller Kraft und Überzeugung gegen jede Form der Zensur und Einflussnahme zu stemmen. Der Polizeipräsident hingegen war stets besorgt, dass die preußischen Machthaber durch das geschriebene Wort in ein schlechtes Licht gerückt werden könnten, was den Pöbel womöglich zur Aufruhr anstacheln würde. Leider fand dieses Argument in gewissen Kreisen einen tiefen Widerhall, seit ein junger Student und Burschenschaftler vor einigen Jahren tatsächlich ein Attentat verübt hatte. Dieses Ereignis förderte in Berlin und Potsdam die Angst, hinter jedem anstößigen öffentlichen Kommentar den Hauch einer Verschwörung zu vermuten.

Aber dies war nicht der Grund, weshalb DuMont mit ihm reden wollte. »Ich habe auf dem Weg zur Arbeit etwas gehört. Dein Dienst soll heute schon sehr früh am Morgen begonnen haben.«

Zabel sah ihn fragend an. »Wie viel weißt du schon?«

DuMont grinste. »Fast alles. Ich bräuchte nur noch eine Bestätigung.«

Zabel verdrehte die Augen. In Köln blieb nichts geheim, außer vielleicht im Beichtstuhl, aber auch diesbezüglich war der Kommissar sich nicht sicher.

Rechts neben ihnen tauchte die Kirche St. Pantaleon auf, deren Geschichte bis zur Römerzeit zurückreichte. Ihre Glocken läuteten neunmal zur vollen Stunde. Zabel nutzte die Gelegenheit und schaute auf seine Taschenuhr, die richtig ging.

»Was genau wurde gestohlen?«, fragte DuMont.

»Kirchenschätze.«

»Geht es etwas genauer?«

»Ungern. Je weniger Bescheid wissen, desto besser.«

»Ein Vortragekreuz«, erwiderte DuMont.

Zabel sah ihn entnervt an. »Woher weißt du das schon wieder?«

»Martin Fonk hat es mir erzählt.« DuMont grinste. »Im Vertrauen natürlich. Mir und wahrscheinlich hundert anderen. Ich weiß, dass es ein Papier gibt, auf dem steht, dass die Kirche das Kreuz zurückkaufen kann.«

Zabel war verärgert. »Möchtest du noch meine Zeichnungen haben, die ich am Ort des Geschehens gemacht habe?«

DuMont grinste schelmisch. »Nicht nötig. Ich war selbst dort und habe mir alles angeschaut. Deine Einschätzung würde mich interessieren. Vielleicht ein kurzes Zitat.«

Während sie sich wieder von St. Pantaleon entfernten, erstarben die letzten Glockenschläge im Lärm der belebten Straße. DuMont beugte sich nach vorne und klopfte dem Kutscher zweimal auf die Schulter. Der drehte sich um.

»Über den Mühlenbach zurück, bitte.«

Die Kutsche wurde langsamer und bog ab.

DuMont lehnte sich wieder zurück. »Warum bestiehlt jemand die Kirche?«

»Weil er Geld braucht«, antwortete Zabel.

»Sonst nichts? Kein symbolischer Akt?«

Zabel sah ihn an. »Du kennst dich besser mit der katholischen Kirche aus als ich. Vielleicht kannst du mir sagen, wieso jemand ein Vortragekreuz klaut, wenn er es nicht zu Geld machen will.«

»Fonk wirkte ein bisschen verärgert. Du hättest komische Fragen gestellt, meinte er. Also interessiert mich, was du ihn gefragt hast.«

Zabel schüttelte den Kopf. »Tut mir leid, mein Freund. An dieser Stelle muss ich leider abbrechen.«

DuMont verstand, wechselte das Thema. »Wo feiert ihr den heiligen Silvester?«

»Bei Evas Eltern, mit ihrer ganzen Familie, die seit Weihnachten hier ist.«

»Morgen Abend zum Souper im Haus Wittgenstein seid ihr aber dabei?«

Zabel hätte es fast vergessen. »Ach Gott, ja. Ich habe es Eva versprochen.«

Heinrich von Wittgenstein hatte zu sich nach Hause eingeladen, um das Jahr mit Freunden ausklingen zu lassen. Sosehr Zabel den Gastgeber mochte, zog er es dennoch vor, von Wittgenstein allein zu treffen, anstatt mit allerlei Fremden zu feiern.

DuMont sah Zabel mit leicht strengem Blick an. »Darüber wollte ich auch mit dir reden.«

»Worüber?«

»Deine liebe Frau würde es gerne sehen, wenn du dich gesellschaftlich etwas weniger rarmachst.«

»Hat sie sich bei dir beschwert? Über mich?«

»Nicht beschwert, mich nur gebeten, meinen guten Einfluss auf dich zu nutzen, da wir schließlich Freunde sind.«

In diesem Punkt unterschied Zabel sich sehr von seiner Frau. Für Eva gab es kaum genug Anlässe zu feiern, und sie trank auch gerne Wein. Selten zu viel, aber doch bis nah an die Grenze dessen, was sie manchmal zu sich nehmen sollte. Eva war nur ein Jahr länger als Zabel in Köln, hatte sich aber sehr schnell eingelebt, was sie öfter in Gegenwart ihres Mannes betonte. Heute durfte sie auf keiner Feier fehlen, sie war beliebt, modisch interessiert und äußerst beredsam.

Zabel wurde neugierig. »Was genau hat Eva gesagt?«

»Du willst dir selbst nicht eingestehen, dass in dir ein Kölner steckt. Eine unsichtbare Kraft hält dich davon ab, deine preußischen Tugenden mal an der Garderobe abzugeben.«

Zabel war erstaunt. »Das waren ihre Worte?«

DuMont grinste. »Na ja, ich bin etwas meiner journalistischen Freiheit gefolgt.«

Zabel musste lachen. Er würde Eva heute Abend darauf ansprechen und hoffentlich erfahren, was sie wirklich von sich gegeben hatte. »Wir werden morgen dabei sein. Versprochen.«

»Das solltest du unbedingt. Von Wittgenstein hat etwas Wichtiges zu verkünden. Eine Überraschung, für die es sich lohnt zu kommen.«

Zabel sah ihn fragend an.

DuMont grinste. »Tut mir leid, mein Freund. An dieser Stelle muss ich leider abbrechen. Ich werde zu dem Vortragekreuz einen kurzen Artikel schreiben, dass in die Domschatzkammer eingebrochen wurde. Die Details überlasse ich dem geschwätzigen Volk.«

»Die Sache mit dem Rückkauf des Kreuzes, das sollte absolut niemand erfahren«, betonte Zabel.

»Dann hättest du unserem zukünftigen Dompropst die Zunge rausschneiden sollen.«

»Beim nächsten Mal«, erwiderte Zabel.

DuMont lachte.

Im selben Moment ließ der durchdringende Ton einer Trillerpfeife Zabel zusammenzucken. Er drehte den Kopf herum, sah aber nicht sofort, woher das Geräusch kam. Zabel wandte sich dem Kutscher zu. »Halten Sie an!«

Er zog an den Zügeln, und die Kutsche blieb stehen.

»Bis Sonntag!«, verabschiedete sich Zabel von seinem Freund und stieg aus.

Jetzt sah der Kommissar, wo der Pfiff hergekommen war. Ein Polizeisergeant trat aus einer schmalen Gasse auf den Mühlenbach heraus und sah sich um. Zabel ging auf ihn zu und schob mit der linken Hand den Mantel zur Seite, damit sein Säbel zu erkennen war. »Was ist passiert?«

Der Sergeant zeigte in die schmale Gasse. »Ein Mann wurde überfallen. Der Räuber ist abgehauen.«

»Bleiben Sie hier, und warten Sie auf Verstärkung.«

Zabel ging in die Gasse, während der Polizist noch mal kräftig in seine Trillerpfeife blies.

Der Kommissar musste nicht weit gehen, da lag das Opfer auf dem Boden. Neben dem Verletzten stand ein Schuster mit einem Lederschurz um den Bauch, offenbar kam er aus dem Laden, vor dem die Tat verübt worden war.

Zabel ging in die Hocke. Der Mann lag auf der Seite und schnappte nach Luft. Dabei streckte er seinen rechten Arm aus, hielt ihn von sich, als würde das die Schmerzen lindern. Alle vier Finger zeigten in verschiedene Richtung und waren dick geschwollen, wahrscheinlich gebrochen.

»Wie viele waren es?«, fragte Zabel.

Der Mann keuchte vor Schmerz. »Einer.«

An der Kleidung des Opfers konnte Zabel erkennen, dass

bei dem Mann nicht viel zu holen gewesen wäre. Die Hose hatte Löcher, einige waren geflickt worden, andere nicht. Billigster Stoff, die Schuhe nicht aus Leder. Das einzige Wertvolle trug der Mann an der anderen Hand, die nicht gebrochen war, einen Ring. Zabel begriff sofort, dass dies kein Überfall gewesen war.

»Wie heißen Sie?«

»Schäng Frings … Johann Frings.«

»Ich bin Kommissar Zabel. Was wollte der Mann von Ihnen?«

Frings keuchte. »Ming Moppen. Dat Jeld.«

Zabel verstand. »Haben Sie Schulden?«

Frings bewegte den Kopf, was einem zustimmenden Nicken glich.

»Sie kennen den Angreifer also?«

Jetzt schüttelte er energisch den Kopf.

»Bei wem haben Sie Schulden?«

»Da jibt et schon en paar Lück«, sagte er schmerzverzerrt. »Un einer von denne weed ihn wohl jeschickt han. Is nit schwer, 'ne Kerl för sowar zu finge.«

Zabel erkannte, dass es nicht viel bringen würde, weitere Fragen zu stellen. Die Angst schien bei dem Mann noch größer zu sein als der Schmerz. Zabel schaute zu dem Schuster, der die ganze Zeit stumm danebenstand. »Haben Sie einen Knochen?«

Der Schuster nickte. »Ja. Im Laden. Wieso?«

Zabel nahm seinen Zeigefinger zwischen die Schneidezähne, und der Handwerker begriff sofort, wandte sich ab und verschwand in seinem Laden.

Zabel sah, dass DuMont ihm gefolgt war und bei ein paar anderen Schaulustigen stand. Der Kommissar schaute wieder zu dem Opfer. »Wir müssen die Finger einrenken. Das wird wehtun.«

Frings nickte und schnappte noch immer nach Luft.

Da kam der Schuster zurück, reichte Zabel einen Tierknochen, mit dem normalerweise kleine Risse und Kratzer aus Leder gerieben wurden.

Zabel nahm den Knochen. »Machen Sie den Mund auf.«

Frings tat es, und Zabel schob ihm den Knochen zwischen die Zähne. Dann sah er zu dem Schuster. »Sie müssen ihn festhalten.«

Der Schuster war kein Mann vieler Worte, er stellte sich hinter das Opfer und ging in die Hocke. Mittlerweile waren noch mehr Schaulustige aus den Häusern gekommen. Der Polizeisergeant kam in Begleitung eines zweiten näher.

Zabel befahl ihm: »Die Leute sollen verschwinden.«

Die Sergeanten kümmerten sich darum, trieben die Umstehenden zurück.

»Kann's losgehen?«, fragte Zabel den Schuster. Der nickte und hielt Frings von hinten die Arme fest.

Zabel machte so etwas nicht zum ersten Mal, nahm das Handgelenk und begann mit dem Zeigefinger. Es war ein Knirschen zu hören, als die Knochen aneinanderrieben. Die Schreie hallten durch die schmale Gasse. Beim zweiten Finger kehrte plötzlich Stille ein, Frings hatte das Bewusstsein verloren. Zabel konnte in aller Ruhe einen Finger nach dem anderen wieder in die richtige Lage bringen. Es würde Monate dauern, bis Frings die Hand wieder benutzen könnte, und je nachdem, womit er sein Geld verdiente, hätte er danach noch mehr Schulden.

Als Zabel fertig war, atmete der Patient noch und kam langsam wieder zu sich. Die Sergeanten hatten dem Geschehen den Rücken zugewandt, um nicht zusehen zu müssen.

Zabel erhob sich und klopfte dem Polizisten, der in die Trillerpfeife geblasen hatte, auf die Schulter. »Kümmern Sie sich um das Opfer. Bringen Sie ihn ins Armenspital.«

»Zu Fuß?«

»Das dürfte am schnellsten gehen, denke ich.«

»Nein«, sagte DuMont, der an Zabel herangetreten war. »Bringen Sie den Mann zu meiner Kutsche.«

Die Sergeanten halfen dem Verletzten vorsichtig auf die Beine.

DuMont wandte sich Zabel zu und schüttelte entsetzt den Kopf. »So etwas passiert sonst nur in der Gegend rund um den Freihafen und dort noch nicht mal am helllichten Tag.«

»Die Armut«, seufzte Zabel.

DuMont sah ihn fragend an.

Zabel erklärte ihm: »Immer mehr Leute haben es schwer, durch den Winter zu kommen. Und wenn sie nicht genug Geld haben, leihen sie sich was in der Hoffnung auf bessere Zeiten.«

»Und jetzt kann er seine Schulden bezahlen?«

»Nein. Aber so was spricht sich rum: ›*Hast du gehört, was mit dem passiert ist?*‹ Und dann zahlen die anderen.«

Die zwei Sergeanten hakten Frings unter und gingen mit ihm in Richtung Mühlenbach, wo die Kutsche stand.

»Fährst du mit?«, fragte DuMont. »Auf dem Kutschbock ist noch Platz.«

Zabel schüttelte den Kopf. »Ich gehe die paar Schritte zu Fuß.«

Sie verabschiedeten sich erneut, und DuMont folgte den Polizisten. Zabel verharrte noch einen Moment, bis sie um die Ecke verschwanden. Die schmale Gasse war fast leer, der Schuster hatte sich in sein Geschäft zurückgezogen. Nur noch ein einzelner Mann lungerte an der nächsten Hausecke herum. Er trug einen schwarzen Mantel und einen Schlapphut. Um seinen Mund hatte er ein schwarzes Tuch, was aber nicht danach aussah, als wollte er sich damit vor der kalten Luft schützen.

In dem Moment, als Zabel den ersten Schritt auf den Mann zumachte, ging er um die Ecke und war nicht mehr zu sehen. Zabel rannte los und sah gerade noch, wie der schwarze Mantel hinter der nächsten Hausecke verschwand. Die Sohlen von Zabels Stiefeln klackerten über das Kopfsteinpflaster. Er rannte in die Straße, wo der Mann verschwunden war, sah jedoch niemanden mehr. Hatte er sich in einem der Hauseingänge versteckt? Zabel zog seinen Säbel heraus, ging weiter, die Klinge zum Boden gerichtet, aber jederzeit bereit, sie einzusetzen. Die Häuser bildeten keine gleichmäßig gerade Fassade, manche waren zurückgesetzt. Zwischen einigen Häusern führten schmale Wege entlang. Hinter jedem Winkel könnte sich der Mann versteckt haben und warten.

Zabel schritt an einem kleinen Holztor vorbei, das geschlossen war und wahrscheinlich in einen Hinterhof führte.

Gerade als Zabel vorbeigegangen war, hörte er, wie das Tor ruckartig geöffnet wurde. Er fuhr herum und holte mit dem Säbel zum Schlag aus.

Eine Frau schrie laut auf und ließ den Wäschekorb fallen, den sie bei sich trug. Die frisch gewaschenen und gebügelten Hemden landeten im Dreck auf der Straße. Zabel ließ sofort die Klinge sinken und schaute zu der frischen Wäsche. »Das tut mir leid.«

Die Frau schnappte noch nach Luft

Es hatte keinen Sinn weiterzusuchen. Der Mann war bestimmt schon verschwunden. Stattdessen begab Zabel sich in die Hocke, um die eben noch weißen Hemden wieder aufzusammeln.

KAPITEL 4

Zabel schritt den Korridor entlang, bis zur zweigliedrigen Flügeltür am Ende. Er blieb stehen, klopfte an.

»Herein«, ertönte die Stimme des Polizeipräsidenten durch die geschlossene Tür.

Zabel betrat das Bureau. Karl Philipp von Struensee trug wie so oft seine dunkelblaue Uniform mit goldenen Knöpfen, Schulterklappen und seinem Rang entsprechend eine goldene Kordel an der rechten Schulter. Er saß hinter einem eleganten Schreibtisch aus Mahagoniholz. Zabel wusste, dass das Möbelstück von keinem Geringeren als David Roentgen entworfen und gefertigt worden war, einem berühmten Kunsttischler, der zu Lebzeiten über viele Kunden an den Höfen und in den Königshäusern Europas verfügt hatte. Struensee umgab sich gerne mit solchen Möbelstücken und anderen Äußerlichkeiten, weil er als Person nicht ganz so schillernd wirkte. Sein Bureau sah also etwas großzügiger aus, als man es für einen Polizeipräsidenten erwarten würde. Dass er vor zwei Jahren in den Adelsstand erhoben worden war, sollte zumindest durch die Einrichtung zur Geltung kommen. Es gab eine Sitzecke mit Sofa und zwei Sesseln, wo aber nur die Besucher Platz nehmen durften, die sich als würdig erwiesen.

Zabel gehörte nicht dazu.

»Schön, Sie zu sehen.« Struensee deutete mit einem Lächeln auf einen der beiden Stühle vor seinem Schreibtisch. »Setzen Sie sich! Bitte.«

Zabel kam der Aufforderung nach und ließ den Tonfall eines Untergebenen anklingen: »Sie wollten mich sprechen?«

»Hatten Sie eine schöne Kutschfahrt?«

Zabel reagierte nicht auf die Spitze. Von seinem Bureau aus auf der obersten Etage hatte Struensee einen guten Blick über den Neumarkt und die Straßen vor dem Gebäude. Er schien diese Aussicht häufig zu genießen. Wenn es nicht ausreichte, was er mit eigenen Augen zu sehen bekam, gab es auch noch genug Leute im Präsidium und auf den Straßen, die ihm Bericht erstatteten. Trotz mangelnder Beliebtheit in der Bevölkerung war es ihm auf unerklärliche Weise gelungen, ein weitverzweigtes Spitzelsystem aufzubauen.

Zabel schwieg und wusste genau, dass sein Vorgesetzter das nicht ausstehen konnte. Struensee war es gewohnt, immer sofort eine Antwort zu erhalten. Zabel tat ihm den Gefallen nicht.

»Was glauben Sie, weshalb ich Sie sprechen möchte?«

»Hat sich der Kapitularvikar über mich beschwert, oder geht es wieder mal um den Verleger Marcus DuMont?«

Zabel achtete in Gegenwart seines Vorgesetzten darauf, von DuMont zu sprechen, als würde er ihn kaum kennen, obwohl jeder wusste, dass sie Freunde waren. Der Konflikt zwischen Struensee und dem Verleger schwelte schon seit Langem und flammte immer wieder auf. Gleich nach seinem Amtsantritt hatte der Polizeipräsident DuMont zu einem persönlichen Gespräch einbestellt, um ihm genaue Anweisungen zu erteilen, was den Umgang mit der Obrigkeit anging. DuMont ließ sich aber von niemandem so leicht reinreden, was ihm schon unter französischer Besatzung mehrere Wochen in einer Gefängniszelle eingebracht hatte. Und so hatte es auch nicht lange gedauert, bis es zum ersten offenen Eklat zwischen ihm und Struensee gekommen war. Die Sonntagsausgabe der *Kölnischen Zeitung* war mit einem weißen leeren Titelblatt erschienen, was die Zensur mehr als deutlich werden ließ. Struensee geriet damals außer sich vor Wut, und da es zu viele Nachahmer gegeben hatte, dauerte es nicht lange, bis das Verbot von Leerstellen anstelle von Artikeln erlassen wurde.

»Der Kapitularvikar?« Struensee war offensichtlich nicht im Bilde. »Welchen Grund hätte er, sich über Sie zu beschweren?«

»In die Domschatzkammer wurde eingebrochen, und ein silbernes Vortragekreuz wurde gestohlen.«

»Aha.« Struensee schien es wenig zu interessieren. »Nein, das ist nicht der Grund für unser Gespräch. Sie werden den Dieb schon fassen, da bin ich mir sicher – und eine Beschwerde des Klerus? Kein wirklicher Anlass für allzu viel Aufmerksamkeit.« Er nahm einen Briefbogen in die Hand, der auf dem Tisch gelegen hatte, und schaute drauf. »Nicht so wie dies hier.«

An dem Wappen erkannte Zabel sofort, dass das Schreiben von höchstoffizieller Stelle aus Berlin kam. Struensee reichte ihm das Papier, Zabel nahm es in die Hand und las, dass die Genehmigung für einen Maskenumzug erteilt worden war. Am 10. Februar des Jahres 1823, den Montag nach Rosensonntag, sollte der Umzug in Köln stattfinden. Jetzt wusste Zabel, was DuMont mit der Neuigkeit meinte, die von Wittgenstein morgen auf seiner Feier verkünden würde.

Struensee erhob sich von seinem Stuhl, um besser auf seinen Untergebenen hinabsehen zu können. »Ich dachte, Sie machen sich nichts aus Politik?«

Zabel nickte. »Das ist richtig.« Er legte den Briefbogen wieder auf den Tisch.

Struensee wurde laut. »Mir ist zu Ohren gekommen, dass Sie sich für diesen Unsinn eingesetzt haben. Hinter meinem Rücken wohlgemerkt. Wieso?«

Zabel lehnte sich in seinem Stuhl zurück und schwieg.

»Stimmt das?«, herrschte Struensee ihn an.

»Ja.«

»Wem wollen Sie damit einen Gefallen tun? Ihren Freunden, diesem Verleger oder Ihrer Frau?«

»Den Bürgern der Stadt vor allem.«

Zabel spürte regelrecht, wie Struensee innerlich kochte. Die tiefe Abneigung der Kölner gegen ihren Polizeipräsidenten war spiegelbildlich. Er hielt genauso wenig von ihnen.

Struensee grinste zynisch. »Den Bürgern der Stadt also?«

Zabel nickte selbstbewusst, er meinte jedes Wort, wie er es gesagt hatte, und führte nun aus: »Wie Sie ja sicher wissen, erfolgt die Genehmigung des Maskenumzugs nicht ohne Grund. Vor etwa zwei Jahren wurden die Abgaben auf öffentliche Lustbarkeiten aufgehoben. Die Steuer, welche die Franzosen eingeführt hatten, war bis dahin in die Armenverwaltung geflossen. Durch die fehlenden Einnahmen ist die Versorgung der Krankenhäuser, Waisenhäuser und anderer Anstalten gefährdet.« Zabel musste unweigerlich an den Mann denken, dem die Finger gebrochen worden waren, und fragte sich, ob es wohl jemanden gab, der ihn behandelte. Sicher war das nicht.

»Sie wollen mir weismachen, dass sich hinter diesem närrischen Treiben echte Wohltäter verbergen?« Struensee machte eine abfällige Handbewegung.

Zabel hielt dagegen. »Das Bestreben, die Dinge verändern zu wollen, kommt aus der Kölner Oberschicht. Einige der Herren waren früher sogar Mitglieder der *Olympischen Gesellschaft*, und sie wollen diesem Fest Ordnung und Form verleihen. Im Gegenzug wird die für die Armenverwaltung so schädliche Verordnung zurückgenommen. Erklären Sie es mir: Was ist daran auszusetzen?«

»Ich bin Ihnen keine Erklärung schuldig!«

Zabel wusste, wo das Problem lag. Struensee ging es um seine Macht, und die sah er schwinden, wenn hinter seinem Rücken solche Entscheidungen gefällt wurden.

»Und wenn es nicht funktioniert?«, zischte er. »Wenn dem närrischen Treiben kein Einhalt geboten wird, im Gegenteil, wenn der Pöbel die Gelegenheit für einen Aufruhr nutzt?«

»Einen Aufruhr?«

Struensee nickte. »Das Wartburgfest war auch von vielen unterschätzt worden, bis es zu dem Attentat auf August von Kotzebue kam.«

Zabel schüttelte den Kopf. »Das Wartburgfest mit einem Maskenumzug zu vergleichen erscheint mir absurd. Sie wissen so gut wie ich, dass die Feierlichkeiten zwischen Weiberfastnacht und Aschermittwoch immer schwierig gewesen sind. Das Militär musste regelmäßig für Ordnung sorgen. Ich erwarte eine Verbesserung der Situation auf den Straßen.«

Struensee blickte immer noch auf ihn herab. »Gehören Sie neuerdings auch zu dieser … *Olympischen Gesellschaft*?«, betonte er abfällig.

Zabel schüttelte den Kopf. »Nein. Diese hatte sich schon aufgelöst, bevor ich nach Köln kam.«

»Aber Sie bewegen sich dank Ihrer Frau in diesen Kreisen, richtig?«

Zabel ging zum Gegenangriff über. »Soll ich Sie mit einem der Herren bekannt machen?«, fragte er spöttisch.

»Ich brauche keinen Emporkömmling wie Sie als Türöffner.«

»Emporkömmling?« Zabel erhob sich langsam von seinem Stuhl. »Wer von uns beiden wurde denn erst kürzlich in den Adelsstand erhoben?«

Struensees Augen funkelten ihn an. »Wieso hat man Sie nach Köln versetzt?«

Zabel blieb innerlich ganz ruhig. »Das wissen Sie doch. Um das Berliner Polizeireglement von 1811 durchzusetzen. Genau wie Sie.«

Struensee schüttelte den Kopf. »Das schaffe ich auch ohne Ihre Hilfe.« Er schaute auf den Briefbogen, der zwischen ihnen auf dem Tisch lag. »Ich weiß, dass Sie gewisse Beziehungen nach Düsseldorf haben, zu Seiner Königlichen Hoheit, dem Prinzen Friedrich von Preußen. Ich weiß auch von Ihrer Heldentat damals in Berlin, die Ihnen einen Orden, den *Roten Adler*, eingebracht hat.« Er schaute zu Zabel auf. »Aber das alles interessiert mich nicht. Ich werde nicht hinnehmen, dass Sie hinter meinem Rücken mit Berlin korrespondieren. Selbst wenn das Ihr Auftrag sein sollte.«

»Mein Auftrag?« Zabel mimte den Ahnungslosen.

»Sie sind nicht ohne Grund nach Köln entsandt worden.«

Zabel ging nicht darauf ein. Als Struensee zur Tür deutete, zögerte Zabel keine Sekunde, der Aufforderung nachzukommen.

KAPITEL 5

Kaum hatte Zabel die Wohnungstür geöffnet, schlug ihm der Geruch aus der Küche entgegen. Er vermutete, dass Eva eine Hühnersuppe zubereitete, nach einem alten Rezept ihrer Mutter mit viel Gemüse und Eierstich. Zabel trat ein, hängte Mantel und Hut an einen Haken, ebenso den Säbel. Es kostete wie immer Kraft, die Stiefel auszuziehen, danach stieg er in die Hausschuhe, bevor er den Wohnbereich betrat. Öllampen tauchten den Raum in goldgelbes Licht. Hinter den Fenstern war es bereits dunkel, sodass sich die Flammen in den Scheiben spiegelten. Auf dem runden Tisch, der in der Mitte des Esszimmers stand, lag eine weiße Stickdecke, tiefe Porzellanteller und Silberbesteck waren bereits eingedeckt. Eva kam aus der Küche und gab ihm einen Kuss zur Begrüßung. Sie trug daheim einen fußfreien Rock sowie eine weiße Bluse, und zum Kochen hatte sie sich eine Schürze umgebunden, die ihre breiten Hüften umhüllte.

»Wie war dein Tag?«

»Lang und anstrengend.«

»Was ist denn passiert, dass man dich aus dem Bett holen musste?«

»In die Domschatzkammer wurde eingebrochen.«

Sie sah ihn mit großen Augen an. »Wie furchtbar! Hast du den Dieb geschnappt?«

»Nein.« Er zögerte, bevor er weitersprach. »Den Dieb nicht, und noch ein weiterer Täter ist mir entkommen.«

»Erzähl mir beim Essen davon.« Sie drehte sich um und ging in die Küche zurück, die durch eine breite Tür vom Esszimmer getrennt war. Zabel beobachtete seine Frau beim Kochen. Eva stand leicht nach vorne gebeugt, was an ihren schweren Brüsten lag, die ihr manchmal sogar Rückenschmerzen verursachten. Ihre blonden Haare hatte sie zu einem Zopf gebunden, der zwischen ihren schmalen Schulterblättern endete. Sie drehte sich zu ihm um und bemerkte, dass Zabel nur dastand und sie ansah.

»Was ist?«

Zabel lächelte. »Nichts. Ich schau dich nur an.«

»Lass das!«

Er wandte sich ab und ging nach nebenan ins Wohnzimmer. Wie jeden Tag war die Wohnung in einem tadellosen Zustand. Sie hatten ein Hausmädchen, das tagsüber hier war und ein Zimmer im Dachgeschoss bewohnte. Dreimal in der Woche hatte sie abends frei, und dann kochte Eva selbst, auch weil es ihr Freude machte. In der Familie Brügelmann galt Sparsamkeit als Tugend, und Eva hatte von ihrem verstorbenen Vater die Grundzüge des kaufmännischen Denkens erlernt. Bei jeder Anschaffung wurde genau überlegt, wie wichtig und sinnvoll diese erschien. Der Kleiderschrank war gut gefüllt, Eva nannte zwei Pferde ihr Eigen, aber Verschwendung gehörte sich einfach nicht. Nebenbei widmete sie sich noch einer etwas ausgefallenen Tätigkeit. Im Wohnzimmer stand neben dem Sofa ein kleiner Tisch, der allein ihr gehörte, während Zabel den Sekretär für sich in Anspruch nahm. Er brauchte viele Schubladen für seine Sachen, denn er liebte die Ordnung. Dies rührte von seiner Zeit beim Militär her.

Zabel schaute zu Evas Tisch, auf dem ein Korkmodell entstand, das noch lange nicht fertig war. Es sollte irgendwann das Brandenburger Tor darstellen, aber noch brauchte man viel Fantasie, um dies zu erkennen. Eva hatte Spaß an Handarbeit und wollte ihrem Mann eine Freude bereiten, indem sie ein Stück goldgelbes seiner Heimat in ihr gemeinsames Wohnzimmer holte. Zabel machte sich schon jetzt Sorgen, dass es ihm am Ende nicht gefallen würde und er nicht wüsste, wie er das seiner Frau sagen sollte.

Er sah aus dem Fenster. Der noch immer runde Mond erhellte den Neumarkt und die Kirche St. Aposteln. Sie wohnten in der Beletage im ersten Stock eines Hauses, das erst vor wenigen Jahren neu errichtet worden war, das Parkett aus Eichenholz, an den Wänden hatten sie sich für Seidentapete mit feinem Blumenmuster entschieden.

Sein Blick fiel auf die gerahmte Zeichnung an der Wand. Darauf war ein Dampfschiff mit rauchenden Schloten zu sehen, das am Freihafen in Köln anlegte. Zabel hatte es aus der Erinnerung gezeichnet, als Erinnerung an den Tag, der sein Leben für immer verändert hatte. Den Tag, an dem er Eva kennenlernte, weshalb er ihn nie in seinem Leben vergessen würde …

Die schwarze Rauchsäule steigt beinahe senkrecht in den Himmel, was sowohl an der Windstille wie auch an der kalten Luft liegt, die den heißen Qualm wie in einem Kamin nach oben saugt. Es ist nicht das erste Dampfschiff, das je in Köln angelegt hat, aber schon seit Langem gab es so ein Ereignis nicht mehr. Deshalb tummeln sich die einfachen Leute am Ufer, während am Freihafen die geladenen Gäste den herannahenden Prinzen mit lautem Applaus willkommen heißen. Es wird geklatscht, begleitet von Bravorufen, die Männer winken mit ihren Kopfbedeckungen, die Damen wedeln mit Schirmen. Zabel, in Frack und Zylinder, hat eine persönliche Einladung Seiner Königlichen Hoheit erhalten.

Der Dampfer *»De Rijn«* gehört einer niederländischen Reederei und hat Wochen zuvor in Nimwegen abgelegt, um in Düsseldorf den Prinzen Friedrich von Preußen an Bord zu nehmen. Er wollte über den Rhein kommend am Mittag zur rechten Zeit in Köln eintreffen, um seinen Geburtstag zu feiern. So steht es in der *Kölnischen Zeitung*, die schon im Vorfeld diesem Ereignis eine besondere Bedeutung verliehen hat, denn die Erfindung der Dampfmaschine würde das Leben aller Menschen in Zukunft verändern.

Der Artikel ist vom Verleger Marcus DuMont höchstpersönlich verfasst. Zu den neuen Transportmöglichkeiten würde auch bald die Eisenbahn gehören, die auf Schienen fährt und dies mit atemberaubendem Tempo, so schnell, dass man innerhalb von nur einer Stunde Entfernungen von dreißig Kilometern zurücklegen kann. Noch wird diese Zukunftsmelodie ganz leise gespielt, aber es bricht eine neue Zeit an, dies spürt man. Und diesen Fortschritt verkörpert Prinz Friedrich von Preußen, wenn er mit qualmenden Schloten in Köln anlegt, während eine Militärkapelle den *Prinz August Grenadier Marsch* besonders laut ertönen lässt.

Im Takt der Musik schreitet Friedrich von Preußen über die Landungsbrücke, begrüßt die ersten Gäste und schließlich auch Zabel. Kleine Gesten, die kaum einem der Umstehenden auffallen dürften, zeigen die Nähe zwischen dem Prinzen und seinem treu ergebenen Kommissar. Er reicht Zabel zur Begrüßung die Hand, dann schreitet er weiter, bahnt sich seinen Weg durch die Menge, während Zabel zurückbleibt und einige neugierige Blicke auf sich zieht. Ein junger Mann von imposanter Erscheinung tritt an ihn heran und stellt sich als Heinrich von Wittgenstein vor. Er hat ein markantes Gesicht und buschige Augenbrauen, ist dem Anlass entsprechend gekleidet. Zabel erfährt von ihm, dass die Familie von Wittgenstein ebenso selbstverständlich zu Köln gehört wie der Rhein. Vater und Großvater haben bereits als Bürgermeister dieser Stadt gedient. Während sie reden, fällt Zabel eine Frau in einem schlichten hellen Kleid auf, eine Haube bedeckt ihr hochgestecktes blondes Haar. Kaum merklich schaut sie zu ihnen herüber, und jedes Mal, wenn Zabel versucht, den Blick zu erwidern, dreht sie den Kopf verschämt zur Seite. Heinrich von Wittgenstein, der das Interesse zu bemerken scheint, lässt es sich nicht nehmen, Zabel der Dame vorzustellen.

Eva Brügelmann entstammt einer protestantischen Familie aus Elberfeld. Ihr Vater, ein Textilfabrikant, ist bereits verstorben, und auch ihr Ehemann lebt nicht mehr. Er verunglückte tragischerweise, als er mit dem Pferd ein Hindernis zu überspringen versuchte, stürzte und nie wieder aufstand. Die nüchterne Leichtigkeit, mit der sie über diesen schweren Schicksalsschlag spricht, zeugt von einem hohen Maß an Lebensmut und Selbstbewusstsein, denn zu keiner Sekunde versucht Eva, Mitleid zu erheischen. Köln ist zu ihrer neuen Heimat geworden, und sie hat ihren Cousin, den Kaufmann Friedrich Wilhelm Brügelmann, dazu ermuntern können, mit seiner Firma ebenfalls an den Rhein zu ziehen. So holte Eva sich einen Teil der Familie nach Köln, da sie doch kinderlos ist und sonst keine Verwandten hier hat. Von Wittgenstein lässt die beiden allein, weil er einen Freund in der Menge ausmacht. Leider gerät das Gespräch von da an ins Stocken, und Bekannte von Eva gesellen sich dazu. Im allgemeinen Getümmel verlieren die beiden sich aus den Augen.

Zabel erinnerte sich beim Anblick der Zeitung daran, als ob es erst gestern geschehen wäre.

Wenige Tage nach ihrem ersten Kennenlernen bringt ein Bote einen Brief ins Polizeipräsidium, in dem Kuvert steckt die Einladung zu einem kleinen Fest in der Trankgasse Hausnummer 6, Gastgeber ist Heinrich von Wittgenstein. Zabel erscheint dort und trifft Eva wieder, was kein Zufall zu sein scheint. Die beiden entdecken Gemeinsamkeiten, sie schätzt seine guten Manieren, wie sie später betonen wird, und seine Leidenschaft für Pferde. Immerhin nennt sie einen Hannoveraner und einen Holsteiner ihr Eigen. Bei mehreren Ausritten zeigt sie Zabel das Kölner Umland. An einem sonnigen Tag im März, der Boden ist schon nicht mehr gefroren, werden die beiden von einem Unwetter überrascht und stehen irgendwann knietief im Morast. Um die Pferde zu schonen, nehmen sie die Zügel in die Hand und gehen zu Fuß weiter über die Felder, bis der Regenguss nach über einer Stunde etwas nachlässt. In der ganzen Zeit, auf einer Strecke voller Mühsal und Hindernissen, vernimmt Zabel kein einziges Wort des Wehklagens. Das beeindruckt ihn sehr, und er wird sich seiner Gefühle gewahr.

Bei der letzten Landpartie als gute Bekannte ist das Wetter sonnig und keine einzige Wolke am Himmel auszumachen. Sie sitzen auf einer Decke im hohen Gras, haben eine Flasche Wein dabei und stoßen auf diesen schönen Tag an und auf die Erinnerung an einen weitaus schlimmeren bei Regen, Schlamm und Graupelschauern. Eva, die Reiterkleidung trägt, bezaubert ihn mit ihrem Anblick. Er hat das Gefühl, als ob seine Hände zu zittern begönnen. In den vielen Schlachten, die erste davon im Alter von nur siebzehn Jahren, verspürte er nur selten Furcht. Auch in den Tagen oder Stunden davor nicht, weil ihm Kameraden zur Seite standen. Jetzt sitzt nur eine Frau vor ihm im Gras, und sie ist alles andere als der Feind. Das Leben fordert eine Entscheidung von Zabel.

Eva, die seine Unsicherheit zu spüren scheint, findet das amüsant und errötet leicht, wie es sich für eine Dame gehört. Sie erlebt einen solchen Moment nicht zum ersten Mal und hilft ein wenig nach, was Zabel sehr zu schätzen weiß. Sie küssen sich, und er verspürt in dem Moment die Gewissheit, die Frau für sein Leben gefunden zu haben. Von diesem Tag an steht fest, dass Zabel die längste Zeit in einer Kaserne verbracht hat. Er schreibt einen Brief nach Berlin, jegliches Ansinnen eine Versetzung betreffend in den Wind schlagen zu wollen. Heinrich von Wittgenstein lässt es sich natürlich nicht nehmen, mit großen Schritten voranzueilen und bei der Planung der Hochzeit behilflich zu sein. Schließlich hat er die beiden zusammengeführt, und Zabel macht ihn deshalb berechtigterweise zu seinem Trauzeugen …

»Die Suppe ist fertig«, ertönte Evas Stimme von nebenan.

Zabel erwachte aus seinen Erinnerungen und kam ins Esszimmer zurück, als seine Frau den heißen Topf mit Hühnersuppe in die Mitte des runden Tisches stellte und die Schürze ablegte. Sie setzten sich an den Tisch, Eva sprach wie immer das Gebet, dem Zabel noch etwas hinzuzufügen hatte: »Und helfe all denen, denen es viel schlechter geht als uns. *Amen.*«

Zabel nahm sich ein Stück Brot und reichte den Korb seiner Frau.

»Denen es schlechter geht?«, fragte sie. »Meinst du jemand Bestimmtes?«

»Ja. Ich hatte eine Kutschfahrt mit DuMont gemacht, als der Pfiff eines Sergeanten ertönte. Ein Mann war verletzt worden, der Schulden hatte. Es gibt leider zu viele da draußen, die nicht genau wissen, wie sie über den Winter kommen sollen.« Zabel brachte durch seinen Tonfall zum Ausdruck, dass er keine Lust hatte, noch mehr über seine Arbeit zu reden.

Eva wechselte das Thema. »Warum warst du mit DuMont unterwegs?«

»Er hat mich noch mal an die Einladung morgen bei Wittgensteins erinnert.«

Eva sah auf. »An den Termin muss er mich nicht erinnern. Hattest du ihn etwa vergessen?«

Er schüttelte den Kopf. »DuMont sagte, dass …« Gustav Zabel zögerte, ob er das Thema anschneiden sollte.

»Was?«

Jetzt war es heraus. »… du möchtest, dass ich mich gesellschaftlich mehr beteiligen sollte?«

Eva legte den Löffel ab und grinste übers ganze Gesicht. »Ihr Männer seid ja schlimmer als die Waschweiber am Rheinufer.«

»Dann stimmt es also nicht?«

»Doch. Aber dass er sich sofort zu dir auf den Weg macht und dir davon erzählt, war nicht in meinem Sinne.«

»Dann lass uns jetzt darüber reden. Was erwartest du von mir?«, fragte Zabel.

Eva sah ihn an. »Du lebst jetzt seit zwei Jahren hier. Lass dich darauf ein, auf diese Stadt und ihre Menschen.«

Er nickte. »Das tue ich. Deshalb muss ich nachher noch mal weg.«

Sie sah ihn etwas verdutzt an. »Wohin?«

»Einen Kollegen unterstützen. Bartmann.«

»Bartmann?«

Zabel hatte sich auf dem Weg nach Hause entschieden, den Kollegen nicht allein zu lassen bei dem Streifzug durch die Spelunken. Die Brutalität der Straße hatte ihn aufgeschreckt, und wenn der Einbrecher aus der Unterwelt käme, würde er sich gegenüber irgendwem verplappern, da hatte Bartmann recht. Die Informationen würden die Runde machen, genau wie das, was der zukünftige Dompropst schon so alles verbreitet hatte. Und sollten sie nichts zu hören kriegen, wäre das eine Bestätigung für Zabel, dass er seiner anderen Vermutung nachgehen müsste. Er schloss es nicht aus, dass der Einbrecher eine engere Beziehung zum Domkapitel haben könnte, vielleicht sogar dazugehörte. Noch immer störte ihn die Tatsache, dass der Einbrecher den Wert des Silbers präzise einzuschätzen wusste, als würde er regelmäßig dieses Kreuz zum Altar tragen und daher wissen, wie schwer es war.

Zabel schaute zu seiner Frau. »Es geht um den Einbruch in die Domschatzkammer. Bartmann glaubt, dass wir uns mal in den Gassen rund um den Buttermarkt umhören sollten.«

Evas Stimme klang besorgt. »Du erwähntest häufiger, dass es da nachts sehr gefährlich ist.«

»Keine Sorge. Ich weiß mich zu schützen.«

Zabels Worte schienen ihr den Appetit verdorben zu haben.

»Bitte«, sagte er. »Iss weiter.«

»Es ist Vollmond«, erwiderte sie. »Wie du vielleicht heute Morgen in der Früh festgestellt haben könntest.«

Nun legte Zabel ebenfalls den Löffel weg. Es war nicht Besorgnis, die in ihrer Stimme mitschwang, sondern Enttäuschung. Drei Vollmonde war es nun her, dass Eva mitten in der Nacht in ihrem Blut gelegen hatte. Zabel war in Panik geraten und hatte sofort nach dem Arzt schicken wollen. Eva hatte ihren Mann beruhigen müssen – nicht umgekehrt. Eine Blutung dieser Art hatte sie bereits zum dritten Mal erlebt. Aus unerfindlichen Gründen war Eva nicht imstande, die Frucht ihres Leibes bei sich zu behalten. Zwei Mondphasen lang hatte sie in glücklichen Umständen verbracht, in freudiger Erwartung.

Zabel konnte höchstens erahnen, was seine Frau jetzt fühlte, wusste aber genau, was sie von ihm erwartete. Eva wollte heute Nacht nicht allein sein.

Bei ihrem ersten Ausritt hatte sie ihm die Wahrheit gesagt, warum ihre erste Ehe kinderlos geblieben war. Ihr Mann war fünfzehn Jahre älter gewesen, und Eva hatte angenommen, seine mangelnde Vitalität wäre der Grund, dass sie überhaupt nur zweimal in andere Umstände geriet. Mit einem jüngeren Mann, hoffte sie, würde es glücken. Zabel hätte sich auch für Eva entschieden und um ihre Hand angehalten auf die Gefahr hin, dass sie womöglich nie Kinder bekommen würden.

Eva brach das Schweigen. »Darf ich mitkommen?«

»Mitkommen? Wohin?«

»Ich war noch nie dort, also nachts noch nicht.«

Er glaubte einen Moment lang, sich verhört zu haben. »Aus gutem Grund«, erwiderte er schroff.

»Sind da auch Huren?«

Zabel nickte. »Und noch anderes Gesindel. Säufer, Schläger. Kein Ort, wo eine Frau deines Standes hingehen sollte.«

Sie sah ihn mit großen Augen an. »Aber du könntest mich doch beschützen, oder?«

»Ja, das könnte ich. Aber es kommt nicht infrage.« Zabel wich ihrem Blick aus, starrte in den Teller, dann schaute er sie wieder an. »Ich gehe erst, wenn du schläfst.«

»Das ist wohl das Mindeste«, erwiderte sie ebenso schroff.

KAPITEL 6

Nachdem Eva eingeschlafen war, zog Zabel sich leise an und schlich aus dem Zimmer. An der Tür zögerte er. Sollte er sich den Säbel umschnallen, der ihn als Polizist verriet? Zabel entschied sich für ein Messer mit scharfer Klinge, welches er in die Tasche seines Mantels steckte. Schutzlos würde er sich auf keinen Fall nachts in die Nähe des Hafens begeben, auch nicht als Polizist. Er nahm eine Laterne mit, die er im Treppenhaus anzündete, erst danach zog er die Handschuhe an. Draußen blies ihm kalte Luft ins Gesicht, noch kälter als am frühen Morgen. Die Straßen waren beinahe menschenleer. Zabel dachte über Eva nach, die sich in den letzten Wochen sehr seltsam benommen hatte. Aus welch verborgenem Winkel ihres Verstandes könnte der Vorschlag gekommen sein, ihn bei der Arbeit zu begleiten? In den fast zwei Jahren, die sie sich kannten, hatte Eva so einen Wunsch niemals formuliert, wäre noch nicht mal auf so eine Idee gekommen. Hatte die Totgeburt sie irgendwie verändert? War das möglich? Er würde einem befreundeten Universitätsprofessor aus Bonn schreiben und ihn fragen, was in so einem Fall am besten zu tun sei.

Zabel erreichte den Heumarkt, wo sich das nächtliche Volk tummelte. Er versuchte, die dunklen Gestalten zu ignorieren, doch diese wurden vom Schein seiner Laterne angelockt. Wie aus dem Nichts tauchten sie schemenhaft vor ihm auf, lungerten an Hauswänden herum oder huschten vorbei. Alle schienen ihn anzustarren, die meisten trugen dunkle Schlapphüte, genau wie der Mann, den er heute Morgen verfolgt hatte. Zabel ging davon aus, dass dieser Kerl hier irgendwo war und ihn beobachtete.

Zabel trat ein in das schwach beleuchtete Labyrinth mit all den Ecken und Winkeln, hielt die Laterne etwas höher, um besser sehen zu können. Ein Mann mit einem vernarbten Gesicht kam ihm entgegen, machte einen Schritt zur Seite und ging vorbei. So nah, dass sie sich beinahe berührten und Zabel seinen feuchten Atem roch. Ein anderer Mann war vermummt, um der Kälte zu trotzen oder um nicht erkannt zu werden. Zabel umfasste den Griff seines Messers in seiner Manteltasche noch fester. Seine Bereitschaft, die Waffe zu benutzen, schien jeder in seinem Gesicht lesen zu können, und die Männer wichen zur Seite, wenn er an ihnen vorbeiging.

Vor den Türen der Spelunken und Kneipen hingen Laternen, die den Eingang beleuchteten. Dort sammelten sich die Leute in zugeknöpften Mänteln und schwerem Schuhwerk, der Kälte trotzend. Zabel wusste nicht, wo Bartmann sich aufhielt, und er musste mehrere Lokalitäten betreten, bis er ihn in der dritten Spelunke fand. Im Vergleich zu den beiden Kneipen vorher war diese ein besonders übler Laden, sehr laut, die Gäste unterhielten sich nicht miteinander, sondern schrien und grölten. Die meisten in kölscher Sproch. Mancher stimmte ein Lied an und sang dabei so schief, dass es in den Ohren wehtat. Zabel behielt den Griff des Messers vorsichtshalber in der Hand, die Klinge verborgen in der Manteltasche. Bartmann stand sichtlich angetrunken an der Theke und bemerkte Zabel nicht einmal, als er näher kam. Der Platz neben dem Kollegen war frei, und Zabel stellte sich zu ihm. Bartmann schaute schielend und mit fast geschlossenen Lidern herüber.

»Isch hab jedacht, m'r han usjemacht, isch dreh allein dat Ründche.«

»Das habe ich auch zuerst gedacht, aber der Einbruch ist mein Fall. Schon was herausgefunden?«

»Isch weed Ihnen dat Schmölzche nit wegnehmen, kein Sorge.«

»Dat Schmölzche?«

Bartmann seufzte wieder, wie immer, wenn Zabel ihn nicht auf Anhieb verstand. »Den Fall. All Lück reden von däm Einbruch, ävver keiner will et jewese sin. Un keiner weiß wat.«

Der Wirt erschien hinter der Theke, schaute zu Zabel. »Wat wells de trinken?«

Zabel überlegte einen Moment zu lange, Bartmann war schneller. »Dat selve wie isch.«

Der Wirt verschwand.

Bartmann schaute zu Zabel. »Nit, datt einer wie Sie he noch en Wasser bestellt.«

»Wieso? Das Wasser in Köln soll gut sein«, erwiderte Zabel.

In dem Moment gab es einen Tumult am anderen Ende der Spelunke. Zwei Männer gerieten in Streit, der eine schlug dem anderen mit der Faust ins Gesicht, sodass dieser zu Boden ging. Andere standen drum herum und grölten laut. Zabel wollte sich gerade in die Richtung begeben, da hielt Bartmann ihn am Arm fest.

»Nit dun. Pack schlägt sich, Pack verträgt sich.«

Und als ob Bartmann ein Hellseher wäre, geschah es genauso. Der Verlierer kam wieder auf die Beine, wischte das Blut mit seinem Ärmel vom Gesicht, dann stießen die Kontrahenten miteinander an und setzten sich wieder, während die Umstehenden noch lauter grölten.

Mit lautem *Tock* stellte der Wirt Zabel einen Holzbecher mit Wein auf den Tresen. »Jeht op et Huus.«

»Wieso das denn?«

»Ich zahle«, sagte Bartmann schnell und legte mehrere Kupferpfennige hin. Der Wirt nickte, nahm das Geld und wandte sich wieder ab.

Zabel begriff. Polizisten mussten hier anscheinend nichts zahlen, sofern sie im Gegenzug öfter mal wegschauten. Zabel war für Vergünstigungen grundsätzlich nicht zu haben, er schaute sich um, seine Anwesenheit schien den meisten nicht zu gefallen, aber sie wichen seinem Blick aus. Keiner wagte es, Streit zu suchen, weil sie wussten oder ahnten, dass er Kommissar war. Zabel passte so gut in diesen Laden wie ein nackter Kannibale auf den Altar des Doms.

Da fiel ihm eine Hure auf, die allein in einer schwach beleuchteten Ecke saß und ihn unverhohlen anstarrte, bevor ihre rot geschminkten Lippen ein Lächeln formten. Sie erhob sich von ihrem Stuhl und kam an den Tresen. Sie war ein derbes Frauenzimmer mit ordinärer Ausstrahlung, trug ein blaues Kleid, die großen Brüste waren darin ausstaffiert. Ihre roten Haare hatte sie nicht zusammengebunden, sie fielen lockig bis auf ihre Schultern und rahmten ein durchaus hübsches Gesicht ein.

Sie und Bartmann schienen sich zu kennen. »Willst du mir deinen Freund nicht vorstellen?« Ihre Stimme klang angenehm, und sie hatte einen leicht französischen Akzent.

Bartmann zeigte auf Zabel. »Ein Kollege, heißt Zabel. Aus Berlin.« Er schaute zu ihm, zeigte mit dem Finger auf die Frau. »Und das ist Cécile. Cécile Travail.«

»Travail?«, fragte Zabel.

»Ist Französisch und heißt ›Arbeit‹. Ich arbeite viel. Mit dem Mund und auch mit dem, was ihr Männer am meisten mögt.«

So angenehm ihre Stimme klang, so vulgär war ihre Wortwahl.

»Er is verjeben un hät en Wiev zo Huss«, ermahnte Bart mann sie.

»Haben sie fast alle,« erwiderte Cécile schelmisch grinsend und schaute zu Zabel. »Mit Ausnahme von den Pfaffen.«

Er vermutete, dass Bartmann die Hure auch schon etwas besser kennengelernt hatte. Céciles Parfüm stieg Zabel in die Nase, Eau de Cologne. Ihr Gesicht wirkte makellos, soweit Zabel das bei dem schwachen Licht beurteilen konnte. Die Wangen hellrot geschminkt, die Wimpern tiefschwarz, und ihre Augen waren so klar wie ein See.

Er ging davon aus, dass sie nicht wirklich Travail hieß, womöglich nicht mal Cécile.

»Aus Berlin also? Ein waschechter Preuße?« Ihr Blick wanderte von seinen Stiefeln bis hinauf zu seinen Augen. »Wenn ich mir Sie so anschaue, dann habt ihr die Franzosen verdient in die Flucht geschlagen.«

»Danke. Sie treffen sicher viele Leute«, setzte Zabel das Gespräch sachlich fort.

»Sehr viele«, sagte sie. »Sehr unterschiedliche Leute, aber einen Preußen hatte ich noch nie. Schade eigentlich.«

»Wenn demnächst einer ankommen sollte, Preuße oder nicht, und mit den Thalern nur so um sich schmeißt, geben Sie uns Bescheid.«

Bartmann lachte, Zabel wusste nicht, warum. Sie waren anscheinend unterschiedlicher Auffassung, wie man mit Leuten in diesem Milieu sprach, um an Informationen zu gelangen.

Cécile sah Zabel streng an. »Das mache ich. Aber nur unter einer Bedingung.«

»Die da wäre?«

»Wenn Sie mir sagen, wem ich Bescheid geben soll. Wie Sie mit Vornamen heißen?«

»Gustav.«

»Cécile«, wiederholte sie jetzt feierlich ihren Namen und reichte ihm galant die Hand für einen Kuss.

Er zögerte. Die Dirne trug schwarze spitzenbesetzte Handschuhe und machte keine Anstalten, auf die Höflichkeitsgeste zu verzichten. Zabel spürte, dass er unter Beobachtung stand. Würde er ihr die Hand küssen?

In dem Moment erlöste ihn das Schicksal von der Entscheidung, denn die Tür flog auf, begleitet von einem Poltern, und schlagartig verstummten alle. Mit einem Mal war es fast so still wie in einer Kirche. Cécile zog ihre Hand weg. An der Tür stand ein gewaltiger Mann. Zabel glaubte zu wissen, wer er war, auch wenn er ihm noch nie persönlich begegnet war. Der Koloss bahnte sich den Weg zu ihnen, und die Leute wichen ängstlich zur Seite.

»Verzieh dich«, pöbelte er Cécile an, und sie verschwand sofort auf ihren angestammten Platz.

Zabel griff unauffällig nach dem Messer, um bereit zu sein. Der Mann war ein Riese, das Gesicht durchfurcht von Narben, die Nase schief, so oft war sie schon gebrochen worden. Zabel musste zu ihm aufschauen. Einige wenige Zähne, die er noch im Mund hatte, schimmerten hinter seiner wulstigen Oberlippe hervor. Sein Schädel war gewaltig, breite Wangenknochen, und er hatte eine hohe Stirn. Die kurz geschnittenen Haare steckten weitgehend unter einer Fellmütze. Sogar Bartmann wirkte eingeschüchtert und schien mit einem Mal wieder stocknüchtern.

Tock! Der Wirt stellte ungefragt einen Becher für den neuen Gast auf die Theke. Seine gewaltige Pranke griff nach dem Gefäß, die Knöchel verrieten, dass er schon oft mit der Faust zugeschlagen hatte. Er schaute auf Zabel herab, hob den Becher. »Dann wolle m'r uns doch ens bekannt maache. Ich bin Arthur Schmoor. Erlauben Sie mir, Sie zu diesem Getränk einzuladen!«

Die Einladung klang eher wie ein Befehl. Schmoor verzichtete fast gänzlich auf die Kölsche Mundart, sprach ein gepflegtes Deutsch, beinahe wie in Zabels Heimat. Das überraschte ihn, denn die Ausstrahlung des Mannes passte nicht zu einer gewählten Ausdrucksweise. Bartmann schien ein Stoßgebet gen Himmel zu senden, dass der Kollege jetzt bloß nichts Falsches sagte und die Einladung annahm.

Zabel hob seinen Becher. »Vielen Dank!«

Sie tranken beide.

Es war immer noch auffallend still in dem Lokal. Schmoor schaute durch die Runde. »Wat is, ihr Blötschköpp? Habt ihr nix zo palavern?«

Schlagartig schwoll das Gemurmel wieder an bis zur gewohnten Lautstärke. Schmoor sah erneut zu Zabel. »Sie sind der Preuße, nicht wahr? Kommissar Zabel. Schon viel von Ihnen gehört.«

»Ich auch von Ihnen«, erwiderte Zabel, und es war nicht gelogen. Jeder Polizist in der Stadt kannte den Namen Arthur Schmoor. Zabels Fälle hatten ihn bisher noch nicht ins Milieu geführt, in dem Schmoor sich wie ein Raubfisch bewegte. Er war innerhalb der Stadtmauern ein bekannter Verbrecher. Mit ihm legte man sich besser nicht an. Niemand traute sich, ihn anzuzeigen oder ein falsches Wort über ihn verlautbaren zu lassen.

Schmoor grinste. »Zum Glück hatten wir noch nie ein Problem miteinander. Das sollte auch so bleiben. Was meinen Sie?«

»Das liegt allein bei Ihnen«, erwiderte Zabel.

Schmoor lachte so laut, dass beinahe die Balken anfingen zu vibrieren. Er schlug Zabel mit der flachen Hand auf die

Schulter wie einem alten Kumpel. »Sie jefallen mir. Ävver echt jetz. Wissen Sie, was mir nicht jefällt?«

»Lassen Sie mich raten«, sagte Zabel. »Dass ich Preuße bin?«

»Quatsch«, sagte Schmoor, und seine Stimme blieb laut. »Ihr habt die Franzosen rausgeschmissen, Napoleon in de Fott jetreten. Das vergesse ich euch nie. Die driss Franzosen haben mir jenug Ärger jemacht, noch mehr als ihr, die Preußen. Aber ihr sprecht wenigstens dieselbe Sprache, halbwegs zumindest. Deshalb müssen wir zusammenhalten, finden Sie nicht?«

Zabel ging nicht auf das Geschwätz ein. »Was gefällt Ihnen nicht?«

Schmoor zögerte, sah in die Runde und redete noch lauter, dass ihn jeder hören konnte. »Wenn jemand die Kirche beklaut. Dat jefällt mir nit. Janz und jar nicht.« Er trank einen großen Schluck, stellte den Becher auf die Theke, und der Wirt füllte ihn sofort wieder auf.

Schmoor drehte sich zu allen im Raum. »Habt ihr verstanden? Die Kirche beklaut man nicht. Niemals! Und deshalb sage ich euch: Wer immer das getan hat, ich werde ihm verzeihen. Bis morgen Abend verzeihe ich ihm diesen Frevel. Bis dahin muss er das Kreuz zurückgeben. Dann erwartet ihn keine Strafe.« Schmoor drehte sich zu Zabel um. »Oder?«

Zabel reagierte nicht, trank einen Schluck aus dem Becher. Er würde sich nicht von einem stadtbekannten Verbrecher vorschreiben lassen, was er zu tun gedachte.

»Oder?!«, blaffte Schmoor ihn an.

Zabel blieb stumm. Er konnte sehr stur sein, das hatte Eva ihm schon oft genug vorgeworfen. Preußische Sturheit nannte sie das, die der der Kölner um nichts nachstand.

Schmoor schlug Zabel gegen die Schulter. »Nun kommen Sie schon. Wir regeln das untereinander. Da muss auch mal ein Mann wie Sie Gnade vor Recht ergehen lassen.«

Zabel schaute zu seinem Gegenüber auf und sprach so laut, dass ihn alle hören konnten. »Wenn das Diebesgut wieder auftaucht, unbeschadet, dann besteht die Möglichkeit, dass wir den Täter nie ermitteln werden. Und dann sähe ich mich irgendwann in der Pflicht, mich anderen, wichtigeren Aufgaben zu widmen. Aber eine Befreiung von der Schuld, die gibt es nicht. Nicht mit mir. Nicht vor dem Gesetz.«

Schmoor klatschte in die Hände, dreimal und so laut, dass die Gäste zusammenzuckten. »Dat – dat nenne ich en Wood. Das Wort eines Preußen. Habt ihr kapiert, ihr Vögel? Wer immer das war, er soll das Kreuz zurückbringen, in der Sakristei abgeben, im Beichtstuhl liegen lassen, wat auch immer.« Schmoor nahm wieder einen großen Schluck und machte eine Handbewegung, die alle verstummen ließ, um ihn hören zu können. Er sprach bedrohlich leise.

»Jetzt, Freunde, sage isch euch aber auch, wat passiert, wenn der Dom sein Kreuz nit zurückbekommt. Ich werde den Dieb finden, ich werde keine Ruhe geben, bis ich ihn habe.« Er streckte seine rechte Hand aus, spreizte die Finger weit auseinander, bevor er seine Pranke ganz langsam zu einer gewaltigen Faust ballte. »Dann jibt et keine Jnade mehr. Dann kann ihn niemand mehr beschützen, nicht mal mehr der liebe Gott. Ich breche ihm erst die Finger, jeden

Einzelnen nacheinander, und dann alle anderen Knochen, die er hat.«

Alle Augenpaare waren auf Schmoor gerichtet.

»Erzählt es weiter. Jedem, den ihr seht. Die Kirche beklaut man nicht. Nit die Kirche. Dat hat Arthur Schmoor jesagt. Für jetzt und für immer gilt das. Für alle Zeiten.«

Tosender Applaus setzte ein. Das Lokal bebte. Schmoor wandte sich Zabel zu. »Ich sage Ihnen hiermit: Der Fall ist gelöst. Sie können Feierabend machen, zu Ihrer lieben Frau zurückgehen.«

Zabel zuckte innerlich zusammen. Woher wusste er von seiner Frau?

Schmoor schien seine Gedanken zu lesen, lächelte breit. »Ich weiß einiges über Sie. Deshalb gehe ich Ihnen aus dem Weg. Und das Gleiche sollten Sie umgekehrt auch tun. Verstanden?«

Schmoors Worte kamen einem Rausschmiss gleich. Zabel hatte nichts dagegen zu verschwinden, es war schon spät, und das Lokal passte ihm nicht. Er trank einen letzten Schluck, bis der Becher leer war, dann nickte er Bartmann zum Abschied zu.

»Leben Sie wohl«, sagte Schmoor zum Abschied.

»Gott sei mit Ihnen«, erwiderte Zabel, nahm seine Laterne und schritt zur Tür. Die Menge vor ihm teilte sich wie einst das Meer vor Moses.

Draußen fühlte sich die Luft noch kälter an als auf dem Hinweg. Wahrscheinlich rannten schon Leute durch die Gassen und berichteten jedem von der Begegnung mit Arthur Schmoor. Niemand würde es jetzt noch wagen, dem

Kommissar zu nahe zu kommen. Aber einer Sache war sich Zabel durch diesen Ausflug bewusst geworden. Würde er Arthur Schmoor unter anderen Umständen wiederbegegnen, dann wäre ein Messer in seiner Tasche nicht ausreichend. Typen wie ihn hatte man entweder auf seiner Seite, oder man streckte sie nieder.

KAPITEL 7

Von Wittgensteins Gäste trugen Abendgarderobe. Eva hatte sich für ein außergewöhnliches Kleid entschieden, es war aus dunkelblauer Seide und bis zum Hals geschlossen. Besonders waren wie so oft ihre Ärmel. Früher reichten sie den Damen noch bis zu den Fingern, waren lang und schmal, heutzutage trug man sie kürzer, und sie waren deutlich ausladender. Evas Modegeschmack erschien Zabel mitunter ein bisschen gewagt, was er sich aber zu sagen verkniff. Ihre umstehenden Freundinnen und auch deren Männer sahen das anders als er und machten seiner Frau Komplimente. Zabel trug wie fast alle Männer im Raum Frack und Zylinder in Schwarz, dazu ein weißes Hemd mit hohem Stehkragen und glänzend polierte Lederschuhe.

Von Wittgenstein bewohnte die erste Etage in dem Haus, das seiner Familie gehörte, Trankgasse Nummer 6, direkt gegenüber der Nordseite des Doms. Der Salon bestand aus mehreren großen Räumen, die zusammenhängend waren, große Durchgänge in den Wänden ließen tagsüber die Sonne von morgens bis abends herein. Inzwischen dämmerte es, die Öllampen und Kerzen erhellten die Räume. In der rot leuchtenden Abendsonne umgab den Dom ein beinah göttlicher Schimmer. Sollte die Kathedrale jemals fertiggestellt werden, wäre der Ausblick aus dem Salon umso imposanter. Im Moment leider schaute man auf die halb fertigen gezackten Türme und den Baukran, der von dieser Blickrichtung besonders hervorstach, wie die unheilvolle Vorsehung, dass man den Tag der Fertigstellung womöglich niemals erleben würde.

Sie standen zusammen mit zwei Pärchen, die Männer waren bedeutende Fabrikanten, ihre Frauen untereinander befreundet. Eva redete viel, Zabel dafür umso weniger, und er hielt sich an seinem Glas Rotwein fest, während im Hintergrund dezent ein Pianist am Klavier spielte. Es waren wohlklingende Melodien, die so eingängig waren, dass Zabel mehr Lust verspürte, der Musik zu lauschen, als an dem Gespräch teilzunehmen. Eva warf ihm einen Blick zu, der andeutete, dass er ruhig etwas mehr Konversation betreiben könnte. Zabel kannte den Pianisten vom Sehen, sie waren sich bei einer Feier nach von Wittgensteins Rückkehr aus Wien über den Weg gelaufen, ohne einander vorgestellt worden zu sein. Eva wusste seinen Namen auch nicht, wohl aber, dass er als Musik- und Hauslehrer arbeitete und auch erst seit Kurzem in Köln lebte.

Der letzte Akkord verklang, die Gäste applaudierten dem Musiker, Zabel ganz besonders laut. Der Pianist stand vom Klavier auf, um sich eine Pause zu gönnen. Er war nicht groß, schmal gebaut und hatte eine etwas seltsame Gesichtsform. Die nach hinten gekämmten schwarzen Haare betonten seine hohe, gerade Stirn, und die Nase bildete im Profil fast eine gerade Linie nach unten. Er wirkte eher blass und bekam von einer Bediensteten ein Glas Rotwein gereicht. Dann schaute er sich suchend nach einem Gesprächspartner um. Zabel nutzte die Gelegenheit, löste sich von der Gruppe und ging auf ihn zu.

»Guten Abend! Gustav Zabel.« Sie gaben sich die Hand.

»Christian Samuel Schier«, stellte sich der Pianist vor. »Guten Abend!«

»Darf ich fragen, was Sie da eben gespielt haben?«

Schier lächelte. »Muzio Clementi, einen italienischen Komponisten. Es waren nur ein paar Sonatinen, die ich vorgetragen habe. Hat es Ihnen gefallen?«

»Sehr sogar. Was sind Sonatinen?« Zabel kannte sich nicht gut mit Musik aus, abgesehen von Märschen.

»Vereinfachte Sonaten, ideale Übungsstücke, weil die Melodien eingängig sind und so den Schülern das Instrument schmackhaft machen.«

»Sie sind Klavierlehrer?«, hakte Zabel nach.

»Unter anderem. Ich bin Hauslehrer, auch für andere Fächer als Musik. Und Sie?«

»Kommissar.«

Sein Gegenüber war plötzlich wie vom Blitz getroffen. »Gustav Zabel?« Er klang regelrecht euphorisch. »Natürlich. Von Wittgenstein hat doch von Ihnen erzählt. Sie haben in der Völkerschlacht gekämpft, richtig?«

Zabel nickte. Er wollte nicht über den Krieg reden, nicht heute, nicht mit einem Zivilisten, und senkte demonstrativ den Kopf.

»Ich auch«, sagte Schier.

Zabel schaute verdutzt auf.

Schier nickte. »Als Lieutenant im Jägerdetachement des 16. Preußischen Linien-Infanterieregiments.«

Zabel war verblüfft, es fiel ihm schwer, sich diesen Feingeist in einer Uniform vorzustellen, die zarten Finger, wie sie ein Gewehr hielten.

Schier fragte neugierig. »Und Sie?«

»Ich habe unter Generalfeldmarschall von Blücher gedient.«

Schier schaute spontan zum Boden, aufs Zabels Schuhe. »Die sehen aus wie Blücher?«

Zabel nickte. »Ja. Ich habe sogar noch meine Stiefel von damals.«

Schier war im Bilde. »Sehr ungewöhnlich damals. Ein Generalfeldmarschall, der für seine Soldaten besondere Stiefel anfertigen ließ.«

Zabel fügte hinzu: »Aus einem Stück Leder, damit Wasser und Kälte nicht eindringen können. Deshalb gibt es sie heutzutage auch als Halbschuhe für Zivilisten.«

»Ich weiß«, grinste Schier. »Denn ich habe mir auch welche gegönnt.«

Einen Moment lang sahen sie sich an. Zabel hätte es nicht für möglich gehalten, bei dieser Einladung einen Kriegskameraden zu treffen. »Sie sind nicht aus Köln?«

Schier schüttelte den Kopf. »In Erfurt geboren. Und nach meiner Militärzeit und dem Studium in Jena hat es mich nach Amerika verschlagen.«

»Amerika?«

Schier nickte. »New York. Ich habe dort als Privatlehrer

und Musiker gearbeitet, ich spiele auch Harfe. Aber …« Er zögerte kurz. »In meinem Herzen war ich nie in der Ferne angekommen. Es hat mich zurückgezogen in das Land, für das ich gekämpft habe.«

Schier sprach Zabel aus dem Herzen, er spürte schon jetzt eine tiefe Verbundenheit mit seinem Gegenüber, obwohl sie sich erst seit wenigen Minuten kannten.

»Und Sie?«, fragte Schier.

»Geboren in Potsdam. Genau an dem Tag, als Napoleon in Köln einmarschiert ist.«

»Also am 6. Oktober 1794.« Schier grinste erneut. »Ein amüsanter Zufall. Am Tag Ihrer Geburt stand also schon fest, dass Sie die Franzosen irgendwann aus Köln verjagen würden.«

Sie lachten beide.

»Warum sind Sie nach New York gegangen?«

»Gott hat mir zweimal das Leben geschenkt. Einmal bei meiner Geburt, einmal durch das Schicksal, dass ich die Völkerschlacht überleben durfte.«

Sie sahen sich an. Zabel verstand, was Schier meinte, hatte aber auch ein Gespür dafür, wenn jemand versuchte, einer Frage auszuweichen. »Und was hat Gottes Wille mit New York zu tun?«

Schier lächelte. »Darauf wollte ich gerade kommen. Ich hatte das Gefühl, die Welt sehen zu müssen. Es war so ein innerer Drang, der nach meiner Militärzeit aufkam und noch mehrere Jahre reifen musste, bis ich diese Idee in die Tat umgesetzt habe.«

»Aber es hat Ihnen dort nicht gefallen?«

»Zuerst schon, aber dann spürte ich dieses Bedürfnis zurückzukommen und habe Köln als neue Heimat ausgewählt.« Nun war Schier an der Reihe, Fragen zu stellen. »Und was hat Sie hierher verschlagen, die Liebe?«

Zabel schüttelte den Kopf. »Die Pflicht. Die Liebe habe ich hier gefunden. Meine Frau ist Eva, die Cousine von Friedrich Wilhelm Brügelmann.«

Zabel zeigte zu dem Cousin seiner Frau, der auch hier war und genüsslich eine Zigarre paffte, mit einem anderen Gast ins Gespräch vertieft war.

Da trat Heinrich von Wittgenstein an die beiden heran. »Ihr habt euch bereits selbst vorgestellt?« Er hob das Glas, Zabel und Schier folgten. Sie tranken, dann sah von Wittgenstein zu Schier. »Jetzt brauche ich deine Unterstützung.«

Schier verabschiedete sich von Zabel und folgte dem Gastgeber. Der Pianist nahm wieder an dem Klavier Platz und ließ mehrere laute Akkorde ertönen, bevor er einen beidhändigen schnellen Lauf vom tiefen A bis zum höchsten C folgen ließ.

Alle Gespräche erstarben augenblicklich, und der Hausherr trat vor seine Gäste. Eva kam zu ihrem Mann, stellte sich neben ihn und schaute mit verliebten Augen zu ihm auf. »Ich habe gesehen, dass du dich gut unterhalten hast mit dem Pianisten.«

»Christian Samuel Schier«, sagte Zabel. »Ich erzähle dir später von ihm.«

»Liebe Gäste«, ergriff von Wittgenstein das Wort. In der offiziellen Begrüßung vor einer Stunde hatte er eine Überraschung angekündigt, auf die alle warteten. Er verstand es, Neugierde bei seinen Gästen zu schüren, es redete wirklich keiner mehr, alle lauschten gebannt.

Von Wittgenstein erhob sein Glas. »Das Jahr klingt aus, in zwei Tagen feiern wir den heiligen Silvester. Was erwartet uns im nächsten Jahr? 1823. – Wir haben alle unsere guten Vorsätze, nehme ich an, und mein Vorsatz lautet …« Er machte eine kurze Pause, und alle Gäste starrten ihn an. Was würde nun kommen?

»Mein Vorsatz lautet …« Er legte wieder eine Sprechpause ein, und allmählich kam Unruhe bei den Gästen auf.

Von Wittgenstein lächelte. »Ich werde Karneval feiern. Am zehnten Februar, am Rosenmontag, wird es einen großen Maskenumzug geben.«

Die Gäste applaudierten laut und brachen in jubelnde Begeisterung aus. Am meisten Eva, sie klatschte so laut, wie sie konnte. Zabel hielt sich etwas zurück. Die Überraschung war für ihn nicht allzu groß, schließlich hatte er gestern bereits von dem Polizeipräsidenten davon erfahren.

»Ja, meine lieben Gäste. Es ist so weit«, fuhr von Wittgenstein freudestrahlend fort. »Ihr wisst, wie sehr ich darum gekämpft habe, euch dies verkünden zu können. Die Preußen aus Berlin haben es genehmigt, und dagegen kann auch unser hochverehrter Polizeipräsident Karl Philipp von Struensee nichts machen. Wir dürfen nächstes Jahr, am zehnten Februar, zum ersten Mal in unserer geliebten Stadt einen neuen Karneval feiern, mit einem Maskenumzug, der seinesgleichen suchen wird.«

Zabel dachte darüber nach, dass die polizeiliche Verordnung noch nicht vorlag und diese eben von Struensee unterschrieben werden musste. Es war nicht davon auszugehen, dass der Polizeipräsident sich dem Beschluss aus Berlin widersetzte, aber ausgeschlossen erschien es Zabel nicht. Dies behielt er aber für sich, um niemandem die Freude zu verderben.

Von Wittgenstein war bester Laune und fuhr lauthals fort. »Einige von uns, wie auch mein verehrter Freund Matthias DeNoël, haben es sich nicht nehmen lassen, bereits mit den ersten Vorbereitungen zu beginnen, aber jetzt, da es offiziell ist, gibt es viel zu tun. Ich möchte daher die Herren der Schöpfung auffordern, sich dem *Festordnenden Komitee* anzuschließen. Im neuen Jahr werden wir uns jeden Sonntag im Weinhäuschen neben der Kirche St. Ursula treffen, um den Maskenumzug zu organisieren. Steht auf, wenn ihr Kölner seid. Jeder Mann ist dazu aufgerufen, seiner Pflicht zu folgen, die Liebe zu seiner Stadt zu beweisen und mitzuwirken.«

Eva schaute zu ihrem Mann auf. »Du hast es gehört.«

»Ich bin kein Kölner«, erwiderte er.

»Doch, bist du«, sagte sie in einem Tonfall, der keine weiteren Widerworte zuließ.

KAPITEL 8

Zabel war gerade dabei, seine Hose anzuziehen, als es an der Tür klopfte. Er hörte, wie Eva, die bereits in der Küche war, um einen Kaffee aufzusetzen, durch den Flur schritt und öffnete.

Dann ertönte ihre Stimme: »Gustav.«

Er kam aus dem Schlafzimmer und sah einen jungen Polizeisergeanten in Uniform im Treppenhaus stehen. »Herr Kommissar. Sie müssen dringend kommen. Es ist …« Er schaute zu Eva, dann wieder zu ihm.

»Nun reden Sie schon«, herrschte Zabel ihn an.

Der Mann stotterte. »Es ist … ist – etwas Furchtbares passiert.«

»Was denn?«

»Eine Leiche im Hafen. Im Sicherheitshafen, draußen vor der Stadtmauer. Es sieht nach einem Mord aus.«

»Ich ziehe mich noch schnell an.«

Zabel schloss die Tür und kehrte eilig ins Schlafzimmer zurück. Eva folgte ihm, sah zu, wie er sich warm einpackte.

»Das Jahr fängt ja gut an«, sagte Zabel, gab ihr einen

Kuss zum Abschied und verschwand mit Mantel und Hut von der Garderobe.

Die Kälte erzeugte ein sanftes Prickeln auf seiner Haut, als er auf die Straße trat. Er streifte sich die Handschuhe über, die in seinen Manteltaschen steckten. Der Polizeisergeant saß auf dem Bock eines Zweispänners. Zabel stieg in den Wagen und legte sich eine Decke über die Beine. Sie fuhren durch die Stadt nach Norden, durchquerten die Stadtmauer am Eigelstein-Thor. Der Sicherheitshafen befand sich gleich hinter der Stadtmauer. Zwei Einspänner waren bereits vor Ort, sie standen in der Nähe des Ufers, wo mehrere Boote festgemacht hatten. Der Polizeisergeant stoppte die Kutsche. Zabel stieg aus und kam nach vorne zu ihm. »Ich habe einen Auftrag für Sie.«

Der Sergeant schaute zu ihm herab, nickte.

»Fahren Sie nach Bonn zur Universität, und überbringen Sie dort dem Medizinprofessor Theodor Staade eine Nachricht. Bestellen Sie ihm einen schönen Gruß von mir, und sagen Sie, dass es in Köln Arbeit gibt.«

Der Sergeant wiederholte. »Professor Staade? Es gibt Arbeit in Köln?«

Zabel nickte. »Er wird es verstehen, ansonsten sagen Sie gar nichts. Und behalten Sie diesen Auftrag für sich. Verstanden?«

Der Sergeant setzte mit einem Zügelschlag die Kutsche in Bewegung. Fritz Bartmann kam auf Zabel zu. Er schien etwas eilig das Haus verlassen zu haben, ihm fehlten Handschuhe und Mütze. Er fror und sah sichtlich übermüdet aus.

»Jode Morgen«, sagte er mit einem Gähnen, ohne sich die Hand vor den Mund zu halten. »Die Naach kaum jeschlofe un dann fröh geweck woode.«

»Guten Morgen! Was haben wir?«, fragte Zabel.

Bartmann machte eine Handbewegung, dass er ihm folgen sollte. Sie schritten am steil abfallenden Ufer entlang. Die Besatzungen der meisten Boote standen an Deck und schauten alle in dieselbe Richtung, in die Bartmann und Zabel gingen. Am Ufer lag ein Körper, man hatte einen braunen Leinensack über sein Gesicht gelegt, und ein uniformierter Polizeisergeant stand daneben, der nach vorne gebeugt war und sich übergeben musste.

Zabel ahnte, warum. Er nahm den Leinensack weg. Der Anblick war furchtbar. Ekelerregend. Zabel hatte im Krieg schon viel gesehen, aber es schmerzte hinzuschauen. Das Gesicht des Mannes war weiß gefroren, und jede seiner Verletzungen stach deutlich hervor. Ihm fehlten beide Augen. Knochen traten im Gesicht an mehreren Stellen heraus, dort, wo die Haut aufgeplatzt war. Er hatte noch seine Kleidung an, der Mantel war zur Seite geschlagen.

»Haben Sie ihn schon durchsucht?«

»Nä«, sagte Bartmann. »Ich wollt nix überstürzen. Der läuf uns jo nit fott.«

Zabel ging neben dem Leichnam in die Hocke und griff in die Innentasche, holte ein nasses, halb gefrorenes Stofftaschentuch heraus. Zabel zog den Stoff auseinander, so gut es ging, da fiel etwas heraus. Ein kleiner Flakon, auf dem eine rote Blume aufgedruckt war. Zabel erkannte sofort, dass es ein Fläschchen des Parfümeurs Johann Maria Farina war. Eva benutzte dieses Kölnischwasser ebenfalls. Zabel öffnete den Flakon und roch daran, es war genau der Duft, den Zabel von zu Hause kannte. Er reichte Bartmann den Flakon.

»Parfüm von Farina. Eingewickelt in ein Taschentuch.«

Zabel faltete das nasse, teils gefrorene Tuch weiter auseinander, da entdeckte er an einer Ecke eingestickte Initialen in roter Schrift: *»J. K.«*

»Dat is doch schon mal wat. Wenn der bei Farina käuf, vielleich kennen die en do.«

Zabel nickte. »Wurde der Tote im Wasser gefunden, oder lag er am Ufer?«

»Im Wasser.« Bartmann zeigte in die Richtung von zwei Männern, die von einem weiteren Polizeisergeanten bewacht wurden. »Die Zwei han en rausjefischt.«

Bartmann gab Zabel den Flakon zurück, der steckte ihn zusammen mit dem Tuch in die Innentasche seines Mantels. Sie gingen zu den beiden Zeugen. Der eine war schmächtig, der andere massig.

Zabel achtete darauf, dass er einen gestochen scharfen einschüchternden Tonfall auflegte. »Guten Morgen! Die Namen!«

»Lambert Schmitz«, sagte der Schmächtige.

»Boudewijn DeVries«, sagte der andere, der dem Klang seiner Sprache nach aus Holland stammte. »Ik ben schipper op de Boot. Aus Milligen.« Der Holländer zeigte auf Lambert. »Hij fand den. Ik hab gesehen, wat hij macht was.«

Zabel schaute zu dem Schmächtigen. »Was haben Sie gemacht?«

Lambert war eingeschüchtert, deutete zu der Angel und den zwei Fischen, die auf dem Boden lagen. »Ich habe geangelt.«

»Dat is verboten«, sagte Bartmann sofort.

Zabel hob die Hand, dass das jetzt nicht wichtig sei. »Erst mal Nebensache, und weiter?«

»Ich wollte meine Sachen zusammenpacken, weil es hell wurde, und dann war da was im Wasser, der Mann. Ich habe ihn mit der Angel herangezogen. Und plötzlich stand der da.« Er schaute zu dem Holländer. »Mit einem Enterhaken.«

»Einem Enterhaken?« Zabel sah zu dem Holländer. »Wo ist der?«

DeVries deutete zu einem Polizisten. »Ik heeft hem da gegeben.«

»Ich habe mich zu Tode erschreckt«, sagte Lambert.

»Und dann? Haben Sie die Leiche gemeinsam aus dem Wasser geholt?«

Lambert nickte.

»Haben Sie ihn umgebracht?«, fragte Zabel ganz direkt.

Lambert erstarrte. »Nein. Ich war das nicht.«

»Das werden wir erst noch herausfinden.« Er schaute zu dem Holländer. »Oder waren Sie es?«

DeVries blieb ganz ruhig. »Ik sliep. Op de Boot. Met mijn Frau.«

Zabel glaubte ihm, schaute wieder zu Lambert. »Gab es Streit? Wegen der Fische?«

»Nein«, sagte Lambert und fing an zu zittern. Zabel wusste nicht, ob wegen der Kälte oder weil er Angst hatte.

»Wieso wollten Sie ihn aus dem Wasser holen?«

Lambert stammelte. »Ich dachte, … ich dachte, dass er vielleicht … ein paar Groschen dabeihat.«

»Sie wollten ihn also beklauen«, blaffte Zabel ihn an.

Lambert hielt dagegen. »Aber er war doch schon tot.«

»Leeren Sie Ihre Taschen aus. Sofort!« Er sah zu dem Holländer. »Sie auch.«

Beide stülpten ihre Taschen nach außen. Es fiel nichts Nennenswertes heraus, keine Thaler oder Silbergroschen.

Zabel führte das Verhör fort. »Sie geben also zu, dass Sie den Toten beklauen wollten?«

Lambert zitterte jetzt am ganzen Körper. »Es tut mir leid. Ich wollte nicht, aber …«

»Aber was?!«, schrie Zabel ihn an. Wenn Lambert etwas mit dem Tod des Mannes zu tun hatte, würde er bald einknicken, da war der Kommissar sich sicher.

Lamberts Stimme bekam etwas Flehendes. »Wir haben doch nichts mehr. Wie sollen wir durch den Winter kommen?« Er zeigte zu den zwei Fischen auf dem gefrorenen Boden. »Wie soll man davon satt werden?«

Zabel schaute zu Bartmann, die beiden wandten sich ab, gingen ein paar Schritte.

Zabels Tonfall war wieder ganz normal und ruhig. »Was glauben Sie?«

»Dat et akkurat so war. Dä wullt nur en paar Jröschelche kläuen, nit mehr. So wie dä Duude … ich meine der Tote aussieht, muss der Mörder kräftich jewesen sein.«

»So wie der Holländer?«

Bartmann nickte. »Dat schon eher. Ävver woröm sullt der

so blöd sein und dä Tote aus däm Wasser fischen? Wann er op seinem Boot jeblieben wär, hätten m'r en nie jefunden.«

Zabel sah es genauso. »Lassen Sie uns den Fall zusammen bearbeiten«, schlug er vor.

»Dann kümmer isch mich öm dat Jrobe, un Sie maache de Schreibkram. Isch sorge dafför, dat dä Duude he fott kütt.«

»Moment«, intervenierte Zabel. »Ich habe nach Professor Staade aus Bonn geschickt, dass er herkommt.«

Bartmann verstand sofort. »Leichenfledderei?«

»Haben Sie Einwände?«

Bartmann lächelte wieder. »Janz und jar nit. Wo wollen Sie dä Duude denn hin han?«

»Fort II. Dort sind mehrere Kerker frei, der ideale Ort.«

Bartmann nickte. »Isch kümmere mich daröm. Un Sie?«

»Ich fahre zu Farina.«

KAPITEL 9

Der Einspänner hielt an der Obermarspforte dem Jülichs-Platz gegenüber. Zabel stieg aus dem Wagen. In dem Gebäude mit der Hausnummer 23 residierte seit über hundert Jahren die Parfümmanufaktur Johann Maria Farina. Zabel war auch deren Kunde, hier fand er immer ein passendes Geschenk für Eva. Die Eingangstür zum Verkaufsraum war noch verschlossen, so früh hatten die meisten Läden in der Stadt noch nicht auf. Zabel betätigte die Schelle mehrmals, um auf die Dringlichkeit hinzuweisen. Er musste nicht lange warten, bis er sah, dass sich etwas hinter der Bleiverglasung bewegte, dann wurde die Tür einen Spaltbreit geöffnet, und Johann Baptist Farina lugte nach draußen. Zabel kannte ihn vom Sehen, er und seine Brüder führten das Geschäft in dritter Generation.

»Guten Morgen! Kommissar Zabel. Heute bin ich leider nicht als Kunde hier, sondern dienstlich.«

»Ah, warten Sie«, sagte Farina, schloss die Tür kurz, um eine Kette zu entfernen, und zog sie dann ganz auf. »Bitte, kommen Sie herein.«

Zabel betrat den lichtdurchfluteten Verkaufsraum. Die

frühe Morgensonne schien herein, und es brauchte keine einzige Öllampe. Farina war ganz offensichtlich noch nicht auf einen Besuch vorbereitet, das verrieten seine Kleidung und seine noch etwas derangierte Frisur.

Zabel entschuldigte sich. »Verzeihen Sie mir, dass ich hier so unangemeldet hereinplatze. Es ist leider sehr dringend.«

»Keine Ursache«, sagte Farina mit sanfter Stimme. »Wir haben sogar schon um Mitternacht Kunden empfangen, wenn sie von weit her kamen. Haben Sie einen kurzen Moment Geduld, ich bin gleich für Sie da.«

Während Farina kurz im Nebenraum verschwand, um eine kleine Holzkiste wegzubringen, die auf dem Tresen stand, fiel Zabels Blick zu einem großen Plakat an der Wand, auf dem die berühmte Kundschaft verzeichnet war. Zabel fand Namen wie Goethe, Humboldt und auch einen alten Bekannten, Seine Königliche Hoheit Prinz Friedrich von Preußen.

Farina kam in den Verkaufsraum zurück. »Wie kann ich Ihnen behilflich sein?«

Zabel nahm das feuchte, mittlerweile aufgetaute Tuch aus seiner Manteltasche sowie den Flakon, der darin eingewickelt war, zeigte beides Farina. »Wir haben bei einem unbekannten Toten dies gefunden und glauben, dass er Kunde bei Ihnen war. Fällt Ihnen jemand ein, auf den die Initialen *J. K.* zutreffen könnten?«

Farina schüttelte spontan den Kopf. »J. K.? Ich muss dazu sagen, dass ich weniger im Verkauf tätig bin, das macht mein Sohn Johann Maria. Er ist gerade auf Reisen.« Farina dachte nach. »Wie sah der Mann denn aus?«

»Einen Kopf kleiner als ich, aber er wog mehr. Ich schätze, über hundert Kilo. Dunkle Haare.«

»Augenfarbe?«

»Das wissen wir nicht.«

Farina sah ihn erstaunt an. »Sie wissen es nicht?«

Zabel nickte stumm.

Farina schien zu ahnen, was das bedeutete, und fragte nicht weiter nach. Er öffnete den Flakon, roch daran, um zu überprüfen, ob das darin war, was hineingehörte. Dem schien so zu sein. »Es handelt sich hier um eine Viertelflasche Eau de Cologne, zwei Unzen, das ist die kleinste Einheit, die wir verkaufen. Dient oft als ein kleines Gastgeschenk, wir nehmen einen Reichsthaler dafür nach aktuellem Preis.« Er grübelte. »J. K.?«

Farina verschwand hinter dem Verkaufstresen und holte aus einer Schublade ein großes, in Leder gebundenes Buch, schlug es auf. Zabel trat näher heran, in dem Buch waren die Adressen der Kunden notiert.

Zabels Blick schweifte umher. Er war noch nie ganz allein in diesem Geschäft gewesen, immer wimmelte es sonst von Kunden. Die Flakons in unterschiedlichen Größen standen in schönen Vitrinen hinter Glas, die in der grellen Morgensonne glitzerten. Die Wände zierte eine Seidentapete in glänzendem Rot, die Decke war weiß gestrichen und mit Stuck verziert. In der Mitte des Raumes hing ein Kronleuchter mit Kerzen, die aus naheliegenden Gründen nicht brannten.

Farina blätterte in dem Buch. »Ich gehe davon aus, dass ›K‹ der Anfangsbuchstabe des Nachnamens ist. Mir fallen zwei Personen mit diesen Initialen ein, die zu der Körpergröße und dem Gewicht passen könnten. Die eine kauft meistens die halbe Flasche mit vier Unzen oder eine ganze mit acht. Aber die andere …, mein Sohn sagte mal, dass der Herr meistens gleich mehrere Flakons der kleinsten Einheit kauft. Hier …« Er drehte das Buch zu Zabel um. Die Kunden waren nach ihrem Wohnort sortiert, und Farina zeigte mit dem Finger auf eine Person, die in der Goldgasse wohnte. »Jean Kämmer. Er bevorzugt tatsächlich die Viertelflasche.«

Mit einem Mal schien Farina sich an den Kunden zu erinnern, ihn sichtlich vor sich stehen zu sehen. »Richtig, das hatte er mal erwähnt, dass er die kleinen Flaschen an Kunden verschenkte. Er handelt, soviel ich weiß, mit Textilien, Stoffen oder so was. Sicher bin ich mir aber nicht.«

»Er wohnt in der Goldgasse?«, fragte Zabel.

»Hausnummer 11. Wir haben ihm mal was dorthin geschickt.«

»Vielen Dank«, sagte Zabel und schaute von dem Buch auf. »Sie haben mir wirklich sehr geholfen.«

»Gerne«, erwiderte Farina mit einem Lächeln. »Und beehren Sie uns bald wieder, wenn möglich nicht in dienstlicher Angelegenheit.«

»Das werde ich mit Sicherheit«, sagte Zabel und wollte das Geschäft verlassen, blieb jedoch noch mal stehen. »Bitte behandeln Sie die Informationen vertraulich. Ich werde Sie benachrichtigen, wenn Sie den Namen aus Ihrer Kundenliste streichen können.«

Farina hatte verstanden und nickte.

Zabel kam aus dem Laden und stieg wieder in die Kutsche, ließ sich von dem Sergeanten zur Goldgasse fahren, die im nördlichen Teil der Stadt lag. Die Fahrt dauerte nicht lange, dann erreichten sie das Haus Nummer 11, an dessen Tür ein Schild angebracht war: *»J. Kämmer – Textilwaren«*.

Zabel stieg aus dem Wagen und wandte sich dem Sergeanten auf dem Bock zu. »Fahren Sie zum Präsidium, und sagen Sie Kommissar Bartmann, dass er herkommen soll. Möglichst schnell. Ich glaube, dass der Tote hier gewohnt hat.«

Die Kutsche setzte sich in Bewegung. Zabel hämmerte mit der Faust gegen die Tür. Nichts tat sich. Das Fenster daneben war bleiverglast und vergittert. Zabel probierte es erneut, schlug lauter und fester gegen das Holz, da öffnete sich ein Fenster in der ersten Etage am Nachbarhaus, und eine Frau schaute zu ihm herunter.

»Wat woll'n Se?«

»Kommissar Zabel. Ich möchte zu Jean Kämmer.«

»Do sin se ävvern nit allein«, sagte die Frau im breitesten Kölsch, das Zabel je vernommen hatte.

Er war sofort alarmiert. »Wie meinen Sie das?«

»He kloppe ständig Lück an de Dür, die bei in bei welle, ävver ich jläuv, der hät sich verdröck.«

Zabel glaubte, verstanden zu haben, dass Kämmer sich vor irgendwem versteckte. »Und was sind das für Leute?«

»Na, die Nüsele vun im krijje. Die ston Schlang bei im.«

Nüsele bedeutete Geld, so viel verstand Zabel dann schon.

Die Frau lachte schadenfroh. »Andersch süht dat bei d'r Kundschaff us. Die es selden jesenn bei uns'rem Häär Kämmer.«

»Hat er Familie?«

Die Frau schüttelte den Kopf. »Ich jläuve nit. Ävver wä mih övver da Kämmer wesse künnt, sin die Trottoirschwalve us'm Veedel.«

Die Huren aus dem Veedel. Zabel verkniff sich die Frage, woher sie so gut über ihren Nachbarn Bescheid wusste. In anderer Leute Privatleben zu schnüffeln war in Köln eine weitverbreitete Neigung, was ihm die Arbeit als Kommissar leichter machte.

»Fällt Ihnen jemand ein, der einen Schlüssel für diese Tür haben könnte?«

»Enä, dat nit. Ävver wann Se durch et Huus kumme un en d'r Hoff jonn, dann künne Se villeich vun hinge eren. Waade Se ens jrad.«

Die Frau verschwand vom Fenster, und es dauerte nicht lange, bis die Tür zum Nachbarhaus geöffnet wurde. Zabel bedankte sich bei der Frau, die klein und dick war und sich einen warmen Mantel übergeworfen hatte. Er betrat das Haus, um es durch die Hintertür wieder zu verlassen. Der Hof war durch eine Brandmauer aus roten Backsteinen vom Nachbargrundstück abgetrennt. Zabel verstand, was die Frau meinte. Würde er auf die Mauer aus Backstein steigen, käme er von da aus an ein Fenster im ersten Stock, und die sahen nicht so stabil aus wie die Tür oder das vergitterte Fenster im Erdgeschoss.

»Bruche Se en Leider?«, fragte die Frau und deutete zu einem Schuppen. »Do künnt ein sin.«

Zabel ging hin, der Schuppen war nur durch einen Riegel verschlossen, sodass die Tür sich ohne Weiteres öffnen ließ.

Dort stand tatsächlich eine Leiter, die lang genug war. Zabel lehnte sie an die Mauer, stieg hinauf und balancierte, als er oben stand. So erreichte er das Fenster im ersten Stockwerk und musste nur zweimal fest gegen den Holzrahmen stoßen, bis der aufging. Die Nachbarin stand am Fuße der Mauer und beobachtete ihn die ganze Zeit. Er schaute zu ihr herunter. »Vielen Dank! Jetzt schaffe ich es allein.«

»Isch hoffe, Se sin wirklich Schotzmann un keine Halunke.«

Zabel lächelte. »Mein Kollege, der gleich hier sein wird, kann es Ihnen bestätigen. Wenn Sie so nett wären, könnten Sie bitte vor der Tür auf ihn warten und ihm sagen, dass ich versuche, von innen aufzumachen?«

»Jään doch.« Die Frau nickte eifrig und verschwand wieder im Haus.

Zabel kletterte durchs Fenster in die Wohnung und befand sich im Schlafgemach. Unordnung war kein Ausdruck dafür, wie es in dem kargen Raum aussah. Überall lagen Sachen auf dem Boden verstreut, der Kleiderkasten stand offen, und das Bett war zerwühlt. Zudem roch es muffig. Zabel fragte sich, ob Kämmer für die Unordnung verantwortlich war oder ein Einbrecher oder der Mörder? Zabel ging noch einmal zum Fenster zurück und begutachtete den Holzrahmen. Er war leicht gesplittert, aber das sah ganz frisch aus. Also war Zabel derjenige, der den Schaden verursacht hatte.

Er verließ das Schlafgemach und gelangte in die Wohnstube, wo es ähnlich unordentlich war und ein stechender Geruch in der Luft lag. Zabel öffnete das Fenster und schaute sich um. Ein großer Raum mit niedriger Zimmerdecke zum Wohnen, Essen und Kochen. Zabel fand schnell heraus, wo der beißende Geruch herkam. Auf dem Tisch stand ein Teller mit Kartoffeln, die bereits Schimmel ansetzten. Auf den Fettresten vom Fleisch tummelten sich Fliegen und anderes Ungeziefer. Zabel nahm eine Kartoffel zwischen Zeigefinger und Daumen, um sie näher zu inspizieren. Er gelangte zu der Einschätzung, dass sie seit mindestens fünf Tagen hier lag. Er legte sie zurück auf den Teller und dachte nach.

Entweder war Kämmer überstürzt aufgebrochen, oder er hatte nur kurz weggehen wollen und war nicht mehr zurückgekommen, womöglich, weil er draußen seinem Mörder begegnet war. Zabel ging noch einmal ins Schlafzimmer zurück, suchte nach einem Koffer und fand ihn unter dem Kleiderkasten. Dem Gefühl nach war Kämmer nicht verreist, im Kasten hing einiges an Kleidung, was man zu dieser Jahreszeit brauchte. Ein Gläubiger schien als Täter durchaus infrage zu kommen, vielleicht hatte man das Geld aus Kämmer herausprügeln wollen. Zabel erinnerte sich an den Mann kurz vor Silvester, mit den gebrochenen Fingern, der auch verschuldet war. Nach der Tat hätte der Mörder einen Schlüssel gehabt, um sich hier umzusehen, die Schubladen und Kästen zu durchwühlen.

Zabel schritt zur Wohnungstür, die nicht abgeschlossen war, und öffnete sie. Eine steile Treppe führte nach unten ins Parterre zur Haustür. Zabel sah, dass die Wohnungstür außen nur einen Knauf hatte, keine Klinke, weshalb er einen herumliegenden Holzkeil zwischen Tür und Rahmen legte, bevor er die knarrenden Stufen nach unten schritt. Die Tür zu den Geschäftsräumen war nicht abgeschlossen, Zabel trat ein. Nur wenig Licht drang durch das vergitterte Fenster ins Innere, Zabel fand eine Packung Streichhölzer und entzündete eine Öllampe.

Direkt am Fenster stand ein Sekretär, auf dem zwei Geschäftsbücher lagen und jede Menge einzelner Blätter. Das Inventar bestand aus mehreren stabilen Holztischen, auf denen sich Stoffballen stapelten, an den Wänden waren Kleiderstangen befestigt, vor allem für Hosen, aber auch ein paar Mäntel und Röcke. Es sah mehr aus wie ein Lager als ein Verkaufsraum, auch fehlten die typischen Utensilien, die ein Schneider hätte. Kämmer war kein Handwerker, sondern ein Händler, ein Kaufmann. Zabel klappte die Geschäftsbücher auf, in denen viele Zahlen in Tabellen geschrieben waren. Falls nötig würde er diese Bücher dem Cousin seiner Frau zeigen, vielleicht könnte Brügelmann ihm sagen, wem Kämmer Geld schuldete. Womöglich kannten die beiden sich sogar, da sie im selben Metier arbeiteten. Zabel öffnete die Schubladen des Sekretärs, eine nach der anderen, und er fand einen Bund mit drei Schlüsseln, von denen einer ins Schloss der Haustür passte. Zabel trat auf die Straße, wo die Nachbarin Wache hielt, und hörte kurz darauf, wie sich ein Pferdewagen näherte. Zabel erkannte sofort, dass es einer aus ihrem Fuhrpark war, er wurde langsamer und hielt. Bartmann stieg aus.

Die Nachbarin sah Zabel an. »Dann bruche Se mich jitz nit mih?«

Er lächelte. »Vielen Dank für Ihre Hilfe!«

»Wat hät dä Kämmer dann aanjestallt?«, fragte sie neugierig.

»Nix«, sagte Bartmann harsch und sprach ebenfalls im breitesten Kölsch zu der Frau. »Hä hät jejläuv, wie Jesus övver d'r Jordan jonn ze künne, kunnt ävver net schwemme.«

Die Nachbarin hatte im Gegensatz zu Zabel jedes Wort verstanden und hielt sich schockiert die Hand vor den Mund. Bartmann verschwand ohne weiteren Kommentar ins Haus, Zabel folgte ihm und ging fest davon aus, dass die Nachricht von Kämmers Tod sich wie ein Lauffeuer verbreiten würde.

Im Geschäftsraum sah Bartmann sich um, schaute zu Zabel. »Wohnte er och he?«

Zabel deutete an die Decke. »Oben.«

»Kannte Farina ihn?«

»Nicht wirklich. Aber es ist sehr wahrscheinlich, dass Kämmer unser Mann ist.«

Sie stiefelten die Treppe hinauf, betraten die Wohnung, wo es nicht mehr ganz so intensiv roch wie noch vorhin. Dafür war es jetzt noch kälter in der Stube. Zabel schloss das Fenster wieder. Bartmann grinste, als er die verschimmelten Kartoffeln sah. »Kann mer die noch esse? Isch han noch nit jefrühstückt.«

Zabel lachte und zeigte zum Nebenraum. »Sehen Sie sich mal das Schlafzimmer an.«

Zabel ging vor, Bartmann folgte.

»Fast wie bei mir zu Huss«, stellte er fest.

Zabel grinste wieder. »Das glaube ich Ihnen nicht. Sie haben eine gute Frau.«

»Ja, dat Wiev passt«, bestätigte Bartmann. »Isch kann mich nit beschwere.«

Er hob die Matratze an, um einen Blick darunter zu werfen, und stutzte. »Wat es dat dann? Föhle Se ens.«

Zabel fasste die Matratze an, Bartmann ließ los, und Zabel spürte, dass sie sehr schwer war, als ob sie sich mit Wasser vollgesaugt hätte, aber sie war trocken.

Zabel schaute genauer hin. Die Matratze hatte einen Schlitz am Fußende, aus dem das Innere hervorquoll. Er fasste mit der Hand hinein und ertastete etwas. Es war aus Metall, es schien die Form eines Kreuzes zu haben. Zabel zog die Hand heraus und hielt darin das schwere silberne Kreuz mit dem Sohn Gottes daran.

»Uff«, entwich es Bartmann, und er bekreuzigte sich. »Herr im Himmel!«

»Das können Sie laut sagen.« Zabel sah sich das Kreuz an, das normalerweise an einer Holzstange befestigt war, um es für alle sichtbar in die Kirche zu tragen.

»Domit wör d'r Einbruch en der Schatzkammer aufgeklärt.«

»Und der Mord wahrscheinlich auch«, fügte Zabel hinzu.

Bartmann ignorierte die Bemerkung und fragte weiter. »Wieso kläut 'ne Händler esu e Krütz?«

»Weil etliche Leute Geld von ihm wollten. Mit tausend Thalern hätte er seine Schulden bezahlen können. Erinnern Sie sich noch daran, was Arthur Schmoor gesagt hat vor ein paar Tagen?«

Bartmann nickte stumm. Er schien auch Zabels Bemerkung davor schon verstanden zu haben.

»Arthur Schmoor hat es angedroht. Vor Zeugen, vor uns beiden.«

Bartmann schluckte.

Zabel sah ihn an. »Was ist?!«

»Isch han e Wiev un veer Pänz zohus.«

»Das weiß ich. Und?«

Bartmann druckste herum. »Wenn Schmoor dat war – un danach sieht et us –, wandert er för d'r Ress singer Dage in et Kaschöttche.«

Zabel schüttelte den Kopf. »Nein, er landet auf dem Schafott. Wo Männer wie er hingehören.«

Bartmann war aufgebracht. »Er hät also nix mehr zo verliere, wie mer säht.«

Zabel verstand, was mit dem Kollegen los war. »Es verlangt niemand von Ihnen, dass Sie ihn allein festnehmen.«

»Dat beruhigt mich ävver«, erwiderte Bartmann spöttisch. Er wirkte sichtlich nervös.

»Was ist los mit Ihnen?«

Bartmann zögerte. »Wie sull isch et explizeere.« Jetzt bemühte er sich, ein möglichst verständliches Deutsch zu sprechen. »Hier en Kölle regulieren m'r jewisse Dinge anders. Schmoor es nit irgendeiner, er regiert die Unterwelt. Wat er sagt, es Jesetz. Un er sorgt dafür, dat sing Lück die Jesetze einhalten.«

»Seine Gesetze?« Zabel verstand. »Er hat Ihnen gewissermaßen die Arbeit abgenommen?«

Bartmann nickte.

»Und was wollte er dafür?«

»Na, was wohl? Dat er sing Ruhe hat vor uns.« Bartmann

setzte sich auf die Matratze und starrte auf das Kreuz in seiner Hand. »Ich möcht nit wisse, wat er anstellen dät, wenn m'r ihm zo noh kumme.«

»Seine Gesetze haben in dieser Stadt keine Gültigkeit, nur die des Staates.«

Bartmann nickte, reichte ihm das Kreuz. »Ich bin 'ne Kölsche Jung. Und kein Held wie Sie.«

Zabel verstand. »Dann arbeiten wir zusammen: Sie finden heraus, wo Arthur Schmoor steckt, und ich kümmere mich um seine Festnahme. Wenn er eingesperrt ist, hat niemand mehr etwas zu befürchten.«

Bartmann seufzte. »Do ben isch m'r nit sicher.«

Zabel hielt dagegen. »Niemand legt sich mit der Staatsmacht an.«

»Arthur Schmoor ist nicht niemand.«

Zabel wog das Kreuz in seiner Hand. »Wollen Sie mitkommen, wenn ich es dem Dompropst zurückbringe?«

Bartmann schüttelte den Kopf. Er machte den Eindruck, als hätte er am liebsten gar nichts mehr mit diesem Fall zu tun.

KAPITEL 10

Fonk standen Tränen in den Augen, als Zabel ihm das silberne Vortragekreuz, eingewickelt in ein weißes Tuch, überreichte.

Sie waren in seinem Arbeitszimmer, von wo aus man einen Blick auf den Dom hatte. Der Schreibtisch, an dem Fonk saß, war noch größer und prachtvoller als Struensees. Zabel und der Kaplan standen auf der anderen Seite.

»Ich werde in der nächsten Sonntagsmesse eine Fürbitte für Sie lesen, Herr Kommissar.«

Zabel stellte seine Frage betont unverfänglich. »Kennen Sie den Dieb, Jean Kämmer?«

Fonk schaute zu seinem Kaplan, beide schüttelten den Kopf.

»Jean Kämmer«, fuhr Zabel fort. »Kaufmann und Textilhändler. Geboren in Jena. Hat in der Goldgasse gewohnt, nicht weit von hier.«

Sie schüttelten erneut den Kopf.

»Nein, nie gehört«, sagte Fonk.

Zabel schaute nachdenklich auf den Boden. »Ich frage mich, wieso er ausgerechnet in die Schatzkammer eingebrochen ist?«

»Weil es da Schätze gibt«, erwiderte der Kaplan vorlaut. »Das Vortragekreuz kennt jeder in der Stadt, der regelmäßig die Heilige Messe im Dom besucht.«

»Kämmer war Protestant, genau wie ich«, erwiderte Zabel.

»War?!« Fonk, der mitunter geistesabwesend wirkte, hörte sehr genau zu.

»Ja. Er ist tot.«

Beide Geistliche bekreuzigten sich. »Gott möge den armen Sünder zu sich nehmen«, murmelte Fonk, dann schaute er wieder zu Zabel. »Er war Protestant, sagten Sie? Das erklärt dann wohl, wieso er nicht zur Beichte erschienen ist, wie Sie es anfänglich vermutet hatten.«

Der Kaplan ergriff das Wort. »Der Einbrecher vor zwei Jahren hatte auch nichts mit der Kirche zu tun. Wieso fragen Sie, ob wir diesen …« Ihm schien der Name bereits entfallen zu sein.

»Kämmer«, sagte Zabel.

Der Kaplan nickte. »Dass wir diesen Kämmer kennen sollten?«

Zabel sah ihm streng in die Augen. »Dies war nur eine Frage. Allerdings wundert mich Ihre Reaktion.«

Nun war Fonk alarmiert. »Wie meinen Sie das?«

»Es besteht die Möglichkeit, dass Kämmer den Einbruch nicht ganz ohne fremde Hilfe verübt hat.«

»Wollen Sie etwa andeuten, dass diese Hilfe von einem …« Er verstummte abrupt.

»Ich betone, es besteht die Möglichkeit«, sagte Zabel. »Sollten Sie selbst den Eindruck gewinnen, dass jemand aus

Ihren Kreisen dem Täter geholfen haben könnte, erwarte ich von Ihnen zu hören.«

»Da können Sie aber sicher sein«, sagte Fonk.

»Ich wünsche Ihnen noch einen schönen Tag«, verabschiedete sich Zabel und wollte gerade gehen.

»Moment noch«, sagte Fonk und gab dem Kaplan ein Handzeichen, dass er den Raum verlassen sollte. Etwas unwillig setzte sich der junge Geistliche in Bewegung und machte die Tür von außen zu.

Zabels Fragen schienen den Dompropst misstrauisch gemacht zu haben. »Wie kommen Sie darauf, dass jemand dem Dieb zur Seite stand?«

»In Ihrer Welt heißt es Eingebung durch den Heiligen Geist, in meinem Beruf reden wir von Gespür.«

»Mehr nicht?«

Zabel wusste nicht, wie weit er gehen sollte. Fonk machte auf ihn den Eindruck, als ob er etwas zu verbergen hätte. »Viel mehr nicht, nein.«

Fonk erhob sich aus seinem Stuhl. »Ich wünsche Ihnen auch noch einen schönen Tag. Der Herr sei mit Ihnen.«

Zabel wandte sich ab und ging zur Tür, hinter der der Kaplan stand und wahrscheinlich gelauscht hatte.

KAPITEL 11

Wie am Morgen zuvor war es wieder sehr kalt. Zabel ritt auf seinem Haflinger zum Severinstor, passierte die Stadtmauer und erreichte schließlich das Fort II. Hier, außerhalb der Stadtmauern, brachte man die besonders gefährlichen Straftäter unter. Vor dem gewaltigen Tor stand eine Kutsche, die Zabel verriet, dass der Professor bereits eingetroffen war.

Der Sergeant, der nach Bonn gefahren war, hatte Zabel gestern die Nachricht überbracht, dass Professor Staade es am nächsten Morgen einrichten konnte, die Leiche zu untersuchen. Eile war geboten, so hatte die Erfahrung gezeigt, weil sich der Körper veränderte, die Verwesung eintrat, das Blut gerann.

Die Wachen am Eingang kannten Zabel, sodass er sich nicht ausweisen musste. Er ging die Stufen ins Untergeschoss hinab, wo es letztlich genauso kalt war wie draußen.

Am Ende des steinernen Ganges flackerte ein Feuer. Mit jedem Schritt, den Zabel sich näherte, wurde es in dem Gemäuer wärmer und wärmer. In einer der Kerkerzellen brannten mehrere Holzscheite in einem Feuerkorb, der Rauch zog durch eine kleine vergitterte Öffnung ab. Professor Theodor Staade band sich eine Lederschürze um, als der Kommissar eintraf. Staade war groß gewachsen und schlank, er hatte ein längliches Gesicht und einen gepflegten schwarzen Vollbart.

»Schön, Sie zu sehen«, empfing er Zabel. »Wenn auch leider immer unter solch unerfreulichen Umständen.«

Das war ihr Schicksal, es musste ein Mensch sterben, dass sie sich trafen. Zabel erinnerte sich an ihr erstes Mal. Kurz vor einer Hinrichtung war Professor Theodor Staade im Präsidium erschienen. Da der Polizeipräsident gerade nicht in Köln verweilte, hatte Zabel die ungewöhnliche Anfrage des Mediziners bearbeitet. Professor Staade hatte darum gebeten, mit einer kleinen Abordnung von Studenten bei der Hinrichtung dabei sein zu dürfen. Nicht als gewöhnliche Zuschauer, dazu hätte es keiner Genehmigung bedurft. Der Professor wünschte, dass einer seiner Studenten unterhalb des Fallbeils Position beziehen dürfe, um den Kopf des Verurteilten aufzufangen und ihm gleich danach laut ins Ohr zu schreien? Zuerst hatte Zabel es für einen Scherz gehalten, aber dem war nicht so, der Professor wollte herausfinden, ob die Augen in dem abgetrennten Kopf noch reagierten.

Zabel erteilte die Erlaubnis, aber das Experiment verlief ohne nennenswertes Ergebnis, ebenso die Untersuchung des Verbrechergehirns. Struensee war nicht begeistert gewesen, als er von dem makabren Schauspiel gehört hatte, und lehnte eine weitere Zusammenarbeit seiner Behörde mit der Universität Bonn ab. Zabel sah das anders. Leichenschauen waren nichts Besonderes mehr, seitdem die Kirche an Macht und Einfluss verloren hatte. Aber Professor Staade wollte enger mit der Polizei zusammenarbeiten, um mehr Informationen über die Umstände der jeweiligen Tat zu bekommen. Nur so ließen sich die medizinischen Auswirkungen eines Gewaltverbrechens dokumentieren und typische Verletzungen einordnen. Vielleicht wäre es irgendwann möglich, durch die Leichenschau mehr über den Täter, sein Denken und Handeln herauszufinden. Das schwebte dem Mediziner vor, eine übergreifende Zusammenarbeit, die beiden Parteien dienlich wäre. In weiteren Briefwechseln fanden sie zueinander, und Zabel versprach dem Professor, ihm jedes Mal Bescheid zu geben, wenn sie einen Toten hatten, der von Interesse sein könnte, aber die Leiche müsse jedes Mal in Köln verbleiben.

Jetzt reichte Zabel ihm die Hand. »Herr Professor.«

»Herr Kommissar.« Staade schlug ein und deutete zu einem jungen Mann, der medizinisches Werkzeug aus einer Tasche herausholte, um es nebeneinander auf einem kleinen Klapptisch zu sortieren.

»Mein Assistent und Doktorand, Herr Weber.«

Auch sie gaben sich die Hand. Weber hatte dunkel gelocktes Haar, und seine Statur verriet, dass er körperlicher Ertüchtigung zugeneigt war. Er hatte eine deutlich sichtbare Narbe im Gesicht, die höchstwahrscheinlich von einer Mensur stammte. Zabel war die Tradition der Burschenschaften bis heute fremd geblieben, und er fragte sich, warum sich Studenten solch einem Ritual hingaben?

Weber setzte seine Arbeit fort. Der tote Körper von

Jean Kämmer lag mit einem weißen Tuch abgedeckt auf einer Steinpritsche, die sonst Gefangenen als Schlafplatz diente.

»Der Körper taut gerade auf, sonst bräuchte ich eine Säge anstelle eines Messers«, erklärte Staade. »Ich denke, wir können in Kürze beginnen.«

Weber reichte Zabel auch eine Schürze, die er sich umband.

Staade wandte sich dem Kommissar zu. »Was ist das Wichtigste für Sie, was möchten Sie über den Verstorbenen wissen?«

»Den Zeitpunkt des Todes.«

Der Professor lächelte kopfschüttelnd. »Ich werde mein Bestes geben, aber das dürfte unmöglich sein. Die Leiche schwamm im Wasser, richtig?«

Zabel nickte. »Dann wüsste ich gerne, woran genau er gestorben ist – und wie kräftig ein einzelner Mann sein muss, der einem Menschen so etwas antut.«

»Steht es fest, dass es nur einer war?«

»Es ist wahrscheinlich.«

Der Professor zog das Leichentuch mit einem Ruck weg, und zum Vorschein kam ein Körper, der nun, da er nackt dalag, noch fürchterlicher aussah als gestern am Hafen. Weber wandte den Blick ab.

Der Professor schüttelte den Kopf. »Wir reden hier nicht von einem Mann, sondern von einem Berserker, der das angerichtet hat.«

Zabel hatte im Krieg auch schon einiges gesehen, abgerissene Gliedmaßen, Bäuche, aus denen die Gedärme heraushingen, Schusswunden am Kopf, die den halben Schädel weggerissen hatten, weshalb das Gehirn als zähe, glibberige Masse hervorquoll. Aber das, was jetzt vor ihm lag, übertraf alles bisher Dagewesene. Der Zustand der Leiche deutete auf unglaubliche Grausamkeit hin. Man konnte förmlich erahnen, mit welcher Gewalt jeder einzelne Schlag ausgeführt worden war, mit der Faust oder einem Gegenstand.

Zabel ging das Bild nicht mehr aus dem Kopf: von Arthur Schmoors riesiger Pranke, die er ausgestreckt und dann vor allen Leute als Drohung zur Faust geballt hatte. Eine Faust, die einen Körper so zurichten könnte, dachte Zabel. Auf der schneeweißen Haut befanden sich große, dunkle Flecken, die an die Beulenpest erinnerten. Er betrachtete die Finger des Toten, die anders aussahen als die von dem Mann, der kurz vor Silvester seine Schulden nicht bezahlt hatte. Zabel kamen Arthur Schmoors Worte in den Sinn, und er schaute zu dem Mediziner. »Sind die Finger gebrochen?«

Staade schaute es sich an, schüttelte den Kopf. »Nein. Wieso?«

»Weil ein Verdächtiger damit gedroht hat, ihm die Finger zu brechen. Jeden Einzelnen.«

Staade nahm es zur Kenntnis, machte weiter, tastete den Körper mit seinen Händen ab, und der Brustkorb schien so weich zu sein wie der fettleibige Bauch.

»Oh Gott, fühlen Sie mal«, sagte der Professor. »Alle Rippen sind gebrochen.« Er schaute zu seinem Assistenten. »Sie auch, Weber.«

Der Assistent machte einen Schritt auf die Leiche zu,

drehte sich plötzlich um und rannte aus der Zelle. Kurz darauf vernahm Zabel das bekannte Geräusch, wenn sich jemand übergab.

Der Professor kommentierte es mit einem schelmischen Grinsen. »Er ist ein guter Student, in der Theorie. Aber was die Praxis seines Berufs angeht, muss er noch einiges lernen.«

Zabel interessierte sich sehr für Medizin, aber jetzt dachte er, dass er sich doch für den richtigen Beruf entschieden hatte. Ganz gewiss wollte er nicht mit dem jungen Doktoranden tauschen. Trotzdem näherte er sich der Leiche, stellte sich neben sie und überwand seinen Widerwillen. Vorsichtig tastete er den Brustkorb ab, der sich tatsächlich so weich wie ein Kissen anfühlte. Staade erschien neben ihm mit einem langen Messer, das eine dünne, scharfe Klinge aus Stahl hatte. Zabel trat zur Seite.

»Alle Rippen sind gebrochen, wie es scheint. Das macht es etwas leichter, den Brustkorb zu öffnen.« Der Professor setzte die Klinge an der Kehle des Toten an und führte den Schnitt bis hinunter zum Geschlecht. Dort angekommen, stutzte er, nahm das Messer in die linke Hand und fühlte mit der rechten zwischen den Beinen des Toten.

»Oh Gott!«, entfuhr es ihm.

»Was denn?«

»Kommen Sie her, fühlen Sie mal seine Hoden.«

Zabel schüttelte den Kopf. »Nein. Wieso?«

»Die haben keine Festigkeit mehr, keine Konsistenz, die sind …« Er schien es nicht aussprechen zu wollen.

»Was?«, hakte Zabel nach.

»Zerquetscht worden. Wie zwei rohe Eier. Es dürfte außerhalb unserer Vorstellungskraft liegen, wie schmerzhaft dies war, wenn er noch etwas gespürt hat.«

Zabel wollte sich so etwas nicht vorstellen.

Der Professor machte noch zwei weitere Schnitte am Hals und klappte die großen Hautlappen des Oberkörpers wie einen Mantel nach rechts und links zur Seite, betrachtete mit geschultem Auge die Innereien. Als Nächstes schnitt er die Beine auf und konnte so feststellen, wie oft die Knochen von den Oberschenkeln bis zu den Füßen gebrochen waren. Dann widmete er sich dem Kopf des Toten.

Der Doktorand war mittlerweile zurückgekehrt, um zu assistieren, sah aber so wenig wie möglich hin, sondern konzentrierte sich ganz auf das Operationsbesteck. Gerüche gab es kaum, die Leiche war sauber, und das prasselnde Feuer schwängerte die Luft mit Rauch.

»Die schwarzen Flecken sind geronnenes Blut, das sich in der Kälte verfärbt hat«, erklärte der Professor. Er nahm den Kopf zwischen seine Hände und drehte ihn hin und her, was Geräusche verursachte, als würden Knochen aneinanderreiben. Staade schaute in die leeren Augenhöhlen. »Es sieht so aus, als ob die Glaskörper herausgerissen worden wären, nicht ausgestochen. Sonst müssten noch Überreste der Hornhaut da sein.«

Allmählich wurde es auch Zabel zu viel, und der Professor schien das zu spüren. Er zog das Tuch wieder über den Leichnam und befreite sich von seiner Schürze. Die reichte er seinem Assistenten, der anfing, alles wieder zusammenzupacken.

Zabel zog die Schürze ebenfalls aus, während Staade ihm seine Einschätzung mitteilte. »Dieser Mann wurde so lange geschlagen, traktiert, gequält, bis kein Leben mehr in ihm steckte. Man könnte sagen, ihm wurde die Seele aus dem Leib geprügelt. Im wahrsten Sinne des Wortes.« Der Professor seufzte. »Ich kenne mich nicht so gut mit der menschlichen Natur aus wie Sie, aber ich würde sagen, der Mörder hatte Spaß daran. Wenn es ihm nur darum gegangen wäre, einen Menschen zu töten, hätte er sich nicht solche Mühe machen müssen, jeden Bereich des Körpers zu zerstören.«

»Ein mehr als gewalttätiger Mann?«

Der Professor nickte. »Ein sehr starker dazu. Wir beide wären dazu rein körperlich nicht in der Lage.«

»Ist es möglich, dass das Opfer gestürzt ist, aus größer Höhe? Einem Turm zum Beispiel?«

Staade schüttelte den Kopf. »Die Knochenbrüche und die Verletzung aller Organe, ja, das wäre erklärbar durch einen Sturz. Aber nicht die Augen oder die Hoden. Da hat jemand seine Finger im Spiel gehabt, im wahrsten Sinne des Wortes.«

Zabel hatte ein klares Bild des Mörders vor Augen und ging fest davon aus, dass er ihm am letzten Samstag des Jahres 1822 in einer Spelunke begegnet war. Zabel hatte Verständnis für Bartmann, der sichtlich Angst vor diesem Monster hatte. Genau solche Angst, die Arthur Schmoor in der Unterwelt verbreitete, war der Grund, weshalb man ihn bisher gewähren ließ. Womöglich hatte es dafür auch ein paar Gefälligkeiten gegeben, die jetzt aber nicht entscheidend waren. Entscheidend war die grenzenlose Brutalität, die von diesem Koloss ausging.

Zabel würde Arthur Schmoors Schreckensherrschaft für immer beenden.

KAPITEL 12

Zabel nahm fünf Soldaten aus dem Fort mit. Sie fuhren in zwei Pferdewagen zum Freihafen. Dort wartete bereits Fritz Bartmann auf sie. Er hielt sich schon den ganzen Tag hier auf, um Arthur Schmoor ausfindig zu machen.

Zabel stieg aus dem Wagen, ging zu seinem Kollegen.

»Er is im Buttermarkt, Haus Nummer 13. Do arbeitet Cécile Travail, die Sie ja kennen.«

»Wie lange ist Schmoor schon da drin?«

Bartmann zuckte mit den Schultern. »Wat weiß ich? So öm die zehn Minutte.«

Der Buttermarkt war eine schmale Gasse, die parallel zum Ufer des Freihafens verlief.

Die Soldaten reihten sich vor Zabel auf. Jeder von ihnen wusste, dass der Kommissar gedient hatte und bei den Befreiungskriegen beinahe von Anfang bis zum Ende dabei gewesen war. Dafür zollte man ihm Respekt, und sie vertrauten seiner Taktik. Vor allem, weil er darauf bestand, selbst voranzugehen, in erster Reihe zu stehen.

»Die eigene Sicherheit steht über allem«, sagte Zabel zu den Soldaten. »Arthur Schmoor, wenn er sich wehren sollte, hat das Recht verwirkt zu leben. Wenn er sich ergibt, legen wir ihm die an.« Zabel hob die Ketten für Hände und Füße hoch, zeigte sie ihnen und reichte sie dem Jüngsten in der Truppe. »Passen Sie darauf auf, und halten Sie sich bereit.«

Zabel schaute in die Runde. »Im Haus Nummer 13 arbeitet eine Hure für ihn. Er ist wahrscheinlich bei ihr, um ihren Lohn zu kassieren. Wir werden von zwei Seiten kommen.« Zabel zeigte auf drei der Soldaten. »Sie von der Südseite, die anderen folgen mir. Also los.«

Sie teilten sich auf. Zabel ging vorneweg, zwei Soldaten hinter ihm. Die wenigen Leute, die sich in der Gasse aufhielten, liefen weg, als sie die Truppe kommen sahen. Aber einer der Zivilisten stieß noch einen lauten Pfiff aus.

Schmoor war ab jetzt gewarnt. Zabel hatte nur noch fünfzig Meter bis zu dem Haus Nummer 13, doch die Soldaten, die ihm entgegenkamen, waren noch etwas weiter entfernt. Er zog seinen Säbel aus der Scheide, da ging ein Fenster in der ersten Etage auf, und Zabel sah Cécile Travail. Sie schaute zu ihm herunter, ihre Blicke trafen sich. Im selben Moment flog die Haustür vor ihnen auf.

»Arthur«, schrie Cécile.

Der Koloss trat auf die Gasse, erblickte Zabel. Einen kurzen Moment schien die Zeit stillzustehen. Zabel spürte niemanden mehr hinter sich, die beiden Soldaten waren beim Anblick des Gegners abrupt stehen geblieben.

Schmoor zögerte einen Moment, was er tun sollte, sah die Soldaten von der anderen Seite kommen und rannte los, direkt in die Salzgasse hinein, die genau zwischen den Angreifern einen Fluchtweg zum Freihafen bot. Das hatte

Zabel nicht bedacht, es war sein Fehler gewesen. Er zögerte keine Sekunde und rannte Schmoor hinterher, hinein in die Salzgasse.

Zabel hatte seinen Gegner unterschätzt, denn Schmoor blieb plötzlich stehen und drehte sich um. Ein kluger Schachzug, denn die Gasse war sehr schmal, Hauswände rechts und links, sodass Zabel allein in erster Reihe stand. Die Angreifer mussten nacheinander zum Kampf antreten. Zabel spürte in dem Moment, dass niemand direkt hinter ihm war, seine Soldaten verharrten an der Kreuzung. Zabel hoffte, dass einer von ihnen den Ernst der Lage begriffen hatte und losgelaufen war, um die Häuserreihe herum, um von der anderen Seite, vom Freihafen, in die Gasse zu gelangen, um Schmoor von hinten anzugreifen. Doch selbst das würde zu lange dauern. Zabel war auf sich allein gestellt.

»Du nimmst mich nicht fest«, zischte Schmoor und zog ein Messer mit langer rostiger Klinge hervor. Sie sah nicht sehr scharf aus, aber in der Hand des richtigen Mannes könnte das Messer schlimmste Verletzungen bewirken.

»Runter auf die Knie, sofort!«, schrie Zabel ihn an, mit dem Säbel in der Hand.

Arthur Schmoor dachte nicht daran, er machte einen Schritt auf ihn zu, hob das rechte Knie bis fast zum Kinn, um mit einem Stampftritt die Gewalt seiner gesamten Körpermasse gegen Zabel zu richten.

Zabel reagierte blitzschnell, wich zurück und konnte in diesem Moment froh sein, dass die Soldaten gezögert hatten und nicht direkt hinter ihm standen. Der Tritt ging mit all seiner Wucht ins Leere, aber Schmoor stand sofort wieder auf beiden Beinen, fand das Gleichgewicht, und seine Hand mit dem Messer schnellte nach vorne. Sie verfehlte Zabel um Haaresbreite, weil er einen Ausweichschritt zur Seite machte, dann schlug er zu. Der Säbel traf Schmoors Arm, und nicht nur die Waffe fiel auf das Kopfsteinpflaster, sondern seine ganze Hand. Eine Blutfontäne schoss aus dem Stumpf am rechten Unterarm und sprenkelte die Hauswand rot. Schmoor brauchte weniger als eine Sekunde, um zu begreifen, was passiert war. Er schrie aus Leibeskräften und setzte erneut zum Angriff an. Ein verletztes Tier konnte gefährlicher sein als alles andere. Zabel durfte nicht zögern. Der zweite Hieb mit dem Säbel traf Schmoor an der Schulter. Die Klinge drang tief ins Fleisch ein und erzeugte eine klaffende Wunde. Das war zu viel, auch für den Koloss. Schmoor sackte auf beide Knie und stieß einen markerschütternden Schrei aus, der von den Hauswänden widerhallte. Zabel wischte sich das Blut aus dem Gesicht. Da bemerkte er, wie hinter Schmoor ein Schatten auftauchte, nicht die Soldaten, es war Fritz Bartmann. Er schritt von hinten auf Schmoor zu und trat ihm ins Kreuz, dass der mit seinem Gesicht nach vorne aufs Kopfsteinpflaster schlug.

Zabel machte einen Schritt zur Seite, um den Soldaten hinter ihm Platz zu machen, die nun den Mut fanden, dem Koloss entgegenzutreten. Schmoor fuchtelte wie wild mit dem Armstumpf herum und schrie aus Leibeskräften.

»Zabel, ich bring dich um!« Seine Stimme schwoll noch mehr an, überschlug sich fast. »Ich komme wieder, und dann bringe ich euch alle um.«

Die Kräfte des hünenhaften Mannes schienen nachzulassen, trotzdem war die Gefahr noch nicht gebannt. Bartmann nahm dem jungen Soldaten, der so etwas Furchtbares anscheinend noch nie erlebt hatte, die Ketten ab und begann damit, Schmoors Füße zu fesseln, während einer der erfahrenen Soldaten den rechten Arm Schmoors mit einem Ledergürtel abband und dadurch die Blutung stoppte. Die Uniformen waren allesamt blutverschmiert, ebenso die Kleidung der Kommissare.

Bartmann kam zu seinem Kollegen. »Alles im Lot? Sin Se in Ordnung?«

Zabel nickte, während er die Klinge mit einem Tuch reinigte, bevor er sie zurück in die Scheide beförderte. Dann trat er wieder auf den Buttermarkt, atmete erst einmal tief durch und erblickte sie. Cécile Travail.

Die Frau kam langsamen Schrittes auf ihn zu. Sie trug wieder das dunkelblaue Kleid, ihre Beine waren nackt, offenbar hatte sie sich in der Eile nur schnell einen Mantel übergeworfen. Ihr Blick ruhte unverhohlen auf Zabel, der sich zuerst nicht rührte, sich dann aber mit seiner Hand durchs Gesicht fuhr und das Blut an seiner Hose abwischte, die schon tiefrot gefärbt war. Arthur Schmoors Schreie drangen unentwegt aus der Seitengasse. Als Cécile sich an Zabel vorbeidrängen wollte, hielt er sie fest.

»Lassen Sie mich zu ihm!«, keifte sie.

»Nein«, sagte Zabel laut und bestimmend.

»Lebt er noch?«

»Das hören Sie doch.«

Es wurde stiller.

Zabel hielt Cécile an beiden Armen fest, roch ihr Parfüm vermischt mit frischer Seife, und sah aus nächster Nähe ihre Tränen. Wer immer Arthur Schmoor war – Zabel kannte ihn nicht wirklich –, diese Frau empfand etwas für ihn.

»Warum?«, schluchzte sie.

»Er hat einen Mann getötet, den Dieb des Vortragekreuzes. Genau, wie er es angedroht hat.«

Cécile sah den Kommissar entsetzt an. »Wen? Wer war der Dieb?«

»Das Opfer hieß Jean Kämmer«, antwortete Zabel.

»Jean?«

»Sie kennen ihn?«

Cécile schüttelte sofort den Kopf.

Zabel wurde laut. »Das glaube ich Ihnen nicht. Sie kennen ihn.« Er packte sie noch fester an ihren Handgelenken.

»Sie tun mir weh.«

Zabel blieb unerbittlich. »Es wird noch viel mehr wehtun, wenn ich Ihnen die Arme breche. Sie kennen Jean Kämmer. Woher?«

»Er war mein Kunde.«

»Und warum haben Sie es zuerst geleugnet?«

»Ich rede nicht über meine Freier.«

»Auch nicht, wenn sie tot sind? Reden Sie, jetzt!«

»Er mochte es von hinten. Wollen Sie das hören? Oder wie groß sein bestes Stück war?«

»Das weiß ich«, erwiderte Zabel. »Ich habe ihn gesehen. Sein Mörder hat ihm die Hoden zerquetscht.«

Cécile starrte ihn entsetzt an.

Zabel nickte. »Mit den Händen. Zerquetscht. Und der

Mörder hatte Spaß daran gehabt. Er wollte ihm wehtun, genau wie Arthur Schmoor es angekündigt hat. Und dann wollte er auch noch mich umbringen.«

Cécile begriff die Ausweglosigkeit ihrer Situation, fing bitterlich an zu weinen und sackte vor ihm auf die Knie. Zabel ließ ihre Handgelenke los. Cécile umklammerte sein rechtes Bein, hielt sich am Stiefel fest, der ebenfalls blutverschmiert war, und ihr schönes Kleid färbte sich rot. Jetzt schrie auch sie. Aus den Häusern waren Leute auf die Straße gekommen. Zabel sprach so laut, dass es jeder hören konnte.

»Arthur Schmoor wurde festgenommen. Er kommt nie wieder frei. Sollte er diesen Tag überleben, wird er wegen Mordes hingerichtet. Und die Gesetze der Straße, die er vielleicht aufgestellt hat, haben keine Gültigkeit mehr. Es gilt nur der *Code civil* und der *Code pénal*. Hat das jeder gehört?«

Alle schienen zu nicken, manche äußerlich, andere taten es in Gedanken. Zabel löste Céciles Hände von seinem Bein, schüttelte die Frau ab, sah zu ihr hinunter, in ihre verheulten Augen, die ihn anstarrten.

»Was wird jetzt aus mir?«, schluchzte sie.

»Haben Sie mit dem Mord zu tun?«

Sie schüttelte den Kopf.

»Dann machen Sie, was Sie wollen. Solange Sie sich an die Gesetze halten, geschieht Ihnen nichts.«

Zabel wandte sich ab und verschwand in der Salzgasse, wo er Arthur Schmoor gestellt hatte – oder er ihn, je nachdem, wie man es sehen wollte. Man hatte den Verletzten schon weggebracht zum Freihafen, wo die Wagen standen.

Zabel verharrte noch einen Moment neben der Blutlache und ließ in Gedanken den Kampf Revue passieren. Wären die Soldaten ihm dicht gefolgt und hätten hinter ihm gestanden, als Arthur zu seinem Stampftritt ansetzte, dann hätte er nicht zurückweichen können. Dann wäre jetzt sein Blut auf dem Kopfsteinpflaster und an den Hauswänden.

Und Eva wäre zum zweiten Mal in ihrem Leben zur Witwe geworden.

KAPITEL 13

Zabel hatte lange überlegt, ob er seine Kleidung im Präsidium wechseln und Bartmann mitgeben sollte, damit seine Frau das Blut aus der Hose und dem Mantel wusch. Der Kollege hatte es ihm angeboten, Eva müsse nichts davon erfahren, wie brutal und blutig die Festnahme Schmoors abgelaufen war. Nach einigen Überlegungen hatte Zabel sich anders entschieden.

Er betrat den Flur und hörte Geräusche aus der Küche, Klappern von Kochtöpfen. Zabel zog den Mantel aus, seine Stiefel. In dem Moment kam Eva aus dem Esszimmer, sah ihn und stieß augenblicklich einen Schrei aus.

»Es ist nicht mein Blut«, sagte Zabel sofort.

In dem Moment erschien das Hausmädchen hinter seiner Frau.

»Gehen Sie zurück in die Küche«, sagte Eva laut, worauf die Bedienstete wieder verschwand.

»Ich bin unverletzt.« Zabel zog sich weiter aus.

Eva wirkte entsetzt von seinem Anblick. »Was ist passiert?«

»Ich habe die Schreckensherrschaft von Arthur Schmoor

beendet, einem der schlimmsten Verbrecher Kölns. Er hat sich der Festnahme widersetzt.«

»Warst du in Gefahr?«

Zabel zögerte, dann nickte er. Mittlerweile hatte er nur noch seine Unterwäsche an, und die blutverschmierte Dienstkleidung lag zu seinen Füßen. Eva machte einen Schritt auf ihn zu, schlang ihre Arme um ihn und drückte Zabel fest an sich. Er spürte, dass ihr Körper bebte. Zabel strich ihr mit der Hand durchs Haar. Mehr Trost, als sie festzuhalten und ihr beruhigend über den Kopf und den Rücken zu streichen, konnte er ihr in diesem Moment nicht geben.

Eva schluchzte. »Wie schlimm war es?«

»Ich habe zu keiner Sekunde die Kontrolle verloren«, log er. »Aber der Gegner war stark und entschlossen. Gegen meinen Säbel hatte er keine Chance.«

Er spürte, dass sie die Umarmung lockerte und einen Schritt zurücktrat, um ihm in die Augen sehen zu können. Von nun an war jede Lüge untersagt, Eva würde es spüren.

»Ich bin stolz auf dich«, sagte sie voller Inbrunst. »Aber bitte sag mir die Wahrheit.«

»Was bringt dir das?«

»Gewissheit.«

»Gewissheit?«

Eva nickte. »Damit ich mich darauf verlassen kann, dass du jeden Abend durch diese Tür kommst, gesund und lebendig.«

Zabel nickte und fing an zu erzählen. Er ließ kein Detail aus, beschrieb sehr nüchtern und sachlich, wie Schmoor die rechte Hand verlor. Bisher hatten sie noch nie über Zabels Erlebnisse im Krieg geredet, das Thema schickte sich nicht unter Eheleuten. Eva hatte sich ein eigenes, idealisiertes Bild vom Soldatenleben gemacht, und Zabel verspürte kein Bedürfnis, daran etwas zu ändern. Vor einer Woche noch hatte sie gefragt, ob sie mitkommen dürfe zum Hafen mitten in der Nacht. Jetzt nahm sie zum ersten Mal in einer Weise an seinem Berufsleben teil wie noch nie zuvor. Eva reagierte tapfer, sie konnte mit der Wahrheit umgehen, aber ihre Angst blieb spürbar.

»Ich habe schon einmal einen Mann verloren«, sagte sie leise.

»Ich weiß«, sagte Zabel. »Und deshalb passe ich umso mehr auf mich auf. Auf uns beide.«

Sie schaute zu ihm auf, tief in seine Augen. Dann nahm sie seine Hand, und sie gingen ins Schlafzimmer, schlossen die Tür hinter sich.

Zabel spürte eine Regung zwischen seinen Beinen, und Eva schaute ihn ungeniert an. Das Hausmädchen war noch in der Wohnung, was es ihm nicht gestattete, das zu tun, was seine Frau anscheinend von ihm erwartete.

Eva hatte ihm zu Weihnachten ein Buch geschenkt, obwohl er nicht gerne las. Die Lebenserinnerungen eines Venezianers. Zabel vermutete, dass dieses Geschenk wenigstens zum Teil eigennützig war, denn der Autor hieß Giacomo Casanova. Ein Venezianer, der auf seinen Reisen viele Frauen glücklich gemacht haben soll, sofern man den literarischen Ausführungen eines solchen Schriftstellers glauben durfte. Eva hatte das Buch bereits gelesen.

Sie wirkte ein wenig verlegen. »Worauf wartest du?«

»Dass das Hausmädchen verschwindet.«

»Sie kocht unser Abendessen.«

Die beiden sahen einander stumm an.

»War es so schlimm?«, brach sie das Schweigen.

Er nickte, wandte sich ab und ging zum Schrank, um sich anzuziehen.

KAPITEL 14

Die Weinstube direkt neben der Kirche St. Ursula war ein ordentliches Wirtshaus. Hier trafen sich fast ausschließlich Kaufleute, Bankiers und die Honorigen der Stadt, um in gepflegter Umgebung den Tag ausklingen zu lassen. Wenn man zur Tür hereinkam, schaute die heilige Ursula von einem Gemälde auf den Gast herab, was so manchen dazu verleitete, sich ehrerbietig vor ihr zu bekreuzigen. Die heilige Ursula galt als die Schutzpatronin Kölns. Der Legende nach war sie eine britannische Königstochter, die auf der Rückkehr von einer Pilgerreise am Rhein den Märtyrertod fand. Durch dieses Opfer wurde Köln von einer Belagerung durch die Hunnen befreit. Eine Schar von elftausend Engeln war angeblich vom Himmel herabgeschwebt und hatte die Barbaren vertrieben. Neben dem Gemälde hing das Stadtwappen Kölns, in dem elf Striche auf diese Geschichte hinwiesen.

Der Wirt der Weinstube stand hinter einem wuchtigen Tresen und begrüßte Zabel, deutete zu einem abgetrennten Raum, in dem das neu gegründete Festordnende Komitee tagte. Es war Evas Herzenswunsch, dass Gustav Zabel daran teilnahm. Nach der blutigen Festnahme hatte sie sich mitfühlend und treu gezeigt. Nun lag es an Zabel, seiner Frau etwas entgegenzukommen und ihr diesen einen besonderen Wunsch zu erfüllen. Er würde sich in die erlesene Gesellschaft einreihen und öffnete die Tür zum Saal.

Die Geräuschkulisse ähnelte der in der Spelunke, wo er Arthur Schmoor das erste Mal begegnet war. Zabel trat ein, schaute sich um und kannte die wenigsten Gesichter. Um einen langen Tisch herum, an dem gut vierzig Personen Platz fanden, hatten sich mehrere Grüppchen gebildet. Am Kopfende saß Heinrich von Wittgenstein neben einem alten Herrn, Ferdinand Franz Wallraf. Zabel wusste, dass er von Wittgensteins ehemaliger Lehrer war, zudem Priester und ein bedeutender Kunstsammler. Zu ihnen hatte sich Matthias DeNoël gesellt, der genau wie von Wittgenstein aus einer hoch angesehenen Familie Kölns stammte. Er war mit Everhard von Groote, dem Präsidenten der Armenverwaltung, ins Gespräch vertieft. Zabel kannte auch ihn, da Everhard ebenfalls zu Wallrafs Schülern gehört hatte und deshalb oft bei von Wittgenstein eingeladen war.

Zabels Blick schweifte durch den Raum. Johann Baptist Farina bemerkte ihn über den langen Tisch hinweg und hob den Becher mit Wein zum Gruße. Evas Cousin Friedrich Wilhelm Brügelmann war ebenfalls da und saß in einer Runde mit anderen Kaufleuten zusammen.

Nur Christian Schier konnte Zabel nirgends ausmachen, dabei hatte er so gehofft, den Pianisten hier anzutreffen.

»Zabel«, hörte er jemanden rufen und sah nach rechts. Marcus DuMont erhob sich von seinem Stuhl und klatschte laut in die Hände. »Ein Hoch auf unseren Helden, der die Stadt von einem der übelsten Verbrecher befreit hat.«

Schlagartig erhoben sich einige von ihren Stühlen und applaudierten. Es war Zabel unangenehm, im Mittelpunkt zu stehen, und er hob beschwichtigend die Hände, bis sich alle wieder beruhigt hatten.

»Vielen Dank«, sagte er mit lauter Stimme. »Ich weiß Ihrer aller Freude zu schätzen. Als Kommissar gehört es zu meiner Pflicht, solche Subjekte einzusperren.«

»Dat wesse m'r«, rief einer in den Saal, »ävver vörher hät sich dat noch keiner jetraut.«

Von Wittgenstein erhob sich von seinem Platz. »Bei aller Bescheidenheit, mein Freund. Wir danken dir. Nimm das Lob und die Ehrerbietung hin, und setz dich zu uns.« Er deutete auf den freien Stuhl neben Marcus DuMont.

Zabel schätzte an von Wittgenstein, dass er in jeder Situation die richtigen Worte fand. Er hatte eine Kiste mit Zigarren vor sich auf dem Tisch stehen und hielt sie jetzt hoch. »Wer möchte, bediene sich bitte.« Er bot die Zigarren zuerst Wallraf an, der jedoch den Kopf schüttelte und laut sagte: »Danke, ich nehme nur Weihrauch.«

Jeder, der es gehört hatte, lachte laut. Die Zigarrenkiste wurde weitergereicht, wanderte von einem zum anderen und kam schließlich bei Zabel an. Er bediente sich und hielt die Kiste DuMont hin. Der verzichtete dankend und gab die Zigarren weiter zu einer Runde von Leuten, die auf der anderen Seite des Tisches saß. Zabel vermutete, dass es Handwerker waren, die mit ehrlicher, harter Arbeit ihr Geld verdienten.

Zabel schaute zu DuMont. »Wo ist Schier?«

Der Verleger sah sich um. »Wundert mich, dass er noch nicht hier ist.«

Zabel biss das Ende der Zigarre ab, Streichhölzer lagen auf dem Tisch herum.

Von Wittgenstein stand von seinem Stuhl auf und ergriff das Wort. *»Messieurs. Je vous propose.«*

Die eine Hälfte der Anwesenden verstand, was von Wittgenstein gesagt hatte, die andere, zu der Zabel und die Handwerkergilde gehörten, nicht. In gehobenen Kreisen redete man mitunter immer noch mehr Französisch als Kölsch.

»Tutoyer …«, er grinste, »… schlagen ich üch vör, datt m'r ›Du‹ föreinander sagen dun.« Von Wittgenstein konnte Kölsch sprechen, vermied es aber, wenn Leute dabei waren, die ihn dann nicht so gut verstanden.

Die Blicke der Anwesenden schweiften umher. Für Zabel war die Vorstellung mehr als ungewohnt, Leute mit Du anzusprechen, von denen er noch nicht mal den Familiennamen wusste.

»Ich bitte um Handzeichen, wer dafür ist.«

Es herrschte Verwirrung. Die meisten wussten nicht so genau, was sie davon halten sollten, darum setzte von Wittgenstein nach. »Ich möchte, dass wir zu einer Gemeinschaft werden und die Klassenunterschiede vor der Tür lassen. Das heißt auch, dass wir die Lücken am Tisch schließen.«

Alle folgten der Aufforderung, und das große Stühlerücken begann. Bei dieser Gelegenheit stellten sich einige Leute Zabel vor, aber er konnte sich nicht alle Namen merken. Nachdem sie nun enger beieinander waren, hatte Zabel noch immer den Platz neben DuMont, und die Handwerkergilde saß ihnen gegenüber.

»So, nun noch mal«, erhob von Wittgenstein seine Stimme. »Wer ist dafür, dass wir alle ›Du‹ zueinander sagen?«

Schlagartig gingen die ersten Arme nach oben, es wurden immer mehr, bis anscheinend alle zugestimmt hatten.

»Gegenprobe«, sagte von Wittgenstein, und alle Arme gingen nach unten. »Ist einer dagegen?«

Jemand reckte als Einziger den Arm in die Luft. Er gehörte zu den gut betuchten Kaufleuten, die bei Brügelmann saßen. »Ich möchte mit Eure Lordschaft angesprochen werden.«

Von Wittgenstein verneigte sich. »Leeven Günther vun d'r Pooz, Eure Lordschaft. Das versteht sich doch ganz von selbst.«

Alle lachten, und jeder wusste, dass das Votum einstimmig war. Der Kaufmann hatte nun seinen Spitznamen sicher, alle würden ihn mit Günther vun d'r Pooz anreden.

Von Wittgenstein fuhr fort. »Damit hätten wir den ersten Tagesordnungspunkt abgehakt. Kommen wir zum nächsten, vielleicht nicht ganz unwichtigen. Das Festordnende Komitee braucht einen Sprecher, einen Vorsitzenden.«

Alle fingen an zu lachen, und einer rief laut in den Saal, was alle dachten: »Han m'r dä nit allt lang?«

Von Wittgenstein grinste auf seine eigene Art. »Gibt es Einwände, oder möchte sich jemand zur Wahl stellen?«

Das Lachen wurde leiser, niemand hob den Arm oder stand auf. Damit war die Sache beschlossen, auch wenn Zabel den Eindruck gewann, dass es noch einige andere im Raum gab, die gerne diesen Posten eingenommen hätten.

»Sind wir schnell heute«, stellte von Wittgenstein fest, nahm seinen Becher, der vor ihm auf dem Tisch stand, und hielt ihn hoch. »Alle Jläser huh.«

Die Anwesenden hoben ihre Becher mit Wein.

»Kumm mer drinke uch met denne, die im Himmel sin«, sagte von Wittgenstein laut, und alle stimmten dem zu. Zabel fand es ungewöhnlich, wie in einer so ausgelassenen Runde mit dem traurigen Thema »Tod« umgegangen wurde.

Weinflaschen standen geöffnet auf den Tischen, sodass jeder sich selbst bedienen konnte. DuMont schenkte Zabel einen Becher ein und sprach leise zu ihm. »Lebt Arthur Schmoor noch?«

Einer aus der Handwerkergilde, der Zabel gegenübersaß, hatte die Frage auch gehört.

»Das würde mich auch sehr interessieren«, sagte der etwas grobschlächtige Typ mit rundem Gesicht und Vollbart. Er fügte vorwurfsvoll hinzu, den Blick zu DuMont gerichtet: »Darüber stand nichts in deiner Zeitung.«

»Es werden nur einwandfrei recherchierte Artikel gedruckt«, konterte der Verleger, »und …« Jetzt warf er Zabel einen vorwurfsvollen Blick zu. »… meine Informationsquellen sind in letzter Zeit nicht mehr die zuverlässigsten.«

»Vielleicht bist du zu geizig beim Honorar«, sagte der Handwerker mit einem Grinsen und schaute zu Zabel. »Ich bin übrigens Paul Rongsdorf.«

»Gustav Zabel.«

»Zabel?«, fragte ein anderer, der sich beim Stühlerücken als Karlheinz Aichele vorgestellt hatte. »So wollt' isch ja nit heißen.«

»Wieso?«

»Dat heißt op Kölsch: ›Säbel‹.«

Zabel lächelte. »Ich weiß. In meiner Heimat heißt es das nicht.«

DuMont wechselte das Thema. »Und wie lautet nun die Antwort auf meine Frage?«

»Schmoor lebt. Seine rechte Hand und den linken Arm wird er nicht mehr benutzen können. Aber er kriegt die bestmögliche ärztliche Behandlung von einem Professor aus Bonn.«

»Wozu der Aufwand?«, fragte einer der anderen am Tisch. »Er wird doch wohl hingerichtet, oder?«

»Ja«, antwortete Zabel. »Arthur Schmoor wird sich seiner gerechten Strafe nicht entziehen können. Wir zeigen den Bürgern der Stadt damit, dass Köln noch sicherer geworden ist.«

Mehrere, die zugehört hatten, äußerten ihre Zustimmung, indem sie mit den Fäusten auf den Tisch klopften.

DuMont schloss das Thema ab. »Lasst uns jetzt nicht weiter über die Arbeit reden.«

Zabel bedankte sich mit einem Nicken. »Ja, ich bin schließlich hier, um mehr über das Brauchtum zu erfahren.«

»Du bes he, weil ding Wiev dat jesaht hät«, grölte wieder einer in die Runde und erntete lautes Gelächter.

Die offene Direktheit der Kölner war einzigartig, und Zabel hatte so was vorher noch nirgendwo erlebt. Er lachte mit, auch wenn Selbstironie nicht zu seinen Stärken zählte. Je länger der Abend voranschritt, desto mehr musste er sich eingestehen, sich in dieser geselligen Runde wohlzufühlen, umgeben von Männern, die er kaum kannte. In seiner preußischen Heimat traf man sich ausschließlich mit Freunden, Kollegen oder guten Bekannten. Sich an einen Tisch mit Fremden zu setzen, von denen man nicht mal den Namen kannte, entsprach einem Lebensgefühl, das es anscheinend nur im Rheinland gab. Eva hatte ihm prophezeit, dass es ihm gefallen würde, wenn er sich nur darauf einließe.

Zabel lehnte sich entspannt in seinem Stuhl zurück, genoss das gesellige Miteinander ebenso wie den Wein. Das erste Mal seit vier Tagen, die der grausige Leichenfund im Sicherheitshafen und die Festnahme Schmoors zurücklagen, konnte er mal an etwas anderes denken. Die letzten Nächte hatte er schlecht geschlafen, geplagt von den unschönen Erinnerungen, manchmal auch Albträumen.

Von Wittgenstein fuhr im Programm fort. »Lasst uns nicht zu viel trinken, bevor wir die wichtigen Tagesordnungspunkte geklärt haben.«

»Den wichtigsten haben wir doch schon«, rief Günther vun d'r Pooz. »Du bist der Chef.«

Von Wittgenstein ging darüber hinweg, und Zabel gewann den Eindruck, dass zwischen Eurer Lordschaft und dem Vorsitzenden des Komitees ein gewisser Konkurrenzkampf herrschte. Von Wittgenstein machte seiner Rolle alle Ehre. Mit seinen gerade mal fünfundzwanzig Jahren strotzte er vor Selbstbewusstsein und erwies sich als ein begnadeter Redner, der andere in seinen Bann ziehen konnte. Zabel hatte schon viel über den Vater, Johann Jakob von Wittgenstein, gehört, der unter anderem sogar Bürgermeister in Köln gewesen war. Heinrich wollte in dessen Fußstapfen treten. Dies würde ihm sicher gelingen, und er wäre auch ein guter Offizier geworden, glaubte Zabel.

Von Wittgenstein hielt eine flammende Rede und malte für seine Zuhörer in den schillerndsten Farben aus, wie es in fünf Wochen in der Innenstadt aussehen könnte, wenn der erste Maskenumzug den Kölner Bürgern dargeboten würde. Der Präsident ließ in den Köpfen der anderen Bilder entstehen, von feiernden Menschen in bunten Kostümen, und beflügelte jedermanns Fantasie. Auch Zabel ließ sich begeistern von den Ideen bis zu dem Moment, als von Wittgenstein davon redete, dass es einen Prinz *Carneval* geben würde.

Die anderen applaudierten. Zabel zuckte innerlich zusammen, glaubte, sich verhört oder zu viel getrunken zu haben.

Von Wittgenstein redete unentwegt weiter. »Ohne einen Anführer, einen Prinzen, ergibt so ein Umzug keinen Sinn. Und ein Prinz muss wie im wahren Leben eine Gefolgschaft haben, Soldaten in Uniform, die ihn beschützen.«

Alle Anwesenden im Saal jubelten. Alle außer Zabel. Von einem Prinzen war nie die Rede gewesen, und er wusste, wie so mancher in Potsdam oder Berlin darauf reagieren würde. Als Zabel seinem Freund von Wittgenstein den Gefallen getan hatte, dem Prinzen Friedrich von Preußen einen Brief zu schreiben und sich für die Kölner Belange einzusetzen, ging es noch um die Organisation eines Umzugs und die Unterstützung der Armenverwaltung. Jetzt klang alles auf einmal ganz anders, tatsächlich nach etwas, das manche Bürger falsch verstehen könnten. Und deshalb würde der preußische Prinz dem niemals zustimmen. Eine Genehmigung, die einmal erteilt worden war, konnte genauso gut wieder entzogen werden.

»Wer soll der Prinz sein?«, fragte Aichele von der anderen Seite des Tisches.

»Wir haben noch niemanden auserkoren«, antwortete von Wittgenstein. »Vorschläge? Freiwillige vor!«

Zabel erhob die Stimme. »Wieso muss es einen Prinzen geben?«

Alle sahen ihn an, schienen die Frage nicht zu verstehen. Jeder hatte sich von von Wittgenstein mitreißen lassen und fand die Idee großartig.

»Dat es so«, sagte einer, den Zabel namentlich nicht kannte und der schwer zu verstehen war. »M'r erfinge dä *Carneval* neu. En Fastelovend-Revolution weed dat.«

Allein das Wort »Revolution« wollte Zabel nicht hören.

»*Carneval* ist eine Persiflage«, erklärte DuMont sachlich, ohne den Hauch eines Vorwurfs. »Dazu gehört die Verballhornung der Obrigkeit, also auch des Adels.«

»Und des Militärs«, fügte Eure Lordschaft hinzu. »Wir brauchen Soldaten in Uniform.«

Es gab Beifall, und niemanden schien zu interessieren, dass ein Verbot für Zivilisten existierte, Uniformen zu tragen. Zabel war offenbar als Einzigem bewusst, dass sich das Festordnende Komitee auf sehr dünnem Eis bewegte. Er musste von Wittgenstein dringend zur Rede stellen, unter vier Augen.

Matthias DeNoël, der zwei Plätze von von Wittgenstein entfernt saß und ebenfalls zu den einflussreichen Persönlichkeiten der Stadt gehörte, ergriff das Wort. »Wie sollen die Soldaten aussehen, die unseren Prinzen begleiten?« Er schaute zu Zabel. »Damit kennst du dich doch am besten aus.«

»Nicht nur ich«, erwiderte Zabel. »Wittgenstein war auch beim Militärdienst.«

»Während meiner Studentenzeit in Berlin«, hielt der dagegen. »Ich habe im Gegensatz zu dir keine Ahnung davon.«

»Bei allem Respekt«, wandte Zabel ein. »Ich werde mir keine Uniform anziehen, die das preußische Militär … verballhornt.«

»Waad ens av, wat ding Weib dazo sagt«, mischte sich wieder einer ein. »Dann jeht et janz schnell, un du häs en Uniform an.«

Der ganze Saal tobte wieder vor Lachen.

DuMont schrie gegen die Lautstärke an. »Ich bin der Meinung, dass unser erster Vorsitzender den perfekten Prinz *Carneval* abgeben würde.«

Jetzt tobte die Menge noch lauter.

Von Wittgenstein hob beide Hände und schüttelte den Kopf. »Nein, nein, nein. Ich habe schon einen Posten. Die Last muss auf mehrere Schultern verteilt werden.«

Er sah in die Runde, und sein Blick verharrte bei einer Person, die Zabel noch nicht vorgestellt worden war.

»Mein Vorschlag lautet: Emanuel Ciolina Zanoli.«

Zanoli war offensichtlich italienischer Abstammung, was nicht nur der Name verriet, sondern auch sein Teint. Der Kandidat erhob sich von seinem Platz, er war in etwa im gleichen Alter wie von Wittgenstein und sprach zum Glück die meiste Zeit ein verständliches Deutsch.

»Wenn die ehrenwerte Gesellschaft dies wünscht und sich keiner mit mir duellieren möchte, werde ich gerne das Volk der Narren anführen.«

Alle applaudierten, im selben Moment ging die Tür auf, und Christian Samuel Schier trat ein, wirkte etwas abgehetzt.

»Entschuldigt bitte«, sagte er, während alle Gesichter ihm zugewandt waren, »ich habe es nicht früher geschafft.«

Zanoli schaute mit ernstem, man konnte schon fast sagen staatsmännischem Blick zu ihm. »Der Prinz *Carneval*, der ich seit einer gefühlten Ewigkeit bin, nimmt die Entschuldigung an. Allerdings nur unter der Bedingung, dass der Sünder Buße tut.«

»Nein«, rief Schier laut in den Saal. »Ich werde deine Plörre nicht benutzen.«

Alle im Saal lachten so laut, dass Zabel fast die Ohren wehtaten. Einige mussten sich die Bäuche halten, vor allem Johann Baptist Farina. Zanoli versuchte, ernst zu bleiben, was ihm nicht wirklich gelang. »Du wärst besser mal jetäuft mit Kölnischwasser«, entgegnete er Schier.

DuMont beugte sich zu Zabel herüber. »Zanoli ist auch ein Hersteller von Eau de Cologne.«

Zabel verstand. »Also der Konkurrent von Farina?«

»Nur wenn man es rein geschäftlich betrachtet. Privat sind die beiden freundschaftlich verbunden, und wenn man weit genug im Stammbaum zurückblickt, kommen sie aus derselben Familie.«

Zanoli erhob wieder das Wort in Richtung Christian

Schier. »Ich will etwas anderes von dir. Entweder Du bad's in meinem Kölnischwasser, wat dir ens jod dun dät, oder Du dichtest m'r e feierlich Liedchen. Eine richtige Hymne, wie et enem Prinzen zusteht un an däm sich die Lück erfreuen könne.«

Schier nickte. »Ich schreibe dir eine Oper, wenn du magst, aber ich bade nicht in deiner Suppe.«

Es entbrannte beinahe ein Wettstreit, wer die Menge mehr belustigte, und eine weitere Diskussion schien gar nicht mehr möglich zu sein. So ging es weiter, und die Zeit verrann wie im Flug. Etwas Sinnvolles wurde nicht mehr besprochen.

Zabel spürte irgendwann die Müdigkeit in sich aufsteigen, und es schien nicht nur ihm so zu gehen, das Feld lichtete sich nach und nach. Christian Schier, mit dem Zabel noch gar nicht geredet hatte, nahm neben ihm Platz. »Freut mich sehr, dass du dabei bist.«

»Ich mache das Beste aus der Situation.«

»Sollen wir zusammen nach Hause gehen?«, schlug er vor. »Ich wohne ganz bei dir in der Nähe.«

Zabel nickte, erhob sich von seinem Stuhl und hatte Mühe, das Gleichgewicht zu finden. Schier stützte ihn.

»Bist du etwa noch nüchtern?«, fragte Zabel.

»Ich trinke wenig. Genauso viel, wie ich vertragen kann.«

»Sehr gut, mein Freund. Wir müssen zu Fuß gehen, damit es mir etwas besser geht, bis ich zu Hause ankomme.«

Schier lachte. »Frische Luft kann Wunder wirken.«

Zabel verabschiedete sich bei denen, die er kannte, und torkelte Schier hinterher, der bereits auf dem Weg nach draußen war.

KAPITEL 15

Zabels Atem dampfte, und die kalte Luft pustete seinen Kopf ein wenig durch. Abgesehen von so mancher Idee, die von Wittgenstein geäußert hatte, war der Abend sehr unterhaltsam gewesen. Christian Schier ging neben ihm, die Gasse, durch die sie schritten, war menschenleer, und das Licht der Öllaternen spiegelte sich auf dem Kopfsteinpflaster. Zabel hatte nicht darauf geachtet, welchen Weg sie nahmen, aber plötzlich wurde ihm bewusst, dass sie sich im Labyrinth der Hafengegend befanden.

»Wieso gehen wir hier lang?« Zabel hatte seinem Begleiter blind vertraut.

»Es ist der kürzeste Weg.«

»Der kürzeste ist nicht immer der beste.«

Aus einer Spelunke drang das Grölen von Männern zu ihnen herüber. Zabel verspürte selten Angst – wenn er nüchtern war. »Wir sollten raus aus den Gassen und zum Heumarkt gehen.«

»Da sind wir gleich.« Sein Begleiter schien sich keine Sorgen zu machen.

Zabel versuchte, seine Sinne zu schärfen. Er ging zügig

voran, bog in eine Gasse ein, um dem nächtlichen Labyrinth zu entkommen. Da tauchten vor ihnen zwei Gestalten auf, die noch etwa zwanzig Meter entfernt waren. Zabel blieb stehen, drehte sich um. An der Ecke, wo sie eben vorbeigegangen waren, nahmen drei weitere Männer in dunklen Mänteln Aufstellung.

Zabel verstand sofort, sie saßen in der Falle.

»Kamerad«, sagte er zu Schier und fasste in die Manteltasche, spürte den Griff seines Messers, das er immer dabeihatte.

»Kamerad«, erwiderte Schier. Nun hatte auch er den Ernst der Lage erkannt.

Zabel war schlagartig nüchtern. »Halte mir einfach den Rücken frei. Den Rest erledige ich.«

Schier nickte stumm.

Langsam ging Zabel auf die zwei Gestalten zu, Schier folgte mit einigen Schritten Abstand. Die drei Männer an der Ecke bewegten sich nicht, verstellten nur den einzigen Fluchtweg. Zabel blieb direkt unter einer Laterne stehen, seine Gegner sollten ihm in die Augen sehen können, um seine Entschlossenheit zu spüren.

Einer der beiden machte einen Schritt auf ihn zu, um ebenfalls in den Schein einer Öllaterne zu treten. Er hatte buschige Koteletten, die bis zum Kinn reichten.

»Herr Kommissar. So spät noch unterwegs?«

Zabel nahm an, dass der Mann ihn aus der Spelunke kannte, wo er mit Arthur Schmoor zusammengetroffen war.

»Wir sind auf Patrouille.« Zabel hatte das Gefühl, dass

seine Aussprache litt und die Worte nur noch undeutlich über die Lippen kamen.

Der Mann lächelte. »Sie haben Ihren Säbel diesmal nicht dabei. Zu Hause vergessen?«

Zabel kam ein neuer Gedanke. Wieso sprach sein Gegenüber ihn auf den Säbel an? Bei seinem Zusammentreffen mit Schmoor in der Spelunke hatte er keinen dabeigehabt. War er dem Mann schon einmal woanders begegnet? Zabel glaubte es. Handelte es sich um den Geldeintreiber, dem er hinterhergerannt war?

»Was wollen Sie? Mir die Finger brechen?«

Der Mann zuckte mit den Schultern und grinste. »Wieso sollte ich so etwas tun?«

Der Kumpan neben ihm fing an zu lachen. Zabel versuchte, sich seine Angst nicht anmerken zu lassen. Sie standen etwa drei große Schritte voneinander entfernt, und die Männer machten keine Anstalten anzugreifen, aber sie ließen sich auch sonst nicht anmerken, was sie wollten.

»Ich möchte mich nur bei Ihnen bedanken«, sagte die dunkle Gestalt. »Schmoor war dringend überfällig, seine Zeit ist abgelaufen.«

»Wie meinen Sie das?«

»Nun ja, alle haben ihn gehasst, aber … Es hat jemanden wie Sie gebraucht. Dafür werden Ihnen viele dankbar sein.«

»Wie ist Ihr Name?«

Der Mann schüttelte den Kopf. »Müssen Sie nicht wissen. Der wird Ihnen noch früh genug zu Ohren kommen.«

Zabel verstand. Sein Gegenüber war der neue Mann in der Unterwelt, er würde in die Fußstapfen seines Vorgängers treten.

»Schmoor hat uns allen das Leben schwer gemacht«, fuhr er fort. »Jetzt wird es bergauf gehen in dieser Stadt.«

»Weil Sie dafür sorgen?«

»Vielleicht. Wir sollten mal reden, wie man Köln sicherer machen könnte. Wenn Sie wieder nüchtern sind.«

Zabel schüttelte den Kopf. »Wir haben nichts zu bereden, es sei denn, dass Sie mir etwas mitteilen wollen.«

Der Mann trat einen Schritt zur Seite und machte eine einladende Geste. Christian Schier hatte die ganze Zeit geschwiegen und setzte sich in Bewegung, während Zabel noch einen Moment lang verharrte und den Mann ohne Namen ansah.

»Wenn Sie mir was zu sagen haben, Sie wissen ja, wo Sie mich finden.«

Als Antwort grinste der Mann breit und trottete zu seinen Leuten, die am anderen Ende der Gasse standen. Der Kumpan folgte ihm.

Zabel ging los, schloss zu Schier auf, der leicht zitterte.

»Alles in Ordnung?«, fragte Zabel.

Schier nickte. »Ich habe gedacht, dass die sich rächen wollen wegen Schmoor. Und wir beide den Maskenumzug nicht mehr erleben.«

Zabel spürte trotz des Alkohols die Wut in sich aufsteigen. »Ich habe diesem Abschaum auch noch einen Dienst erwiesen.«

Kaum hatte er diesen Satz ausgesprochen, vernahm er

eine bekannte Stimme aus der Dunkelheit einer Seitengasse. »Genau das.«

Zabel blieb abrupt stehen, schaute nach rechts. Sie war in der Dunkelheit kaum zu erkennen, Cécile Travail. Zabel nahm an, dass sie das Gespräch mitgehört hatte.

»Was wollen Sie?«

Auch Schier war stehen geblieben.

»Ich bin Ihnen gefolgt«, sagte Cécile.

»Haben Sie heute frei, weil Sonntag ist?«

Sie schüttelte den Kopf. »Es ist im Moment zu gefährlich für mich zu arbeiten, seitdem Arthur im Gefängnis sitzt.«

»Dann sollten Sie in eine andere Stadt gehen. Er wird nie wieder zurückkommen.«

»Das ist tragisch, denn Sie haben den Falschen. Sie haben dem falschen Mann die Hand abgehackt.«

Jetzt war es Zabel, der den Kopf schüttelte. »Er hat mich angegriffen.«

»So ist er, wenn man ihn in die Enge treibt, aber er hat Jean Kämmer nicht getötet.«

»Das würde ich an Ihrer Stelle auch behaupten.«

Sie trat näher heran, in den Schein einer Laterne, sodass Zabel ihr in die Augen sehen konnte. »Was wissen Sie schon? Über mich – und Arthur? Nichts. Gar nichts.«

Zabel verspürte den Drang weiterzugehen, aber die Neugierde hielt ihn zurück. »Warum glauben Sie, dass Schmoor es nicht war?«

»Haben Sie nicht davon gehört, dass Arthur und Kämmer schon einmal aneinandergeraten waren? Und Jean hat es überlebt.«

»Was wollen Sie damit sagen?«

»Wenn Kämmer dieses Kreuz gestohlen und von der Drohung gewusst hätte, hätte er Schmoor das Kreuz ausgehändigt. Ohne Zögern. Wenn Sie mehr darüber erfahren wollen, schlafen Sie sich erst mal aus, und kommen Sie dann zu mir.«

Damit machte sie auf dem Absatz kehrt und verschwand in der Dunkelheit.

Zabel rief ihr hinterher. »Ich werde nicht kommen. Wenn, dann kommen Sie zu mir, in mein Bureau. Falls Sie etwas zu sagen haben.«

Es folgte keine Erwiderung.

Schier hatte die ganze Zeit zugehört. »Wer war das?«

»Eine Hure. Eine, die gerade ihren Beschützer verloren hat.«

KAPITEL 16

Zabel stand am Fenster seines Bureaus, schaute auf die Straße, die am Polizeipräsidium vorbeiführte. Passanten flanierten des Weges, es war kalt, aber die Sonne schien. Er hatte die Hoffnung noch nicht aufgegeben, dass Cécile Travail den Weg hierher finden würde.

Als er am Morgen aufgewacht war, konnte er sich nicht an alles erinnern, nicht einmal mit Sicherheit sagen, ob die Begegnung letzte Nacht tatsächlich stattgefunden hatte. Übelkeit und Kopfschmerzen ermahnten seinen Verstand jetzt noch, dass er das nächste Mal etwas weniger trinken sollte. Vor dem Schlafengehen hatte er in weiser Voraussicht eine Schüssel mit Wasser auf eine Ablage hinter dem Küchenfenster gestellt und am Morgen nach dem Aufstehen sein Gesicht in das zum Teil gefrorene Wasser getaucht.

Hatte die Hure in der dunklen Gasse gestanden und auf ihn gewartet? Um sicherzugehen, war Zabel bei Christian Schier vorbeigegangen, um ihn aus dem Bett zu holen und nachzufragen. Er hatte die Begegnung mit Cécile bestätigt.

Zabel stand noch immer am Fenster. Sie würde nicht

kommen, was bedeutete, dass er sich herablassen müsste, zu ihr zu gehen.

Da trat hinter ihm Fritz Bartmann ins Bureau. Zabel drehte sich um. Der Kollege schien einen Blick dafür zu haben, wenn jemand die Nacht durchgezecht hatte.

Bartmann grinste breit. »Na, so kenne isch Sie jarnich. Wat jab et denn zu feiern?«

»Meinen Geburtstag«, sagte Zabel.

»Isch denke, Se sin em Oktober jeboren, an däm Dach, als die Franzosen he einmarscheet sin.«

Zabel nickte. »Ich habe versucht, einen Witz zu machen.«

»Dat üben m'r ävver noch. Jenau wie die Kölsche Sproch.« Bartmann setzte sich an seinen Schreibtisch.

»Wie gut kennen Sie Cécile Travail?«

Bartmann stand sofort wieder auf und schloss die Tür, die er sonst gerne offen ließ. Dann kam er auf Zabel zu. »Wie meinen Sie das?« In Momenten wie diesem, wenn ein Missverständnis zu klären war, verzichtete Bartmann gänzlich auf seine Heimatsprache.

Zabel begriff sofort. »Entschuldigung, so war das jetzt nicht gemeint. Ich meinte: Was wissen Sie über Cécile Travail?«

»Warum?«

»Sie ist mir letzte Nacht erschienen, nicht im Traum, sondern auf dem Nachhauseweg.«

»Erschienen?«

»Wie ein Engel in dunkler Nacht. Ich war aber zu betrunken. Sie hat komische Dinge gesagt.«

»Wat dann för komische Dinge?«

»Dass wir den falschen Mann verhaftet haben, dass Arthur Schmoor unschuldig ist am Tod von Kämmer.«

»Janz ehrlich«, erwiderte Bartmann. »Selbst wann sie rääch hät, wat soll et?«

Zabel sah den Kollegen fragend an.

»Dä Kerl wollt Sie massakreere. Reicht dat nit, ihn einzusperren?«

»Mir nicht«, hielt Zabel dagegen. »Ich wüsste gerne, ob Kämmers Mörder im Zuchthaus sitzt oder immer noch auf der Straße frei herumläuft. Sie nicht?«

»Wer soll et dann söns jewesen sein? Arthur Schmoor hät et angedroht. Un wer sonst is en d'r Kondizion, 'ne Minsch so zuzurichten?«

Genau diese Begründungen hatten Zabel als Erklärung bisher auch gereicht, doch jetzt verspürte er diesbezüglich einen gewissen Unmut. War er zu leichtfertig gewesen? Im Krieg, kurz vor der Schlacht, hatte Zabel jedes Mal seine Taschen und die Ausrüstung kontrolliert, die Waffen, den Verschluss des Sattels. Es wurde im Laufe der Jahre zu einer festen Gewohnheit, die er heute noch pflegte. Aber jetzt fühlte es sich so an, als ob er nicht fest im Sattel säße. Er konnte Bartmann dieses Gefühl nicht erklären, womöglich würde er es auch nicht verstehen wollen, für den Kollegen war der Fall abgehakt. Sie hatten eine Belobigung vom Polizeipräsidenten erhalten, das Jahr fing also gut an. *Wieso sollte man der Sache weiter nachgehen?*, schien Bartmann sich zu denken. Vielleicht hatte er recht.

»Wie viele Dirnen arbeiteten für Schmoor?«

»Trottoirschwalven? Nur Cécile«, sagte Bartmann.

»Nur sie?«

»Un all anderen«, setzte Bartmann nach. »Schmoor kassiert bei jedem d'r anderen Mannslück ab. Also verdient hä an alle denne Nutte, ... hät verdient.«

»Und Cécile ist jetzt die Einzige, die keinen Beschützer mehr hat?«

Bartmann nickte. »So is et.«

»Sie sagte, sie könne nicht arbeiten, es sei zu gefährlich.«

»Isch würd aan ihrer Stelle avhaue un woanders hinjeh'n. Noh Frankfurt oder so, wigg fott.«

»Oder Sie könnte sich einen anderen Beschützer suchen.«

Bartmann schüttelte den Kopf. »All han Schmoor gehasst, ävver all hatte mächtich Angst für ihm. Der Angst es fott, der Hass bliev. Un dä wird et Zillche jetz ze spüre kriege. All weede bei ihr abkassieren wollen, et zumindest versuchen. Woröm also sullt se jetzt noch de Beine breitmache, wenn nix vun däm Jeld übrig bliev?«

Zabel verstand die Zusammenhänge. Mit dieser Welt kannte er sich nicht annähernd so gut aus wie Bartmann.

»Wir sollten mit ihr reden«, sagte Zabel.

Bartmann schüttelte den Kopf. »Spreche Se met ihr. För mich es d'r Fall avjehak.« Er grinste verschmitzt. »Ävver versuchen Se et. Sie kriegen bestemmp mehr us ihr erus als isch.«

Zabel störte das Grinsen seines Kollegen. »Wieso glauben Sie das?«

»Isch wor zwar voll an däm Ovend en d'r Spelunke, ävver isch han jenau bemerk, wie Cécile Se angeschaut hat.« Er grinste und gab sich Mühe, Hochdeutsch zu sprechen, damit jedes seiner Worte klar beim Preußen ankam: »Passen Se gut auf sich auf, wenn Sie zu ihr gehen. Sie können es vielleicht mit dem stärksten Mann aufnehmen, aber Arthur Schmoor ist Mückenfett gegen dat Wiev.«

KAPITEL 17

Zabel ging zu Fuß, den Säbel trug er wie immer unter dem Mantel versteckt, nur die äußerste Spitze ragte neben seinem linken Stiefel hervor. Am Tag war die Gegend am Rhein belebt, Fuhrwerke kreuzten seinen Weg, die Händler brachten Waren vom Freihafen zum Heumarkt und Alter Markt, wo sie verkauft oder weitertransportiert wurden. Kinder spielten in den engen Gassen, zwischen den Misthaufen und anderen Hindernissen wie Fässern und Fuhrwerken, die überall kreuz und quer im Weg rumstanden. Der Dreck war gleichmäßig über dem Kopfsteinpflaster verteilt, aber heute roch es aus irgendeinem Grund nicht ganz so fürchterlich.

Er bog auf den Buttermarkt ein, kam an der Salzgasse vorbei, wo er mit Arthur Schmoor gekämpft hatte, und blieb kurz stehen. Eine Hauswand war immer noch mit Blut besprenkelt, das hatte sich allerdings im Laufe der Zeit braun-schwarz verfärbt. Zabel ging weiter. Vor dem Haus Nummer 13 blieb er stehen, schaute zum Fenster hinauf, von wo aus Cécile am Tag der Festnahme im entscheidenden Moment Schmoor gewarnt hatte. Zabel stieß mit der

Faust gegen die massive Holztür. Nichts tat sich. Er klopfte noch mal laut, und einige Passanten drehten sich nach ihm um. Hier schien jeder zu wissen, dass hinter dieser Tür eine Hure ihre Dienste anbot.

In dem Moment hörte er, wie der Riegel verschoben wurde, im nächsten Moment öffnete sich die Tür einen Spaltbreit. Zabel drückte sie ganz auf, trat ein. Es war dunkel im Flur, nur das Licht von draußen fiel herein. Da wurde eine Öllampe entzündet, und Zabel sah sie, Cécile, wie sie vor ihm im Flur stand.

»Machen Sie die Tür zu, schnell. Schieben Sie den Riegel wieder vor.«

Er folgte ihrer Anweisung. Cécile drehte sich um und ging zum Ende des Korridors in das nächste Zimmer. Zabel folgte ihr. Der Raum war eine Mischung aus Küche und Esszimmer. Flammen loderten aus der Öffnung des Herdes. Cécile legte die runde Eisenplatte darüber und stellte einen Kessel mit Wasser darauf.

»Möchten Sie auch einen Tee, Gustav?«

»Ich heiße Zabel.«

»›Gustav‹ gefällt mir besser. Möchten Sie auch einen Tee, Herr Kommissar?«

»Ja.«

Cécile füllte die Teeblätter in eine löchrige Metallkugel und hängte sie mit dem Kettchen daran an den Rand einer Kanne.

Zabel setzte sich und öffnete seinen Mantel, weil es in dem Haus sehr warm war. Sie schwiegen, bis das Wasser kochte und Cécile die Kanne füllte. Sie drehte eine Sanduhr um.

Dann wandte sie sich Zabel zu. »Schön, dass Sie hergekommen sind. Heißt das, Sie schenken meinen Worten Glauben?«

»Ich war betrunken gestern Nacht und kann mich nicht mehr an alles erinnern.«

»Aber Sie sind neugierig geworden.« Cécile stand da, sah auf ihn herab. Ihre wunderschönen, klaren Augen erregten ihn. Sie trug ein schlichtes wollweißes Kleid, das an der Taille eng geschnürt war, und ihre Brüste traten deutlich durch den Ausschnitt hervor. Ihre rot gelockten Haare umrandeten das Gesicht wie eine Mähne und reichten ihr bis zu den Schultern. Aber das Schönste war der Geruch, den sie verströmte, sie roch nach Lavendel und noch etwas anderem, das Zabel nicht recht einzuordnen wusste.

Die Sanduhr war durchgelaufen. Cécile nahm den Teebehälter aus der Kanne, füllte zwei Becher aus braunem Ton und stellte ihm einen hin. Dann zog sie ihr Kleid ein Stück hoch und setzte sich auf einen Stuhl gegenüber, schlug die Beine übereinander. Der Anblick irritierte ihn, sie trug keine Strümpfe, die Stiefel endeten unterhalb der Knie, und ihre Beine waren nackt. Sie hatte eine schön gepflegte helle Haut.

Zabel versuchte, nicht hinzusehen, und begann das Gespräch. »Woran ich mich erinnere, ist, dass Sie gesagt haben, Schmoor und Kämmer hätten schon einmal Ärger miteinander gehabt.«

Sie nickte. »Und Kämmer hat es überlebt.«

»Was war der …?« Zabel brach die Frage ab, weil er zwei kleine Flakons von Farina auf der Fensterbank stehen sah, die leer waren. »Woher haben Sie die?«

»Von Jean. Er mochte diesen Duft, war aber zu geizig, mir ein größeres Gebinde mitzubringen, immer nur die kleinen Flakons, damit kein anderer in den Genuss dieses Duftes käme als nur er, hat er gesagt.«

»War er oft bei Ihnen?«

Sie schüttelte den Kopf. »Unregelmäßig, wenn er zu Geld gekommen war. Wie ich schon sagte, er war ein Geizhals.«

»War er vermögend und wollte das Geld nur nicht rausrücken?«

Sie schüttelte wieder den Kopf. »Nein, sonst hätte er seine Schuld gegenüber Schmoor sofort bezahlt. Jean war auch ein Feigling.«

»Was für eine Schuld?«

Cécile schlug das linke Bein über das rechte, und Zabel wich ihrem aufreizenden Blick aus.

»Jean war ein Erpresser«, antwortete Cécile. »Einige meiner Gäste haben mir berichtet, dass sie auf der Straße von ihm angesprochen wurden, nachdem sie bei mir aus dem Haus kamen. Er erhoffte sich von dem einen oder anderen ein wenig Schweigegeld, aber da hatte er sich verrechnet. Schmoor hat ihn sich zur Brust genommen.«

»Wie zur Brust genommen?«, hakte Zabel sofort nach.

»Ihm ein paar Ohrschellen verpasst. Und er hat Strafe zahlen müssen.«

Zabel verstand. »Weil er Ihre Kunden belästigt hat. Wie viel musste er bezahlen?«

Cécile zuckte mit den Schultern. »Weiß ich nicht. Arthur hat mir auch nicht alles erzählt. Aber es dürfte Jean mehr wehgetan haben als die Ohrfeige. Und wenn er nicht gezahlt hätte, na ja, dann, ... dann hätte Schmoor ihm ein paar Finger gebrochen. Für den Anfang. Aber ihn umbringen, wieso denn?«

»Weil er das Vortragekreuz gestohlen hatte. Schmoor war sehr wütend darüber, hat dem Dieb Strafe angedroht, das hat jeder gehört. Arthur musste ihn also bestrafen und hat einmal zu fest zugeschlagen.«

»Das ist möglich«, sagte Cécile. »Durchaus möglich, ja. Aber wieso hat Arthur ihm sein Geschlechtsteil zerquetscht?« Jetzt schüttelte sie den Kopf. »So was hat er wirklich noch nie gemacht.«

»Um Kämmer zum Reden zu bringen, wo er das Kreuz versteckt hat?«, hielt Zabel dagegen.

»Sie hören mir nicht zu«, sagte sie. »Jean war ein Feigling. Ein mieser kleiner Erpresser. Er hätte Schmoor sofort die Wahrheit gesagt, wenn der nur die Faust geballt hätte.«

Zabel ließ sich Céciles Einwand durch den Kopf gehen. Das Versteck in der Matratze war nicht sonderlich einfallsreich gewesen, Schmoor hätte das silberne Kreuz finden müssen, wenn er in Kämmers Wohnung gewesen wäre. Zabel geriet ins Wanken, die Ereignisse passten nicht mehr so gut zusammen wie noch am Morgen. Er trank einen Schluck heißen Tee und dachte nach. Kämmers schwere Verletzungen galten als ein Hinweis für die unglaubliche Kraft und Brutalität des Mörders, aber glaubte man Cécile, hätte Arthur Schmoor seinem Opfer nicht solche Schmerzen bereiten müssen, um es zum Reden zu bringen. Cécile hatte allerdings großes Interesse, Schmoor zu entlasten, da sie im Moment ohne einen Beschützer dastand. Weshalb er ihre Aussage mit Vorsicht betrachten musste.

Zabel fragte weiter. »Nachdem Kämmer seine Schuld beglichen hatte, durfte er danach wieder zu Ihnen kommen?«

»Sicher, wenn er bezahlte.«

»Und er kam eher unregelmäßig?«

Sie nickte. »Mal wochenlang nicht und dann drei Tage hintereinander.«

»Weil er plötzlich zu Geld gekommen war?«

Cécile nickte.

»Sie glauben, er hat andere erpresst?«

»Davon gehe ich aus. Aber nicht hier im Veedel. Nicht im Einflussbereich von Arthur Schmoor.«

»Sie sind die einzige Frau, die Arthur beschützt hat. Warum?«

Cécile sah ihm in die Augen. »Weil ich etwas Besonderes bin. Seine Königin. Er hat vom ersten Tag an auf mich aufgepasst, damals war ich dreizehn, meine Mutter starb, und mein Vater hatte sich schon längst aus dem Staub gemacht.«

»War Ihre Mutter auch eine … Dirne?«

Sie grinste. »Eine Hure, ja.«

Zabel spürte, dass da was war, irgendwas verband sie mit Schmoor. War es Liebe? Das glaubte er eher nicht. Schmoor war ihr Beschützer, hatte sich um Cécile gekümmert, seitdem sie fast noch ein Kind gewesen war.

»Was hat er getan, dass Sie so an ihm hängen?«

Cécile blickte kurz nach unten, dann sah sie Zabel mit sehr ernster, fast versteinerter Miene an. »Er hat meiner Mutter das Genick gebrochen.« Cécile ließ die Worte einen

Moment wirken. »Er hat sie von ihren Schmerzen erlöst. Sie hat gebettelt darum, weil sie es nicht mehr aushielt. Sie war krank. Da hat Schmoor ihren Kopf genommen, sie auf den Mund geküsst, ein letztes Mal, und dann war es geschehen. Ein Ruck, und ihr Hals brach wie ein morscher Ast. Und dann hatte sie keine Schmerzen mehr, sie war endlich erlöst.«

Zabel spürte, dass er hier eine fremde Welt betrat. Eine Welt, die bisher außerhalb seiner Vorstellung gelegen hatte. Er räusperte sich und sagte dann: »Deshalb glauben Sie, Arthur etwas schuldig zu sein?«

Cécile sah ihn scharf an. »Sie wissen gar nichts. Ich bin niemandem etwas schuldig. Und Sie?«

»Wie meinen Sie das?«

»Wie steht es mit Treue und Verbundenheit?«

»Ich bin verheiratet«, betonte Zabel. »Treue und Verbundenheit schulde ich meiner Frau. Und meinem Vaterland.«

»Wenn dem so ist, müsste Ihnen etwas daran liegen, keinen Unschuldigen hinzurichten.«

»Schmoor ist nicht unschuldig, selbst wenn er …« Zabel verschluckte den Satz.

»Selbst wenn er … was?!«

Zabel merkte, dass er die gleichen Begründungen wie sein Kollege Bartmann benutzt hatte. Er stand von seinem Stuhl auf.

Cécile tat es ihm nach. Dann fauchte sie ihn an: »Selbst wenn er Kämmer nicht umgebracht hat, das wollten Sie doch sagen, oder? Gut, dann bringen Sie Arthur aufs Schafott, schneiden Sie ihm den Kopf ab. Aber der Mörder wird weiterhin da draußen rumlaufen, und Sie werden nie erfahren, warum Kämmer wirklich zu Tode geprügelt wurde.«

Zabel kochte innerlich, weil sie recht hatte. Anders als die Schlange im Paradies verführte Cécile ihn nicht dazu, etwas Verbotenes zu tun, nein, sie wollte, dass er die Frucht der Wahrheit kostete.

Ihre Augen funkelten. »Es lohnt sich mehr, einen Reichen zu erpressen, als einem armen Mann in die Tasche zu greifen. Oder?«

Bevor Zabel etwas antworten konnte, pochte jemand laut gegen die Tür. Cécile zuckte zusammen, stieß aus Versehen gegen den Tisch, der Tonkrug fiel herunter und zerbrach auf dem Boden.

Das Klopfen wurde lauter. »Mach auf«, drang eine Männerstimme von draußen durch die Tür. »Ich weiß, dass du da bist und Besuch hast.«

Cécile war zur Salzsäule erstarrt, sie zitterte vor Angst.

»Lassen Sie mich das regeln«, sagte Zabel und zog seinen Säbel aus der Scheide, bevor er den Flur betrat, zur Tür ging und sie aufriss.

Der Mann auf der Straße wich erschrocken einen Schritt zurück. Wenn Zabels Sinne ihn nicht täuschten, hatte er in der Nacht Bekanntschaft mit seinem Gegenüber gemacht. Groß gewachsen, die Haare so dunkel wie der Mantel, ein Gesicht, das kaum Narben aufwies, und Koteletten, die bis zum Kinn reichten. Auch hatte der Mann noch alle Schneidezähne im Mund.

Er lächelte verschmitzt. »Herr Kommissar. Sie hier, in diesem Etablissement?«

Er schien allein zu sein. Zabel vermutete aber, dass seine Kumpane nicht weit waren. Er hob den Säbel und legte die Klinge auf seiner rechten Schulter ab. »Was wollen Sie?«

»Ich möchte zu Cécile, ist das verboten? Sie sind ja auch hier.«

»Was wollen Sie von ihr?«

»Ich möchte das mit ihr machen, was Männer mit einer Hure so anstellen, und ich zahle gut.«

»Sie arbeitet heute nicht.«

»Tatsächlich?« Er grinste. »Gestern auch nicht und vorgestern. Wie lange wird sie das durchhalten, bis ihr die Thaler ausgehen?«

»Warum interessiert Sie das?«

Sie fixierten einander mit ihren Blicken. Zabel spürte die Unsicherheit seines Gegenübers. Die Festnahme Schmoors hatte sich herumgesprochen, und jeder auf der Straße wusste, dass der Kommissar den Säbel nicht nur zur Zierde an seinem Gürtel trug.

Zabel wurde laut. »Sie werden die Frau in Ruhe lassen. Cécile Travail steht ab sofort unter meinem Schutz. Wer ihr etwas antut, legt sich mit der Staatsmacht an. Haben Sie das verstanden?«

Der Mann glaubte anscheinend, sich verhört zu haben. »Unter Ihrem Schutz? Warum?«

»Weil ich das sage«, erwiderte Zabel entschlossen. »Wagen Sie nicht, ihr die Finger zu brechen oder auch nur ein Haar zu krümmen.«

Passanten waren stehen geblieben und beobachteten Zabel, wie er mit gezogenem Säbel in der Tür ausharrte.

»Teilen Sie es allen hier mit. Niemand vergeht sich an Cécile Travail.«

Zabel trat einen Schritt zurück und knallte die Tür zu. Er schob den Säbel wieder in die Scheide zurück und ging durch den Flur in die Küche.

Der zerbrochene Tonbecher lag auf dem Boden. Cécile stand neben dem Herd und sah Zabel fassungslos an. Sie hatte jedes Wort gehört.

»Jetzt stehe ich in Ihrer Schuld.«

Cécile fasste mit beiden Händen an ihr Kleid und zog es hoch, bis ihre nackten Oberschenkel und die hellroten Schamhaare zum Vorschein kamen.

»Was tun Sie da?«, blaffte er sie an.

Cécile ließ den Stoff los.

Zabel ermahnte sie laut. »Ich bin Kommissar, und Sie sind eine Zeugin. Ich verbiete Ihnen hiermit, die Stadt zu verlassen.«

Ihre Augen strahlten voller Hoffnung. »Das heißt, Sie glauben mir? Dass jemand anders Jean ermordet hat?«

»Das heißt es nicht«, sagte Zabel laut. »Aber ich stelle Nachforschungen an.«

»Darf ich meiner Arbeit nachgehen?«

»Tun Sie, was Sie wollen. Aber halten Sie sich von Männern fern wie demjenigen, der gerade vor der Tür stand.«

»Er heißt Herrmann Schons. Er hat nur auf den Tag gewartet, dass Schmoor erledigt wird, aber war zu bange, es selbst zu tun. Sie haben die Drecksarbeit für ihn erledigt.«

»Ich weiß«, erwiderte Zabel. »Das ließ sich leider nicht vermeiden.«

Er wandte sich ab und wollte gerade den Flur betreten, als ihm noch etwas einfiel.

»Wusste dieser Herrmann Schons von dem Streit zwischen Kämmer und Schmoor?«

»Sicher«, antwortete Cécile.

»Noch mehr Leute?«

Cécile nickte. »Davon gehe ich aus. Wieso?«

Zabel ließ die Frage unbeantwortet und betrat den Flur.

»Eins noch«, rief sie Zabel hinterher und folgte ihm.

Er blieb an der Tür stehen und drehte sich um.

»Vertraut Ihre Frau Ihnen?«

»Was interessiert Sie das?«

»Sie wird erfahren, dass Sie hier waren, bei mir, dass Sie mich beschützen wollen. Wird sie sich nicht fragen, woher dieses Interesse an einer Hure kommt?«

»Sie wird natürlich fragen, und ich werde es ihr sagen.«

Cécile sah ihm in die Augen. »Unterschätzen Sie nicht das Gerede der Leute in dieser Stadt, unterschätzen Sie es nicht.«

Zabel betätigte die Klinke und trat durch die Tür auf die Straße. Die Leute, die eben schon da gewesen waren, als er mit Herrmann Schons gesprochen hatte, standen noch immer auf der Straße und musterten den Kommissar, der aus dem Haus einer stadtbekannten Hure kam, deren Beschützer er nun war.

KAPITEL 18

Zabel hatte die Ledertasche geschultert, in der er sein Protokoll und die Zeichnung vom Tatort beherbergte. Vor dem Haus von Kämmer stand ein Fuhrwerk, ein Zweispänner mit großer Ladefläche. Zabel stieg von seinem Haflinger und band die Zügel an einem Haken fest. Die Tür zum Haus war offen, zwei Männer schleppten den massiven Holztisch aus dem Esszimmer auf die Straße und setzten das schwere Möbelstück ab, völlig außer Atem.

»Moment«, sagte Zabel zu den beiden, ein Dritter folgte ihnen, brachte zwei Stühle aus dem Esszimmer mit, die wesentlich leichter waren als der Tisch. »Ich bin Kommissar. Wohin bringen Sie die Sachen?«

»Die weede versteigert«, sagte der dritte Mann mit den Stühlen, er stellte sie auf den Fuhrwagen. »Dat Huus muss leer jemaht weede.«

»Ist das Ihre erste Fuhre?«

Der Mann nickte. »M'r müsse uns beiele. Dat weed noch en jod Püngel Arbeid.«

»Nein«, sagte Zabel. »Sie machen jetzt erst mal Pause. Ich muss mich in dem Haus umsehen.«

Der Mann schüttelte den Kopf. »Isch han d'r Opdrag vun däm, däm dat Huus jehööt, schwatz op wieß. Un m'r mösse hück fäädich weede.«

Zabel sah ihn scharf an. »Das ist Ihr Problem, nicht meins. Ich bin Kommissar, und ich sage Ihnen, dass Sie jetzt eine Pause machen werden.«

Der Möbelpacker gab entnervt auf, schaute zu seinen Männern. »Ehr hadd et jehürt. Eets ens Paus, bes dä Häär Kummissär do drenne fäädich es.«

Zabel betrat das Haus, blieb im Erdgeschoss und ging zuerst durch die Tür linker Hand in die Geschäftsräume von Jean Kämmer. Die Tuchballen waren bereits weg, die Tische allesamt abgeräumt. Der Sekretär stand noch an selbiger Stelle. Zabel klappte die Tischplatte auf und sah in den Schubladen nach. Es war nichts mehr darin, auch die Geschäftsbücher, die Zabel gesehen hatte, fehlten. Er ging in den Flur zurück, die Stufen nach oben in Kämmers Wohnung. Es stank im Esszimmer noch immer nach verdorbenen Lebensmitteln. Der Geruch hatte sich festgesetzt. Zabel öffnete das Fenster und ließ die Kälte herein, dann schritt er über die knarrenden Holzbohlen nach nebenan ins Schlafzimmer, in das er sich Tage zuvor über den Hinterhof Zugang verschafft hatte.

Das Bett war zerwühlt. Zabel öffnete den Kleiderkasten, der ebenfalls vollständig leer geräumt war, wobei er auch in den Schubladen nachsah. Er wollte die letzte gerade wieder zuschieben, da fiel ihm etwas ins Auge. Das Holz im Schubladenboden hatte an einer Stelle eine leichte Verfärbung. Zabel klopfte mit dem Zeigefinger daran und fand, dass der Boden hohl klang. Er nahm die Schublade ganz heraus, drehte sie um, und da ertönte schon das Geräusch, wie ein Stück Holz auf den Boden fiel und noch etwas anderes. Ein kleines Buch, in Leder gebunden.

Zabel legte die Schublade aufs Bett und hob das Fundstück vom Boden auf. Es war kein gedrucktes Werk, sondern konnte für eigene Eintragungen genutzt werden, ähnlich dem, das Zabel für seine Skizzen und Protokolle mit sich führte. Nur war das Büchlein von kleinerem Format und passte leicht auch in eine Manteltasche oder in den Hohlraum im doppelten Boden der Schublade. Zabel schlug es auf und blätterte darin. Lediglich sieben Seiten waren beschrieben, der Rest noch weißes Papier. Auf jeder Seite stand oben ein Begriff, ein Vorname oder ein Kürzel – Initialen. Untereinander befanden sich zweistellige Zahlen hinter jeweils einem Datum. Es sah aus, als ob Kämmer sich Einnahmen notiert hatte – oder Ausgaben. Zabel steckte das Büchlein in seine Manteltasche und sah sich die Schublade noch einmal genau an.

Seltsam, dachte er. Der Hohlraum in dem doppelten Boden wäre groß genug gewesen, um dort das silberne Vortragekreuz hineinzutun. Stattdessen aber hatte Kämmer es in der Matratze versteckt, wo man es leicht finden konnte. Wieso hatte er das Kreuz nicht in den doppelten Boden gelegt? Zabel fiel auf Anhieb nur eine schlüssige Erklärung ein: Nicht Kämmer hatte das Vortragekreuz in der Matratze versteckt. Womöglich war er noch nicht mal der Dieb gewesen. Ein weiteres Anzeichen sprach für diese Annahme: Wenn Arthur Schmoor den Dieb ermordet und die Hausschlüssel an sich genommen hatte, wieso war er so nachlässig gewesen, nicht in der Matratze nachzuschauen? Man konnte Schmoor einiges nachsagen, aber auf keinen Fall Dummheit.

Das Kreuz sollte gefunden werden, von ihm, der Polizei. Die Spur hätte so oder so zu Arthur Schmoor geführt, denn in der Unterwelt gab es genug Leute, die ihn loswerden wollten und ihn verraten hätten, dass er den Dieb zur Rechenschaft ziehen wollte. Zabel setzte sich aufs Bett, holte Kämmers Büchlein erneut aus der Manteltasche und blätterte wieder darin. Das Licht war zu schwach, um die Schrift gut entziffern zu können. Die Einträge, wahrscheinlich Abkürzungen oder Spitznamen, sagten ihm nichts. Zabel steckte das Buch wieder weg. Er musste sich eingestehen, dass die Tatsachen nicht mehr zusammenpassten. Wie sollte er mit dieser neuen Erkenntnis umgehen?

KAPITEL 19

Zabel schritt die Stufen hinab in das dunkle Gewölbe. Von den kalten Steinen tropfte Schwitzwasser. Er näherte sich der Kerkertür, vor der ein junger Soldat Wache hielt.

»Kommissar Zabel. Ich möchte zu ihm.«

Der junge Soldat holte einen Schlüsselbund hervor, der an seinem Gürtel hing, nahm ihn ab und schaute erst durch das kleine vergitterte Sichtfenster der Tür, bevor er aufschloss.

Zabel hatte sich noch keine Gedanken darüber gemacht, was ihn erwartete und was er Schmoor fragen würde.

»Soll ich die Tür offen lassen?«, fragte der Soldat.

»Nein«, antwortete Zabel.

Die Kerkertür fiel hinter ihm ins Schloss.

Arthur Schmoor hatte die bedrohlich einschüchternde Aura, die ihn einst umgab, verloren. Aus dem Koloss, vor dem sich einst eine ganze Stadt gefürchtet hatte, war ein kleines Häufchen Elend geworden. Es stank in der Zelle nach Kot und Verwesung, als würde sein Körper sich bereits auflösen.

Zabel kam langsam näher, über Schmoors Pritsche aus Stein hing eine flackernde Öllampe. Er schien zu schlafen, hatte jedenfalls die Augen geschlossen. Die weißen Verbände waren zum Teil blutdurchtränkt, aber auch grünlich vom Eiter. Der Anblick erinnerte Zabel an die schlimmeren Kriegstage. Er hatte viele Kameraden gesehen, die aufgrund schwerer Verletzungen langsam dahinsiechten und genau diesen Geruch des Todes verströmten wie jetzt Arthur Schmoor. Sein linker Arm war mit einer Kette an einen Haken an der Wand gefesselt. Noch nie zuvor hatte sich Zabel derart viel Zeit genommen, einen Mann anzuschauen, den er selbst so zugerichtet hatte.

Schmoor öffnete die Augen, blinzelte. Dann stöhnte er. »Träume ich?«

»Nein«, sagte Zabel. »Ich bin es.«

Er schloss die Augen wieder. »Was wollen Sie? Sehen, ob ich schon tot bin? Oder sich an meinem Anblick erfreuen?«

»Weder noch.«

»Was dann?«

»Ich war bei Cécile. Sie müssen sich um sie keine Sorgen machen.«

»Warum sollte ich mir Sorgen machen um sie? Sie ist eine starke Frau.«

»Sie möchte Ihnen helfen.«

»Mir kann niemand mehr helfen«, stöhnte er. »Alles hät sing Stund … Für alles, wat unger däm Himmel passeet, jitt en en bestemmpte Zick. … En Zick, öm op de Welt ze kumme, un en Zick, öm vun d'r Welt ze jonn. … Ah!«, schrie er plötzlich auf. »Meine Finger. Die tun so weh.«

Zabel sah zu dem Stumpf, an dem die rechte Hand fehlte. Da waren keine Finger mehr, die hätten wehtun können, aber Zabel hatte so etwas bei verletzten Kameraden schon erlebt. Obwohl die Gliedmaßen nicht mehr da waren, spürten die Verletzten sie noch. Womit Zabel überhaupt nicht gerechnet hätte: Dass Schmoor religiös war. Seine Worte stammten aus der Bibel, aus dem Buch Kohelet: *Alles hat seine Stunde.* – Schmoor steckte voller Überraschungen.

»Sind Sie katholisch?«, fragte Zabel.

»Ja. Und Sie ein Protestant, richtig?«

Zabel nickte.

»Ich war sogar mal Messdiener«, sagte Schmoor. »Als kleiner Junge. Da habe ich noch am Altar gestanden.«

»Wer weiß davon?«

»Wovon?«

»Von Ihrer frommen Seite?«

»Ich habe keine fromme Seite. Die kann ich mir nicht leisten. Nicht bei dem, was ich tue. Gnade und Vergebung sind in meinem Geschäft etwas hinderlich.«

»Aber Kämmer haben Sie vergeben, als er Céciles Freier erpresst hat.«

»Er hat bezahlt dafür.« Schmoor schrie erneut auf, seine nicht mehr vorhandenen Finger schienen sehr zu schmerzen. »Er hat nicht wenig bezahlt.«

»Woher hatte er das Geld?«

»Was weiß ich?«, schrie er. »Mir doch schnurzegal. Er hat sich in mein Geschäft eingemischt, dafür musste er bezahlen.«

»Hat er auch noch andere Leute erpresst?«

»Ich weiß es nicht, verdammt noch mal!« Das Sprechen fiel ihm schwerer, er schnappte nach Luft. »Was interessiert Sie das überhaupt? Sie haben doch Ihren Mörder.«

»Waren Sie es?«

»Nein«, schrie er Zabel an, und ihm blieb mehrere Atemzüge lang die Luft weg. »Es gibt vieles, das ich zu beichten hätte, aber das nicht. Das nicht.«

Schmoor ließ erschöpft den Kopf sinken, das Gespräch strengte ihn an.

»Hätte irgendjemand wissen können, dass Sie so reagieren nach dem Diebstahl? Vielleicht Herrmann Schons?«

»Schons?«

Zabel nickte. »Er hat Ihre Stellung eingenommen, regiert jetzt auf der Straße.«

Schmoor redete leise. »Dazu haben Sie ihm verholfen.«

»Beantworten Sie bitte meine Frage. Hätte jemand es wissen können, dass Sie eine solche Drohung aussprechen und sie in die Tat umsetzen?«

Schmoor starrte an die Decke, fand seinen normalen Atemrhythmus wieder. »Ja.«

»Ja?« Zabel kam mit seinem Ohr näher an Schmoor heran, da der massige Mann immer leiser sprach. Je weiter er den Kopf hinunterbeugte, desto unerträglicher wurde der Gestank.

»Als das vor zwei Jahren war mit diesem Deserteur, da habe ich … da habe ich zu dem Geistlichen gesagt, dass er mir diesen Kerl überlassen soll.«

»Welchem Geistlichen?«

»So ’nem jungen Kerl, ein Kaplan, oder so.«

Zabel hakte nach. »Und was meinten Sie damit, dass er Ihnen den überlassen soll?«

»Den Drecksack, sie hätten ihn mir geben sollen.«

»Das haben Sie dem Kaplan gesagt?«

Schmoor nickte. »Die Kirche beklaut man nicht. Wer so was tut, der gehört in die Hölle. Und ich bringe ihn dahin.«

»Was hat der Kaplan damals zu Ihrem Angebot gesagt?«

Schmoor lächelte. »Er meinte, ich solle öfter zur Beichte kommen. Und ich habe gesagt, dass das, was ich zu erzählen hätte, seinen Ohren nicht zuzumuten wäre.« Jetzt lachte er, was ihm Schmerzen bereitete.

Zabel hatte genug gehört. »Kann ich Ihnen etwas Gutes tun?«

»Ja.« Er raffte sich ein wenig auf, sah Zabel an. »Sagen Sie den Ärzten, die sollen mich sterben lassen. Mich gehen lassen von dieser Welt. Und vorher schicken Sie mir einen Priester. Ich möchte noch mal beichten. Ein letztes Mal.«

»Das mit dem Priester veranlasse ich. Aber Ihr Leben liegt nicht in meinen Händen, sondern in denen Gottes. Und wir werden alles dafür tun, dass Sie Ihre gerechte Strafe bekommen.«

»Jerecht?«

Zabel nickte. »Gerecht.«

Schmoor schüttelte den Kopf und schloss die Augen. »Sie haben keinen blassen Schimmer, wat jerecht is.«

Zabel wandte sich ab und entfloh dem Gestank.

KAPITEL 20

»Wie sieht es denn im Haus einer Hure aus?« Eva saß an ihrem Tisch im Salon.

Zabel hatte auf dem Sofa Platz genommen. »Ich war nur in der Küche und habe einen Tee getrunken.«

Zabel hatte Céciles Ratschlag befolgt und nicht darauf gewartet, dass seine Frau durch irgendwen anders erfuhr, dass er bei einer Hure gewesen war. Kaum hatte er die Wahrheit ausgesprochen, war Eva in Schweigen verfallen, ins Wohnzimmer gegangen, hatte sich an ihren Tisch gesetzt und tat seitdem so, als ob sie ein großes Verlangen hätte, an dem Korkmodell des Brandenburger Tores weiterzuarbeiten.

Ihre Augen waren nur darauf gerichtet. »Und warum warst du bei ihr?«

»Wegen Arthur Schmoor. Sie kennt ihn besser als jeder andere.«

»Er sitzt doch im Zuchthaus. Was musst du also noch über ihn wissen?«

Zabel schwieg, während er überlegte, ob und wie viel er ihr über seine Bedenken in dem Fall erzählen sollte. Vielleicht würde Eva doch ein Wort gegenüber irgendwem herausrutschen, unbeabsichtigt. Und würde diese Information erst die Runde machen, wäre der Täter womöglich gewarnt. Es gab mittlerweile einige Verdächtige. Herrmann Schons oder einer seiner Leute, vielleicht aber auch der Kaplan, der gewusst hatte, wie Arthur Schmoor auf den Diebstahl des Kreuzes reagieren würde.

Eva drehte sich auf dem Stuhl zu ihm herum. »Also? Warum musstest du die Hure besuchen? Schmeckt dort der Tee besser als zu Hause?«

»Ich habe Arthur Schmoor verletzt, weil er sich der Festnahme entzogen hat. Und weil davon auszugehen war, dass er Kämmer ermordet hat.«

»*War*?« Eva hörte sehr genau hin.

»Ich muss den Fall erst noch endgültig abschließen. Ich war nicht nur bei Cécile Travail, sondern auch im Fort, bei Arthur Schmoor in der Zelle.«

»Wieso?« Eva wurde laut. »Erkläre es mir. Ich muss es verstehen.«

»Wieso musst du das?«

»Weil du bei einer Hure warst. Darüber redet bald die ganze Stadt.« Ihre Unterlippe vibrierte. »Und ich möchte sagen können, dass du nur bei ihr warst, weil dein Beruf dies von dir verlangt hat und du ein pflichtbewusster, gewissenhafter Mann bist.«

»Genauso ist es auch.«

Sie erhob sich von ihrem Stuhl. »Und warum fällt es dir so schwer, darüber zu reden?«

Eva hatte ein äußerst sensibles Gespür, sie nahm kleinste Regungen bei ihm wahr. Er konnte seine Frau nicht belügen.

»Warst du in der Vollmondnacht auch bei ihr?«, fragte sie.

Jetzt erhob sich Zabel vom Sofa, sah sie entsetzt an, um seinen Worten Nachdruck zu verleihen. »Nein. Wie kommst du darauf?«

Eva antwortete nicht, sah auf das Korkmodell, und ihre Lippen fingen an zu beben. Er bemerkte, dass sie nicht anfangen wollte zu weinen, aber es ließ sich nicht mehr unterdrücken. Ihr kamen bereits Tränen und tropften auf den Tisch.

»Was tust du?«, schluchzte sie.

Zabel ging einen Schritt auf sie zu. »Ich mache meine Arbeit. Nur meine Arbeit, ich bin Kommissar.«

Eva streckte den Arm aus, um zu verhindern, dass er noch einen Schritt näher kam

So hatte Zabel sie noch nie erlebt. »Was ist los mit dir?«

»Du bringst Schande über uns«, schluchzte sie. »Ich bin eine ehrenhafte Frau, deine Frau, und du gehst zu einer Hure. Alle werden dasselbe denken. Alle.« Eva wischte sich die Tränen aus dem Gesicht.

»Geht es nur darum, was andere sagen? Was denkst denn du?«

Sie schüttelte leicht den Kopf und schien ihm zu glauben. Zum ersten Mal in ihrer Ehe hatte sein Beruf Auswirkungen auf das Privatleben. Eva nahm sich sonst immer zurück, wenn er spät von der Arbeit kam, das Abendessen versäumte oder plötzlich aus dem Haus musste. Sie stand immer hinter ihrem Ehemann. Aber der Besuch am helllichten Tag bei einer stadtbekannten Hure stellte Evas Toleranz offenbar auf eine Probe. Eifersucht schien nicht das Problem zu sein.

»Wie schlimm ist es für dich, dass wir keine Kinder haben?«

Zabel schüttelte den Kopf und sah ihr in die Augen. »Wenn Gott nicht will, dass wir welche kriegen, dann ist das so. Umso wichtiger, dass wir einander haben.«

Er ging ganz langsam auf sie zu, ein kleiner Schritt nach dem anderen. Eva hob nicht mehr abwehrend die Hand, sondern wandte sich ihm nun zu. Schließlich warf sie sich in seine Arme und umklammerte ihn so fest, dass er ihr Herz schlagen spürte.

»Ich glaube dir«, sagte sie. »Ich vertraue dir, aber gehe da nie wieder hin zu dieser Frau. Versprich es mir.«

»Es besteht kein Grund mehr, noch einmal dorthin zu gehen.«

»Versprich es«, forderte Eva.

Ihm blieb keine Wahl, er sah ihr in die Augen. »Ich verspreche es.«

Sie löste sich, schaute ihm weiter in die Augen. »Lass uns noch mal probieren, ob Gott uns vielleicht doch beschenken will.«

Sie nahm seine Hand und schritt voran ins Schlafzimmer. Draußen war es noch hell genug, und sie brauchten keine Öllampe.

Zabel wusste von ihren Schamgefühlen, dass Eva sich nie nackt vor ihm zeigte, darum wollte er ihr die Gelegenheit geben, sich allein das Nachthemd anzuziehen. »Ich gehe eben die Öllampe im Wohnzimmer löschen.« Er verschwand, löschte die Lampe und wartete noch einen Moment, dann erst kehrte er ins Schlafzimmer zurück in der Erwartung, dass sie bereits im Bett unter der Decke läge.

Eva stand am Fenster, hatte die Vorhänge ein Stück weit zugezogen, aber einen Spalt offen gelassen, durch den goldgelbes Abendlicht auf ihre nackten Brüste fiel. Auch ihre Scham war gänzlich unbedeckt. Zabel erinnerte sich nicht, sie schon einmal so freizügig erlebt zu haben. Ihre Pobacken ragten weit über den Rücken hinaus, ihre Brüste hingen herab. Er wusste nicht, was er sagen, wie er reagieren sollte. Eva lächelte verschämt.

Zabel ging langsam auf sie zu, bis er vor ihr stand und ihren Geruch wahrnahm. Nicht den ihres Parfüms. Eva half ihm, sich auszuziehen. Das gefiel ihm, und er fragte sich, ob Eva diese Anregungen aus seinem Buch hatte, ihrem Weihnachtsgeschenk. Schließlich streifte Eva ihm die Unterhose herunter und strich sanft mit ihren Fingern über seinen Unterleib. Im Bett glitten seine Finger sanft, aber begierig über ihren Körper, während er sie im Licht der Sonne ansah. Schließlich waren sie bereit, er legte sich auf sie, drang langsam in sie ein. Eva sah ihm dabei tief in die Augen und ermutigte ihn mit lustvollem Stöhnen weiterzumachen. Sie fanden in den richtigen Rhythmus, der Zabel so sehr in Wallung brachte, dass er sich kurz darauf in sie ergoss. Leider viel zu schnell, dachte er, genoss es aber, Evas Hände auf seinem Po zu spüren. Er drehte sich zur Seite, und sie hielten einander im Arm, während beide schwiegen. Nach einiger Zeit, es wurde draußen merklich dunkler, stellte Zabel fest, dass Eva eingeschlafen war.

Er starrte an die Decke, musste an Cécile denken. Ihre Augen, wie sie ihn angesehen hatte, und ihre Worte gingen ihm nicht mehr aus dem Kopf: *Es lohnt sich mehr, einen Reichen zu erpressen, als einem armen Mann in die Tasche zu greifen.*

Wie recht sie hatte.

Zabel löste sich von Eva, schwang die Beine über die Bettkante und stand auf. Leise schlich er aus dem Zimmer zur Garderobe, wo sein Mantel hing, in dem das Büchlein aus Kämmers Wohnung steckte. Er warf ihn sich über, ging ins Esszimmer und entzündete dort eine Öllampe. Dann nahm er das Büchlein hervor. Sieben Seiten waren beschrieben, jede hatte eine Überschrift: die Abkürzung eines Namens oder Initialen, mit denen er nach wie vor nichts anfangen konnte. Darunter standen Zahlen wie in einem Geschäftsbuch, hauptsächlich Einnahmen, vermutete Zabel. Wer mochte sich hinter den Kürzeln verbergen, wen hatte Kämmer erpresst? Jeder der sieben hätte ein gutes Motiv gehabt, den Mord zu begehen.

Wieder kamen ihm Céciles Worte in den Sinn, und Zabel verspürte eine innere Unruhe. Was, wenn er auf eine Wahrheit stoßen würde, die ihm nicht gefiel? Was, wenn er eine Person aus diesem Buch kannte – oder mehrere? Daran mochte er im Moment gar nicht denken. Zabel ließ das Büchlein wieder in seiner Manteltasche verschwinden und beobachtete durch das Fenster, wie die Sonne gänzlich hinter der Kirche St. Aposteln verschwand.

Es gab noch eine weitere Spur, der er nachgehen musste. Den Klerus.

KAPITEL 21

Die Werkstatt des Hufschmieds lag nicht weit entfernt vom Präsidium. *Am Mühlenbach*, an der Ecke zur *Hohen Pforte*. Zabel stieg von seinem Haflinger ab und band das Pferd neben den Tieren an, die hier neu beschlagen wurden. Carl Niehus war als Hufschmied stadtbekannt.

Die Hitze strömte dem Kommissar entgegen, als er sich dem Glutfeuer näherte. Niehus hatte ihn noch nicht bemerkt, holte gerade ein rot glühendes Hufeisen aus den Kohlen und schlug mit einem großen Hammer darauf ein. Es wurde sehr laut, Funken sprühten. Der Schmied war ein Koloss, der es von der Statur her mit einem wie Arthur Schmoor aufnehmen könnte, aber im Gegensatz zu dem Halunken verbarg sich hinter Niehus' rauer Schale ein guter Kerl.

Er hob den Hammer erneut, sah Zabel und hielt inne. »Herr Kommissar.«

»Herr Niehus. Ich brauche Ihre Hilfe.«

»Der Haflinger?«

Zabel schüttelte den Kopf. »Nein, es geht nicht um mein Pferd. Ich bräuchte an anderer Stelle Ihren guten Rat. Es ist nicht ganz leicht zu erklären.«

»Wann denn? Und wo?«

Was Zabel an Handwerkern am meisten mochte, war ihre direkte Art. Sie redeten nicht viel, kamen immer schnell zur Sache. »Wann hätten Sie Zeit?«

»Ich muss noch die drei Pferde beschlagen. Danach.«

»Das reicht mir. Ich habe auch noch etwas zu erledigen. Können Sie nach getaner Arbeit zum Dom kommen?«

Niehus nickte. »Und wohin genau?«

»Zur Domschatzkammer, zum Eingang.«

»Ich weiß, wo das ist«, sagte der Hufschmied.

»Bringen Sie Werkzeug mit.«

»Werkzeug wofür? Das müssen Sie mir schon sagen.«

»Tun wir beide mal so, als würden wir in die Domschatzkammer einbrechen wollen. Und reden Sie mit niemandem darüber.«

Niehus grinste. »Ich bin doch nicht blöd. Sonst kriegt am Ende die Polizei was davon mit.«

»Genau«, sagte Zabel und verabschiedete sich mit einem Lächeln.

Er kehrte zu seinem Haflinger zurück, stieg auf und ritt in gemächlichem Tempo los. Seine Ledertasche mit dem Protokoll und den Zeichnungen hatte er geschultert. Zabel wusste, wo er den Kaplan um diese Uhrzeit finden würde. Nun ging es darum, ihn von seinem Vorhaben zu überzeugen.

Er ritt zu dem Gebäude des Domkapitels, wo die Geistlichen residierten, an der Südseite der Kathedrale. Er klopfte an die Tür, und zu seiner Verwunderung öffnete eine ältere Frau, eine Hauswirtschafterin. Zabel fragte nach dem Kaplan, der nicht lange auf sich warten ließ.

»Guten Tag, Herr Kommissar! Was führt Sie her?«

»Entschuldigen Sie bitte die Störung! Ich brauche den Schlüssel für die Domschatzkammer«, sagte er entschlossen.

Der Kaplan war leicht verstört. »Wieso das?«

»Ich kann meine Ermittlungen leider nicht abschließen, ohne mich noch einmal am Ort des Geschehens umzusehen. Es besteht der Verdacht, dass der Dieb, der ermordet wurde, bei seinem Einbruch etwas hinterlassen hat. Ich muss nachschauen.«

»Aber der Kapitularvikar ist im Moment nicht da.«

»Brauchen wir ihn denn?«

Der Kaplan zögerte.

Zabel legte es drauf an. Er musste herausfinden, wie leicht oder wie schwer es wäre, an den Schlüssel zu gelangen.

Zabel redete weiter. »Genau genommen brauche ich gar keine Unterstützung, sondern nur den Schlüssel.« Er lächelte. »Sie können sich sicher sein, dass ich nichts entwenden werde.«

Der Kaplan lächelte auch. »Davon gehe ich aus, aber …«

»Aber was?«, hielt Zabel dagegen. »Habe ich Ihnen das Vortragekreuz nicht sehr schnell wiederbeschafft? Ohne dass es das Domkapitel etwas gekostet hat? Jetzt könnten Sie mir einen großen Gefallen tun. Einen sehr großen. Denn ich muss etwas über den Toten in Erfahrung bringen, und ihn selbst kann ich nicht mehr befragen.«

Der Kaplan nickte und verschwand kurz im Haus. Als er wiederkam, hatte er einen großen Metallbund dabei, an dem zwei Schlüssel hingen.

»Der Kapitularvikar wird es nicht gerne sehen, wenn ich Sie allein dorthin gehen lasse …«

»Er muss es ja nicht erfahren«, fiel Zabel ihm ins Wort. »Ich werde allein dorthin gehen und bringe Ihnen den Schlüssel zurück.«

Der Kaplan stotterte. »Aber …«

Zabel nahm ihm den Schlüsselbund aus der Hand und sah ihn streng an. »Vertrauen Sie mir etwa nicht? Ich bin Kommissar. Zweifeln Sie etwa an meinen guten Absichten?«

»Nein, natürlich nicht.«

»Ich möchte es Ihnen erklären«, fuhr Zabel fort. »Meine Arbeit besteht manchmal darin, sich in den Kopf eines Sünders hineinzuversetzen, um Dinge zu sehen, die vielleicht sonst im Verborgenen blieben. Dazu brauche ich Ruhe und Geduld, und es wäre reine Zeitverschwendung, wenn Sie mich begleiten würden.«

Der Kaplan nickte, auch wenn ihm offensichtlich nicht ganz wohl dabei war. Zabel wandte sich ab, stieg auf sein Pferd und ritt um den Dom herum zur Schatzkammer. Dort probierte er den ersten Schlüssel, der jedoch nicht der richtige war. Der zweite passte, und Zabel gelangte in den Vorraum.

Er machte die Tür hinter sich zu und schloss ab. Das zerbrochene Fenster war repariert worden, aber mehr nicht. Man hatte keine Gitter angebracht oder weitere Schutzmaßnahmen ergriffen.

Zabel ging zur zweiten Tür, die in die Schatzkammer führte, und steckte den anderen Schlüssel ins Schloss, der sich mühelos herumdrehen ließ. Zabel betrat die Schatzkammer, in der Reliquien, Monstranzen und Messgewänder aufbewahrt wurden. Er sah sich um und nutzte die Zeit, während er auf den Schmied wartete, um sich noch einmal alles durch den Kopf gehen zu lassen.

Céciles Bemerkung, dass man eher reiche Leute erpressen sollte als arme, war der Stein des Anstoßes. Erpresser waren wie die Krätze, man wurde sie nur schwer wieder los, manchmal gar nicht. Welche Forderungen ein Erpresser stellte, hing davon ab, wie viel aus einem Opfer herauszuholen war und wie tief derjenige fallen würde, sollte die Wahrheit über ihn ans Licht kommen. Das weibliche Geschlecht war davon keineswegs ausgenommen, im Gegenteil. War der gute Ruf einer ehrbaren Frau erst einmal zerstört, ließe er sich nicht mehr wiederherstellen.

Der Einbrecher schien den materiellen Wert des Vortragekreuzes genau gekannt zu haben, was Zabel vom ersten Moment an gestört hatte. Er schlug das Büchlein aus Kämmers Wohnung auf. Sieben Seiten, sieben neue Verdächtige.

Zabel spielte die Sache in seinem Kopf durch. Der Täter müsste über weitreichende Kenntnisse und über das nötige Hilfsmittel verfügen, in die Domschatzkammer einzudringen. Zu diesen Kenntnissen gehörte das Wissen, dass Arthur Schmoor in besonderer Weise auf diesen Diebstahl reagieren würde, nur so ließ sich der Verdacht auf ihn lenken. Es war nicht erforderlich gewesen, dass Zabel die Drohung selbst zu hören bekam. Ein ungenannter Hinweisgeber hätte gereicht, damit der Kommissar dieser Spur nachging. Arthur Schmoor hatte keine enge Beziehung zur Kirche, aber er hatte vor zwei Jahren schon einmal seine Dienste angeboten, als der Deserteur in den Dom eingebrochen war. Bei der Geschwätzigkeit des zukünftigen Dompropstes wäre es nicht verwunderlich, wenn die halbe Stadt von Schmoors Haltung wusste, dass man die Kirche nicht bestehlen dürfe, auf jeden Fall wussten es auch die anderen Mitglieder des Domkapitels wie beispielsweise der Kaplan.

Zabel blätterte noch einmal durch die Seiten, dann steckte er das Büchlein wieder in die Tasche.

Herrmann Schons, dem er vor Céciles Tür zuletzt begegnet war, gehörte zu den Nutznießern davon, dass Schmoor nun nicht mehr in der Unterwelt regierte. Schons wusste um die triebhaft gewalttätige Ader seines Widersachers, aber dem neuen Kopf der Unterwelt war nicht zuzutrauen, dass er sich eine solche Taktik ausdachte. Nein, eine solche Idee entsprang einem anderen Geist, das hatte die Erfahrung Zabel gelehrt. Der wahre Mörder wollte, dass das Kreuz in Kämmers Wohnung gefunden wurde, die übel zugerichtete Leiche sollte auf einen sehr gewalttätigen Menschen hindeuten. Ein weiteres Anzeichen für diese Annahme schien, dass Kämmer das Kreuz nicht in der Matratze versteckt hätte, sondern in seinem Geheimfach. Das Kreuz sollte gefunden werden, das Büchlein bestimmt nicht.

Es gab aber noch eine Verdächtige: Cécile Travail. Zabel durfte auch nicht alles glauben. Der Besuch von Herrmann Schons vor ihrem Haus könnte arrangiert gewesen sein und ihre Angst gespielt. Womöglich machte sie gemeinsame Sache mit Schmoors Nachfolger. Einen kurzen Moment hatte Zabel darüber nachgedacht, Cécile das Büchlein zu zeigen, aber dazu war es zu früh.

Das Klopfen an der Tür riss Zabel aus seiner Gedankenwelt. Carl Niehus stand vor ihm, sein Atem dampfte in der kalten Luft. Zabel schloss die laut knarrende Tür hinter ihm.

»Öl habe ich keins dabei. Dat hätte die Tür dringend nötig.«

Er stellte die schwere Werkzeugkiste, die er bei sich trug, mit einem wuchtigen Rums ab und schaute zu Zabel. »Sind wir allein?«

Er nickte.

»Was kann ich für Sie tun, Herr Kommissar?«

»Ich erzähle Ihnen jetzt etwas, das Sie unbedingt für sich behalten müssen.«

Der Schmied war ganz Ohr.

Zabel zeigte zu dem Fenster, das repariert worden war. »Der Einbrecher kam zuerst durch dieses Fenster. Dann ging er zu dieser Tür und brach sie mit roher Gewalt auf.«

Niehus sah sich die Tür zur eigentlichen Schatzkammer an. Der Beschlag des Riegels war repariert worden. Zabel schloss die Tür zur Schatzkammer ab, drehte den Schlüssel zweimal herum. »Wie würden Sie diese Tür öffnen?«

Niehus ging in die Hocke, um mit dem Schloss auf Augenhöhe zu sein.

»Mit Gewalt, meine ich«, fügte Zabel hinzu. »Die Tür wurde aufgebrochen.«

Niehus kam wieder auf die Beine und holte eine Metallstange aus seinem Werkzeugkasten, die an der einen Seite rund, an der anderen Seite flach war. Er schob die flache Seite zwischen das massive Holz der Tür und die Steinwand.

»Wenn ich jetzt am äußeren Ende der Stange ziehe, dann vervielfacht sich meine Kraft am anderen Ende der Stange.«

»Dann machen Sie mal«, sagte Zabel.

»Was soll ich machen?«

»Öffnen Sie die Tür.«

Niehus glaubte, sich verhört zu haben. »Ich soll die Tür aufbrechen? Aber … Sie haben doch einen Schlüssel.«

»Nun machen Sie schon.« Zabel hielt den Schlüsselbund hoch. »Ich will wissen, wie es ohne geht.«

»Ich dachte, das wäre ein Scherz, und wir tun nur so.«

Zabel wurde ungeduldig. »Machen Sie einfach. Ich bin Kommissar, ich gestatte es Ihnen.«

Niehus vergewisserte sich. »Auf Ihre Verantwortung.«

Er zog mit aller Kraft am anderen Ende der Eisenstange, legte sich richtig ins Zeug, dass sich die Stange fast verbog. Es knarrte im Gebälk, und die Tür bewegte sich Zentimeter um Zentimeter. Bis der Schmied schließlich aufgab und erst einmal Kraft sammeln musste.

»Ich muss mir was anderes überlegen«, sagte er und ging zu seiner Werkzeugkiste, holte einen Keil, einen großen Hammer und einen Meißel heraus.

»Moment«, sagte Zabel, als er den Hammer sah. »Wird es jetzt laut?«

»Davon können Sie ausgehen, ja.«

»Eine andere Methode«, sagte Zabel. »Wenn es laut wird, dann höchstens einmal und nur kurz.«

Zabel wusste, dass der Lärm von Hammer und Meißel wahrscheinlich bis zu von Wittgensteins Wohnung zu hören gewesen wäre, und das mitten in der Nacht.

Niehus verstand nicht, was der Kommissar von ihm wollte. »Wie soll ich das denn machen?«

Zabel legte den Finger an seine Lippen. »Seien Sie leise. Es darf niemand hören, was wir hier tun.«

Niehus schüttelte energisch den Kopf. »Das geht nicht.«

»Einmal dürfen Sie Krach machen. Aber nur ein Mal.«

Niehus warf die Werkzeuge zurück in die Kiste, schaute sich die Tür an. Sie ließ sich etwas bewegen, um mehrere Zentimeter, so weit hatte es Niehus mit der Eisenstange bereits geschafft, den Beschlag auf der anderen Seite der Tür zu lockern. Der Schmied schaute zu Zabel. »Ein Mal?«

Zabel nickte.

Niehus setzte noch mal die Eisenstange an und ruckelte daran. Der Beschlag auf der anderen Seite schien mehr und mehr nachzugeben. Dann legte der Schmied die Eisenstange in die Werkzeugkiste, ging zurück bis zur Außentür, wo sie hereingekommen waren. Er zögerte einen Moment, dann rannte er los, wurde immer schneller, und dann warf er sich mit seinem gesamten Gewicht gegen die Tür, die nachgab und mit lautem Krachen aufflog. Der Schmied fand sein Gleichgewicht wieder.

»Stopp!«, schrie Zabel.

Niehus sah ihn an, als ob er etwas falsch gemacht hätte.

»Gehen Sie bitte zurück«, befahl Zabel, während er auf die Tür zuschritt und in die Schatzkammer sah. Der Beschlag war wie zu erwarten aus der Wand gerissen, genau wie an dem Morgen, als Zabel das erste Mal hier gewesen war. Er sah auf den Boden, der Beschlag lag nicht da, Zabels Blick schweifte durch den Raum, dann sah er das Metallteil am anderen Ende des Raumes, so weit war es durch die Luft geflogen und auf dem Boden entlanggerutscht. Zabel öffnete seine Ledertasche, holte den Block mit seiner Zeichnung heraus. Der Punkt, wo er den Beschlag, der aus der Wand gerissen war, mit einem Kreuz festgehalten hatte, lag damals ganz woanders und nicht dort, wo sich das Metallteil jetzt befand.

Zabel betrat die Schatzkammer, hob den Beschlag auf und legte ihn an die Stelle, die in der Zeichnung notiert war. Dann schaute er zu Niehus. »Was müsste man tun, dass der Beschlag am Ende hier liegen würde und nicht dahinten?«

Niehus lächelte. »Wenn Sie mich hätten machen lassen, mit Hammer, Meißel und dem Keil, dann hätte ich den Beschlag so weit aus der Wand rausgehauen, dass nur noch ein leichter Stoß nötig gewesen wäre, damit er runterfällt. Da, wo Sie ihn jetzt hingelegt haben. Dann wäre nur noch so wenig Kraft nötig gewesen, da hätte sich einer wie Sie gegen die Tür werfen können, das hätte gereicht.«

Zabel war begeistert. »Ich hätte das also hingekriegt?«

Der Schmied nickte. »Wenn Sie vorher mit Hammer und Meißel den Beschlag lösen, ja.«

»Oder wenn ich einen Schlüssel gehabt hätte?«

Niehus verstand nicht. »Einen Schlüssel? Sie wollten es doch ohne hinkriegen.«

»Wenn ich einen Schlüssel gehabt hätte, dann wäre es ein Leichtes gewesen, den Beschlag von innen zu lösen, ohne Lärm. Und dann hätte ich die Tür nur noch aufstoßen müssen, um es wie einen Einbruch aussehen zu lassen.«

Der Schmied wirkte beeindruckt. »Sie sind aber einfallsreich.«

»Nicht ich«, erwiderte Zabel. »Der Mörder.«

»Mörder?«

Zabel korrigierte sich. »Der Einbrecher.«

Der Schmied verstand nach und nach immer mehr. »Es sollte also nur so aussehen, als ob hier eingebrochen wurde?«

Zabel legte wieder seinen Zeigefinger senkrecht über die Lippen. »Kein Wort zu irgendwem. Verstanden?«

»Ich war nie hier«, sagte der Schmied. »Sie müssen mir auch nichts dafür geben, ich helfe Ihnen gerne.«

»Danke«, sagte Zabel. »Kriegen Sie die Tür wieder repariert?«

Niehus sah sich die Stelle an, wo der Beschlag aus der Wand gerissen war. »Ja. Das schaffe ich. Jetzt sofort?«

»Bitte«, sagte Zabel mit einem Lächeln. »Und möglichst leise.«

Kaum hatte Zabel das gesagt, hörte er, wie sich jemand an der Außentür zu schaffen machte, einen Schlüssel ins Schloss steckte und ihn umdrehte.

Zabel sah zu dem Schmied. »Kein Wort darüber, was wir hier gemacht haben. Sie sagen am besten gar nichts.«

Die Tür schwang auf, und der Kaplan stand im Rahmen, hinter ihm Martin Fonk.

Der Dompropst sah die aufgebrochene Tür, sein Blick wanderte voller Entsetzen zu Zabel. »Was haben Sie hier gemacht?«

Zabel wägte seine Worte ab, zeigte zu dem Fenster. »Ich muss Ihnen leider sagen, dass ein weiterer Einbruch in die

Schatzkammer jederzeit möglich wäre. Deshalb bin ich hier, um das zu überprüfen. Die Tür ist immer noch sehr anfällig, und an das Fenster gehören Gitter.«

Fonk wurde laut. »Das habe ich längst in Auftrag gegeben.«

Zabel deutete zu seinem geheimen Gehilfen. »Ich empfehle Ihnen, die Hilfe von Herrn Niehus in Anspruch zu nehmen.«

Der Hufschmied lächelte ein wenig demütig.

Fonk war sprachlos.

Zabel nutzte die Verwirrung. »Es war uns ein Leichtes, die Tür gewaltsam zu öffnen. Der Schmied wird sie jetzt so instand setzen, dass dies nicht mehr möglich ist.«

Fonk kamen Zweifel. »Sie haben die Tür aufgebrochen, um sie jetzt wieder zu reparieren?«

»Ja«, sagte Zabel. »Ich möchte nicht nächste Woche wieder erscheinen müssen, um erneut einen Diebstahl zu verfolgen. Die Tür ist marode und muss besser befestigt werden. Ebenso das Fenster.«

»Das bestimmen nicht Sie, Herr Kommissar.« Der Dompropst machte einen Schritt auf sie zu, sah die Beschädigungen. »Die Tür ist Besitz der Kirche.«

»Dann sollten Sie Ihren Besitz besser schützen«, hielt Zabel dagegen.

Fonk sah zu dem Schmied. »Haben Sie die Tür aufgebrochen?«

Der arme Sünder nickte reumütig.

»Hat der Kommissar Sie dazu angestiftet?«

Der Schmied nickte erneut. »Ich werde alles wieder in Ordnung bringen.«

»Fangen Sie sofort an!«, schrie Fonk. »Sofort!«

Eingeschüchtert machte sich der Schmied ans Werk, während der Kaplan schuldbewusst auf den Boden vor sich starrte.

»Sie beaufsichtigen den Handwerker«, sagte Fonk zu seinem Untergebenen und gab Zabel zu verstehen, dass sie sich besser draußen unterhalten sollten.

Die beiden traten vor die Tür. »Ich werde mich offiziell über Sie beschweren. Beim Polizeipräsidenten.«

»Davon kann ich Sie nicht abhalten«, erwiderte Zabel selbstsicher.

Fonk hatte anscheinend mit etwas mehr Demut gerechnet. »Ich könnte auf eine Beschwerde verzichten, wenn Sie mir erklären, was Sie wirklich da drinnen gemacht haben.«

Zabel ließ sich Zeit mit der Antwort. Wenn der Kapitularvikar und zukünftige Dompropst nichts mit dem Diebstahl oder dem Mord zu tun hätte, wäre er vielleicht zur Zusammenarbeit bereit und würde unter seinen Schäfchen nach dem Schuldigen suchen. Die Wahrscheinlichkeit, dass er dies täte, schätzte Zabel hoch ein, aber würde Fonk den Täter auch ausliefern? Es war eher zu erwarten, dass der Geistliche jeden Schaden vom Domkapitel abzuwenden versuchte und sich selbst um eine Bestrafung kümmerte, die dann so aussähe, dass Zabel den Mörder nie dingfest machen könnte.

Er entschied sich, seine neu gewonnenen Erkenntnisse über den Einbruch nicht preiszugeben, im Gegenteil. »Ich habe mit Arthur Schmoor gesprochen. Kennen Sie ihn?«

Fonk wich Zabels Blick aus, schüttelte den Kopf. »Wer ist das nun wieder?«

Zabel spürte, dass der Priester die Unwahrheit sagte oder sich nicht erinnern wollte.

»Arthur Schmoor hatte nach dem letzten Einbruch vor zwei Jahren angeboten, den Dieb in die Mangel zu nehmen.«

»Sie meinen diesen Deserteur?«

Zabel nickte. »Erinnern Sie sich jetzt?«

»An den Deserteur erinnere ich mich. Aber wer ist dieser Schmoor?«

»Ein Ganove, der Ihnen Hilfe angeboten hat.«

»Die ich niemals angenommen hätte.« Fonk schien erbost zu sein. »Sie glauben einem Verbrecher mehr als meinen Worten?«

»Das habe ich nie gesagt«, sagte Zabel. »Ich wollte nur die Aussage von Arthur Schmoor überprüfen.«

»Ich kenne diesen Mann nicht. Und um seine Aussage zu überprüfen, mussten Sie die Tür aufbrechen?«

Zabel nickte. »Gewissermaßen.«

»Hat dieser … Schmoor den Diebstahl begangen?«

»Nein. Er hat gedroht, den Dieb umzubringen, wenn der Täter das Vortragekreuz nicht herausgibt. Und jetzt ist Jean Kämmer tot.«

»Und Schmoor?«

»Er sitzt im Gefängnis.«

Fonk verstand die Welt nicht mehr. »Na dann. Ist der Fall doch gelöst. Was also machen Sie noch hier?«

Zabel hatte genug gehört, er spielte den bußfertigen

Sünder. »Sie haben recht. Der Fall ist geklärt. Ich möchte mich für die Unannehmlichkeiten entschuldigen und werde für alle Schäden aufkommen.«

»Die Schlüssel«, sagte Fonk und streckte seine fleischige Hand aus. Zabel gab ihm den Bund, den er von dem Kaplan erhalten hatte.

Auf einmal stimmte Fonk einen leicht versöhnlichen Tonfall an. »Ich würde von einer Beschwerde absehen. Wenn Sie mir versprechen, den Fall abzuschließen.«

Zabel war ganz Ohr. »Danke, das wäre sehr liebenswürdig.«

Fonk lächelte. »Sollte doch noch eine Frage auftauchen, die Sie zweifeln lassen sollte, möchte ich, dass Sie zu mir kommen und mich fragen. Selbstverständlich unter dem Mantel absoluter Verschwiegenheit.«

Zabel lächelte, als ob es ihm gefallen würde, dies zu hören. In Wahrheit erkannte er die Absicht des Geistlichen sofort. Sollte sich ein schwarzes Schaf in den Reihen des Domkapitels befinden, wollte Fonk als Erster davon erfahren.

»Sie möchten mir also helfen, wenn ich Hilfe bräuchte?«

Der Geistliche lächelte. »Schön gesagt.«

Sie gaben einander zum Abschied die Hand. Aus reiner Höflichkeit.

KAPITEL 22

Es schneite schon seit dem Morgen. Eine weiße Schicht legte sich über die Stadt, das Pflaster, die Bäume, die Hausdächer. Für die Kinder war es ein Traum, sie hatten große Freude an dem Wetter. Zabel stand am Fenster seines Bureaus und schaute hinunter auf die Straße vor dem Präsidium. Er hatte seinen Mantel noch an, weil der Ofen es mal wieder nicht schaffte, genügend Temperatur in den Raum zu bringen. Draußen, direkt vor dem Präsidium, fand eine Schneeballschlacht statt, zumindest so lange, bis eine Kugel einen vorbeigehenden Passanten traf, der stehen blieb und drohend seinen Gehstock hob. Die Kinder rannten in alle Richtungen davon.

Zabel musste an seine unbeschwerte Kindheit und Jugend denken, die mit seinem siebzehnten Lebensjahr geendet hatte, als er zum Militär ging. In Momenten wie diesem, wenn er spielende Kinder im Schnee sah, erinnerte er sich an seinen jüngeren Bruder. Der Krieg hatte aus Gustav schlagartig einen Mann gemacht, Anton dagegen war fürs Vaterland gefallen.

Zabel riss sich los von seinen Gedanken, wandte sich vom

Fenster ab und nahm an seinem Schreibtisch Platz. Ein Brief von Professor Theodor Staade aus Bonn war eingetroffen, ein Antwortschreiben auf Zabels Bitte, ihm noch ein paar Fragen zu beantworten, unter dem Siegel absoluter Verschwiegenheit. Der Mediziner hatte in seiner Leichenschau weder feststellen noch ausschließen können, dass mehrere Personen an dem Mord beteiligt gewesen waren. Ebenso war nicht klar, welche Verletzung letztlich zum Tod geführt hatte. Zabel hatte dem Professor geschrieben, dass er inzwischen große Zweifel an seinem ursprünglichen Verdacht hege und dies auch damit zu tun habe, dass er mehr über das Umfeld Arthur Schmoors erfahren habe. Eine mögliche Verstrickung des Domkapitels in den Mord hatte Zabel bewusst nicht erwähnt.

Er ließ den Brief in seiner abschließbaren Schublade verschwinden und rieb sich die Augen. Dann nahm er sich wieder Kämmers Büchlein vor, die Schrift war wesentlich schwieriger zu entziffern als die in dem Brief des Professors. Hinter dem Namen Mario C. auf Seite zwei des Buches stand eine 10 und dahinter eine geschwungene Linie wie eine Schlange.

Zabel erschrak, als die Tür plötzlich aufflog, ohne dass jemand angeklopft hatte. Es war Fritz Bartmann, der hereingestiefelt kam. Er arbeitete zurzeit an einem anderen Fall, half den Kollegen Görres und Scheer, die einer Bande von Taschendieben das Handwerk legen wollten.

Zabel schaute zu ihm. »Und? Waren Ihre Mühen von Erfolg gekrönt?«

Bartmann schüttelte den Kopf und machte die Tür zu,

blieb dort stehen. Zabel gewann den Eindruck, als wollte Bartmann möglichst viel Distanz halten.

»Et tut m'r leid«, sagte dieser kleinlaut mit gesenktem Kopf. »Isch han Se verpfiffen.«

Zabel verstand nicht, erhob sich von seinem Stuhl. »Sie haben was?«

Bartmann redete so gut Hochdeutsch wie nie zuvor, wohl damit Zabel kein Wort entging. »Ich war nit mit denne Anderen draußen op d'r Stroß, ich wollte, ävver dann hat mir d'r Sergeant am Eingang jesagt, dat der Polizeipräsident mit mir sprechen wollt. Ich musste. Struensee wollt so einiges wissen, wegen Ihnen un de Ermittlunge.«

Zabel verstand nicht. »Was … haben Sie ihm gesagt? Was genau?«

»Struensee wusste, dat Sie em Haus d'r Hure waren. So lange wie m'r eben do is, wenn et Zillche einen bedient. Von mir hat er dat nit, ehrlich. Er wollt wissen, warum Sie dort waren?«

»Und? Was haben Sie ihm geantwortet?«

»Die Wahrheit. Dat et ne beruflichen Grund gab. Ich dachte, et wör besser für Sie, do Sie doch verhierot sin – un ene Mann von rechtem Sinn.«

Zabel nickte. »Sie haben also nichts weiter als die Wahrheit gesagt. Und?«

Bartmann hob die Hand. »D'r Präsident wollt noch mehr wisse, wieso Sie wigger an däm Fall arbeide? Et es doch alles jeklärt, jlaubt der Präsident.«

»Und?« Zabel wurde immer ungeduldiger.

»Nun ja. Isch hab jesagt, dat eben anscheinend nit alles

jeklärt es, Sie eben ausjemacht jründlich sind. Typisch Preuße, han isch jesaht.«

Jetzt war Zabel aufgeschreckt. »Weiß Struensee von dem Büchlein, das ich in Kämmers Wohnung gefunden habe?«

Bartmann sah ihn fragend an. »Wat för en Büchlein?«

Zabel hatte auch ihm noch nichts davon gesagt. »Das erkläre ich Ihnen später irgendwann.«

»Er will Sie sehen«, sagte der Kollege. *»Toute de suite.«*

Zabel zeigte zu Bartmanns Schreibtischstuhl. »Setzen Sie sich. Nehmen Sie einen Papierbogen, und schreiben Sie, so schnell es geht, alles aus diesem Büchlein ab, während ich oben bei Struensee bin.«

Zabel legte ihm Kämmers Büchlein hin.

Bartmann verstand nicht. »Wieso? Wat steht denn do Wichtiges drin?«

»Das erkläre ich Ihnen später.« Zabel wurde unwirsch. »Tun Sie es einfach. Schnell.«

»Meine Schrift es ävver nit so schön wie Ihre.«

»Das macht nichts. Beeilen Sie sich.«

Zabel ging zur Tür.

»Tut m'r leid, wann isch Se en Schwierigkeiten jebracht habe«, rief Bartmann ihm hinterher.

Zabel drehte sich um, nickte. »Kein Problem, ich regle das.«

KAPITEL 23

Zabel nahm wie gewohnt auf dem Stuhl auf der anderen Seite des Schreibtisches Platz. Struensee trug heute keine Uniform, sondern einen schwarzen Gehrock mit gleichfarbiger Weste und weißem Hemd mit Stehkragen. Er schien heute noch einen offiziellen Termin zu haben. Struensee ließ etwas Zeit verstreichen, bevor er das Gespräch eröffnete und dabei seinen Vorgesetztentonfall auflegte.

»Mir ist zu Ohren gekommen, dass Sie noch immer an dem Fall des ermordeten Jean Kämmer arbeiten. Sie haben sogar dem Mörder Arthur Schmoor einen Besuch abgestattet. Warum?«

Struensee schien wirklich Spitzel überall zu haben, dachte Zabel und wusste nicht, wie viel der Polizeipräsident wusste. »Ich habe ihm die Verletzungen zugefügt und wollte mich über seinen Zustand informieren.«

»Und diese Hure, wie geht es ihr? Haben Sie sich auch nur nach ihrem Zustand erkundigt?«

Zabel ging nicht auf die Spitze ein. Er hatte sich auf dem Weg in Struensees Büro eine Geschichte zurechtgelegt, die ausreichen sollte, um die Neugierde seines Vorgesetzten zu befriedigen. Hoffte er zumindest. »Sie wissen, wie exakt meine Protokolle sind.«

Struensee nickte. »Oh ja. In ihrer Gründlichkeit kaum zu übertreffen, spiegeln sie den preußischen Geist und Zabels Tadellosigkeit wider. Tugenden, die den Kölnern leider fehlen. Man kann auch nicht sagen: abhandengekommen sind, nein, sie waren nie vorhanden.« Struensee lächelte überheblich.

Zabel tat es ihm nach. »Das sehe ich genauso. Und beim Erstellen des Protokolls sind ein paar Fragen aufgetaucht, die ich noch klären wollte.«

»Interessant.« Struensee erhob sich aus seinem Stuhl und wandte sich dem Fenster zu. »Setzen Sie mich in Kenntnis. Sofort.«

»Cécile Travail, eine Hure von Arthur Schmoor, behauptet, dass ihr Beschützer unschuldig ist. Ich habe sie befragt.«

Struensee drehte sich zu ihm um. »Und?«

Zabel lächelte. »Natürlich behauptet die Dirne das nur, weil sie keinen Beschützer mehr hat. Es ist nichts dran an ihrer Aussage.«

»Das war alles?«

Zabel schüttelte den Kopf. »Außerdem wollte ich in Erfahrung bringen, ob sie von dem Mord an Jean Kämmer wusste. Denn dann wäre sie eine Komplizin und gehörte ebenfalls eingesperrt.«

»Und?«

Zabel schüttelte erneut den Kopf. »Ich bin zu der Überzeugung gelangt, dass sie nichts von dem brutalen Mord wusste.«

Struensee kam wieder zum Schreibtisch zurück, schaute

auf den sitzenden Zabel herab. »Warum haben Sie ihr Polizeischutz angeboten?«

Zabel stand von seinem Stuhl auf. »Wer behauptet das?«

»Ich habe meine Quellen«, erwiderte Struensee streng. »Antworten Sie! Warum legen Sie Ihre Hand schützend über eine Hure?«

Zabel versuchte, möglichst nah bei der Wahrheit zu bleiben.

»Cécile Travail wurde bedroht von einem Mann namens Herrmann Schons, und das, während ich bei ihr war. Dieser Schons ist gewissermaßen in die Fußstapfen von Arthur Schmoor getreten. Darum wollte ich ihm gegenüber von Beginn an klarstellen, dass die Staatsmacht auch weiterhin das einzige Gesetz auf der Straße ist. Ich habe meinen Säbel gezogen und Schons davongejagt. Was hätte ich anderes tun sollen Ihrer Meinung nach?«

Struensee ging nicht auf die Frage ein, wandte den Blick ab und schaute wieder aus dem Fenster. »Vergessen wir diese Hure. Was Sie auch immer an ihr finden, interessiert mich nicht. Im Moment zumindest.«

Zabel erhob die Stimme. »So etwas verbitte ich mir, ich bin verheiratet. Wollen Sie andeuten, ich verkehre mit dieser Frau?«

Struensee bemerkte, dass er mit seiner Bemerkung zu weit gegangen war, hob beschwichtigend die Hände. »Verzeihung, diesen Eindruck wollte ich keineswegs erwecken. Entschuldigen Sie bitte meine Wortwahl!«

Zabel blieb unerbittlich. »Was wollten Sie denn zum Ausdruck bringen?«

Struensee seufzte. »Beruhigen wir uns wieder.« Er schaute auf die Tischplatte, strich mit dem Zeigefinger über die Kante. »Fühlen Sie mal. Wie geschliffen und blank poliert das Holz ist, fabelhaft verarbeitet. David Roentgen war ein Meister. Nicht ohne Grund hat er für viele Königshäuser in Europa gearbeitet.«

Zabel hätte am liebsten darauf hingewiesen, wie klein der Schreibtisch in seinem Bureau war. Struensee schien die Wogen glätten zu wollen, war aber noch nicht am Ende seiner Befragung angelangt.

»Es liegt in Ihrem Ermessen, wie wichtig diese Zeugin ist«, fuhr er fort. »Und warum haben Sie die Tür zur Domschatzkammer mutwillig beschädigt?«

»Auch da gab es Ungereimtheiten.« Fonk hatte Zabel eigentlich versprochen, auf eine Beschwerde zu verzichten.

»Was für Ungereimtheiten?«, bohrte Struensee weiter nach.

»Jean Kämmer war handwerklich nicht geschickt, weshalb ich herausfinden wollte, wie der Einbruch wohl vonstattengegangen ist.«

»Und?«

»Mit dem richtigen Werkzeug ist es möglich.«

»Wer bezahlt die Reparatur?«

»Ich werde die Kosten des Schmieds übernehmen.«

»Das will ich hoffen. Denn für solche Experimente bin ich nicht zu haben, wie Sie wissen.« Er räusperte sich, bevor er fortfuhr. »Sie denken also immer noch, dass Arthur Schmoor den Textilhändler Jean Kämmer ermordet hat, weil dieser das Vortragekreuz aus der Schatzkammer entwendete?«

»Ja«, sagte Zabel voller Inbrunst. »Jetzt bin ich in der Lage, den Fall abzuschließen und das Protokoll ordnungsgemäß fertigzustellen.«

»Bravo. Genau das wollte ich hören von Ihnen.« Struensee holte zum nächsten Schlag aus, das verriet sein Tonfall. »Sie sind sich wohl bewusst, dass, wenn Arthur Schmoor nicht der Mörder wäre, dies bedeuten würde, dass der wahre Täter, ein äußerst brutaler, gefährlicher Mörder, noch frei herumliefe.«

»Ich werde den Fall abschließen«, erwiderte Zabel.

»Nicht meinetwegen, bitte«, sagte Struensee mit einem Lächeln. »Nur wenn Sie sich absolut sicher sind, auch den Richtigen verhaftet zu haben.«

Die beiden sahen einander wieder in die Augen. Zabel hielt dem Blick stand.

Struensee ergriff das Wort. »Angenommen, es würde sich herausstellen, dass nach wie vor ein Mörder in der Stadt frei herumläuft und uns, die Polizei, zum Narren hält, was dann? Ich halte einen Maskenumzug unter solchen Umständen für unverantwortlich.«

Darum ging es also. Der Polizeipräsident suchte verzweifelt einen Grund, die Feierlichkeiten am zehnten Februar doch noch kurzfristig abzusagen.

Struensee sah ihm in die Augen. »Wenn Schmoor nicht der Täter wäre, was würde der Mörder als Nächstes planen?«

Zabel ließ sich nicht aus der Ruhe bringen. »Ich sagte Ihnen bereits, dass ich den Fall abzuschließen gedenke.«

»Und ich teile Ihnen nur mit, wie gespannt ich auf Ihren

Bericht bin. Jetzt, da Sie angeblich alle Lücken geschlossen haben.«

Zabel steckte in der Zwickmühle. War Struensee nur darauf aus, seine Macht zu demonstrieren und die Dinge so zu lenken, wie er es gerne hätte? Oder wollte er Zabel daran hindern, weiter zu ermitteln? Was dies bedeuten würde, vermochte der Kommissar noch nicht auszumachen. Nicht auszuschließen war, dass auch Struensee in Kämmers Büchlein stand. Oder Martin Fonk, der Dompropst designatus.

»Es wäre nicht zu verantworten, den Maskenumzug stattfinden zu lassen, solange ein Mörder frei herumläuft, der womöglich – von seinem Erfolg angespornt – noch weitere Menschen töten könnte. Oder was meinen Sie?«

»Der Fall ist gelöst«, erwiderte Zabel selbstbewusst.

»Schön«, sagte Struensee mit einem falschen Lächeln auf den Lippen und zeigte ihm seine weißen Zähne.

Zabel ertrug es keine Sekunde länger in dem Bureau, erhob sich von seinem Platz und marschierte ohne ein weiteres Wort hinaus. Geradewegs schritt er durch den Flur bis ins Treppenhaus, wo er durchatmen musste. Was führte der Polizeipräsident im Schilde? Wollte er weitere Ermittlungen verhindern oder seine Macht demonstrieren? Wollte er ein Signal senden nach Berlin: *Über meinen Kopf hinweg wird hier in Köln nichts entschieden.*

Struensee schien längst zu ahnen, weshalb man Zabel nach Köln versetzt hatte, eben nicht allein zur Durchsetzung des Berliner Polizeireglements. Der Präsident bekam Rückendeckung aus Berlin und war von niemand Geringerem als dem Innenminister Kaspar Friedrich Freiherr von Schuckmann in diese Position gehievt worden. Struensees Beziehungen reichten in hohe politische Kreise, und das, obwohl er sich in der Vergangenheit bereits einen Verweis durch den Reichskanzler Fürst von Hardenberg eingehandelt hatte. Seine Berufung zum Polizeipräsidenten war umstritten gewesen, so viel wusste Zabel, und in Potsdam beobachtete man Struensee mit Argusaugen. Sogar König Friedrich Wilhelm III. hatte die Feierlichkeiten an *Carneval* als Folklore akzeptiert, wenn auch eher mit Widerwillen, wie Zabel von dem Neffen des Königs, Prinz Friedrich, erfahren hatte.

Struensee war trotz aller Zweifel an seiner Person vor zwei Jahren in den Adelsstand erhoben worden, eine Geste, die er anscheinend falsch deutete, denn seitdem folgte er noch mehr seinem Machtstreben. Zabel mochte sich nicht an Intrigen beteiligen, trotzdem war er der Bitte des Prinzen gefolgt und nach Köln gekommen. Friedrich von Preußen hatte ihn für diese Versetzung vorgeschlagen. Vom ersten Tag an war der Kommissar Teil eines Ränkespiels gewesen, das sich weit weg von Köln ereignete, aber Auswirkungen bis zum Rhein hatte. Und wenn Zabel ehrlich zu sich selbst war, er durchschaute es nicht. Nicht mehr.

Langsam ging er die Stufen nach unten und kehrte in sein Bureau zurück. Bartmann saß an seinem Schreibtisch und hatte den Papierbogen mit den Informationen aus Kämmers Büchlein vollgeschrieben.

Er schaute auf. »Wie wor et?«

»Der Fall ist abgeschlossen.«

»Endgültig?«

»Endgültig«, betonte Zabel. »Arthur Schmoor hat Jean

Kämmer ermordet. Aus Wut und Hass, weil Kämmer die heilige katholische Kirche bestohlen hat.«

Bartmann hielt den Papierbogen hoch, auf dem er den Inhalt des Büchleins abgeschrieben hatte. »Dann han isch m'r die Arbeit also för nix jemacht?«

»Lassen Sie mal sehen?« Zabel nahm ihm den Papierbogen aus der Hand, und das Büchlein ließ er in seiner abschließbaren Schublade verschwinden.

Bartmann sah ihn fragend an. »Sagen Se mir jetz noch, woher dat Büchlein stammt?«

»Später.« Zabel schaute auf den Papierbogen. Bartmann hatte sich wirklich Mühe gegeben, leserlich zu schreiben. Zabel ging die Liste der Abkürzungen und falschen Namen von oben nach unten durch. Beim vierten Eintrag verharrte sein Blick. »Was heißt das: *Hanaker*?«

Bartmann nickte. »Eigentlich müsst et *Hanakerei* heißen, ävver die letzten beiden Buchstaben fehlten.«

Zabel hatte noch nie davon gehört. »Was ist das, eine Hanakerei? Bitte erklären Sie es mir auf Hochdeutsch.«

Bartmann musste sich konzentrieren, dann redete er so deutlich wie noch nie. »Also. Nehmen wir mal an, wir beide wären Fründe. Echte Fründe. Un jetz würde isch Se op d'r Arm nemme wolle, mir 'ne Feez erlauben, einen Spaß, über dä mir beide laache künne, weil m'r echte Freunde wären. Dann sagt mer en Kölle *Hanakerei* dozo. Funktioniert aber nur unter Freunden, un et darf däm andere nit wehtun.«

»Geben Sie mal ein Beispiel«, forderte Zabel, so ganz hatte er es noch nicht verstanden.

Bartmann musste wieder überlegen. »'ne Fründ von mir,

dem seine Tochter hät geheiratet, und m'r haben uns 'nen Jux erlaubt mit dem Vatter von d'r Braut. Am Tag vor d'r Huhzick … also der Hochzeit, komm ich an und hab jesaht, d'r Jung, der die Tochter heirate well, es schon mit ener anderen zesamme.« Bartmann fing an zu kichern bei dem Gedanken daran. »Ich hab die Papiere jefälscht, un er hat et tatsächlich abjekauf. Wir sind dann mit ein paar Lück durch die Stadt jelaufe un han d'r Bräutigam jesucht un jefunge. Un jerade, als d'r Vatter der Braut op den Jung loßjon will, haben m'r die Dinge aufgelöst. Dat es en Hanakerei. Am Ende haben all mitjelacht.«

Zabel grinste. »Und die Hochzeit hat stattgefunden?«

Bartmann lachte. »Ja. Hät stattjefunge. Un die han jetzt drei Pänz.«

Zabel sah auf den Papierbogen, hinter dem Wort *Hanaker* stand die Zahl 30 und darunter noch mal 20. Er nahm an, dass Kämmers Opfer so viel für das Schweigen des Erpressers gezahlt hatte. Es fragte sich nur, in welcher Währung. Reichsthaler, Gulden, Franc? Es wurde mit knapp an die fünfzig Geldsorten in der Stadt gehandelt. Zabels Hausmädchen bekam dreißig Reichsthaler im Jahr plus Kost und Logis. Das bedeutete, Kämmer hatte wohlhabende Opfer ausgenommen.

Zabel bedankte sich bei Bartmann für die Arbeit, faltete den Papierbogen zusammen und ließ ihn in seiner Manteltasche verschwinden, bevor er das Bureau verließ.

KAPITEL 24

Zabel stapfte durch den Schnee, vernahm das Knirschen unter seinen Füßen, atmete die kalte Luft tief in seine Lungen ein. Schließlich blieb er stehen.

Für ihn stand fest, dass sich hinter den Abkürzungen und Initialen Personen verbargen, deren wahre Identitäten nur einer kannte: Jean Kämmer. Wäre das Buch dem Falschen in die Hände gefallen, wie einem Kommissar, hätte niemand den geheimen Code entziffern können. Jeder schien verdächtig, ausnahmslos alle, die über genug Geld und Ansehen verfügten und darum einen guten Grund gehabt hätten, den Erpresser loszuwerden. Wieder hallten Céciles Worte in Zabels Ohren; dass es lohnenswerter ist, einen Reichen zu erpressen, als einem armen Mann in die Tasche zu fassen.

Zabel müsste vorsichtig sein, wem er sich anvertraute. Gedankenverloren stapfte er durch den Schnee, bückte sich und formte einen Schneeball, der kalt in seiner Hand lag. Da starrten ihn zwei Kinderaugen an, ein Junge, vielleicht sechs Jahre alt. Er hielt auch einen Schneeball in der Hand.

Zabel grinste und bewarf ihn mit seinem, traf ihn auf der Brust. Der Junge kicherte und warf seinen Schneeball, der Zabel knapp verfehlte. Sie machten weiter. Jeder versuchte, schneller zu sein als der andere, mehr Treffer zu erlangen als der Gegner. Eine Kugel traf Zabel mitten ins Gesicht. Da hörte er den Ruf einer Frau.

»Egon«, schrie sie und kam zu ihrem Sohn gerannt, den sie anscheinend nur mal kurz aus den Augen gelassen hatte. Ihre Kleidung verriet, dass sie aus einfachen Verhältnissen stammte und es sich nicht würde leisten können, die Reinigung eines Mantels zu bezahlen, wenn ihr Sohn einen anderen mit einem dreckigen Schneeball bewarf. Sie zerrte am Arm des Jungen und verpasste ihm einen festen Schlag auf den Hosenboden.

»Halt!«, schritt Zabel sofort ein.

Die Frau sah ihn reumütig an. »Es tut mir leid, sehr leid. Ich weiß nicht, was in ihn gefahren ist.« Ihr Blick wanderte zu Zabels Säbelspitze, die unter dem langen Mantel hervorlugte.

»Ich habe angefangen«, sagte Zabel. »Ihr Junge hat sich nur verteidigt.«

Die Mutter starrte ihn verdutzt an. Zabel ging vor dem Jungen in die Hocke, um mit ihm auf Augenhöhe zu sein. »Unentschieden?«

Der Junge strahlte übers ganze Gesicht.

Zabel erhob sich wieder, schaute zu der Mutter, die sichtlich verblüfft war. »Sie haben einen tollen Jungen. Sehr mutig, der Kleine. Vielleicht möchte er ja eines Tages Polizist werden.«

Sie lächelte verlegen. »Vielleicht, ja.«

»Ich wünsche Ihnen einen schönen Tag«, verabschiedete sich Zabel und ging weiter.

»Ihnen auch. Danke!«, rief die Frau ihm hinterher.

Die Schneeballschlacht hatte gutgetan. In Momenten wie diesem musste er sich eingestehen, dass er sehr gerne einen Sohn hätte.

Zabel atmete die kalte Luft ein, die in seine Lungen strömte und seinen Verstand reinigte. Er entschied sich, den Dienst für heute zu beenden und nach Hause zu gehen.

Er schloss die Tür auf, betrat den Korridor und hörte aus dem Wohnzimmer zwei Stimmen, die seiner Frau und die ihres Cousins. Zabel entledigte sich der Stiefel, hängte Mantel und Säbel an die Garderobe und zog die Hausschuhe an. Er wollte gerade in die Wohnstube gehen, zögerte aber. Durch die Tür waren die beiden Stimmen zu hören.

»Ich habe vollstes Verständnis für dich«, hörte er Friedrich Brügelmann sagen.

Eva klang wesentlich leiser als ihr Cousin. »Und wie soll ich mich deiner Meinung nach verhalten?«

Es trat Stille ein. Zabel fühlte sich unwohl dabei, noch länger zu lauschen, und klopfte an, bevor er die Tür öffnete und eintrat.

Friedrich saß auf dem Sofa, Eva auf einem Stuhl mit dem Rücken zur Tür. Sie drehte sich um und war sichtlich erstaunt. »Oh, hast du schon Dienstschluss?«

»Ja. Ich muss ein bisschen nachdenken, und das kann ich auch zu Hause.«

Eva und ihr Cousin standen beide auf. Brügelmann und

Zabel gaben sich die Hand zur Begrüßung, die Eheleute umarmten sich kurz.

Dann wandte sich Zabel dem Gast zu. »Was führt dich her?«

»Ich wollte mal meine Cousine besuchen«, antwortete er lächelnd.

»Der Tee ist kalt«, sagte Eva. »Ich mache einen neuen.«

Sie schien nach einer Gelegenheit gesucht zu haben, die beiden Männer allein zu lassen, und verschwand mit dem Tablett. Als sie die Tür geschlossen hatte, setzte sich Zabel auf Evas Stuhl, und Brügelmann nahm wieder auf dem Sofa Platz.

Zabel kam direkt zur Sache. »Bist du meinetwegen gekommen?«

Brügelmann räusperte sich. »Ich glaube, ja. Die Sache hat sich bis zu mir herumgesprochen.«

»Dass ich bei einer Hure war?«

Brügelmann nickte. »Eva hat gesagt, es war wegen dieses Mordes an dem Textilhändler.«

»Kanntest du ihn, Jean Kämmer? Er hatte sein Geschäft in der Goldgasse Nummer 11.«

Brügelmann schüttelte den Kopf.

»Er war in derselben Branche wie du tätig.«

»Da gibt es viele, die mit Tuchwaren handeln. Nicht jeder kennt jeden in dieser Stadt.«

»Aber jeder hört von jedem in dieser Stadt, wenn ein Kommissar zu einer Dirne geht. Ich kann mir das schwer vorstellen, dass du nie von Kämmer gehört hast.«

»Und wenn es so wäre?«

»Dann würde ich mich fragen, wieso du lügst, wenn ich dich nach ihm frage?«

Brügelmann seufzte. »Du hast mich gefragt, ob ich ihn kannte? Nein. Genauso wenig, wie du diese Hure wirklich kennengelernt hast, oder?«

Zabel merkte, dass Brügelmann ausweichen wollte, und hakte nach. »Wie gut?«

»Ich bin ihm tatsächlich mal begegnet, ein einziges Mal, um genau zu sein. Er wollte mit mir ins Geschäft kommen.«

»Aber?«

»Er war ein unangenehmer Mensch. Keiner, dem ich mein redlich verdientes Geld anvertraut hätte.«

Brügelmann schien sich nicht mehr ganz so wohlzufühlen wie vor der Befragung. Seine Hände waren unruhig, dann verschränkte er die Arme vor der Brust.

»Ist Kämmer mal mit einer Forderung an dich herangetreten?«

Brügelmann sah ihn fragend an. »Einer Forderung?«

»Geld.«

»Ja, er wollte, dass ich ihm ein Geschäft finanziere. Aber ich habe abgelehnt. Keinen Kupferpfennig hätte ich ihm gegeben.«

Zabel hatte das Gefühl, dass die Körpersprache seines Gegenübers etwas ausdrückte, was über die erzählte Geschichte hinausging, kam aber nicht dahinter, was es war.

»Was erzählt man sich auf den Straßen?«, wechselte er das Thema.

»Du wurdest bei einer Hure gesehen und hast dich lautstark als ihren Beschützer ausgegeben.«

»Ich habe sie vor einem Mann beschützt, ja.« Zabel schwieg einen Moment. »Sei bitte ehrlich zu mir. Glaubt Eva, dass ich die Dienste dieser Hure in Anspruch genommen habe?«

Er schüttelte den Kopf. »Nein. Aber dein Besuch bei dieser Frau wirft ganz andere Fragen auf.«

»Die da wären?«

»Warum warst du da? Der Fall ist doch gelöst, oder? Du hast Arthur Schmoor dorthin geschickt, wo er hingehört.«

Zabel war auf der richtigen Spur, das spürte er. »Wer stellt sich diese Frage? Es könnte euch allen doch egal sein. Abgesehen von meiner Frau vielleicht. Sage mir, wer sich diese Fragen stellt.«

»Ich«, erwiderte er. »Denn du bist mit meiner Nichte verheiratet und spürst anscheinend nicht, wie sie sich fühlt.« Seine Stimme bekam etwas Anklagendes. »Eva fürchtet, dass sie nicht gut genug ist für dich. Als Frau. Weil sie schon dreimal eine Totgeburt hatte.«

»Sie muss sich keine Sorgen machen.«

Brügelmann stand vom Sofa auf. »Du machst es dir vielleicht ein bisschen zu einfach. Wenn die Sorge erst einmal im Raum schwebt, reicht es nicht, ein Fenster zu öffnen.«

Er setzte sich seinen Zylinder auf, war als Textilfabrikant stets ähnlich gut gekleidet wie DuMont.

»Moment!« Zabel stand auch auf, wollte ihn noch nicht gehen lassen. »Vergessen wir mal kurz, dass Cécile Travail eine Dirne ist. Wen stört es, dass ich mich mit ihr und dem Fall weiter beschäftige?«

Brügelmann zuckte mit den Schultern. »Ich weiß nicht, worauf du hinauswillst.«

»Es gibt also nichts, was du mir noch zu Jean Kämmer sagen könntest? Gemeinsame Bekannte. Freunde?«

Brügelmann schüttelte den Kopf, beendete das Thema. »Sehen wir uns am Sonntag?«

»Selbstverständlich«, sagte Zabel, bevor sie sich zum Abschied die Hand gaben. »Schön, dass du da warst.«

»Danke für den Tee!« Der Gast schritt zur Tür und öffnete sie. Eva kam mit dem Tablett herein, sie schien gewartet zu haben. »Du gehst schon?«

Brügelmann nickte zum Abschied. »Ja, ich habe noch zu tun. Bis bald!«

Zabel begleitete den Gast noch zur Wohnungstür und schloss sie hinter ihm. Dann nahm er den Papierbogen aus seiner Manteltasche, bevor er zurück in die Wohnstube kam. Eva hatte bereits Tee eingeschenkt.

Sie sah ihn fragend an. »Was hast du da?«

Zabel reichte ihr den Papierbogen. In dem Moment roch er den Alkohol aus ihrem Mund. »Hast du getrunken?«

Sie lächelte. »Nur einen Branntwein.« Dann blickte sie auf den Papierbogen. »Was ist das?«

»Schau mal bitte auf die Namen und Initialen. Kannst du mit irgendeinem davon etwas anfangen?«

Eva murmelte zuerst und wurde zum Ende der Liste etwas lauter, bis sie schließlich laut sagte: »Muzio C.«

Zabel war etwas irritiert. »Muzio C.?«

»Das steht hier.« Sie zeigte ihm den Papierbogen.

Zabel schaute darauf. Der letzte Name in der Reihe war tatsächlich Muzio C., und hinter der kurzen Schlangenlinie stand eine 10. Bartmann hatte es anscheinend falsch abgeschrieben, in dem Büchlein hatte Mario C. gestanden, wie Zabel sich erinnerte.

»Was bedeuten diese Namen?«, fragte Eva.

Zabel nahm den Papierbogen wieder an sich. »Nicht viel. Ich habe diese Einträge in dem versteckten Büchlein eines Verdächtigen gefunden und weiß noch nichts damit anzufangen.«

»Dann frage ihn doch.«

Zabel schwieg.

Eva verstand. »Stammt die Liste von dem, der ermordet wurde?«

Er nickte.

Ihr Tonfall wurde schnippisch. »Dann geh damit doch zu dieser Hure. Vielleicht weiß sie etwas.«

Zabel überhörte die Bemerkung. Eva wusste, dass die beiden Männer geredet hatten. Genau das war ihr Plan gewesen, als sie den Tee holen ging. Jetzt wollte sie das Ergebnis hören.

»Ich kann es nur immer wiederholen«, sagte Zabel.

»Was?«

»Ich habe mich für dich entschieden, obwohl du mir gesagt hattest, aus welchem Grund deine erste Ehe kinderlos geblieben war. Ich hätte mich auch für dich entschieden, wenn von Anfang an klar gewesen wäre, dass wir nie Kinder bekommen werden. Es besteht daher kein Grund für dich, dir Sorgen zu machen.«

Zabel schritt zu seinem Sekretär, klappte ihn auf. »Und jetzt muss ich noch etwas arbeiten.«

»Soll ich den Tee hierlassen?«

Zabel nickte, und Eva verließ das Wohnzimmer.

Er setzte sich an seinen Schreibtisch und starrte auf das Blatt Papier vor sich. Hatte der Kollege Bartmann sich verschrieben oder Zabel nicht richtig gelesen? Konnte ein »a« wie ein »u« und ein »r« wie ein »z« aussehen? War der Vorname vor dem C ein Mario oder ein Muzio?

Der Unterschied schien gravierend, denn mit Muzio C. verband Zabel einen Komponisten: Muzio Clementi. Und er kannte einen Pianisten, der dessen Sonatinen besonders gerne spielte.

KAPITEL 25

Auch wenn die Flocken weiß waren, enthielten sie mehr Wasser als Eis und schmolzen sofort, wenn sie auf die Kleidung fielen. Ein Sauwetter, aber etwas wärmer als in den Tagen zuvor. Zabel hatte den Kragen seines Mantels hochgeklappt und einen Hut auf. Nur noch ein paar Hundert Schritte, und er wäre im Präsidium angekommen, da blieb er plötzlich stehen. Vor ihm auf dem Bürgersteig war sie. Vielleicht zwanzig Meter weit entfernt.

Cécile sah nicht standesgemäß aus, nicht wie eine Hure. Sie trug ein schlichtes beiges Kleid, das unter dem Mantel hervorschaute, und hatte eine weiße Haube auf dem Kopf. Allein der Gedanke, mit Cécile auf der Straße zu reden, vor dem Polizeipräsidium und in Sichtweite seiner Wohnung, bereitete ihm großes Unbehagen. Deshalb drehte er sich schlagartig um und marschierte los, wohl wissend, dass sie seinetwegen hier war und ihm folgen würde.

Zabel ging die Straße an den Stiftsgebäuden der Kirche St. Aposteln entlang, von denen nur noch die Grundmauern übrig waren, aber auch diese würden bald dem Erdboden gleichgemacht werden. Das ehemalige Kloster war von den

Franzosen geschlossen worden. Der Klerus würde noch lange brauchen, bis er sich von der französischen Besatzung erholt hätte. Wenn dies jemals geschah. Zabel glaubte, dass die katholische Kirche nie wieder solche Macht erlangen würde wie im Mittelalter. Er musste an die Worte aus der Bibel denken, die Schmoor zitiert hatte, wenn auch in der Stadtsprache: *Alles hat seine Stunde. Für jedes Geschehen unter dem Himmel gibt es eine bestimmte Zeit.*

Er bog auf den Apostelnplatz ab, verlangsamte sein Tempo. Es dauerte nicht lange, bis Cécile ihn einholte und sie unauffällig nebeneinander hergingen.

Zabel hielt den Blick stur nach vorne gerichtet und redete leise. »Was wollen Sie?«

»Zuerst einmal möchte ich mich bei Ihnen bedanken. Herrmann Schons lässt mich in Ruhe, und auch niemand sonst …«

Zabel schnitt ihr das Wort ab. »Es ist meine Pflicht als Kommissar, die Bürger zu schützen.«

»Meine Pflicht ist es, dem Mann zu helfen, der viel Gutes für mich getan hat«, erwiderte sie.

»Das interessiert mich nicht.«

»Das glaube ich Ihnen nicht«, erwiderte Cécile. »Ich habe es in Ihren Augen gesehen, die Zweifel. Sie wissen genau wie ich, dass Arthur ein schlimmer Mensch ist, aber Kämmer nicht ermordet hat.«

»Sie wissen doch gar nichts über mich.«

Cécile sah ihm in die Augen. »Niemand hat es bisher gewagt, sich Arthur in den Weg zu stellen. Sie aber! Sie haben Ihr Leben aufs Spiel gesetzt für Recht und Gesetz.

Bestimmt nicht zum ersten Mal. Männer wie Sie sind eher rar gesät.«

»Ihre Komplimente helfen Ihnen auch nicht weiter. Ich gehe meinen eigenen Weg, dazu brauche ich nicht die Hilfe einer …« Er zögerte.

»… Hure«, brachte Cécile den Satz zu Ende. »Einer Hure, die das Mordopfer kannte. Wollen Sie wissen, wer Jean Kämmer wirklich war?«

»Sagt Ihnen der Name Muzio Clementi oder Muzio C. etwas?«

Cécile schüttelte den Kopf. »Nein, wer soll das sein?«

Zabels Blick schweifte umher, es kamen nur wenige Passanten des Weges, nach seinem Geschmack aber immer noch zu viele.

»Wir treffen uns in der Kirche, warten Sie dort.«

Zabel schritt in die entgegengesetzte Richtung davon, als ob er den falschen Weg eingeschlagen hätte. Er ging wieder an den ehemaligen Stiftsgebäuden zum Neumarkt zurück, änderte erneut die Richtung und schritt auf die Apostelnstraße zu, die von der Kirche nach Norden führte. Zabel folgte ihr bis zum Ende, um dort plötzlich kehrtzumachen. Von da an fühlte er sich sicher, dass ihm niemand folgte. Denn genau damit musste er nach dem unerfreulichen Gespräch mit Struensee rechnen. Es fiel Zabel niemand auf, den er in den letzten zehn Minuten schon einmal gesehen hatte. Er ging geradewegs auf die Kirche St. Aposteln zu und betrat sie durch den Seiteneingang.

Die Morgensonne fiel in Streifen durch die Fenster und erzeugte auf dem Boden ein buntes Muster. Das Weihwasser in dem steinernen Becken war eiskalt, kurz davor zu gefrieren. Zabel ging gemächlich auf den großen steinernen Triumphbogen zu, hinter dem sich der Hochaltar befand. Er sah Cécile auf einer Bank knien, und sie tat so, als wäre sie tief ins Gebet versunken. Zabel ging an ihr vorbei, ohne sie eines Blickes zu würdigen, und schaute zur Decke. Die kuppelförmige Apsis über dem Altar war mit Mosaiken verziert, auf denen Jesus Christus in unterschiedlichen Situationen hervortrat. Zabel ging weiter zur Südkonche, wo ebenfalls ein paar Kniebänke waren und so gut wie kein Sonnenlicht hinfiel. Er pustete drei Kerzen, die in Wandhaltern steckten, aus und kniete sich auf eine Bank. Er betrachtete ein gegenüberliegendes Mosaik, das von der Sonne angestrahlt wurde. Jesus Christus beugte sich zu einer Frau herunter, die am Boden kauerte. Der Heiland hatte mit allen Menschen gesprochen, auch mit den Aussätzigen und Huren.

Da erschien Cécile neben ihm, sie war in der Dunkelheit nur als verhüllte Gestalt zu erkennen und kniete mit etwas Abstand in derselben Bank wie Zabel nieder.

Er flüsterte. »Wer wusste davon, dass Arthur Schmoor eine fromme Seite hat?«

Sie drehte ihm den Kopf zu und sah ihn erstaunt an. »Woher wissen Sie das?«

»Ich habe ihn in seiner Zelle besucht.«

Cécile rückte ein Stück näher zu ihm. »Wie geht es Arthur?«

»Sehr schlecht. Ich glaube nicht, dass er seine Verurteilung und Hinrichtung noch erlebt.« Zabel schaute in Richtung Altar direkt vor ihm. »Beantworten Sie meine Frage. Wer wusste es?«

»Einige«, antwortete Cécile. »Alle, die etwas mehr mit ihm zu tun hatten. Schmoor wusste, dass er ein schlechter Mensch war und in der Hölle enden würde. Er hatte große Achtung vor der Kirche.« Cécile schüttelte den Kopf. »Achtung ist zu wenig. Ehrfurcht … Furcht. Auf der Straße konnte ihm niemand Angst machen, und er kannte auch keine Gnade, wenn es erforderlich war. Aber an Orten wie diesem war er …« Sie suchte nach den richtigen Worten.

»Wie ein kleiner Junge?«, fragte Zabel.

»Eher wie ein großer Junge. Darum ging er so gut wie nie in die Kirche, und wenn, dann allein.«

Zabel wechselte das Thema. »Sagen Sie mir, was Sie zu sagen haben.«

»Kämmer war mein Kunde, wie Sie wissen. Wir haben öfter geredet. Er stammte aus Jena, sein Vater war Schneider, angeblich ein sehr guter, denn die Familie besaß Geld. Er hieß auch nicht wirklich Jean mit Vornamen, sondern irgendwie anders, dreht man die Buchstaben von Jean herum, wird daraus Jena.«

»Die Familie besaß also Geld?«, hakte Zabel nach.

Cécile nickte. »Als sein Vater krank wurde, hat er das Geschäft übernommen. Übernehmen müssen.«

»Aber er war kein gelernter Schneider?«

Sie schüttelte den Kopf. »Jean hat nur Kleidung und Stoffe verkauft.«

»Warum haben Sie mir beim letzten Mal noch nichts davon erzählt?«

»Da wusste ich noch nicht, auf welcher Seite Sie stehen.«

»Und jetzt wissen Sie es?«

»Ich spüre es.«

»Aber Sie wissen nicht, wie er mit richtigem Vornamen hieß?«

»Nein.«

Zabel wurde ungeduldig. »Erzählen Sie weiter.«

Cécile öffnete ihren vom Schneeregen durchnässten Mantel, darunter trug sie einen Schal aus Fuchspelz. »Den hat Jean mir geschenkt, nachdem er seine Schulden bei Arthur abbezahlt hatte.«

»Und?«

»Er war geizig, darum hat mich dieses Geschenk von ihm gewundert. Ich habe nämlich herausgefunden, was der Fuchspelz wert ist. Also hab ich ihn gefragt, woher er den Schal hat.«

»Und?«

»Angeblich von einem Freund, er hat keinen Namen genannt. Wenn ich so darüber nachdenke, glaube ich nicht, dass Jean den Schal bezahlt hat.«

Zabel verstand, was sie meinte. Der Schal könnte eine Bezahlung im Rahmen einer Erpressung gewesen sein und somit ein Hinweis auf eines der Opfer.

Cécile fuhr fort. »Auch wenn er selbst so einen Schal nicht brauchte und keine Frau hatte, er hätte ihn zu Geld machen können.«

»Aber dann wäre er gefragt worden, woher der Schal stammt.«

»Genau.« Cécile nahm den Schal vom Hals und reichte ihn Zabel. Der Fuchspelz fühlte sich flauschig an.

»Schauen Sie mal auf die Innenseite«, sagte Cécile.

Er drehte den Schal um. Da war ein weißes Stück Stoff eingenäht.

»In Amerika sticken sie in Kleidungsstücke den Namen der Firma, die ihn gemacht hat.«

Zabel las, was in kleinen Buchstaben auf den weißen Stoff gestickt war: »American Fur Company«, und darunter: *»J. J. Astor – New York«*.

»Der Schal stammt aus New York?«, entfuhr es ihm.

»Ja«, sagte sie verdutzt. »Warum, ist das wichtig?«

»Wer ist J. J. Astor?«

»Ein Einwanderer aus Deutschland, der in Amerika sehr reich geworden ist, durch Pelze. Hat Jean zumindest gesagt.«

»War Kämmer jemals in New York?«

Cécile schüttelte den Kopf. »Nein. Er hat behauptet, er habe den Schal einem Freund abgekauft.«

Cécile konnte nicht ahnen, was diese Information und die zwei eingestickten Worte für Zabel bedeuteten. Er kannte nur eine Person, die jemals in New York gewesen war. Der Komponist und Musiker Christian Samuel Schier, der womöglich verschlüsselt in Kämmers Büchlein auftauchte: *Muzio C.* Zwischen dem Namen und der Zahl 10 war auch noch eine Schlangenlinie gezeichnet. Symbolisierte diese den Schal? War Christian Schier von Kämmer erpresst worden? Wenn ja, womit? Was hätte der Mann, den er inzwischen als Freund betrachtete, zu verbergen gehabt?

»Würden Sie mir den Schal ausleihen?«, fragte Zabel im Flüsterton.

Cécile nickte. Zabel knöpfte seinen Mantel auf und versteckte den Schal darunter.

»Sie haben mir sehr geholfen.«

Cécile lächelte. »Das freut mich. Sehen wir uns wieder?«

»Warum? Haben Sie noch mehr Informationen für mich, dann sagen Sie es sofort.«

»Noch nicht«, erwiderte Cécile. »Aber ich werde mich weiter umhören.« Sie zögerte einen Moment. »Wo sollen wir uns das nächste Mal treffen? Ich möchte Ihnen keine Schwierigkeiten bereiten, aber auch nicht wieder die ganze Zeit in der Kälte herumstehen müssen, um auf Sie zu warten.«

»Hier. Am Montag, eine Stunde vor der Mittagsmesse.«

Zabel erhob sich, wollte gerade gehen, sah dann jedoch noch einmal auf Cécile hinab. »Wenn Sie sich umhören, passen Sie auf sich auf.«

Er glaubte, in der Dunkelheit ein Lächeln auf ihrem Gesicht zu erkennen. »Das mache ich schon mein ganzes Leben lang.«

KAPITEL 26

»Jülich?«, fragte Eva.

Zabel nickte, während er mit Bedacht seine Satteltasche packte und darüber nachdachte, ob er etwas Wichtiges vergessen haben könnte. Er hatte vor zwei Tagen einen Boten nach Düsseldorf geschickt und noch am selben Tag eine Antwort erhalten.

»Prinz Friedrich von Preußen möchte mich sehen.«

Eva sah ihn fragend an. »Und wieso Jülich? Ich denke, der residiert auf Schloss Jägerhof in Düsseldorf.«

»Ja. Aber er hält ein Manöver in Jülich ab, mit der vierzehnten Division, die er kommandiert.«

»Wieso will er dich so dringend sehen?«

Zabel musste der Frage ausweichen, sie sollte nicht jedes Detail wissen. Aber Eva schien sich Sorgen zu machen, dass sein Besuch etwas Ungutes zu bedeuten haben könnte, sie fragte weiter. »Es muss wohl sehr wichtig sein, wenn er dich extra nach Jülich bestellt und nicht warten kann.«

Er blieb wortkarg. »Wir werden sehen.«

»Will er dich versetzen?« Ihre Stimme schwoll an. »Zurück nach Berlin?«

Zabel verstand den Hintergrund ihrer Fragen. »Ich bleibe in Köln. Versprochen.«

Eva sah ihn mit strengem Blick an. »Heimat es jo nit bloß e Woot nur.«

Sie sprach äußerst selten Kölsch, weil sie es nicht gut konnte. Aber wenn sie so redete, wollte sie ihm damit in besonderer Weise ihre Gefühle zum Ausdruck bringen. »Heimat es do, wo du nit abseits steihs. Deshalb ist es mir so wichtig, dass du mitmachst beim Festordnenden Komitee.«

Zabel verstand, was sie meinte. Eva hatte schon mehrmals geäußert, dass sie nie mehr aus Köln wegwollte, vor allem nicht nach Berlin. Sie liebte die Rheinländer und ihren Frohsinn. In seinem Beruf gab es leider die Gefahr, versetzt zu werden, davor hatte Eva Angst, was sie ihn jetzt mehr als deutlich wissen ließ.

»Heimat es do, wo de jlöcklich bes. Und das bin ich hier, hier am Rhein.«

Zabel schloss die Satteltasche, dann machte er einen Schritt auf seine Frau zu, nahm sie fest in den Arm. »Ich bin hier unentbehrlich«, sagte er leise. »Ich bin das, was man einen vorgezogenen Posten nennt, ich sichere die Flanke. Eine sehr wichtige Flanke.«

Sie schaute zu ihm auf. »Eine Flanke gegen wen denn?«

Er zögerte.

»Bitte«, forderte sie. »Wenn du nicht willst, dass ich mir Sorgen mache, dann rede mit mir.«

Er schaute in ihre Augen. »Den Polizeipräsidenten. Karl Philipp von Struensee ist der Grund, weshalb man mich nach Köln versetzt hat. So mancher in der Heimat ist nicht zufrieden mit seiner Arbeit, andere wiederum stärken ihm den Rücken.«

»In der Heimat«, hakte sie nach. »Siehst du Berlin also immer noch als deine Heimat an?«

Er wich ihrem Blick aus, wandte sich ab und schulterte die Satteltasche. »Worüber ich mit dem Prinzen rede, darf ich dir nicht sagen. Bitte nimm das so hin. Und kein Wort darüber – zu niemandem.«

Sie schwieg einen Moment. »Wirst du Sonntag wieder da sein?«

»Spätestens«, sagte er in noch ernsterem Tonfall, dann fing er an zu grinsen. »Ich darf die Ratssitzung des Festordnenden Komitees doch nicht verpassen.«

Genau das zu hören, schien Eva sich gewünscht zu haben, seine Worte zauberten ein Lächeln auf ihr Gesicht. Sie verabschiedete ihn mit einem langen Kuss, dann verließ er die Wohnung, stiefelte die Treppe hinunter und trat vor das Haus. Für den längeren Ritt hatte er sich einen äußerst großen und kräftigen Rappen aus dem Stall entliehen.

Zabel befestigte die Satteltasche, schwang sich auf das groß gewachsene schwarze Pferd mit langer Mähne und trabte los bis zum Hahnen-Thor, wo die *Via Belgica*, eine vierhundert Kilometer lange Heerstraße, die Köln mit dem Meer verband, nach Jülich führte. Der Schnee war auf dem gefrorenen Boden liegen geblieben. Vor dem Hahnen-Thor staute es sich, allerdings auf der anderen Seite der Mauer, viele wollten in die Stadt hinein, die meisten mit Fuhrwerken. Zabel ritt durch das Tor und ließ Köln hinter sich. Nach etwa einem Kilometer passierte er den Friedhof

Melaten, wo einst eine Leprastation eingerichtet war. Daher stammte auch der Name, denn »krank« hieß auf Französisch: *malade*. Eine kleine Trauergesellschaft bewegte sich durch das steinerne Friedhofstor, auf der letzten Ruhestätte waren viele Persönlichkeiten der Stadt begraben, aber auch einfache Leute wie die Vorfahren von Fritz Bartmann.

Zabel gab seinem Pferd die Sporen, der Ritt bis nach Jülich würde bis zum Nachmittag dauern, er wollte hinter Königsdorf eine Pause einlegen. Ihm blieb Zeit, über die weitere Vorgehensweise nachzudenken. Die Sache mit dem Schal aus New York beschäftigte ihn, denn er musste befürchten, dass sein neuer Freund und Kriegskamerad Christian Samuel Schier dieses Accessoire mit nach Köln gebracht hatte. Aber es gab noch jemanden, der infrage käme: Evas Cousin Friedrich Wilhelm. Der hatte irgendwann einmal erzählt, dass die Firma Brügelmann in der Vergangenheit auch mit Pelzen gehandelt hatte. Stammte der Schal von ihm? Zabel musste äußerst vorsichtig sein. Jede Frage, die er stellen würde, verriet dem Befragten auch, wie viel der Kommissar schon wusste. Ein unbedachtes Wort oder eine falsche Bemerkung, und der Mörder könnte gewarnt sein, würde Spuren verwischen oder die Flucht ergreifen.

Um die Indizien, die gegen Arthur Schmoor vorlagen, aus der Welt zu schaffen, reichte nicht der Eintrag in ein Büchlein oder ein Fuchspelz aus New York. Wie sollte er Christian Schier zur Rede stellen? Wer könnte sich hinter dem Begriff *Hanaker* verbergen? Ein Scherzbold? Zabel würde am Sonntag auf jeden Fall Ausschau halten, ob es bei der Sitzung des Komitees einen gab, der anderen gerne Streiche spielte. Zunächst aber hatte Zabel eine andere Mission zu erfüllen, die ihn nach Jülich führte. Die schneebedeckte Landschaft zog an ihm vorbei, und Zabel gewann nicht nur räumlich Abstand von Köln, auch seine Gedanken kreisten um etwas anderes. Die Erinnerung, wie er Prinz Friedrich von Preußen zum ersten Mal begegnet war. Im Schloss Sanssouci in Potsdam.

Zabel und seine Kollegen stehen in Uniform Spalier und warten gebannt auf den Moment, dass König Friedrich Wilhelm III. den Saal betritt. Dann geschieht es, die großen Flügeltüren schwingen auf, der König schreitet vorneweg, begleitet von seinem Gefolge, zu dem an diesem Tag auch sein Neffe Prinz Friedrich von Preußen gehört. Die genagelten Ledersohlen der Stiefel hallen auf dem Parkett durch den Saal, und Zabel wird niemals den Moment vergessen, wie König Friedrich Wilhelm III. plötzlich vor ihm steht, nur noch einen Meter entfernt, und seine Majestät ihm mit staatstragendem Blick in die Augen sieht.

»Im Namen des preußischen Volkes und meiner Familie bedanke ich mich«, eröffnet der König das einseitige Gespräch, denn Zabel ist nicht in der Lage, etwas zu sagen. »Sie haben dem Vaterland einen großen Dienst erwiesen und dies nicht zum ersten Mal, wie ich erfahren habe.«

Daraufhin heftet König Friedrich Wilhelm III. ihm den Orden an die Brust.

Der Rappe war stark und ausdauernd, Zabel gönnte ihm mehrere Pausen und hatte ein paar Äpfel als Belohnung mitgenommen. Die Sonne neigte sich dem Horizont entgegen, als Zabel von einer Anhöhe die kleine Festungsstadt Jülich vor sich liegen sah. Die Zitadelle bildete den Mittelpunkt, sie war während der Renaissance erbaut worden. Der ideale Ort, um Kriegsgeschichte zu studieren und ein Manöver durchzuführen wie die Einnahme einer gut gesicherten Festung. Die vierzehnte Infanteriedivision hatte sich rund um die Zitadelle formiert, wie bei einer Belagerung. Zabel fühlte sich an seine Jugend erinnert. Das Manöver im Winter stattfinden zu lassen zeugte von Entschlossenheit, denn im Krieg war man auch den Jahreszeiten ausgesetzt, und so lernten die Soldaten, mit widrigen Umständen wie der Kälte umzugehen.

Zabel ritt auf die Festung zu. Zelte, Artillerie, Fuhrwerke und viele Pferde bildeten einen Ring um die Zitadelle. Er zog an den Zügeln seines Rappen und blieb neben einer Wache stehen, grüßte nach militärischer Art und zeigte unaufgefordert seine Papiere.

»Kommissar Zabel aus Köln. Ich habe eine Audienz bei Seiner Königlichen Hoheit, dem Prinzen Friedrich von Preußen.«

Die Wache schaute auf die Papiere, dann wieder zu Zabel. »Dürfen wir uns um Ihr Pferd kümmern?«

Zabel schwang sich aus dem Sattel. »Sehr gerne. Und gebt ihm die Äpfel zur Stärkung.«

Der Wachsoldat pfiff einmal laut, und sofort kam ein junger Mann in Uniform angerannt, dem Zabel die Zügel überreichte. Zum Abschied klopfte er dem Rappen auf den Hals. Der Wachsoldat mit den Papieren in der Hand schritt voran, Zabel folgte ihm, während ein anderer den Posten übernahm.

Sie näherten sich dem größten Zelt, in dem die Besprechungen mit den Offizieren stattfanden und das von mehreren Wachsoldaten umstellt war. Dem Wachoffizier am Eingang wurden Zabels Papiere gereicht, woraufhin der Offizier verschwand. Kurz darauf erschien er wieder.

»Treten Sie ein, Herr Kommissar.«

Als die Zeltplane zur Seite geschlagen wurde, strömte Zabel warme Luft entgegen. Das Kommandozelt war gut beheizt, und erst jetzt spürte er, wie durchgefroren er von dem Ritt war. Um den Kartentisch standen vier Offiziere und der Kommandant, Prinz Friedrich von Preußen. Er war wie immer in bester körperlicher Verfassung und hatte seine dunkel gelockten Haare zur Seite gekämmt. Ein markanter Schnäuzer zierte sein Gesicht. Er blickte vom Kartentisch auf.

Zabel nahm Haltung an und verneigte sich kurz. »Königliche Hoheit.«

Alle Augenpaare waren jetzt auf ihn gerichtet.

»Meine Herren, darf ich Ihnen einen Helden vorstellen«, sagte Prinz Friedrich. »Kommissar Gustav Zabel, gedient unter Generalfeldmarschall von Blücher, danach in den Polizeidienst eingetreten und Ordensträger des Roten Adlers, da er einen feigen Mordanschlag auf meinen Onkel, Seine Majestät den König, vereitelt hat.«

Die Offiziere nickten anerkennend. Einer von ihnen wandte sich plötzlich ab und musste niesen.

Prinz Friedrich fand das amüsant. »Ausgerechnet mein Leibarzt fängt sich eine Erkältung ein.«

Der Leibarzt in Offiziersuniform bezog wieder Position am Kartentisch und nahm ohne einen Kommentar weiter an dem Gespräch teil.

»Nicht so bescheiden, Zabel«, forderte der Prinz ihn auf. »Kommen Sie einen Schritt näher, und erzählen Sie uns davon.«

Er trat an den Kartentisch heran und berichtete von den Ereignissen, die Jahre zurücklagen: »Ich bin wie jeden Morgen zu Fuß zur Arbeit gegangen, und eines Tages fielen mir zwei junge Männer auf, Studenten, die einen Platz auskundschafteten.«

»Auskundschafteten?« Der Offizier und Leibarzt des Prinzen wirkte sehr interessiert.

»Sie gingen hintereinander den Bürgersteig entlang und machten jeden Schritt gleich. Am Ende des Weges beging einer von beiden den großen Fehler, sich die Entfernung zu notieren.«

Die Offiziere verstanden sofort. Bei einem Angriff mit mehreren Einheiten war die Geografie des Schlachtfeldes von großer Bedeutung.

Zabel fuhr fort. »Von diesem Tag an haben wir diese Männer beobachtet und schließlich ihre Wohnungen durchsucht, wo wir Schießpulver und Waffen fanden und den Lageplan des Ortes, wo der König zwei Tage später mit einem Staatsgast vorbeigekommen wäre.«

Prinz Friedrich nickte anerkennend. »Auch wenn Ihre Zeit beim Militär schon etwas her ist, helfen Sie uns. Welche Möglichkeit gäbe es, diese Festung einzunehmen?«

Zabel wusste, dass seine Antwort nicht im militärischen

Sinne von Bedeutung war, niemand erwartete von ihm eine Antwort auf ein beinahe unlösbares Problem. Die Zitadelle verfügte über vier Bastionen, die Tore waren durch Kanonen gesichert, die auf den Angreifer nicht direkt zielten, sondern hinter einer massiven Schutzmauer verborgen lagen. Erst wenn die Angreifer nahe vor den Toren stünden, würden sie in den Schusswinkel der Artillerie gelangen, was umgekehrt bedeutete, dass man auch erst von diesem Punkt das Feuer erwidern könnte. Viel zu spät, die Angreifer würden sofort in die Defensive geraten, und bevor man die eigenen Kanonen in Stellung gebracht hätte, wäre es schon um sie geschehen.

Zabel schaute auf den Kartentisch. »Man müsste zuerst die Kanonen unschädlich machen, von denen man aus je zwei Richtungen das Tor unter Feuer nehmen kann.«

»Und wie?«

»Wo lagert die Munition?«

Einer der Offiziere zeigte stumm auf mehrere Stellen, wo die Mauern undurchdringbar schienen.

»Der italienische Baumeister hat damals sehr gute Arbeit geleistet«, sagte Prinz Friedrich mit einem Lächeln. »Und Sie haben einen langen Ritt hinter sich.«

Die Offiziere lachten, der Prinz erlöste ihn. »Lassen Sie uns heute Abend speisen und dabei über den Grund Ihrer Reise sprechen.«

Zabel verbeugte sich, warf einen kurzen Blick in die Runde der Offiziere, den alle erwiderten, dann wandte er sich ab und verließ das Zelt wieder.

KAPITEL 27

»Die Festung ist eigentlich uneinnehmbar«, sagte Prinz Friedrich, zurückgelehnt in seinem Stuhl und mit einem Glas Rotwein in der Hand. »Genau das macht es so reizvoll, sich darüber Gedanken zu machen, wie es doch geschehen könnte.«

Zabel äußerte eine Idee. »Mein Vorschlag, mit Verlaub, wäre, einen Tunnel zu graben bis unter das Pulvermagazin. Der Boden wäre dank der lang anhaltenden Kälte so hart gefroren, dass der Stollen auch ohne Holzverbau halten würde.«

Der Kommandant hörte aufmerksam zu. »Und dann?«

»Den Tunnel mit Schwarzpulver zu füllen. Die Explosion würde die Kanonen, vielleicht sogar die ganze Befestigungsanlage zerstören.«

Prinz Friedrich lachte. »Und wo bringe ich meine Soldaten in Sicherheit? Die Explosion wäre gewaltig.«

Zabel grinste. »Darüber habe ich ehrlich gesagt noch nicht nachgedacht.«

Der Gastgeber hob amüsiert das Glas, Zabel nahm seines, und sie prosteten sich über den Tisch hinweg zu. Nachdem sie getrunken hatten, stellten sie die Gläser wieder ab. Das Essen hatte vorzüglich geschmeckt. Rinderbraten in einer dunklen Soße mit gestampften Kartoffeln und Gemüse.

»Was geschieht gerade in Köln?«, fragte Prinz Friedrich.

»Die Vorbereitungen für den ersten Maskenumzug.«

»Halten Sie diesen Umzug immer noch für eine gute Idee?«

Zabel nickte. »Grundsätzlich ja.«

»Grundsätzlich?«

»Die Einwände des Polizeipräsidenten sind unzutreffend. Es geht keine Gefahr vom Volk aus, im Gegenteil. Wir zeigen uns dadurch von einer guten Seite, noch vorhandene Widerstände gegen die Obrigkeit aus Berlin ließen sich durch die Feierlichkeiten und den Anlass eher auflösen als verhärten.«

»Aber? Warum sind Sie hier, Zabel?«

Nicht der Prinz hatte ihn einbestellt, sondern Zabel hatte um die Audienz gebeten.

»Es gibt Dinge, über die wir sprechen sollten. Dinge, die Ihnen nicht gefallen werden.«

Friedrich lehnte sich in seinem Stuhl zurück, sah ihn fragend an.

»Es geht um den Maskenumzug. Im Rahmen der Feierlichkeiten soll ein Prinz *Carneval* auserkoren werden, der mit einer Gefolgschaft durch die Straßen zieht und vom Volk bejubelt wird.«

Friedrich richtete sich ruckartig auf. »Ein Prinz? Soll das jetzt ein Scherz sein?«

»Nein, Königliche Hoheit. Leider nicht.«

»Davon war nie die Rede gewesen, und so etwas wird auch nicht geschehen. Auf keinen Fall. Eine Verballhornung des Adels lasse ich nicht zu.«

Zabel reagierte etwas kleinlaut. »Die Ideen des Festordnenden Komitees gehen noch weiter.«

Der Prinz sah ihn erbost an. »Sie haben mir einen Brief geschrieben, in dem Sie sich für diesen Umzug eingesetzt haben.«

Zabel nickte. »Genau deshalb bin ich hier, um Sie in Kenntnis zu setzen. Ich halte nach wie vor an der Idee fest, auch wenn wir vielleicht regulierend eingreifen müssen. Dabei sollten wir nicht außer Acht lassen, wer hinter der Neuordnung des *Carnevals* steckt.«

Friedrich nickte. »Heinrich von Wittgenstein. Ein wirklich guter Mann.«

Zabel tastete sich langsam weiter vor. »Ein Prinz, so sieht es Heinrich von Wittgenstein, braucht eine Gefolgschaft, Soldaten, und diese bräuchten auch Uniformen, also …«

»Nein«, fiel er ihm erzürnt ins Wort. »Es gibt ein Uniformverbot für Zivilisten. Das müssten Sie doch wissen.«

»Natürlich weiß ich das.«

»Aber?« Der Prinz wurde neugierig, schien zu spüren, dass Zabel nicht unvorbereitet zu ihm gekommen war.

»Nach meiner Auffassung würde es sich bei einer solchen Uniform um ein Kostüm handeln.«

»Egal, wie wir es nennen«, hielt Friedrich dagegen. »Es wäre eine Verballhornung des Militärs. Wie wenn man …« Er suchte nach Worten. »Wie wenn man in einen Gewehrlauf anstatt Kugeln einen Blumenstrauß stecken würde.«

Zabel musste grinsen, der Vergleich gefiel ihm.

»Was finden Sie amüsant daran?«

»Nun, es ist die Frage, wer hier wen verballhornt«, erwiderte Zabel.

»Wie meinen Sie das?« Die Neugierde des Prinzen schien erneut geweckt zu sein.

Zabel richtete sich in seinem Stuhl auf. »Eine Verballhornung des preußischen Militärs ist nicht hinnehmbar. Auch für mich nicht. Ich habe für das Vaterland gekämpft, meinen Bruder verloren.« Er machte eine rhetorische Pause. »Aber was, wenn es sich um Kölner Soldaten handelte, die dort auf welche Art auch immer persifliert werden?«

Der Prinz lehnte sich in seinem Stuhl zurück, schien Zabels Gedanken zu folgen und sah ihn fragend an.

»Heinrich von Wittgenstein erklärte es mir so. Er ist auf der Suche nach Bildern zur Neugestaltung des *Carnevals*, und ich habe den Eindruck gewonnen, es geht ihm auch um Balsam für die Seelen der Kölner Bevölkerung. Zuerst waren da die Franzosen als Besatzer, nun sind es die Preußen.«

Friedrich reagierte aufgeschreckt. »Man betrachtet uns als Besatzer?«

Zabel seufzte. »Sagen wir, als Bevormunder. Und der Polizeipräsident gibt den Kölnern auch allen Grund dazu, sich bevormundet zu fühlen.«

»Über den reden wir später«, erwiderte Friedrich und hakte nach. »Was meinen Sie mit Bildern als Balsam für die Seelen?«

»Es waren nicht meine Worte, sondern die von Wittgensteins«, erklärte Zabel. »Er ist auf der Suche nach Bildern, die den Maskenumzug zu etwas machen, an dem sich die Bevölkerung erfreuen kann, und so wurde die Idee des Prinzen und seiner Gefolgschaft geboren.«

Friedrich von Preußen war mit einem Mal tief in Gedanken versunken, und in Zabel wuchs die Hoffnung, dass seine Rede Früchte trug. Auch wenn ihm persönlich der Maskenumzug nicht so wichtig war, setzte er sich dafür ein, für seine Freunde und vor allem für seine Frau.

Der Prinz brach das Schweigen. »*Panem et circenses.* Brot und Spiele. Hat schon im alten Rom gut funktioniert.«

So hatte Zabel den Maskenumzug bisher nicht gesehen.

»Von was für Gladiatoren reden wir, die diese Uniformen tragen sollen?«

Zabel grinste wegen der Wortwahl. »Kölner Stadtsoldaten.«

»Stadtsoldaten?« Friedrich wirkte irritiert. »Die haben Köln doch kampflos aufgegeben, als die Franzosen angerückt sind, oder?«

Zabel nickte. »Ja, sie haben den Angreifern angeblich sogar zugerufen: ›Nicht schießen, hier stehen doch Menschen.‹«

Der Prinz musste lachen, das gefiel ihm.

Zabel fuhr fort. »Aus meiner Sicht als ehemaliger Soldat waren es eher traurige Gestalten. Sie bekamen nicht mal ausreichend Sold und mussten deshalb noch anderen Tätigkeiten nachgehen, man sagt: kochen, Strümpfe stricken, auf Kinder aufpassen.«

Der Prinz glaubte, sich verhört zu haben. »Stricken?«

Zabel nickte. »Wollsocken.«

»Gibt es die Stadtsoldaten denn noch?«

»Vor ein paar Jahren gab es noch etwa hundertdreißig Ehemalige.« Zabel holte tief Luft für sein letztes Argument. »Ich meine, wenn die Kölner in ihren Stadtsoldaten Helden sehen wollen, was stört uns das?«

Der Prinz drückte mit einem Schmunzeln aus, dass ihm die Idee gefiel, dann wurde er wieder ernst. »Das Uniformverbot für die Stadtsoldaten ist hiermit aufgehoben. Während des Maskenumzugs und nur ...« Er zögerte. »Nein. Ich habe eine bessere Idee: Das Uniformverbot bleibt. Wir betrachten die Uniform der Kölner Stadtsoldaten als ein Kostüm. Ein Kostüm zu tragen ist erlaubt. An *Carneval*, versteht sich, nur an *Carneval*.«

»Löblich ist ein tolles Streben, wenn es kurz ist und mit Sinn«, zitierte Zabel ein Gedicht, das er von von Wittgenstein gehört und sich gemerkt hatte.

Der Prinz sah ihn fragend an.

»So hat von Wittgenstein es erklärt. Dem Augenblick einen Sinn verleihen, weil es jeden Augenblick nur ein Mal gibt. Feiern wir die Feste, wie sie fallen, oder fallen die Feste, weil wir sie nicht mehr feiern.«

Einen Moment lang wirkte Prinz Friedrich wieder tief in Gedanken versunken. Dann hob er den Kopf und schaute zu Zabel. »Die Uniform darf keine Waffe beinhalten.«

»Ohne einen Säbel stehen die Soldaten dann aber ziemlich nackt da«, warf Zabel ein.

»Aus Holz«, schlug Prinz Friedrich vor. »Ohne Klinge, nur eine Attrappe zum Umhängen.« Er blühte regelrecht auf, wirkte begeistert von seinen Ideen und schien zu vergessen, dass Zabel schon zu Beginn ihres Gespräches die Uniform als Kostüm bezeichnet hatte.

So ausgelassen hatte er den Prinzen noch nicht erlebt.

»Ich werde morgen unserem hochverehrten Herrn Polizeipräsidenten schreiben. Allerdings, Zabel: Ich möchte Sie nicht in so einer albernen Uniform sehen. Es gibt Grenzen.«

»Das werden Sie bestimmt nicht, das garantiere ich.«

Prinz Friedrich trank einen Schluck Rotwein, und ein Ordonanzoffizier trat an den Tisch heran, um sowohl dem Prinzen als auch Zabel nachzuschenken. Ein anderer räumte die leeren Teller ab. Es trat Stille ein, nur das Geklapper des Geschirrs erfüllte das Zelt.

Friedrich schüttelte den Kopf. »Was den falschen Prinzen angeht, wird es keinen Kompromiss geben. Das untersage ich. Wen immer die Stadtsoldaten durch Köln begleiten, kein Fürst, Herzog oder gar ein König.«

Zabel nahm es stumm zur Kenntnis.

»Damit wäre das geklärt.« Der Prinz sah ihn mit einem durchdringenden Blick an. »Die Vorbereitungen für den Maskenumzug sind aber nicht der einzige Grund, weshalb Sie sich auf den weiten Weg nach Jülich gemacht haben.«

»Nein, Königliche Hoheit.«

»Was macht Struensee?«

Zabel umriss in groben Zügen, worum es in den letzten Gesprächen mit dem Polizeipräsidenten gegangen war. Die Stimmung des Prinzen schwankte zwischen Unverständnis und Ärger über das, was er zu hören bekam. Dann erhob er seine kräftige Stimme. »Der Maskenumzug in Köln wird also zum Politikum, wenn ich das richtig verstehe?«

Zabel nickte. »Machtgebaren. Kleine empfindliche Nadelstiche. Wenn es Struensee gelänge, den Umzug zu verhindern, hat er gezeigt, dass er das Sagen am Rhein hat, egal, was in Berlin oder in Potsdam entschieden wurde.«

»Und was für eine Begründung hat er?«

Zabel zögerte einen Moment. »In Köln läuft ein Mörder frei herum.«

»Und Sie können ihn nicht unschädlich machen?«

»Es sitzt schon jemand in Kerkerhaft und wartet auf einen Prozess, der zu einer Hinrichtung führen würde. Sofern der Übeltäter bis dahin überhaupt noch lebt. Ich habe ihn bei der Festnahme schwer verletzt.«

»Aber Sie haben Zweifel an seiner Schuld?«

»Ich bin mir fast sicher, dass er den Mord, um den es geht, nicht begangen hat. Von anderen Straftaten, wie dem Angriff gegen meine Person, will ich nicht reden.«

Der Prinz wirkte irritiert. »Er hat Sie angegriffen, und jetzt versuchen Sie, seine Unschuld zu beweisen?«

»Ich bin der Wahrheit verpflichtet.«

»Und weiter?«

»Von Struensee zwingt mich, die Ermittlungen entweder einzustellen oder zuzusehen, wie er den unaufgeklärten Mord als willkommenen Anlass nutzt, den Maskenumzug zu verbieten. Angeblich, weil er die Sicherheit des Volkes nicht garantieren könne.«

»Fadenscheinig«, warf Friedrich ein und erhob sich von seinem Stuhl.

Zabel wollte es ihm gleichtun.

»Bleiben Sie sitzen!«, befahl der Prinz.

Zabel lehnte sich im Stuhl zurück. Friedrich hatte anscheinend das Bedürfnis, sich zu bewegen, schritt durch das Zelt ohne ein erkennbares Ziel.

»Ich werde mir von einem Emporkömmling wie Struensee so etwas nicht bieten lassen. Er wurde geadelt, um ihn zu besänftigen, aber er scheint diese Geste falsch verstanden zu haben. Struensee wird nicht seine eigenen Regeln machen, allerdings ...« Der Prinz dachte nach. »Wir wissen nicht, was beim Maskenumzug so alles passieren wird.«

Zabel schluckte, gab er Struensee etwa recht? »Wie meinen Seine Königliche Hoheit das?«

»Ich möchte nicht zu sehr Partei ergreifen.«

Zabel sah seine Felle davonschwimmen und konnte seine Sorge darüber nicht verbergen.

Der Prinz legte sein gewohntes Lächeln auf. »Ein offener Schlagabtausch dient niemandem. Es ist mir aber ein persönliches Anliegen, Zabel, dass Sie nicht klein beigeben. Haben Sie einen Verdacht bezüglich des Mörders?«

Zabel wusste nicht, wie er ihm die Sache erklären sollte. »Das ist das Problem«, sagte er kleinlaut.

»Was? Reden Sie schon.«

»Ich kann nicht ausschließen, dass der Mörder oder vielleicht sogar mehrere, ein Mordkomplott also, dass die Täter vielleicht im Kreise des Bürgertums oder des Klerus zu finden sind.«

Der Gesichtsausdruck des Prinzen veränderte sich schlagartig. Er trat hinter seinen Stuhl, schaute auf Zabel herab. »Wie ernst zu nehmen ist dieser Verdacht?«

»Das Mordopfer Jean Kämmer war ein erfolgloser Kaufmann. Und ein mieser Erpresser. Er hatte es auf die Geldbörsen wohlhabender Leute abgesehen.«

»Es wäre also möglich, dass jemand aus dem Kreise des Festordnenden Komitees die Tat begangen hat?«

»Leider ja. Es ist zumindest nicht auszuschließen. Zum jetzigen Zeitpunkt.«

»Sie sind Mitglied dieses Komitees?«

Zabel nickte und wandte den Blick nicht ab.

Friedrich von Preußen lächelte unerwartet. Zabel verstand nicht, wieso. »Na, dann haben wir eine Lösung. Zumindest vorübergehend.«

»Vorübergehend?« Zabel wusste nicht, was der Prinz damit meinte.

»Sie hören sofort auf, in dieser Mordsache zu ermitteln. Der Verdächtige, der im Kerker sitzt, ist der Mörder. Punkt.«

Zabel verstand noch immer nicht.

»Sie kümmern sich als Kommissar um andere Fälle, und privat helfen Sie bei der Organisation des Maskenumzugs mit. Verstehen Sie?«

Zabel durchschaute den Plan.

Der Prinz fuhr fort. »Sollten Sie feststellen, dass der Mörder aus dem Bürgertum stammt, erwarte ich umgehend Ihren Besuch. Dann überlegen wir weiter.«

»Da wäre noch das Domkapitel, der Klerus«, sagte Zabel.

»Machen Sie einen Schritt nach dem anderen«, befahl Prinz Friedrich. »Sollte ein Geistlicher in die Tat verstrickt sein, möchte ich ebenfalls als Erster darüber informiert werden.«

Friedrich machte eine Handbewegung, dass Zabel nun aufstehen dürfe. »Ich verlasse mich auf Ihre uneingeschränkte Loyalität, Zabel.«

»Daran besteht nie ein Zweifel.«

Der Prinz ging auf ihn zu, sah ihm tief in die Augen. »Es sind Ihre Freunde, gegen die Sie von nun an ermitteln. Kein leichtes Unterfangen. Vergessen Sie nie, wo Sie hingehören.«

Zabel hielt dem Blick stand. »Ich bin in Potsdam geboren und habe mein Leben fürs Vaterland eingesetzt.«

Friedrich von Preußen nickte. »Und Ihren Bruder verloren. Deshalb vertraue ich Ihnen.«

KAPITEL 28

Der Schnee auf den Dächern spiegelte das Mondlicht, und die Hinterhöfe wirkten so friedlich im Vergleich zu dem Trubel auf der Straße. Es gab sogar ein paar kleine Parzellen, die als Gärten genutzt wurden. Eine alte Eiche ragte in den Nachthimmel. Ihre mit Schnee bedeckten, von oben angestrahlten Äste warfen ein bizarres Schattenmuster in Céciles Zimmer. Sie stand am Fenster und spürte die raue Hand, die über ihren nackten Hintern strich. Seine Finger wollten mehr als nur ihre Haut spüren, glitten zwischen ihre Schenkel. Sie nahm es mit gelassener Ruhe hin. Dann erhob sich der Mann von der Matratze und stellte sich neben sie ans Fenster. Sein Gestank nach Fischöl war beinahe unerträglich, es waren seine Hände, er konnte nichts dafür, das wusste Cécile, seine Arbeit klebte an ihm wie ein Fluch. Wahrscheinlich wollte seine Frau deshalb nicht mehr mit ihm ins Bett gehen. Unvermittelt packte er Cécile an den Haaren und beförderte sie auf die Matratze.

»Du Miststück!«, fauchte er sabbernd. »Jetzt weed ich dir heiße Fedder zeigen, wat ene richtiger Kääl is.«

»Warte«, sagte sie, als er ihre Beine auseinanderdrückte.

Cécile spuckte in ihre rechte Hand und rieb sie zwischen ihren Beinen. Gerade noch rechtzeitig, da drang das Ungetüm schon in sie ein, und sein schwerer Körper legte sich auf sie. Cécile hatte schwer zu atmen. Heftige Stöße folgten, begleitet von Stöhnen und wüsten Beschimpfungen. »Du rösig Radiesche. Isch mach disch fertisch. Do Prumm, du kriss, wat do brauchs.«

Cécile wusste, dass er nicht lange durchhalten würde, so war es jedes Mal, also biss sie die Zähne zusammen und gaukelte ihm vor, dass er ein guter Liebhaber sei. Der Mann ließ seine Wut über das Leben und seine Frau an ihr aus, er brauchte das und meinte es nie so. Und er entlohnte Cécile reichlich dafür.

Als er fertig war, ließ er sich neben sie auf die Matratze fallen.

»Du verdammp Kanalje«, keuchte er. »Ich hätt dich noch e bessje mih bearbeide mösse. Drih dich öm.«

»Nein«, sagte Cécile bestimmend. »Beim nächsten Mal.«

Sie schwang ihre Beine über die Bettkante, stand auf und ging zu der bereitstehenden Schüssel mit Wasser, die auf dem Boden stand. Cécile begab sich in die Hocke. Das Wasser war lauwarm, sie wusch sich den Schweiß und andere Körpersäfte aus dem Schoß, während er sie dabei beobachtete.

»Wä beschützt dich eigentlich jetz?«

»Denk noch nicht mal darüber nach«, sagte sie.

»Et heißt, ene Kommissar.«

»Du solltest nicht alles glauben, was auf der Straße erzählt wird.«

»Un wenn et stimmt?«

Sie erhob sich wieder aus der Hocke, trocknete sich ab.

Der Freier ließ nicht locker. »Wie off därf hä bei dir kumme?«

»Kein einziges Mal«, sagte Cécile. »Aber wenn du weiterfragst, werde ich ihm deinen Namen nennen und sagen, was du arbeitest. Dann findet er dich, und du lernst ihn persönlich kennen. Einem Kommissar fällt immer ein Grund ein, unschuldige Bürger hart zu bestrafen.«

»Schon jod«, maulte ihr Kunde kleinlaut und stieg aus dem Bett. »Et hät mich nor ent'resseet.«

Er zog sich an, und Cécile zählte die Sekunden, bis er endlich fertig war. Sie nahm die Öllampe neben dem Bett und begleitete ihn die schmale Treppe hinunter bis zur Haustür, öffnete, und er verschwand ohne ein Wort des Abschieds. Sie wusste, dass sie ihn bald wiedersehen würde. Nächsten Samstag.

Cécile knallte die Tür zu, ging in die Küche und stellte den Teekessel auf den lodernden Herd, als es an der Tür klopfte. Ganz offensichtlich hatte der Grobian was vergessen, dachte Cécile, womöglich seinen Ehering, wie es schon mal vorgekommen war. Sie schritt durch den Flur und öffnete unbedarft die Tür, die im selben Moment brutal aufgestoßen wurde. Das massive Holz traf Cécile am Kopf, sie taumelte rückwärts und spürte die Feuchtigkeit in ihrem Auge. Es war Blut. Sie nahm nur das Geräusch wahr, wie die Tür zuknallte und der Schlüssel umgedreht wurde. Ihre Augen tränten vor Schmerz, sie konnte den Eindringling nur schemenhaft erkennen, aber was sie deutlich sah, war das Aufblitzen der Klinge, das Messer in seiner Hand.

Cécile begriff sofort, dass der Mann kein Geld von ihr wollte, es ging um Leben und Tod. Sie taumelte in die Küche, griff geistesgegenwärtig nach dem Teekessel auf dem Herd und schleuderte ihn dem Mann entgegen. Das Wasser war noch nicht heiß genug, um den Angreifer richtig zu verbrühen, aber er schrie trotzdem einmal auf.

Cécile verschaffte sich dadurch einen kurzen Moment, konnte ihn wegstoßen und schob sich an ihm vorbei. In dem Moment spürte sie den Schmerz, als die Klinge ihre Haut am Rücken ritzte. Der dunkle Flur lag vor ihr, die Tür nicht weit entfernt, aber sie war abgeschlossen, und der Angreifer hatte den Schlüssel. Es gab nur eine Möglichkeit, die Treppe hinauf, dem Nachthimmel entgegen. Sie hörte hinter sich Gepolter, erreichte das Schlafzimmer. Eine Sackgasse. Was sollte sie tun? Cécile schaffte es gerade noch, die Tür hinter sich zu schließen, stemmte sich mit aller Kraft dagegen. Der Mann tat das Gleiche, aber er war stärker, warf sich mit seinem ganzen Gewicht gegen die Tür. Ein oder zwei Stöße würde sie noch aushalten, dann wäre er in ihrem Zimmer und hätte leichtes Spiel. Er würde sie aufschlitzen mit seiner Klinge. Ihr schoss es in den Sinn: Jemand wollte anscheinend nicht, dass Arthur wieder freikam. Sie war unvorsichtig gewesen, hatte zu viele Fragen gestellt. Der wahre Mörder schien sein Teufelswerk vollenden zu wollen.

Die blanke Angst ergriff sie. Was sollte sie tun?

Wieder ein heftiger Stoß gegen die Tür, noch hielt sie stand. Cécile schaute durchs Fenster auf das bizarre Schattenmuster des Baumes. Würde sie es schaffen? So weit zu springen, dass sie vielleicht einen Ast zu fassen bekäme? Sie hatte keine Wahl, es war ihre einzige Chance. *Jetzt.* Cécile ließ von der Tür ab, sprang auf die Matratze und von dort mit einem Satz durch das geschlossene Fenster. Sie spürte, wie Scherben ihre Haut zerschnitten, und sah den Baum vor sich. Die Äste entfernten sich, und der schneebedeckte Boden kam immer näher. Sie schrie aus Leibeskräften, bis sie aufschlug und ihre Knochen brachen. Der Schmerz schoss durch den ganzen Körper und ließ das Bild vor ihren Augen verschwimmen. Benommen sah sie hinauf zum zerbrochenen Fenster, wo die dunkle Gestalt stand, das Messer in der Hand, die Klinge im Mondlicht leuchtend. Cécile drehte den Kopf nach rechts und sah, wie sich im Schnee neben ihr eine Blutlache ausbreitete. Cécile wusste, dass sie sterben würde, dann verschwand alles Licht, die Dunkelheit hüllte sie ein, und die Welt wurde pechschwarz.

KAPITEL 29

Von Wittgenstein nahm einen tiefen Zug an seiner Zigarre und ließ den Rauch zuerst aus seinem Mund quellen, bevor er den Rest mit seiner Atemluft ausblies. Die Wolke verharrte einen kurzen Moment auf Augenhöhe, bevor sie langsam nach oben zur Decke waberte. Von Wittgenstein griff zu seinem Glas Rheingauer, das zwischen ihnen auf einem kleinen Beistelltisch stand. Er und Zabel saßen sich auf bequemen Stühlen mit Armlehnen gegenüber.

»Das sind keine guten Nachrichten«, seufzte er.

Zabel hatte seinem Freund erklärt, dass es keinen Prinz *Carneval* geben dürfte.

Die Einrichtung und der Teppich in dem Salon waren dunkel gehalten, die Luft rauchgeschwängert. Zabel zog eher verhalten an der Zigarre, er war weniger daran gewöhnt als sein Freund.

»Es hätte schlimmer kommen können.«

Von Wittgenstein sah ihn an. »Du meinst, eine Absage wäre im Bereich des Möglichen gewesen?«

Zabel nickte. »Struensee versucht immer noch, den Umzug zu verhindern.«

»Wir haben es schwarz auf weiß, eine schriftliche Genehmigung, eine Art Vertrag.«

»So eine Genehmigung kann man widerrufen, einen Vertrag kündigen. Das weißt du selbst. Ebenso die Verordnung, dass die Einnahmen der Armenverwaltung zugutekommen sollen.«

Von Wittgenstein verstand. »Wir brauchen also einen neuen Titel für unseren Prinzen? Graf, Herzog, Freiherr?«

Zabel schüttelte den Kopf. »Keinen Adelstitel. Nichts in dieser Richtung.«

Sie schwiegen einen Moment, waren in Gedanken versunken.

»Und die Stadtsoldaten?«

Zabel nickte und nahm noch einen Zug. »Wenn ihr sie zu Helden machen wollt, bestehen keine Einwände.«

»Helden?«, entfuhr es von Wittgenstein, und seine Augen verrieten, dass er eine Idee hatte. »Wie steht es denn mit einem Helden?«

Zabel verstand nicht sofort.

»Wir nennen ihn nicht Prinz, sondern *Held Carneval*«, schlug von Wittgenstein vor.

Zabel überlegte, bevor er antwortete. »Da sehe ich erst mal keinen Einwand.«

»Dann ist es hiermit beschlossen«, sagte von Wittgenstein und schaute auf seine Taschenuhr, leerte das Weinglas. »Lass uns gehen, der Präsident des Festordnenden Komitees sollte nicht als Letzter erscheinen.«

Zabel leerte sein Weinglas, die Zigarre legte er kurz im Aschenbecher ab, um den Mantel anzuziehen.

Der Dom schimmerte in der Abendsonne, als die beiden Männer aus dem Haus traten. Die wenigen Hundert Meter bis zum Weinhäuschen bei der Kirche St. Ursula schafften sie zu Fuß, einige Mitglieder des Komitees füllten bereits den Saal, die Luft war zum Schneiden. DuMont saß mit Wallraf und DeNoël zusammen, sein Freund war so sehr ins Gespräch vertieft, dass er Zabels Ankunft nicht bemerkte. Von Wittgenstein ging zu den dreien am Kopfende.

Wie beim letzten Mal hatten sich Grüppchen gebildet, die Gemeinschaft war längst nicht so gleichförmig, wie von Wittgenstein es sich erhofft hatte.

»Komm zu uns, Jung«, ertönte eine markante Stimme. Es war die von Paul Rongsdorf, dem Zabel beim letzten Treffen gegenübergesessen hatte. »Auch wenn du kein Handwerker bis', darfs du dich jern zu uns dozo setzen.«

Zabel nahm Platz in der Runde. Rongsdorf schenkte ihm einen Becher Wein ein und stellte die anderen um ihn herum vor. Heinrich Flambeau war Schneider, und die Kleidung, die er selbst trug, erschien wie ein Aushängeschild für sein Gewerbe. Neben ihm saß ein Glasmaler, der für zahlreiche Kirchenfenster in Köln verantwortlich war und zufällig auch noch Probst mit Nachnamen hieß, allerdings wurde er mit »b« geschrieben.

Zabel fragte sofort nach. »Hast du auch das Fenster in der Domschatzkammer repariert?«

Probst nickte. »Dat un schon manch anderes.«

Zabel fiel auf, dass sich alle um ihn herum Mühe gaben, nicht zu sehr ins Kölsche zu verfallen, damit er sie gut verstand.

»Du kennst also auch den Kapitularvikar?«

Probst musste grinsen. »Isch han jehört, dat du ein zweites Mal en de Schatzkammer enjebroche bes.«

Alle Augenpaare waren plötzlich auf Zabel gerichtet.

»Wieso dat?«, fragte Flambeau irritiert.

»Ich musste etwas überprüfen.«

»Wat dann?«, hakte Rongsdorf nach, und sein Tonfall verriet, dass er Zabel nicht ohne eine vernünftige Antwort davonkommen ließe.

»Ich wollte wissen, wie schwer es war, dort einzubrechen. Aber ich kann euch versichern, dass es von jetzt an nicht mehr so leicht gehen wird.«

Alle schienen sich mit der Antwort zufriedenzugeben. Rongsdorf hatte die anderen vorgestellt, aber von ihm selbst wusste Zabel nicht den Beruf. »Was machst du?«

»Ich bin Bäckermeister un ston uns Zunft vör.«

Probst fing an zu kichern. »Bei ihm solltest du vörsichtig sein, wann de Brot käufs.«

Die anderen lachten. Zabel verstand nicht, wieso.

Flambeau erklärte es ihm. »Du solltest direkt em Lade probiere, wie et schmeckt.«

Probst fiel ihm ins Wort. »Zumindest wann d'r Chef persönlich et einjepack hät.«

Nun sah sich der Bäckermeister genötigt, etwas zu sagen. »Für jode Fründe dun isch manchmol en Schöpp mehr Salz en d'r Teig.«

Wieder lachten alle.

»So vill kanns du noher jar net trinken, öm d'r Jeschmack widder loss ze weede«, geiferte Probst.

Die Männer hatten sichtlich Spaß, stießen mit den Bechern an und tranken.

»Wie nennt man diese Art von Späßen noch gleich?«, fragte Zabel in die Runde.

»Hanakerei«, sagte Flambeau. »Un uns're Paul es 'ne Jroßmeister doren.«

Zabel fragte weiter. »Wo hast du deine Bäckerei? Falls ich mal ein Brot mit Salz möchte.«

»In der Johannes-Stroß.«

»Im Norden der Stadt?«

Rongsdorf nickte.

»Ist da in der Nähe nicht auch die Goldgasse?«

Er nickte erneut. »Wieso?«

»In der Goldgasse wohnt ein Jean Kämmer«, sagte Zabel. »Kennst du ihn?«

Rongsdorf schüttelte den Kopf. »Nie gehört. Ich kenne nit jede Kunden met Namen. Vielleicht käuf der sing Brot woanders.«

»Us jutem Jrund«, fiel Probst ihm ins Wort, und alle lachten wieder.

Zabel hatte im Laufe der Jahre ein Gespür dafür entwickelt, wenn jemand die Unwahrheit sagte. Manchmal war es ein Zucken der Gesichtsmuskeln oder ein ausweichender Blick, der einen Lügner verriet. Zabel hatte den Eindruck, dass Rongsdorf genau wusste, über wen er redete, Jean Kämmer aber nicht kennen wollte. Somit gab es von diesem Moment an einen weiteren Verdächtigen. Von der Statur käme der Bäckermeister als Einbrecher infrage, wenn er die massive Tür aufstoßen musste, ebenso, um brutale Schläge auszuteilen. Sein Geschäft lag in der Nähe von Kämmers Wohnung, und der Spitzname »Hanaker« würde auch zu ihm passen.

Und dann war da noch der Glasmaler Probst. Aufgrund seines Berufs bestand ein enges Verhältnis zum Klerus, und er hätte ohne Weiteres an einen Schlüssel zur Domschatzkammer gelangen können. Er kannte die Räumlichkeiten und wüsste, wie man einen Einbruch vortäuschen könnte. Zabel würde auch ihn im Auge behalten.

Auf der anderen Seite des Tisches saßen die Betuchten, im wahrsten Sinne des Wortes. Sie hoben sich schon durch ihre Kleidung und ihre gepflegten Hände von den Handwerkern ab, lediglich Heinrich Flambeau würde zu ihnen passen, und Zabel vermutete, dass einige der Kaufleute, Fabrikanten und Bankiers zu seinen Kunden gehörten. Friedrich Brügelmann prostete Zabel zu, ebenso Johann Baptist Farina, und neben ihm saß Günther vun d'r Pooz, der dem Ersten Vorsitzenden des Komitees so gerne widersprach.

»Es freut mich, dich hier wiederzusehen«, rief Farina über den Tisch herüber.

Zabel erwiderte den Gruß. »Mich ebenso.«

Sie tranken beide.

Die Flügeltüren zum Saal gingen auf, und ein Klavier, das auf einem Rollwagen stand, wurde von zwei kräftigen Männern hereingebracht. Christian Schier folgte seinem Instrument, entdeckte Zabel und winkte ihm zu. Die starken Männer hoben das Instrument vom Rollwagen und stellten es auf dem Boden ab. Von Wittgenstein händigte ihnen den vereinbarten Lohn für den Transport aus, bevor sie wieder verschwanden. Schier zog einen Stuhl heran und setzte sich. Die meisten hörten auf zu reden, es wurde immer stiller, weil alle gebannt warteten, was nun kam, und schließlich ließ der Pianist seine filigranen Finger über die Tasten fliegen, Musik erfüllte den Raum, und das Spiel endete mit einem furiosen Schlussakkord.

Die Töne des Klavierspiels verklangen, als von Wittgenstein aufstand und die Stimme erhob. Zunächst begrüßte er alle Anwesenden und verkündete dann die schlechte Nachricht von der Umbenennung des *Prinz Carneval* aufgrund hoheitlicher Einwände. Dies dämpfte die Stimmung. Wer ließ sich schon gerne bevormunden? Die Kölner auf keinen Fall, vor allem nicht vom preußischen Hochadel.

Günther vun d'r Pooz stellte die Frage, die wohl fast allen auf den Lippen lag. »Wie hat denn Seine Königliche Hoheit von unserem Prinzen erfahren?«

Zabel erhob sich von seinem Stuhl. »Durch mich.«

Die Blicke der um ihn herum Sitzenden senkten sich, alle anderen starrten ihn an. Von Wittgenstein sprang seinem Freund zur Seite. »Dass wir überhaupt die Genehmigung aus Berlin erhalten haben, verdanken wir auch unserem Freund Zabel. Was habt ihr gegen einen *Held Carneval* einzuwenden?«

»Dass die Idee aus Preußen stammt«, erwiderte Günther vun d'r Pooz in Richtung von Wittgenstein. Es schien ihm Vergnügen zu bereiten, dem Vorsitzenden des Komitees zu widersprechen.

»Mit Verlaub, Eure Lordschaft«, hielt von Wittgenstein dagegen. »Die Idee stammt von niemand Geringerem als meiner Wenigkeit.«

Günther vun d'r Pooz gab sich noch nicht geschlagen. »Was die Idee nicht unbedingt besser macht.«

Die um ihn herum Sitzenden lachten laut.

Zabel stand immer noch und wandte sich an alle im Saal. »Wenn ihr es wünscht, kann ich diese Runde verlassen.«

Da packte Rongsdorf ihn am Arm und zog Zabel auf seinen Stuhl zurück. »Setz dich widder. So einfach entkommst do m'r nit, du Jeck.«

Die Handwerker lachten laut und steckten die anderen mit ihrem Frohsinn an. Günther vun d'r Pooz beugte sich über den Tisch zu Zabel herüber. »Das war jetzt nicht persönlich gegen dich gerichtet«, entschuldigte er sich.

»Ich weiß.« Er hatte sehr wohl verstanden, worum es bei dem Protest ging, und sagte: »Wittgenstein braucht hin und wieder etwas Gegenwind.«

Günther vun d'r Pooz bestätigte dies mit einem Lächeln. Zabel vermutete insgeheim, dass der Kaufmann gerne selbst den Posten des Präsidenten übernommen hätte. Oder den des Helden.

Emanuel Zanoli stand von seinem Stuhl auf und hob beide Hände, als wollte er die Gemeinschaft segnen. »Ob Prinz, ob Held, dat is mir doch driss egal. Hauptsaach, ich sitze oben op dem Wagen.«

Schallendes Gelächter erfüllte den Raum, die gute Stimmung war wiederhergestellt. Zanoli setzte sich wieder und übergab das Wort an den Präsidenten.

»Kommen wir nun zu des Helden Gefolgschaft. Wir brauchen eine Fußtruppe, die unseren Prinzen – ich meine natürlich den *Held Carneval* – auf seiner Siegesfeier begleitet. Und da sollten wir ebenfalls auf echte Helden Kölns zurückgreifen und ihnen damit ein Denkmal setzen.«

Die Spannung stieg, alle Augenpaare waren auf den Präsidenten gerichtet. Wittgenstein fuhr fort. »Ich dachte da an die Kölner Stadtsoldaten. Einst haben sie auf den Straßen Kölns für die Sicherheit der Bürger gesorgt, jetzt rufen wir sie wieder zurück ins Leben.«

»Die Kölsche Stadtsoldaten?« Probst runzelte die Stirn. »Die waren ävver alles andere als heldenhaft jewesen.«

»Genau darum machen wir sie zu solchen«, hielt Wittgenstein dagegen.

Diesmal streckte Günther vun d'r Pooz als Erster den Arm in die Höhe. »Ich bin dafür. Gute Idee.«

Von Wittgenstein schien es zu freuen, dass ausgerechnet sein größter Kritiker ihm beistand.

Nach und nach reckten auch alle anderen ihre Hand in die Höhe. Der Vorschlag wurde angenommen, und die Kölner Stadtsoldaten waren aus der Versenkung gezaubert. Die Idee hatten ursprünglich von Wittgenstein und Zabel gehabt, bei einem Glas Rotwein und einer Zigarre, am Abend, bevor er nach Jülich geritten war.

Der Schneider Heinrich Flambeau wurde beauftragt, sich das Schnittmuster der Uniformen schnellstmöglich zu beschaffen.

»Wie viele sollen et dann weede?«, fragte er.

Ein Streitgespräch entbrannte, und am Ende einigte man sich auf die Zahl elf, die in Köln eine besondere Bedeutung hatte. Elf schwarze Striche zierten das Wappen der Stadt Köln, und darum sollten auch elf Soldaten dem *Held Car-*

neval die Ehre erweisen. Wer zu diesen elf gehören sollte, würde noch entschieden werden, fest stand nur, dass jeder von ihnen seine Uniform selbst bezahlen müsste.

Von Wittgenstein bestimmte dies. »Es wird so ablaufen, wie ich es in meiner Militärzeit erlebt habe. Jeder kümmert sich um seine Uniform und das Material.«

Zabel schritt ein. »Aber jeder muss exakt dasselbe tragen, sonst ist es keine Uniform.«

»Da hat er recht«, stimmte Eure Lordschaft von der anderen Tischseite zu und zeigte mit dem Finger auf Zabel. »Da muss ein Fachmann die Aufsicht führen.«

Zabel hatte ein wenig unüberlegt gesprochen. Wer in dieser Runde einen Vorschlag machte, wurde gleich dazu verdonnert, sich darum zu kümmern.

Von Wittgenstein lächelte seinem Freund zu. »Sehe ich genauso. Gustav, ich ernenne dich hiermit zum …« Er musste sich erst einen Titel überlegen. »… *Corpsadjudanten*. Du beaufsichtigst die Herstellung der Uniformen und als *Corpsadjudant* brauchst du selbstverständlich auch eine.«

Zabel erstarrte, hatte er doch Prinz Friedrich zugesagt, keine solche Uniform anzuziehen. Er schüttelte den Kopf.

Von Wittgenstein grinste. »Sollen wir unsere Wette erneuern?«

Zabel erinnerte sich an von Wittgensteins Worte am Tag vor seiner Hochzeit: *Schon viele haben versucht, sich dem Zauber dieser Stadt zu entziehen, und sind kläglich gescheitert.* Zabel hatte dagegengehalten, dass er immer ein Preuße bleiben würde. Da es bis heute keinen Wetteinsatz gab, wollte von Wittgenstein nun einen festlegen.

»Ich ziehe keine Uniform an«, sagte Zabel.

»Einverstanden. Wenn du es doch machst, hast du unsere kleine Wette verloren. Um die Ehre?«

Zabel nickte. »Um die Ehre.«

Von Wittgenstein wechselte das Thema und schaute zu Christian Schier, der immer noch am Klavier saß. »Und nun wollen wir mal hören, welche Hymne auf unseren Prinzen … ich meine für unseren Helden komponiert wurde.«

Schier stimmte den ersten Entwurf seines Liedes für den *Held Carneval* an, und es hagelte Kritik von allen Seiten. Vor allem diejenigen, die äußerst wenig von Musik verstanden, palaverten am lautesten, wie so ein Stück zu klingen habe.

Schier ließ die Vorschläge mit einem Lächeln an sich abprallen, denn die Leute im Saal waren schon zu betrunken, als dass sie sich morgen noch erinnern könnten, was sie heute gesagt hatten. Von Wittgenstein lobte die Leistung des Musikers, und Schier versprach, noch weiter an dem Text zu arbeiten.

Damit beendete von Wittgenstein den offiziellen Teil der Ratssitzung, was hieß, dass von nun an noch mehr getrunken wurde. Zabel wechselte die Tischseite, um noch mit ein paar anderen zu reden. Eher beiläufig ließ er mehrmals die Frage fallen, ob jemand den Tuchhändler Jean Kämmer persönlich gekannt habe? Alle außer Farina und Brügelmann verneinten. DuMont hatte sich mittlerweile zu ihnen gesellt und bedeutete Zabel, mit ihm sprechen zu wollen, unter vier Augen, draußen vor der Tür. Der Verleger stand auf und schritt voran. Zabel folgte ihm, sie trafen sich an der Theke des Lokals, wo DuMont zwei Gläser Wein bestellte.

Zabels Verstand war bereits etwas vernebelt. Sie stießen mit den Bechern an und tranken.

DuMont redete sehr leise. »Den anderen scheint es nicht aufgefallen zu sein, mir aber.«

»Was?« Zabel hatte keinen Schimmer, worauf sein Freund hinauswollte.

»Ich habe gehört, wie du die Leute nach Jean Kämmer gefragt hast.«

Dem Verleger entging nichts. Zabel musste sich seine Antwort gut überlegen. »Was stört dich daran?«

»Reines Interesse eines Zeitungsverlegers. Und welches Interesse bringt dich dazu, jeden nach dem Mordopfer zu befragen?«

Zabel schwieg.

»Von unserem zukünftigen Dompropst habe ich erfahren, dass du die Tür zur Schatzkammer hast aufbrechen lassen. Wieso?«

Zabel blieb keine andere Möglichkeit, als zum Gegenangriff überzugehen. »Wieso interessiert dich das? Und komme mir jetzt nicht mit der Ausrede, dass du Verleger bist.«

DuMont sah ihn sehr ernst an. »Ich habe Jean Kämmer gekannt.«

Zabel erstarrte für einen kurzen Moment.

»Mich hast du nicht nach ihm gefragt«, setzte DuMont nach.

»Hat er dich erpresst?«

DuMont schüttelte den Kopf. »Das hätte er mal versuchen sollen.«

»Aber du kennst jemanden, den er …?«

DuMont schnitt ihm das Wort ab. »Ich werde dir aber nicht sagen, wer es ist.«

»Das finde ich schon selbst heraus«, erwiderte Zabel. »Ich bin auf einem guten Weg.«

»Weißt du eigentlich, was du da tust?« DuMont deutete zu dem Saal, wo vereinzelt Teilnehmer aufgestanden waren, um sich zu erleichtern oder weil sie genug für heute hatten. Damit niemand von denen sie hörte, sprach DuMont jetzt besonders leise. »Du glaubst allen Ernstes, dass einer von uns Jean Kämmer ermordet haben könnte?«

»Es ist zumindest nicht auszuschließen«, antwortete Zabel genauso leise. »Und wenn dem so sein sollte, hätten wir alle ein großes Problem. Struensee würde es zum Anlass nehmen, den Maskenumzug abzusagen, und wenn wir ehrlich sind, hätte er sogar das Recht dazu.«

»Wirst du weiterermitteln? Oder abwarten?«

Die beiden sahen sich in die Augen. »Ich werde die Wahrheit herausfinden. Wie lange ich dazu brauche, kann ich noch nicht sagen. Aber es darf nichts an die Öffentlichkeit gelangen. Du weißt, was ich normalerweise von Zensur halte, aber in diesem Fall muss ich eine Ausnahme machen.«

Auf DuMonts Stirn zeichneten sich Sorgenfalten ab. »Wie kann ich dir helfen?«

»Du kennst die Leute besser als ich.«

»Was willst du wissen?«

»Wer kannte ihn? Wer wurde von Jean Kämmer erpresst? Ich habe ein Büchlein mit Daten, abgekürzten Namen und dahinter Zahlen, vermutlich Geldbeträge. Kämmer scheint notiert zu haben, wie viel Geld er von wem eingenommen hat. Ob Thaler oder Gulden, steht leider nicht da.«

»Wenn ich dir helfen soll, lass mich das Büchlein sehen.«

Zabel schüttelte den Kopf, nahm einen großen Schluck Wein, leerte das Glas. DuMont bestellte noch zwei.

»Warum war Christian Samuel Schier in New York?«, fragte Zabel.

DuMonts Blick verriet, dass ihm die Frage nicht gefiel. Zabel hatte anscheinend ins Schwarze getroffen und setzte nach: »Ist Schier derjenige, den du kennst?«

DuMont schwieg, aber das reichte Zabel schon als Antwort, und er redete weiter. »Kein Wort zu niemandem. Und wehe, du warnst Schier. Es würde ihm nichts bringen. Wenn du es tust, wird niemand am zehnten Februar eine Uniform anziehen. Hast du verstanden?«

DuMont nickte stumm, trank einen Schluck. »Ich soll mich also weiter umhören?«

Zabel nickte.

DuMont fuhr fort. »Ich habe etwas gehört auf den Straßen, gehe aber davon aus, dass du es längst weißt.«

»Was denn?«

»Die Hure von Arthur Schmoor.«

»Was ist mit ihr?«

»Du weißt es nicht? Sie wurde überfallen, liegt im Sterben.«

Zabel erstarrte, während DuMont weitersprach. »Sie hatte anscheinend einen falschen Kunden zu Besuch gehabt, ist durch ein Fenster aus dem ersten Stockwerk gesprungen.«

»Wo ist sie?«

Kaum hatte Zabel die Antwort vernommen, drehte er sich um und ging.

KAPITEL 30

Zabel riss die Tür auf und betrat das Bürgerspital. Den Weg vom Weinhäuschen zum säkularisierten Cäcilienkloster, ganz in der Nähe seiner Wohnung, war Zabel gerannt und deshalb außer Atem. Zudem ließ die kalte Luft seinen Hals schmerzen. Während der französischen Besatzung war das Kloster enteignet und per Dekret an die Hospitalverwaltung übertragen worden, nun beherbergte es Kranke. Wenige Kranke. Der Zustand der Hospitäler spiegelte wider, dass die Armenverwaltung nur noch über wenig Mittel verfügte, woran leider die preußische Regierung schuld war. Was die Unterstützung der ärmeren Bevölkerung anging, hatten die Franzosen mit ihrer Abgabe auf Lustbarkeiten, für die, die sich Lustbarkeiten leisten konnten, genau das Richtige getan. Zabel schämte sich für das, was er jetzt sah, was die preußische Regierung verursacht hatte.

Im Eingang gleich hinter der Tür wartete trotz später Stunde etwa ein Dutzend Bedürftige, die auf Hilfe hofften. Sie kauerten auf dem kalten Steinboden, andere standen herum oder schritten ungeduldig hin und her, darauf wartend, dass irgendwas geschah. Es roch muffig. Keiner nahm

Notiz von Zabel. Husten, Wehklagen und das Weinen von Kindern hallten von den kahlen Wänden wider.

Da öffnete sich quietschend eine Flügeltür, und ein Krankenwärter in weißer Kleidung trat in den Eingangsbereich, sein Blick wanderte umher, und er schien sich genau erinnern zu können, wen er bereits gesehen hatte und wen nicht. Der kräftige Mann hatte kurz geschorene Haare und ein rundes Gesicht mit markanter Nackenfalte. Eine Mutter mit ihrem Sohn auf dem Arm stürmte auf den Krankenwärter zu und flehte ihn an, ihrem Kind zu helfen. Der Wärter signalisierte ihr mit einem leichten Kopfschütteln, dass das nicht möglich sei. Der Junge hustete laut, was den Mann nicht zu erweichen schien.

»Gehen Sie wieder«, sagte er mit tiefer Stimme. »Der Junge muss zu Hause gesund werden, und beten Sie zu Gott.«

Die Mutter war am Rande der Verzweiflung. »Er hustet schon so lange, und es wird nicht besser. Fühlen Sie seinen Kopf, er ist ganz heiß.«

Nichts konnte den Krankenwärter erweichen. »Gehen Sie nach Hause.«

Zabel war eine solche Vorgehensweise bekannt – aus dem Krieg, wo die wenig vorhandenen Ärzte sich um viel zu viele Verletzte kümmern mussten.

Der Krankenwärter erblickte den Neuzugang und ging auf Zabel zu. »Sie sind gesund, das sehe ich sofort. Was tun Sie hier?«

»Ich bin Kommissar Zabel. Ich suche eine Frau, Cécile Travail.«

»Die Hure«, sagte der Mann so laut, dass es alle Umstehenden hören konnten. »Ich weiß nicht, ob sie noch lebt oder morgen erst stirbt.«

»Vielleicht dürfte ich mich selbst vergewissern?«

»Um diese Uhrzeit? Da erlauben wir keine Besuche mehr.«

Jetzt änderte Zabel seinen Tonfall, um sich Autorität zu verschaffen. »Ich bin Kommissar und muss die Frau sehen. Sofort!«

Der Krankenwärter rümpfte die Nase, er schien den Alkoholgeruch aus Zabels Mund wahrzunehmen.

»Ja, ich habe Wein getrunken, ich bin außer Dienst. Nun erfordert die Situation sofortiges Einschreiten.«

»Die Hure liegt auf einem Zimmer im ersten Stockwerk, am Ende des Ganges. Nummer 13.«

»Danke sehr!«

»Nehmen Sie sie ruhig mit. Wir brauchen hier jedes Bett«, rief er ihm hinterher.

Zabel ignorierte die letzte Bemerkung, lief zur Tür, die ins Treppenhaus führte, und rannte die Stufen nach oben. In dem Korridor auf der ersten Etage war es beinahe totenstill. Seine Schritte auf dem Holzboden waren deutlich zu hören, da trat ein Ordensbruder in brauner Kutte aus einem Zimmer auf den Flur und sah Zabel fragend an.

»Was wollen Sie?«

»Ich bin Kommissar Zabel. Wo ist Zimmer 13?«

»Die Patienten schlafen alle«, merkte der Pater an.

»Ich werde leise sein.« Nach einem stummen Fingerzeig des Geistlichen schritt Zabel den Korridor entlang, erreichte die Tür, betätigte leise die Klinke und trat ein.

Nur eine einzige Kerze flackerte neben der Tür an der Wand, auf der gegenüberliegenden Seite fiel Mondlicht durchs Fenster. Seine Augen mussten sich erst an die Dunkelheit gewöhnen. Zabel zählte acht Betten, die dicht nebeneinanderstanden und alle belegt waren. Er konnte Cécile nicht erkennen, schritt langsam vor bis zu den zwei kleinen Fenstern, die eher aussahen wie Schießscharten. Erst auf den zweiten Blick erkannte er Cécile, ihr Gesicht war geschwollen und die Haut an einigen Stellen aufgeplatzt. Beide Arme waren bandagiert und der Verband rot gefärbt. Sie schlief oder war ohnmächtig.

Zabel setzte sich auf die Bettkante und nahm ihre Hand, die sich kalt anfühlte. Da spürte er eine Bewegung, einen Gegendruck. Cécile öffnete einen Spaltbreit die Augen, wie die Schwellung in ihrem Gesicht es zuließ. Zuerst wusste er nicht, ob sie ihn erkannte, dann aber huschte ein Lächeln über ihre aufgeplatzten roten Lippen. Rot von getrocknetem Blut. Sie versuchte, etwas zu sagen. Zabel verstand sie nicht, kam mit dem Ohr näher an ihren Mund.

»Ich sterbe«, sagte sie mit äußerst schwacher Stimme.

»Was ist passiert?«

»Ein Mann wollte mich umbringen. Mit einem Messer. Ich bin aus dem Fenster gesprungen.«

»Können Sie ihn beschreiben?«

Cécile schüttelte den Kopf. »Ich sterbe. Das haben die mir gesagt. Ich soll meine Sünden beichten.«

Zabels Blick wanderte durch den Raum. Hier roch es tatsächlich nach Tod und Verwesung. Man schien all die hoffnungslosen Fälle in diesem Zimmer untergebracht zu haben.

»Können Sie sich aufrichten?«

Cécile sah ihn nur an, verstand nicht.

»Können Sie auf den Beinen stehen?«

Sie schüttelte den Kopf. »Die sind gebrochen. Beide.«

»Dann werde ich Sie tragen«, sagte er. »Ich komme wieder, bleiben Sie wach.«

KAPITEL 31

Der Zweispänner nahm Fahrt auf. Laternen rechts und links beleuchteten den dunklen Weg vor ihm, gerade ausreichend, dass Zabel in voller Fahrt die Spur halten konnte. Er hatte eine zweiläufige Kavalleriepistole griffbereit neben sich auf dem Kutschbock liegen sowie eine weitere zwischen seinen Füßen. Es war gefährlich, nachts zu reisen, aber er wollte nicht bis zum Morgen warten, dann wäre es vielleicht zu spät für Cécile. Zabel war vom Hospital zum nahe gelegenen Präsidium gelaufen, hatte die Pferde vor einen Wagen gespannt und war noch kurz in seiner Wohnung gewesen, um Eva Bescheid zu geben, dass er erst am Morgen zurückkäme. Den Grund für seine nächtliche Mission hatte er ihr verschwiegen. Sie schien es jedoch zu ahnen.

Cécile lag auf der hinteren Bank und wimmerte. Jede Bodenwelle, jedes Schlagloch verursachte Schmerzen in ihrem Körper. Schon als Zabel sie aus dem Zimmer getragen hatte, die Treppe hinunter bis vor das Hospital, musste sie ihre Schmerzensschreie unterdrücken. Er hatte sie so auf die Rückbank gebettet, dass sie die Fahrt nach Bonn hoffentlich überstehen würde. Der Krankenwärter schien die Hure bereits abgeschrieben zu haben und hatte wie von ihm selbst angekündigt keine Einwände gehabt, dass Zabel sie mitnahm. Er konnte dem Mann noch nicht mal einen Vorwurf machen. Das Hospital war viel zu klein, gerade mal für sechzig bedürftig Kranke waren Betten vorhanden, und es gab mehr Geistliche als Ärzte in dem Haus. Die Letzte Ölung schien in Köln wichtiger zu sein als die ärztliche Versorgung. Aber die Schuld daran trug auch die Obrigkeit, somit die Preußen. Mit der Neuorganisation des *Carnevals* würde es auch wieder mehr Geld für die Armen geben.

In der Dunkelheit musste Zabel mit allem rechnen, obwohl sich an dem Gefährt das Wappen der Polizei befand, was ein Angreifer aber erst sehen würde, wenn es vielleicht zu spät war. Bis jetzt kam Zabel gut durch. Linker Hand bildete der Rhein einen schwarzen Strich in der Landschaft, sofern kein Mondschein auf der Wasseroberfläche glitzerte. Da schien in einiger Entfernung vor ihm das Licht einer Laterne, die geschwenkt wurde. Zabel peitschte die Pferde weiter an. Im Näherkommen sah er drei Gestalten, die auf dem Weg standen. Zabel zögerte nicht, nahm die Pistole, die neben ihm lag, und erhob sich, um über die Pferde hinweg ein freies Schussfeld zu haben. Die Männer konnten ihn wegen der Laternen an der Kutsche sehen, der Erste wich zur Seite, dann der Zweite. Der Dritte schien seinen Mut beweisen zu wollen, weshalb Zabel einen Schuss abfeuerte. Der Knall war ohrenbetäubend, und er sah, wie der Mann vor ihm vom Weg huschte. Zabel ging in Deckung, rechnete damit, dass jemand zurückschießen könnte, aber das blieb aus. Er richtete sich wieder auf, der Weg vor ihm war frei. Jetzt hatte er nur noch einen Schuss in der doppelläufigen Pistole und zwei weitere in der, die zwischen seinen Füßen lag. Cécile, von dem ohrenbetäubenden Knall aufgewacht, wimmerte hörbar.

Er drehte sich zu ihr um. »Es wird alles wieder in Ordnung kommen.«

Sie antwortete nicht. Schließlich sah er in der Ferne ein Licht – den Leuchtturm, der den Schiffern die Hafeneinfahrt zeigte. Bonn war nicht mehr weit. Zabel peitschte die Pferde weiter an, und allmählich trat der Umriss der Stadt aus der Dunkelheit hervor, dazu die Laternen, die an der Stadtmauer aufgereiht waren und eine Linie bildeten. Zabel steuerte auf das geschlossene Tor zu, wurde langsamer und blieb stehen. Er war am nördlichen Eingang zur Stadt. Von einem Wachturm schaute ein Soldat herunter.

Er rief zu ihm hinauf. »Ich bin Kommissar Gustav Zabel aus Köln und bringe eine schwer verletzte Frau. Eine wichtige Persönlichkeit, die in der Klinik von Professor Theodor Staade behandelt werden muss.«

»Können Sie sich ausweisen?«, forderte der Wachsoldat in gestochen scharfem Ton.

»Natürlich.« Zabel zog seine Papiere aus der Innentasche seines Mantels, hielt sie hoch.

Kurz darauf waren Geräusche zu vernehmen, hinter dem Tor tat sich etwas, und schließlich öffnete sich knarrend die Pforte. Einige der Leute, die die Nacht vor dem Tor verbracht hatten, sprangen auf in der Erwartung, ebenfalls in die Stadt zu dürfen. Doch während Zabel mit dem Wagen durchgelassen wurde, drängten zwei Soldaten die anderen zurück. Anschließend schlossen sie die Pforte wieder.

Zabel reichte dem Soldaten seine Papiere. Der junge Mann schaute drauf, dann zu Cécile auf der Bank. »Und die Frau?«

»Sie wurde überfallen und muss dringend ins Hospital. Ich bin ein Freund von Professor Theodor Staade, er wartet auf uns.«

Der Wachsoldat gab ihm die Papiere zurück. »Kennen Sie den Weg?«

»Ja«, sagte Zabel. Dann peitschte er die Pferde an. Er wusste, wie er auch im Dunkeln den Weg zur Universität fand. Vor dem Eingang zum Hospital hielt er die Pferde an, sprang vom Kutschbock herab und lief ins Gebäude. Anders als in Köln verbrachten keine Wartenden die Nacht im Eingangsbereich. Zabel ging auf eine Krankenschwester zu, die ganz in Weiß gekleidet war, mit einer Haube auf dem Kopf. Er zeigte ihr seine Papiere. »Ich bin Kommissar Gustav Zabel aus Köln. Schicken Sie jemanden nach Professor Staade, er muss sofort kommen.«

Die Schwester war von seinem Befehlston etwas eingeschüchtert und fing an zu stottern. »Professor Staade? Um diese Zeit?«

»Ja, es ist wichtig. Kommissar Zabel aus Köln.«

»Guten Abend«, ertönte eine bekannte Stimme hinter ihm, und er drehte sich um.

Der Assistent des Professors, Weber, schaute an Zabel vorbei zu der Schwester. »Ich kümmere mich darum.«

»Kommen Sie bitte mit.« Zabel ging vor, Weber folgte

ihm nach draußen. Cécile war bewusstlos, aber sie atmete noch. Der junge Arzt untersuchte sie kurz, organisierte dann eine Trage, auf die Cécile gelegt wurde, anschließend brachten zwei Krankenwärter sie ins Gebäude. Zabel wurde gewahr, dass sie sich jetzt in guten Händen befand, für ihn bedeutete das einen Moment zum Durchatmen. Er betrat wieder das Gebäude, setzte sich auf eine Bank, spürte die Müdigkeit in sich aufsteigen, und dann wurde es schwarz vor seinen Augen.

Zabel zuckte zusammen. Eine Stimme riss ihn aus dem Schlaf. Draußen war es mittlerweile taghell geworden, die Sonne schien durch die Fenster auf den teils gekachelten Korridor, und Professor Staade lächelte ihn an.

»Geht es Ihnen gut?«

Zabel erhob sich von der Bank. »Mir ja. Und was ist mit der Frau?«

Der Professor wirkte sehr ernst. »Sie ist schwer verletzt, aber mein Assistent hat genau die richtigen Maßnahmen eingeleitet. Es bleibt zu hoffen, dass sie es schafft.«

»Sie muss überleben«, betonte Zabel. »Kann ich mit ihr sprechen?«

Der Arzt schüttelte den Kopf. »Nein. Sie schläft, und das hoffentlich noch lange, wir haben ihr etwas gegeben gegen die Schmerzen. Wir müssen ihren Körper ruhigstellen, damit die Knochen heilen können. Der Transport hat ihr nicht gutgetan.«

»Es musste sein. In Köln wäre sie gestorben.«

Der Professor legte seine Hand auf Zabels Schulter. »Wir

werden alles Menschenmögliche tun, dass die Frau wieder gesund wird. Dürfen Sie mir sagen, wer sie ist?«

»Eine Hure. Arthur Schmoor, der Mörder von Jean Kämmer, war ihr Beschützer.«

Der Professor sah ihn fragend an. »Das bedeutet, Sie ermitteln immer noch in dem Fall?«

Zabel nickte. »Ich möchte nicht viel darüber sagen, aber wie ich in meinem Brief an Sie schon angedeutet habe, gibt es ein paar Ungereimtheiten, die noch aus der Welt geschafft werden müssen.«

»Und welche Rolle spielt die Patientin?«

»Ich weiß es nicht genau. Sie versucht, die Wahrheit aufzudecken, sie glaubt nicht, dass Arthur Schmoor der Mörder war, und damit hat sie den wahren Täter aufgeschreckt, wie es scheint. Er hat vielleicht versucht, sie umzubringen.«

»Verstehe.« Professor Staade überlegte kurz. »Können Sie etwas über diesen Täter sagen?«

Zabel schüttelte den Kopf.

»Besteht die Möglichkeit, dass er es noch mal versucht?«

Zabel verstand, worauf der Mediziner hinauswollte. Daran hatte er noch gar nicht gedacht. »Dazu müsste er wissen, wo sie ist.«

»Sie haben niemandem gesagt, wo Sie sie hinbringen?«

Wieder schüttelte Zabel den Kopf. »Sie wissen es und Ihr Assistent, Herr Weber.«

Der Professor war im Bilde. »Es wird niemand erfahren, wer die Frau ist. Ich führe sie als Bürgerin der Stadt Bonn.«

»Danke«, sagte Zabel.

»Wenn Sie mit ihr reden wollen, kommen Sie morgen, besser übermorgen wieder. Ich hoffe, dass die Medikamente wirken.«

Zabel nickte. »Dann fahre ich jetzt nach Köln zurück.«

KAPITEL 32

Die Müdigkeit steckte ihm in den Knochen. Zabel betrat den Flur, es kam ihm sehr still vor. Er zog die Schuhe aus, hängte den Mantel an den Haken, dann ging er ins Esszimmer. Weder dort noch in der angrenzenden Küche war jemand.

»Eva?«, rief er.

Es kam keine Antwort.

Er schritt ins Wohnzimmer, niemand, dann zurück in den Flur und weiter ins Schlafzimmer. Die Betten waren zum Lüften aufgeschlagen, von seiner Frau fehlte jede Spur.

Zabel konnte sich keinen Reim darauf machen, und ihn beschlich eine Sorge. Langsam näherte er sich dem Schrank, öffnete ihn in der Erwartung, dass einige Kleidungsstücke, die man zu dieser Jahreszeit unbedingt brauchte, fehlen könnten. Es war alles da, so schien es. An Kleiderbügeln aufgereiht.

Da hörte er ein Geräusch an der Wohnungstür. Zabel schloss den Schrank und trat wieder in den Flur, als Eva gerade hereinkam. Sie hatte eine Umhängetasche aus Stoff geschultert.

Er sah sie fragend an. »Guten Morgen! Wo warst du?«

»Dasselbe könnte ich dich auch fragen.«

Sie stellte die Tasche ab, und es waren Geräusche von Flaschen zu hören, die aneinanderstießen. Eva zog ihren Mantel aus und hängte ihn neben seinen an den Haken.

»Wo hast du die Nacht verbracht?«

»Ich musste eine schwer verletzte Frau nach Bonn ins Krankenhaus bringen.«

»Die Hure?«

Zabel nickte. »Es ging um Leben und Tod.«

Eva nahm die Tasche vom Boden, drängte sich an ihm vorbei und ging ins Esszimmer, weiter zur Küche. Zabel folgte ihr, blieb am Tisch stehen.

Seine Frau öffnete das Küchenfenster, holte mehrere Weinflaschen aus der Tasche und stellte sie auf die Fensterbank nach draußen, wie sie es immer tat, wenn im Winter etwas gekühlt werden sollte. »Du hast dein Versprechen also gebrochen«, sagte sie vorwurfsvoll. »Wie soll ich dir beim nächsten Mal glauben, wenn du mir was versprichst?«

»Die Frau war schwer verletzt, lag im Sterben. Sie ist eine wichtige Zeugin. Und nachdem sie mir wichtige Hinweise gegeben hat, versuchte jemand, sie zu ermorden.«

Eva drehte sich ruckartig zu ihm um. »Was für Hinweise denn?«

»Du weißt, ich rede nicht gerne über meine Arbeit.«

»Das wirst du wohl müssen, wenn ich dir vertrauen soll. Oder vertraust du mir etwa nicht?«

Zabel geriet in die Defensive. »Doch, natürlich.«

»Und meinem Cousin? Meiner Familie?«

Zabel begriff, dass es nicht mehr allein um Eifersucht ging. Sie blieb in der Küche, auf Abstand zu ihm. Eva wusste mehr, als er angenommen hatte. Wahrscheinlich hatte sie mit Friedrich und mit Freunden gesprochen.

»Ich weiß, dass du den Fall noch nicht abgeschlossen hast«, sagte sie. »Das ist deine Sache, deine Arbeit. Aber wenn du jemanden aus unseren Kreisen verdächtigst, dann geht mich das was an. Und deshalb verlange ich Antworten. Verdächtigst du meinen Cousin?«

Zabel fühlte sich so müde, er hatte nicht die nötige Kraft für eine Streiterei, Eva wirkte dagegen ausgeschlafen. »Was hat er dir erzählt?«

»Du fragst jeden deiner Freunde nach diesem Jean Kämmer aus. Warum?«

Zabel sah ihr in die Augen. »Weil der wahre Mörder noch frei herumläuft. Die Liste, die ich dir gezeigt habe, stammt aus einem Büchlein, das ich bei Kämmer gefunden habe. Jeder, der da drinsteht, hatte wahrscheinlich einen Grund für den Mord.«

Eva begann zu verstehen. »Und wieso Friedrich? Wieso sollte er so etwas tun?«

»Wenn du ihm helfen willst, beantworte mir eine Frage: Hat er mal mit Fuchspelzen gehandelt?«

»Fuchspelzen?« Eva wirkte erschrocken. »Ja, wieso?«

Zabel wollte ihr nicht mehr darüber sagen.

Eva sprach weiter. »Das ist über zwei Jahre her. Da hat er dreißig Pelze gekauft, ich weiß nicht genau, ob es Fuchspelze waren. Aber das Geschäft lohnte sich nicht, er hat davon Abstand genommen.« Sie wurde energisch. »Wieso?«

»Eine letzte Frage. Stammten die Pelze aus Übersee, aus Amerika? New York?«

Eva schüttelte den Kopf. »Nein. Irgendwo aus dem Osten, glaube ich. Ich kann mich nicht erinnern, dass mein Cousin oder mein Vater jemals Geschäfte mit Amerika gemacht haben.«

Zabel atmete innerlich auf. Brügelmann erschien immer unverdächtiger, während die Hinweise mehr und mehr auf Christian Schier deuteten.

»Jetzt schuldest du mir eine Antwort«, sagte sie auffordernd.

»Ich habe keine Liaison mit dieser Hure«, sagte Zabel genervt. Er fühlte sich so müde.

»Das möchte ich gar nicht wissen. Welchem Wort vertraust du mehr? Ihrem oder meinem?«

»Deinem natürlich.«

»Und wenn ich dich jetzt bitte, nicht weiter in dieser Richtung zu ermitteln?« Sie sah ihm in die Augen. »Glaubst du wirklich, dass einer unserer Freunde zu einem Mord fähig wäre, zu so einem Mord?«

Zabel kamen die Worte des Prinzen in den Sinn, der ihn davor gewarnt hatte, dass er von nun an gegen seine eigenen Freunde ermitteln würde. Nach einigem Zögern nickte Zabel. »Leider sind mehr Menschen dazu fähig, als wir glauben.«

Das wollte Eva nicht hören, sie sah ihn erbost an. »Du setzt den guten Ruf unserer Freunde aufs Spiel. Überlege dir, was du da anrichtest. Schon der Verdacht kann den guten Leumund eines Menschen zerstören.«

Wie recht sie hatte. Allein der Besuch im Haus einer Hure hatte sich in Windeseile in Köln herumgesprochen. »Was, denkst du, soll ich tun?«

Sie antwortete so schnell, als ob sie auf diese Frage gewartet hätte. »Überlege dir, wo du hingehörst? Wo du hingehören willst. Und das solltest du schnell tun.«

Zabel hielt Evas Blick nicht stand, wandte sich ab und drehte ihr den Rücken zu. Er sah aus dem Fenster. Sie kam näher, bis sie dicht hinter ihm stand. Er nahm ihren Geruch wahr, sie hatte einen Duft von Farina aufgelegt wie sonst eigentlich nie zu Hause. Nie, wenn sie allein war, denn dazu war das Duftwässerchen dann doch zu teuer.

Zabel seufzte. »Du meinst, ich soll die Sache auf sich beruhen lassen?«

»Ja«, sagte sie entschlossen.

Er drehte sich zu ihr um. »Das kann ich nicht.«

Wie sie so eng beieinanderstanden, nahm Zabel noch einen anderen Geruch als Parfüm wahr. Hatte sie getrunken? Am frühen Morgen bereits?

Eva rann eine Träne aus dem Auge. »Ich möchte, dass alles wieder so wird wie früher. Dass du vom Dienst nach Hause kommst, den Säbel an den Haken hängst und wir zusammen essen, danach lesen wir noch etwas, ich arbeite am Korkmodell des Brandenburger Tors, und dann gehen wir ins Bett.«

Er gähnte. »Das wünsche ich mir auch. Und genau deshalb muss ich weitermachen. Ein Verdacht gegen irgendwen ist noch kein Beweis, es kann sich alles aufklären, aber das muss es.« Er wurde energisch, sammelte seine letzten Kräfte. »Es muss! Daran führt kein Weg vorbei.«

Sie wandte sich ab und entschwand in die Küche. Er verließ das Esszimmer, fühlte sich hundemüde.

KAPITEL 33

Zabel hörte die Musik bereits im Treppenhaus, als er die knarrenden Stufen nach oben schritt. Er blieb vor der Wohnungstür stehen und klopfte, zuerst zaghaft, aber als die Musik nicht zu spielen aufhörte, energischer. Dann war es plötzlich still hinter der Tür, er hörte Geräusche, Schritte, dann wurde ein Schlüssel im Schloss herumgedreht, und die Wohnungstür schwang auf.

Christian Samuel Schier hatte wohl keinen Besuch erwartet, er trug eine weite Hose und ein Hemd mit tiefem Ausschnitt, sodass seine Brustbehaarung hervortrat. Eine Art von Hemd, wie sie auch Verurteilte während der Französischen Revolution getragen hatten, auf dem Weg zum Schafott. Eine seltsame Fügung, fand Zabel, denn er war nicht gekommen, um freundlich mit seinem neuen Freund zu plaudern.

Schier wirkte überrascht, Zabel vor sich zu sehen. »Hallo, mein Freund, was führt dich zu mir?« Offensichtlich hatte DuMont ihn nicht vorgewarnt, oder Schauspiel gehörte auch zu den Künsten, die Schier beherrschte. »Es ist leider nicht aufgeräumt, ich habe niemanden erwartet.«

»Das stört mich nicht.«

Schier war unrasiert, und seine Haare bildeten ein wirres Durcheinander. Er fing an, etwas Platz zu schaffen, einen Stuhl freizuräumen, damit Zabel sich wenigstens setzen konnte. Die Wohnung war klein und düster, vom Fenster aus sah man in einen Innenhof, und die Sonne hatte es schwer hereinzuscheinen. Jede Menge Regale an den Wänden, vollbepackt mit Büchern, das schmale Bett stand in der Ecke neben dem Fenster, daneben ein kleiner Schreibtisch, auf dem ebenfalls etliche Bücher verstreut lagen, so wie auf dem Bett und den Stühlen. Zabel wusste, dass Schier sehr belesen war, aber er konnte sich nicht vorstellen, dass ein einzelner Mensch so viele Bücher studiert hatte.

»Möchtest du einen Tee?«, fragte der Musiker.

»Nein, danke. Mach dir keine Umstände.«

»Umstände? Das macht mir doch keine Umstände.«

»Na gut«, sagte Zabel.

Schier setzte Teewasser auf. »Was führt dich her? Willst du das fertige Lied auf unseren *Held Carneval* mal hören?«

»Gerne«, sagte Zabel und schaute zu dem Klavier, auf dem Notenpult der Klappe lag ein voll beschriebenes Blatt Papier. Neben dem Klavier gab es noch weitere Instrumente, eine Oboe und eine Harfe, die auch als Möbelstück fungierte und den Raum verschönerte. Zabel hatte den Eindruck, dass Schier noch immer wie ein Student lebte und nie wirklich erwachsen geworden war.

»Du spielst diese Instrumente alle?«

»Ja«, sagte er. »Mit der Harfe konnte ich in New York gutes Geld verdienen, weil dieses Instrument in Amerika kaum einer spielte, trotz großer Beliebtheit bei den Zuhörern. Bitte, setz dich doch, und höre mal hin.«

Es war sehr warm in der Wohnung, Zabel zog den Mantel aus und legte ihn auf das Bett. Er nahm auf einem freigeräumten Stuhl Platz. Da fielen ihm ein paar Schuhe auf, die herumstanden. Es waren schwarze Blücher, wie sie Zabel auch oft trug. Nicht jeden Tag zog er seine Stiefel an.

Schier setzte sich ans Klavier und fing an zu spielen. Die Melodie, die Zabel bereits durch die Tür gehört hatte. Schier fing an zu singen: *»Herbei, herbei, ihr Leute, ihr lieben Leute schaut, dem Carneval wird heute sein alter Thron gebaut.«*

Das Lied war eingängig und für den Anlass gelungen, fand Zabel, aber es fiel ihm schwer, sich auf den Text zu konzentrieren. Der Musiker spielte weiter: *»... dem neuen Regimente schließt euch heute jubelnd an, es ...«* Er hörte mitten im Satz auf zu spielen. »Ab der Stelle weiß ich noch nicht so recht weiter. Wie gefällt es dir bis hierher?«

»Gut«, sagte Zabel mit mäßiger Begeisterung.

Schier blickte ihm in die Augen. »Du bist nicht gekommen, um dir das anzuhören, oder?«

»Nein.«

Schier erhob sich und ging zum Herd, goss das kochende Wasser in die vorbereitete Teekanne und kam zurück. »Warum dann?«

»Um dich etwas zu fragen.«

Schier setzte sich wieder auf den Klavierhocker, Zabel zugewandt. »Nur raus damit.«

»Warum genau bist du nach New York gegangen?«

Schier zuckte kurz und ließ sich mit der Antwort Zeit.

»Die Frage wurde mir schon oft gestellt. Ich habe sie dir auch schon einmal beantwortet, wenn du dich erinnerst.«

»Ich erinnere mich gut daran, als wir uns bei Wittgenstein kennengelernt haben. Aber ich glaube, du hast mir nicht die Wahrheit gesagt. Ich möchte den wahren Grund wissen.«

Schier wich Zabels Blick aus, schaute zu Boden.

»Ich wullt wohin, wo et mir jefällt.« Äußerst selten redete Schier Kölsch, ähnlich wie Eva nur dann, wenn er seine Gefühle zum Ausdruck bringen wollte. »Aanjekumme, dat bin ich nie.« Es klang, als würde er ein Gedicht aufsagen. »E Stück vum Hätz blieht für immer he. Doch dat merkste eets pöh a pöh. Anjekumme bis do eesch dann, wenn ding Hätz is ohne Jram.« Er schaute Zabel in die Augen. »Du bist auch noch nicht angekommen, oder?«

»Das stimmt. Aber hier geht es nicht um mich.«

»Wieso die Fragen, wieso misstraust du meinen Worten? Nenne mir einen Grund.«

Zabel griff in die Tasche seines Mantels, der neben ihm auf dem Bett lag, und zog den Schal aus Fuchspelz hervor. »Deswegen.«

Schiers Blick verriet, dass er diesen Schal nicht zum ersten Mal in seinem Leben sah.

Zabel ließ ihm etwas Zeit zum Nachdenken, bevor er die nächste Frage stellte. »Du hast in New York also mit Musik deinen Lebensunterhalt verdient?«

Schier nickte. »Und als Privatlehrer.«

»Privatlehrer können sich nur sehr wohlhabende Leute leisten. Kennst du die Familie Astor?«

Schier nickte. »John Jacob Astor, diesen Namen kennt in New York jeder. Ein deutscher Einwanderer, er stammt aus Walldorf in der Kurpfalz. Eigentlich heißt er Johannes Jakob, aber er lebt schon so lange in New York.«

»Kennst du ihn persönlich?«

»Ja. Ich habe auf einigen Feiern bei ihm zu Hause gespielt, auf der Harfe und dem Klavier.«

»Und wie hat er dich bezahlt? Mit diesem Schal?«

Schier streckte den Arm aus, nahm den Schal in die Hand, strich mit seinen zarten Fingern über den Fuchspelz, und Zabel spürte, dass der Musiker irgendeine tief sitzende Erinnerung mit diesem Kleidungsstück verband.

»Sie hieß Agnes. Ich habe sie geliebt, und ich glaube, sie mich auch. Ich wollte sie heiraten, aber Agnes hat gezögert, nicht sofort Ja gesagt. Ich habe ihr den Schal geschenkt, als …« Seine Stimme versagte kurz. »… zur Verlobung. Aber nachdem sie sich anders entschieden hatte, für einen Mann, einen wohlhabenden Ehegatten, gab sie ihn mir zurück. Sie wollte viele Kinder haben und nicht in Armut leben.«

Schier wirkte sichtlich betrübt, starrte auf den Schal in seiner Hand.

»Wie ist Jean Kämmer in den Besitz des Schals gelangt?«

»Er hat ihn sich einfach genommen«, antwortete Schier.

»Und du hast es ihm erlaubt?«

Schier hielt den Schal hoch. »Woher hast du ihn?«

»Von Cécile Travail, der Dirne, der wir auf dem Nachhauseweg begegnet sind. Sie hat ihn von Jean Kämmer geschenkt bekommen.«

Schier richtete den Blick reumütig zu Boden. In diesem Moment sah er wirklich wie ein Verurteilter aus, wie ein reuiger Sünder, der vor seinem Scharfrichter stand.

Zabel holte das kleine Büchlein aus seiner Manteltasche, schlug es auf. »Das hier habe ich in Kämmers Wohnung in einem geheimen Versteck gefunden. Er hat dich unter dem Namen *Muzio C.* geführt, wahrscheinlich in Anspielung auf Muzio Clementi. Hinter dem Namen ist eine Schlangenlinie gezeichnet, die wohl auf den Schal hindeutet. Dahinter steht eine Zahl: die zehn.« Zabel schaute von dem Büchlein auf. »Hat Kämmer dich erpresst?«

Schier nickte stumm.

»Was hatte er gegen dich in der Hand?«

Schier sah Zabel in die Augen. »Ich habe nicht freiwillig die Heimat verlassen. Meine Heimat, für die ich gekämpft habe, genau wie du. Aber mein Kampf war nach dem Krieg und der Befreiung noch nicht vorbei. Ich fühlte mich nicht befreit, es hatten nur die Machthaber gewechselt. Wir wollten eine Nation gründen, ein freies Deutschland.«

»Wer sind wir?«, hakte Zabel nach.

»Studenten. Ich gehörte in Jena einer Burschenschaft an.«

Zabel kombinierte. »Warst du auch auf dem Wartburgfest?«

Schier nickte und erinnerte sich an damals. »Ja. Das Wartburgfest bei Eisenach. Wir wollten einen Nationalstaat mit einer eigenen deutschen Verfassung. – *Der Himmel segne unser gemeinsames Streben, ein Volk zu werden, das voll der Tugenden der Väter und Brüder durch Liebe und Eintracht die Schwächen und Fehler beseitigt.* – Genau so dachten wir damals, wir waren zu romantisch veranlagt, vielleicht zu naiv. Und dann habe ich dort Carl Ludwig Sand getroffen, mit ihm gefeiert, Bier getrunken … Bücher verbrannt. Sand, der später …«

Zabel schnitt ihm das Wort ab. »… ein Attentat auf August von Kotzebue verübt hat, ich weiß. Er wurde dafür hingerichtet.« Zabel verachtete solche Leute, die glaubten, ihre verworrene Meinung mit Gewalt durchsetzen zu können, ebenso wie diejenigen Studenten, die es damals auf den König abgesehen hatten, was Zabel und seine Kollegen zum Glück hatten vereiteln können. »Gehörtest du zu einer Gruppe Verschwörer?«

Schier starrte ihn mit großen Augen an. »Nein! Niemals. Wir wollten nur, dass die Kleinstaaterei endlich ein Ende nimmt. Schau dich doch um. Hier die Rheinprovinz, dort das preußische Landrecht, in Köln wird nach dem *Code civil* geurteilt, wann hört das endlich auf?« Seine Stimme schwoll an, er redete sich in Rage. »Wir sind ein deutsches Volk, wir sind alle Deutsche. Lasst uns auf das Verbindende schauen und nicht auf das, was uns trennt. Wie ist es dir denn anfangs in Köln ergangen als Preuße? Hast du dich wohlgefühlt? Wurdest du mit offenen Armen empfangen?«

»Nein. Aber um mich geht es hier nicht«, sagte Zabel erneut. »Wieso bist du nach New York geflohen? Vor wem?«

Schier sprang von seinem Klavierhocker auf, brauchte Bewegung. »Ich hatte Angst, beschuldigt zu werden, von der Obrigkeit, von Leuten wie dir.«

»Was hast du denn gemacht?«

Schier zuckte mit den Schultern. »Na, ich war auf dem Wartburgfest. Wie viele andere Studenten auch. Reicht das nicht?«

Zabel schüttelte den Kopf. »Nein, nicht jeder, der auf dem Wartburgfest war, ist geflüchtet.«

»Ich aber, ich hatte Angst. Ich wusste nicht, was passieren würde, hier in Deutschland, meiner Heimat. Es war unsicher geworden. Wegen meiner Aktivitäten in der Burschenschaft. In Potsdam und Berlin witterte man wegen des Wartburgfestes sogar eine Verschwörung, einen Umsturz. Der König, dem du dienst, dem du das Leben gerettet hast, er sprach von Aufruhr, wir haben ihn an die Jakobiner erinnert, und so was wie die Französische Revolution sollte es in Deutschland nicht geben. Da habe ich den Beschluss gefasst, meine geliebte Heimat zu verlassen.« Er seufzte. »Heimat es, wo du verstande wees. Ich fühlte mich nicht mehr verstanden.«

Schier kippte einen Stuhl zur Seite, dass die Bücher auf den Boden fielen, und setzte sich wieder. »Der Lauf der Geschichte hat mir zunächst recht gegeben. Zuerst das Attentat auf August von Kotzebue und die Hinrichtung von Carl Ludwig Sand. Dann die Karlsbader Beschlüsse. Viele kluge Männer, Musiker und Künstler mussten ins Gefängnis.«

Zabel wollte es genau wissen. »Hattest du Kontakt zu dem Attentäter?«

»Ich habe Carl Ludwig einmal geschrieben aus New York. Dass es mir gut ging, nichts von Bedeutung. Jean

Kämmer behauptete, dass er diesen Brief habe und er ihn an die richtigen Leute geben würde, wenn ich ihn nicht bezahlte.« Schier deutete zu seinem Bett, zu den Regalen. »Aber was hätte ich ihm geben sollen? Bücher, meine Harfe vielleicht? Also nahm er den Schal und ging.«

»Und die zehn, wofür steht die?«, fragte Zabel. »Hast du ihm Geld gegeben?«

Schier schüttelte den Kopf. »Nein. Keine Ahnung, was die zehn bedeutet, vielleicht wollte er am Zehnten des Monats noch mal vorbeischauen, was weiß ich.«

»Hat er dir diesen Brief gezeigt, den du an diesen Attentäter geschrieben hast?«

Schier schüttelte den Kopf. »Nein. Vielleicht hat er mich auch getäuscht. Kämmer war ein Spieler, und am liebsten spielte er mit Menschen, mit deren Schicksalen.« Schier reichte Zabel den Schal. »Außer diesem Kleidungsstück hat er nichts von mir bekommen. Ehrlich.«

Zabel wollte seinem Freund glauben. »Woher kannte er dich?«

»Kämmer hatte ebenfalls in Jena studiert, er war in einer anderen Burschenschaft, aber nur kurz, er musste das Studium abbrechen, weil sein Vater krank wurde und er den elterlichen Betrieb fortführen musste. Damals hieß er noch Josef mit Vornamen.«

»Was hat er studiert?«

»Ich glaube Rechtswissenschaften oder Geschichte, ich weiß es nicht mehr. Aber er war kein guter Student. Er trank mehr, als er studierte, vergnügte sich mit Frauen.«

»Und er war auf dem Wartburgfest?«

»Er war nur dabei, um Spaß zu haben, Leute kennenzulernen und sich wichtigzutun. Politik interessierte ihn überhaupt nicht. Deshalb ist er auch niemandem aufgefallen, hat sich nirgendwo eingemischt und hatte daher auch keine Repressalien zu befürchten.«

»Hier in Köln seid ihr euch wiederbegegnet?«

Schier nickte. »Ich glaube nicht, dass es ein Zufall war, auch wenn es so aussah. Er wusste anscheinend, dass ich zurückgekommen war. Ich wurde herumgereicht als Künstler, das könnte er mitgekriegt haben. Irgendwann lief er mir auf der Straße über den Weg. Eines musste man ihm lassen, er hatte ein verdammt gutes Gedächtnis, er konnte sich noch an jedes Detail damals erinnern, und darum habe ich ihm geglaubt, dass er diesen Brief hatte. Nach unserer ersten Begegnung habe ich mir noch nichts dabei gedacht, bis er irgendwann bei mir vor der Tür stand, so wie du heute. Ganz plötzlich. Dann rückte er damit heraus, dass er etwas über mich wisse, das mir schaden könnte.«

»Und danach habt ihr euch nie wiedergesehen?«

»Nie wieder. Er hat mich in Ruhe gelassen.« Nun stellte Schier eine Gegenfrage. »Standen da noch andere Namen in dem Büchlein?«

Zabel nickte.

»Dann hat er vielleicht jemand anders gefunden, der mehr Geld hatte als ich.«

Zabel ließ das Büchlein wieder in der Manteltasche verschwinden.

Schier lächelte. »Der Wievielte bin ich, den du aufsuchst?«

»Der Erste.«

»Oha«, entfuhr es Schier. »Ich bin also der Hauptverdächtige?«

»Ich hatte schon am Tag unseres Kennenlernens das Gefühl, dass du mir etwas verheimlichst.«

»Und jetzt?«

»Inzwischen glaube ich, dass du die Wahrheit sagst.«

Schier atmete tief ein und wieder aus, wirkte wie von einer schweren Last befreit.

Zabel ließ ihn in dem Glauben, aber er konnte sich nicht sicher sein, ob Schier womöglich an einem Komplott beteiligt war. Deshalb beendete Zabel die Befragung an dieser Stelle, um sein Gegenüber in Sicherheit zu wiegen. Erst müsste er weitere Hinweise sammeln.

»Kann ich dir vielleicht irgendwie behilflich sein?«, fragte Schier.

Insgeheim hatte Zabel auf diese Frage gewartet. Deshalb sagte er in vertraulichem Ton: »Es gibt da noch eine Spur, die zur Kirche führt, zum Domkapitel. Kennst du da jemanden?«

Schier nickte. »Martin Fonk, den Kapitularvikar und *Dompropst designatus.*«

»Was hast du mit ihm zu tun?«

»Er ist musikbegeistert, den schönen Künsten zugewandt, und war schon auf einigen meiner Kammerkonzerte. Was willst du von ihm?«

Schier ahnte nicht, dass er schon längst die wichtigste Information preisgegeben hatte. Der Musiker hatte einen engen Bezug zum zukünftigen Dompropst, was bedeutete, dass Schier vielleicht in den Besitz eines Schlüssels gelangt sein könnte, um den Einbruch vorzutäuschen.

Zabel ließ Schiers letzte Frage unbeantwortet und erhob sich von seinem Stuhl. »Vielleicht werde ich zur gegebenen Zeit auf dich zukommen.« Dann verabschiedete er sich.

KAPITEL 34

Friedrich Brügelmann stand in der Mitte des Raumes und hatte die Arme weit ausgebreitet wie Jesus am Kreuz. Heinrich Flambeau scharwenzelte um ihn herum und legte das Maßband an, um die Länge der Ärmel abzumessen. Hinter ihnen ertönte die Türklingel, Brügelmann drehte den Kopf, um zu sehen, wer da kam. »Gustav!«, entfuhr es ihm.

Flambeau begrüßte ihn freudig. »Ah. Uns're frischjebackene Corpsadjudant.« Er salutierte, allerdings hielt er dabei die rechte Hand an die linke Stirn. Zabel ging mit einem Grinsen über den Fauxpas hinweg.

Der Verkaufsraum und die Anprobe der Schneiderei Flambeau waren mit Liebe zum Detail eingerichtet, die Wände zur Hälfte mit Kirschbaumholz vertäfelt, darüber dunkelgrüne Seidentapete. Mehrere Spiegel waren so geschickt platziert, dass sie dem Raum mehr Größe verliehen.

Zabel kam näher. »Ich bringe die Liste, was zur Uniform der Stadtsoldaten gehört.«

Obwohl Flambeau gut Kölsch sprechen konnte, hielt er sich sehr zurück. Diese Geste der Höflichkeit wusste Zabel zu schätzen. »Et sind leddiglich zwei Wochen, die m'r Zeit han.« Flambeau nahm die Liste und schaute drauf. »Un et is schwer jenug, so flöck d'r Stoff für elf Kerle zu kriegen.«

»Dann mach nur zehn«, schlug Zabel vor.

»Nichts da«, intervenierte Brügelmann sofort. »Tu es für deine Frau. Eva wäre überglücklich, dich in Uniform zu sehen und nicht in einer preußischen.« Er lachte.

Zabel ging nicht weiter darauf ein. Sie sprachen darüber, wie die Uniformen herzustellen seien und dass Brügelmann ebenfalls mithelfen würde, Einzelteile zu beschaffen. Die Grenardiersmützen, wie sie die Stadtsoldaten im achtzehnten Jahrhundert getragen hatten, bestanden aus Bärenfellen, aber aus Zeit- und Kostengründen wäre das nicht machbar, betonte Flambeau.

Brügelmann wandte sich dem Schneider zu. »Wir sollten Filz für die Helme benutzen.«

»Op den dann 'ne Messingbeschlag kütt«, fügte Flambeau hinzu.

Der Caputrock musste aus rotem Stoff mit weißem Innenfutter sein und mit Messingknöpfen rechts und links besetzt, aber nur zur Zierde. Darunter trug der Stadtsoldat weiße lange Hosen und ein weißes Oberteil, ein Kamisol, das mit Messingknöpfen zu schließen war. Je ein Bandalier rechts und links an der Schulter, an denen die Bewaffnung getragen wurde, ein Säbel und die Patronentasche.

Flambeau schaute fragend zu Zabel. »Wat kütt en de Patronentasche?«

»Keine Munition. Und der Säbel besteht nur aus Holz, so um die fünfzig Zentimeter lang, leicht gekrümmt.«

»Der Zabel«, korrigierte Flambeau ihn, denn so wurde der Säbel in Köln genannt.

Brügelmann fragte weiter. »Und eine Muskete?«

»Auch aus Holz, mehr nicht. Und die Soldaten tragen sie über der Schulter.«

Flambeau hatte sich alles notiert, schaute von seiner Liste auf. »Da du schon mal he bes, kann isch auch direktemang deine Maße krijje.«

»Nein«, sagte Zabel. »Ich werde jemanden finden, der an meiner Stelle gehen wird.«

»Wieso dat dann?«

»Ich habe versprochen, diese Uniform nicht anzuziehen.«

Brügelmann war sofort im Bilde. »Lass mich raten: Seine Königliche Hoheit Prinz Friedrich von Preußen?«

Zabel nickte.

Flambeau klang enttäuscht. »Ävver et müsse elf Soldaten sein.«

»Ich werde einen Ersatz finden.« Zabel sah, dass an einer Stange mehrere Talare für Geistliche hingen, und wechselte das Thema. »Gehört das Domkapitel zu deiner Kundschaft?«

»Ja, wieso?«

»Ich habe Bekanntschaft gemacht mit dem Kapitularvikar Martin Fonk.«

»Er un and're Jeistliche sind jode Kunden vun mir.«

Der Schneider wendete sich ab und verschwand mit der Liste zum Verkaufstresen.

Brügelmann wartete, bis Flambeau außer Hörweite war,

und redete leise. »Du wolltest etwas über Pelzhandel wissen, hat Eva erzählt. Warum?«

»Weil Jean Kämmer im Besitz eines Fuchspelzschals war und ich wissen wollte, woher er ihn hatte.«

»Ein widerlicher Kerl«, sagte Flambeau vom Tresen her und kam wieder näher. Er hatte den Namen des Toten aufgeschnappt.

Zabel sah ihn fragend an. »Du kanntest ihn also auch?«

Flambeau schien regelrecht das Bedürfnis zu haben, sich etwas von der Seele zu reden. »Er wollt auch met mir ins Jeschäft kumme. Jeder, d'r en uns'rem Gewerk wat zu sagen hät, kannte Jean Kämmer, denn er hät et bei jedem vun uns versucht.«

»Was?«

»Sich anzubiedern«, antwortete Brügelmann. »Aber er ist bei allen abgeblitzt.«

»Und wieso habt ihr geleugnet, ihn zu kennen?«

Flambeau antwortete ein wenig kleinlaut. »Weil ihn jemand ermordet hät, d'r Widderling. Mir mochten fröher nix met ihm zu dun han, un heute erst recht nit.«

Zabel hatte den Eindruck, dass die beiden ihm immer noch etwas verheimlichten. »War das alles? Wenn nicht, ist jetzt die Gelegenheit, die ganze Wahrheit zu sagen.«

Brügelmann sprach es aus. »Wenn man Jean Kämmer kannte, war es schwer, sich vorzustellen, dass er in die Domschatzkammer eingebrochen ist. Dass er das getan haben soll, haben wir erst erfahren, nachdem du Arthur Schmoor festgenommen hast. Es bestand also kein Grund mehr, darüber nachzudenken.«

Der Schneider stimmte zu. »Lasst die Toten ruhen, han ich m'r jedacht. Wat soll et?«

»Erzählt mir alles über Kämmer, was ihr wisst oder zu wissen glaubt.«

Die beiden sahen sich an, Brügelmann ergriff das Wort. »Er wollte dazugehören, wer sein. Das gelang ihm aber nicht, weil jeder ihn durchschaute.«

»Un er hatte keine jode Maniere«, fügte der Schneider hinzu. »Janz ehrlich. Et schert sich keiner daröm, dat er dud es.«

Zabel war der Einzige in dieser Runde, der die Leiche gesehen hatte, kannte als Einziger die unvorstellbare Brutalität, die der oder die Mörder an den Tag gelegt hatten. Zabel sah jetzt die beiden Männer vor sich stehen, Brügelmann und Flambeau. Der Schneider war eine schmale Person mit einem leichten Bauchansatz und Brügelmann? Nein, Zabel glaubte nicht, dass auch nur einer der beiden zu so einer Tat fähig wäre. Er würde diesbezüglich seiner inneren Stimme vertrauen müssen, seinem Gefühl. Er hatte genug echte Mörder gesehen, Verbrecher, die Spaß daran hatten, anderen Schmerzen zuzufügen. Alle, mit denen er bisher über den Fall gesprochen hatte, gehörten nicht zu dieser Sorte. Ganz und gar nicht.

»Kämmer wurde nicht einfach nur getötet«, sagte Zabel. »Sein Körper wurde regelrecht zerstört. Wer könnte so eine unglaubliche Wut auf ihn gehabt haben?«

Flambeau und Brüggelmann sahen sich an, sagten nichts.

Zabel redete weiter. »Der Tote sah so schlimm aus, dass jeder sofort mit dem Finger auf Arthur Schmoor gezeigt und gesagt hätte: Der muss es gewesen sein! Der und kein anderer!«

Brügelmann schüttelte den Kopf. »Ich kenne keinen Menschen, der zu so etwas fähig wäre.«

In dem Moment ertönte die Türglocke, und eine Frau betrat den Verkaufsraum. Flambeau ging zu ihr. »Exküs, Madame. M'r han schon jeschlosse.«

Die Frau wirkte etwas irritiert. »Aber …«

»Et deit m'r sehr leid. Künne Se morje noch mal widdeerkommen?«

Sie sah an dem Schneider vorbei und schien zu erahnen, dass die beiden Männer der Grund dafür waren, weshalb der sonst so nette Heinrich Flambeau sich abweisend verhielt.

Zabel hörte sie leise sagen. »Ist alles in Ordnung, oder bereiten die Herren Ihnen Probleme?«

»Alles en Ordnung«, sagte Flambeau laut und begleitete die Kundin zur Tür. Kaum war sie draußen, drehte er den Schlüssel zweimal herum.

Dann kam der Schneider zurück zu ihnen. »Mir is et en persönliches Anliegen, dat du nit verkehrt övver mich denkst – övver uns alle.«

Brügelmann stimmte mit einem Nicken zu.

»En mingem Beruf es et so«, fuhr der Schneider fort und gab sich Mühe, dass Zabel ihn verstand. »Wenn ich die Maße einer Person han, schneide ich dat Tuch so, dat so wenig wie möglich verloren jieht. Jeder falsche Schnitt kostet mich Zick und Jeld. Et kann doch nit in deinem Int'resse sein, die falschen Lück zu verdächtigen. Jeder falsche Verdacht kost' dich och Zick, oder?«

Zabel nickte. »Der Unterschied ist nur: Bei dir liegt das Tuch ausgebreitet auf dem Tisch, du hast die Maße der Person und ein Schnittmuster. In meinem Fall versucht der wahre Mörder alles, um mich zu täuschen. Die Maße ändern sich ständig, und das Tuch wechselt die Farbe.«

»Also reicht es dir nicht, was wir gesagt haben?«, warf Brügelmann ein.

»Jeder, der Jean Kämmer kannte, ist per se verdächtig.«

Zabel zeigte zu den Talaren an der Stange hinter dem Tresen. »Du arbeitest auch für die Kirche.«

»Ja«, sagte Flambeau. »Dat is kein Jeheimnis.«

»Wer noch? Wer noch von unseren Freunden?«

Brügelmann sah ihn fragend an. »Warum ist das wichtig?«

»Von wem wisst ihr, dass er den Dompropst gut kennt? Oder einen anderen hohen Geistlichen.«

»Rongsdorf«, sagte Flambeau. »Paul beliefert das Domkapitel met Brot, un dat Spital, un er macht dat fast ömesons, verlangt nur janz wenig dafür.«

»Er hat sich sogar taufen lassen«, fügte Brügelmann hinzu. »Fonk persönlich hat ihn getauft.«

»Er ist Katholik geworden?«

»Ja«, sagte Brügelmann. »Seine Vorfahren waren Hugenotten. Aber wer hier in Köln als Handwerker etwas werden möchte, sollte Katholik sein. Daran wird sich auch so schnell nichts ändern. Mittlerweile ist er sogar Vorsteher seiner Zunft, ein wichtiger Posten mit sehr viel Einfluss.«

Zabel dachte laut. »Und er liebt Hanakereien?«

»Oh ja«, sagte Flambeau und lachte. »Wieso? Spillt dat 'ne Rolle?«

»Das ist jetzt nicht wichtig«, sagte Zabel. »Alles, was hier gesprochen wurde, muss unter uns bleiben.«

Die beiden nickten.

»Dann danke ich euch für die ehrlichen Worte.«

Zabel wollte sich gerade abwenden, da fasste Brügelmann ihn am Arm. »Nun komm.«

Zabel verstand nicht. »Was meinst du?«

Brügelmann schaute mit einem Grinsen zu Flambeau. »Hol noch mal das Maßband.«

KAPITEL 35

Als Eva die Kartoffeln an den Tisch brachte, faltete Zabel die Serviette auseinander und legte sie auf seinen Schoß. Außer einer kurzen Begrüßung hatten sie noch kein Wort miteinander gesprochen. Der kalte Heringsstipp stand bereits auf dem Tisch, die Kartoffeln dampften. Eva nahm Platz, faltete die Hände und sprach das Tischgebet.

Während er sich Kartoffeln und Fisch nahm und nun Eva ihre Serviette auseinanderfaltete, redeten sie noch immer nicht.

Schließlich hielt Zabel es nicht mehr aus. Er hatte sich einige Gedanken gemacht, weil Eva sich in letzter Zeit ganz anders verhielt als früher. »Ein französischer Wissenschaftler hat Mitte des letzten Jahrhunderts herausgefunden, dass unsere Organe Stoffe herstellen können, die der Körper zum Leben braucht.«

»Das ist doch nichts Neues«, erwiderte sie.

»Die Ärzte wissen auch, dass es einen Blutkreislauf gibt.«

»Seit fast zweihundert Jahren ist dies schon bekannt. Da muss man nicht Medizin studiert haben, um das zu wissen.«

Zabel fuhr unbeirrt fort. »Der Franzose hat eine Theorie entwickelt. Die Stoffe, irgendwo in einem Organ hergestellt, werden durch den Blutkreislauf transportiert und entfalten ganz woanders im Körper ihre Wirkung.«

Eva sah ihn fragend an. »Und?«

»Das ist, wie wenn man eine Kanone abfeuert. Die Kugel verbreitet an ganz anderer Stelle ihre Wirkung.«

»Ihre zerstörerische Kraft meinst du?«

Zabel nickte.

Sie sah ihn mit großen Augen an. »Und wieso erzählst du mir das?«

Er legte das Besteck weg. »Der Medizinprofessor Theodor Staade aus Bonn glaubt, dass ein Ereignis wie eine Totgeburt auch etwas in deinem Körper ausgelöst haben könnte. Deine Organe im Bauch könnten Stoffe aussenden, die vielleicht woanders wirken. Vielleicht sogar dein Gemüt beeinflussen. Würdest du dich von ihm untersuchen lassen?«

Eva ließ den Blick nicht von ihm ab. »Wieso ich – und nicht du?«

»Du wirkst verändert auf mich«, sagte er.

»Du auch auf mich.« Nun legte auch sie das Besteck beiseite, der Appetit schien ihr vergangen zu sein. »Was genau erhoffst du dir, wenn ich mich untersuchen lasse?«

»Dass wir wieder zueinanderfinden«, sagte Zabel. »Das wäre mein größter Wunsch.«

Eva sprang auf und verschwand in der Küche. Vermutlich sollte er nicht sehen, dass sie anfing zu weinen. Was sollte er tun, ihr nachgehen? Oder ihr etwas Zeit lassen, dass sie sich beruhigte? Er hörte, wie das Küchenfenster aufging und wieder geschlossen wurde. Dann kehrte Eva mit einer Flasche Wein zum Tisch zurück, die sie tags zuvor rausgestellt hatte. Zabel bemerkte, dass die Flasche bereits entkorkt und zur Hälfte geleert war. Eva hatte auch zwei Becher aus Ton mitgebracht, schenkte sich und ihm ein.

»Hast du die halbe Flasche allein getrunken?«

Sie hob den Becher. »Prost!« Dann trank sie einen großen Schluck, bevor sie weiterredete. »Die Kunst der Medizin besteht darin, den Kranken so lange bei Stimmung zu halten, bis die Natur die Krankheit geheilt hat. Das hat ein anderer Franzose gesagt. Voltaire, der Philosoph. Und ich finde, er hat recht.«

Sie leerte ihren Becher und schenkte sich nach, während Zabel gerade mal einen Schluck zu sich genommen hatte. Allmählich bestätigte sich sein Verdacht, der ihm erstmals gekommen war, als Eva zu Hause nach Farina gerochen hatte. Und noch nach etwas anderem. Heute hatte sie kein Parfüm aufgelegt, offensichtlich wollte sie, dass er es endlich merkte. Nicht irgendwelche Substanzen, die von Organen in ihrem Körper hergestellt wurden, waren der Grund für ihr seltsames Verhalten, sondern der Alkohol. Eva schien mehr dem Wein zugetan, als Zabel es bisher bemerkt hatte. Das erklärte so manche Veränderung, wozu auch ihrer beider nächtliche Aktivitäten gehörten. Eva wirkte enthemmter als früher, was Zabel grundsätzlich gefiel, nun aber wurde diese aufblühende Leidenschaft in ein neues Licht gerückt.

War es der Wein?

Sie hatte schon wieder ihren Becher geleert und sah ihn herausfordernd an. »Was ist? Schmeckt er dir nicht?«

»Du trinkst zu schnell.«

»Ja«, sagte sie. »Im Wein liegt die Wahrheit. Und nach der suche ich.«

»Welche Wahrheit?«

»Wer du wirklich bist? Wer sich hinter deiner rauen Schale verbirgt?«

»Glaubst du immer noch, dass ich etwas mit dieser Frau hatte?«

»Mit einer Hure. Du kannst anscheinend noch nicht mal ihren Namen aussprechen. Cécile heißt sie, Cécile Travail.«

Eva trank noch einen Schluck. »Ich glaube dir, dass da nichts war, aber ich werde das Gefühl nicht los, dass du in Gedanken oft bei ihr bist. Nicht nur wegen deines Berufes.«

Zabel war einen Moment lang unfähig, etwas zu erwidern, er hätte lügen müssen. Es schien, dass seine Frau ihn besser kannte als er sich selbst.

Eva lächelte auf eine seltsame Weise. »Diese Cécile hat sich in unser Leben gedrängt. Wie die Schlange im Paradies, sie hat dir die verbotene Frucht gereicht, und du konntest nicht widerstehen.« Eva schrie plötzlich. »Gib es wenigstens zu! Mit der Wahrheit könnte ich leben. Mit der Lüge nicht.«

Zabel schwieg weiterhin und dachte an den Moment, als er bei Cécile im Haus war und sie den Rock hochgezogen hatte, dass ihre Scham entblößt war. Dieses Bild hatte sich in seinen Kopf eingebrannt, aber das würde er gegenüber seiner Frau niemals zugeben. Cécile war eine außergewöhnliche Frau, stärker und selbstbewusster als jede andere, der er bisher begegnet war, und das beeindruckte ihn an ihr. Er betete, dass sie überlebte.

Eva sah ihn herausfordernd an. Er brach das Schweigen. »Ja. Ich muss sehr oft an sie denken. Nicht nur beruflich.«

Es floss keine Träne aus Evas Augen, keine einzige. Sie sah ihn nur verbittert an und trank ihr Glas leer.

KAPITEL 36

Zabel lag wach. Der Mond erhellte das Schlafzimmer in diffusem Licht, alle Umrisse im Raum, der Stuck an der Decke, die Möbel, der Paravent traten in der Dunkelheit hervor, aber ihre Farben waren in dem schwachen Licht kaum zu erkennen. Eva gab leise Geräusche von sich, sie schlief tief und fest neben ihm, ihr Körper eingehüllt in die Bettdecke wie in einen Kokon. Sie hatten nicht miteinander geschlafen, nicht nach dieser Auseinandersetzung.

Die halb leere Flasche auf dem Fenstersims war ein Beweis dafür, dass Eva nicht nur in Gesellschaft trank, sondern auch allein. Und er fand, dass sie allen Grund dazu hatte. Bedeutete es schon Ehebruch, wenn man nur an eine andere Frau dachte? Im Grunde war es der Anfang vom Ende.

Zabel spürte, dass er nicht mehr einschlafen würde, er warf einen Blick auf die Taschenuhr, die neben ihm auf dem Nachttisch lag. Kurz nach vier.

Er hatte zu tun, eine Aufgabe, die sich gut um diese Uhrzeit erledigen ließ. Wenn man Verdächtige befragte, dann war es am besten, wenn sie unter Druck standen. Zabel schwang die Beine über die Bettkante, stand leise auf, ohne seine Frau zu wecken, nahm seine Kleidung und schlich sich aus dem Zimmer. In der Wohnstube zog er sich an, ging dann zur Garderobe, warf den Mantel über und schnallte den Säbel um. Schließlich noch die Stiefel, und er war bereit. Ganz behutsam und leise öffnete er die Wohnungstür und nahm die Laterne mit, die er aber erst unten auf der Straße mit einem Streichholz entzündete.

Trotz der frühen Stunde waren schon Leute auf der Straße unterwegs, sie huschten eilig an Zabel vorbei. Er ließ sich etwas Zeit, ging über den Kaiser-Karl-Platz am Dom vorbei, weiter in die Johannesstraße bis zur Einmündung in die Goldgasse, wo Jean Kämmer gewohnt hatte. Etwa zweihundert Meter entfernt war die Bäckerei von Paul Rongsdorf. Zabel schritt darauf zu. Der Verkaufsraum lag noch im Dunkeln und hatte geschlossen. Zabel sah durchs Fenster, dass in der Backstube Licht brannte. Neben dem Haus gab es eine Hofeinfahrt, die zu einer Hintertür führte. Er klopfte an, sehr fest, damit man es nicht überhören konnte.

Es dauerte nicht lange, bis die Tür aufschwang und ein Schwall warmer Luft ihn einhüllte. Der junge Bäckergeselle schaute Zabel fragend an.

»Ich möchte zum Meister. Ist er da?«

Der Geselle drehte sich um und rief laut in die Backstube. »Meister: Besöök för Üch.«

Eine energische Stimme drang an Zabels Ohr. »M'r han noch jeschlosse. Keine Ausnahme.«

»Kommissar Zabel«, rief er laut in die Backstube. »Ich komme, um salziges Brot zu kaufen.«

Es dauerte nicht lange, da erschien Paul Rongsdorf mit mehlig weißen Händen in der Tür, verscheuchte den Gesellen und lächelte Zabel an. »Salzig Brot han ich noch nit. Darf ich dir wat anderes anbieten zo so fröher Stund'?«

»Wir müssen reden.«

Der Bäckermeister schien es für einen Scherz zu halten. »Jetzt?«

Zabel nickte. »Es duldet leider keinen Aufschub.«

Rongsdorf wirkte sichtlich irritiert, was es denn so Wichtiges geben könnte. Er machte einen Schritt zurück, und Zabel betrat die Backstube. Dort öffnete er sofort seinen Mantel, weil es sehr warm war. Rongsdorf trug Arbeitskleidung, genau wie seine Gesellen und Gehilfen, ganz in Weiß, Hose und Hemd, mehr wäre bei der Hitze nicht auszuhalten. Zabel dagegen stand im Mantel da.

»Loß m'r ens noh nevvenaan jonn«, bot Rongsdorf an. »Ävver viel Zeit han ich nit.«

Zabel folgte ihm in den Verkaufsraum und entledigte sich im Gehen des Mantels. Dann stellte er die Laterne auf den Tresen, sie spendete genug Licht.

»Isch kann dir a paar Muuzemändelche anbieten.« Er zeigte zum Verkaufstresen, wo das Gebäck in einem Körbchen lag. »Die sin ävver vun jestern.«

»Nein, danke«, sagte Zabel und schwieg ihn einen Moment an.

Rongsdorf wurde ungeduldig. »Wat jitt et dann so Wichtiges?«

»Hast du das Brot für das Domkapitel schon fertig?«

»Ich ben jerade dobei ze backen«, sagte er. »Wieso?«

»Lieferst du es persönlich aus?«

»Manchmol, sons 'ne Jeselle. Wat sollen die Fragen?«

»Wie nah stehst du Martin Fonk, unserem zukünftigen Dompropst?«

Rongsdorf zögerte keine Sekunde mit der Antwort. »M'r kenne uns, es minge Kunde. Wat es denn met ihm?«

Der Bäckermeister wirkte leicht nervös, denn die Fragen passten nicht zu der Dringlichkeit, die Zabel durch seinen Besuch erzeugte. Rongsdorf griff in das Körbchen und nahm sich ein Muuzemändelche heraus, biss hinein. »Immer noch jut. Probier mal.«

Zabel reagierte nicht auf das Angebot, holte aus der Innentasche seines Mantels, den er immer noch in der Hand hielt, das Büchlein heraus, reichte es dem Bäcker.

»Schlage bitte die Seite sieben auf, und lies, was da aufgeschrieben wurde.«

Rongsdorf verschlang das Gebäck, um die Hände frei zu haben, und fing an zu blättern, bis er die entsprechende Seite fand. Er las, und sein Gesichtsausdruck veränderte sich. Er schaute auf. »Und?«

»Hast du Jean Kämmer insgesamt fünfzig Reichsthaler bezahlt?«

Rongsdorf behielt die Ruhe, klappte das Büchlein zu und gab es zurück.

»War das ein Ja?«

»Dat Buch jehörte also diesem … Kämmer?« Rongsdorf tat immer noch so, als würde er ihn nicht kennen.

Zabel nickte. »Er wohnte nur hundert Meter weit von hier entfernt, und ich bin auf dem Weg zu dir an keiner anderen Bäckerei vorbeigekommen. Er war dein Kunde, gib es zu.«

»Ich kenne nit jeden beim Namen«, versuchte der Bäcker auszuweichen.

»Und du hast auch nicht davon gehört, dass er ermordet wurde?«

»Vun diesem Arthur Schmoor, richtich?«

Zabel ließ nicht locker: »Kämmer war dein Kunde, und du kanntest ihn.«

»Jo, ävver er hät nie en salziges Brot jekräje, dat jit et nur för Fründe.«

»Du bist der Hanaker in Kämmers Buch, nicht wahr? Bekannt für deine *Hanakereien*. Woher weiß er das?«

Rongsdorf zuckte mit den Schultern. »Vielleicht war er mal em Lade, wann einer sein Brot zurückjebracht hät.«

»Was hatte er gegen dich in der Hand?«

»Dat werde ich niemals verraten. Isch hab jemand e Versprechen jejeben, dodran dun ich mich halten.«

»Wem hast du ein Versprechen gegeben?«

Rongsdorf schwieg, nahm sich noch ein Muuzemändelche aus dem Korb. Seine Hand zitterte.

Zabel dachte nach. Wahrscheinlich ging es um eine Person, deren Ruf der Bäcker schützen wollte. Somit konnte es sich nur um eine Frau handeln.

»Erzähle mir, was du über Jean Kämmer weißt und was er von dir wollte.«

»Er kaufte hier sein Brot, m'r redeten häufiger, un ich war och mal bei ihm em Jeschäft. Dann hab isch ihm vun enem Stammtisch erzählt, wo och jewürfelt wurde. Kämmer war ’ne Spieler. Er kam dozo, un so lernten m’r uns besser kenne.«

»Ihr habt euch gut verstanden?«

»Et gab nix auszusetzen an ihm. Am Anfang. Ävver dann hät er sein wahres Jesicht jezeigt.«

Rongsdorf legte eine Pause ein, Zabel ließ ihm Zeit zu antworten. Die Laterne auf dem Verkaufstresen flackerte und erhellte den Raum, aus der Backstube drangen Geräusche, es wurde fleißig gearbeitet.

»Ich werde nicht gehen, bevor wir das geklärt haben.«

Es blieb dem Bäckermeister keine andere Wahl, er wurde deutlich. »Ich hab ein paar Male beim Stammtisch gefehlt.«

»Warum?«

»Weil ich was Besseres vorhatte.«

»Eine Frau?«

Rongsdorf nickte.

»Eine Hure?«

Er schüttelte den Kopf.

Nun war die Sache klar. Es ging um eine Frau, die anscheinend einen ehrbaren Ruf zu verlieren hatte, und auch der Bäckermeister konnte sich keinen Skandal leisten. Die Liaison musste um jeden Preis geheim bleiben.

»Du hast für sein Schweigen bezahlt?«

Rongsdorf nickte und wich Zabels Blick aus.

Jetzt nahm sich Zabel auch ein Muuzemändelche aus dem Korb und probierte. »Mmh, wirklich gut. Wie ist Kämmer hinter dein Geheimnis gekommen?«

»Er war wie ene Zecke. Un wie ich in däm Büchlein sehe, bin ich nit d’r einzige Hund, an däm er sich festjebissen hat.«

Zabel nickte. »Wie ist er an die Kenntnisse über dich gelangt?«

Rongsdorf schluckte, es schien, als ob seine Knie weich wurden. »Nachdem ich zwei Mole beim Würfeln gefählt han, wor er beim nächsten Mal och fernjeblivve.« Rongsdorf holte tief Luft. »Er is m'r jefolgt un hat jeseh'n, wo ich hinjing. Dat Dreckschwein.«

»Hast du ihn umgebracht?«

»Nein!«, schrie Rongsdorf. »Ich hab bezahlt. Nit nur wegen mir. Ich wollt die Person schützen, öm die et eigentlich jing un deren Namen ich nit verraten werde.«

»Hast du ihr von der Erpressung erzählt?«

Rongsdorf schüttelte den Kopf. »Sie weiß vun nix. Ävver ich hab dat danach beendet.«

Zabel fuhr fort. »Der Mord an Kämmer und der Einbruch in die Domschatzkammer, beides hängt miteinander zusammen. Finde ich den Einbrecher, habe ich den Mörder – oder die Mörder. Es könnten mehrere sein, aber ich brauche nur einen, denn der eine wird umfallen wie ein Zinnsoldat und seine Komplizen verraten.«

Rongsdorf verhielt sich äußerlich ganz ruhig, die Hand zitterte nicht mehr, nur seine Pupillen zuckten hin und her.

Zabel fuhr fort. »Ich habe schon mehrere Personen aus diesem Büchlein ermittelt. Und ich mache jedem das gleiche Angebot, also auch dir.«

»Wat för e Anjebot?«

»Der Erste, der mir die Wahrheit sagt, den lasse ich laufen. Ich habe die Macht dazu, auch wenn das Gesetz dies nicht zulässt. Aber in diesem Fall würde ich eine Ausnahme machen, der Verräter entkommt dem Schafott, die anderen machen Bekanntschaft mit dem Fallbeil. Warst du schon mal bei einer Hinrichtung dabei?«

Rongsdorf schüttelte den Kopf, und Zabel schien ihm richtig Angst einzujagen. Genau das war der Plan.

»Der Pöbel geifert nach Blut. Das Fallbeil wird langsam nach oben gezogen, ganz langsam. Und dann rauscht es in einer Metallschiene herunter, dieses Geräusch werde ich nie vergessen, und dann … schneidet das Messer den Kopf sauber ab, und ein Schwall schießt aus dem Hals heraus. Unmengen von Blut. Der Körper zuckt noch eine Weile nach, bis das Leben endgültig aus ihm gewichen ist. Für den Pöbel ist es ein Spektakel, für dich wird es das nicht sein.«

»Isch hab et nit jetan«, schrie Rongsdorf ihn an. »Isch sage die Wahrheit.«

Zabel schüttelte den Kopf. »Wer ist die Frau? Ihren Namen!«

Rongsdorf drehte sich weg, ging zur Tür. Er kochte innerlich, ballte die Faust.

Zabel machte weiter. »Ich kann mir nicht vorstellen, dass ein Mann wie du sich so leicht erpressen lässt. Von einem kleinen schmierigen Kerl, der Jean Kämmer offensichtlich war. Wie hast du reagiert, als er dir das erste Mal ein Angebot gemacht hat?«

»Ich hätte ihn am liebsten erwürgt, genau wie dich jetz.« Sein Körper fing an zu beben, er stand noch immer mit dem Rücken zu Zabel.

»Du weißt von keinem anderen, der in dem Büchlein steht?«

Rongsdorf zögerte. »Es jibt noch eine övver mir.«

Zabel verstand nicht. »Einen über dir?«

»Isch war lediglich sein zweitbestes Pferd im Stall. So hät Kämmer et ausjedrückt. Ich hatt' einiges zu verlieren und die Frau och. Ich bin Vorsteher vun meiner Zunft, un och viele Kunden würden dat nit akzeptiere, wann et rausjekommen wör. Ävver et jab anscheinend ein, d'r noch mehr zu verlieren hatte als ich.«

»Einen oder eine?«

»Einen«, sagte er sofort.

»Das hat Kämmer dir gesagt?«

Rongsdorf nickte.

Zabel hakte nach. »Ein Freund von uns?«

Der Bäcker zuckte mit den Schultern. »Ich wuß' et nit, ich wuß' nur, dat et 'ne Studierter ist, der zom Jroßbürgertum jehört.«

»Zum Großbürgertum? Woher weißt du das?«

Rongsdorf drehte sich zu Zabel um. »Kämmer hät och studieren wollen, ävver dann musste er aufgeben un hät d'r Lade seines Vaters übernommen. Sing Abneigung über jebildeten Leuten war jroß.«

Zabel verspürte ein Unwohlsein, als er das hörte. Was, wenn sich hinter einem der Verdächtigen von Wittgenstein, DuMont, DeNoël oder sogar Wallraf verbarg? Solche Leute würden die Tat nicht selbst ausüben, sondern jemanden dafür bezahlen, was sie aber genauso mitschuldig machte wie den eigentlichen Mörder.

»Meister«, schallte die Stimme eines Gesellen aus der Backstube.

»Isch kumm«, rief er zurück.

»Denk über mein Angebot nach«, sagte Zabel.

Rongsdorf schüttelte den Kopf. »Da jibt et nix nachzudenke, weil ich nix mit däm Mord ze dun han.« Er ging zur Tür des Verkaufsraumes, drehte den Schlüssel um und öffnete sie. Kalte Luft strömte von draußen herein. Zabel zog seinen Mantel wieder an, nahm die Laterne und ging an Rongsdorf vorbei. Der hielt ihn am Arm fest.

»Bei der nächsten Sitzung des Komitees solltest du dich woanders hinsetzen.«

Zabel hatte verstanden und schritt an Rongsdorf vorbei hinaus in die Kälte.

KAPITEL 37

Cécile schlief friedlich, obwohl ihr die Sonne ins Gesicht schien. Die Schwellungen waren zurückgegangen, aber tiefe blaue Flecken zierten noch immer ihre Haut. Sie nahm Zabel nicht wahr, der am Fußende ihres Bettes stand. Sollte er sie wecken oder schlafen lassen?

In dem Zimmer lagen noch fünf weitere Frauen, aber die Betten waren im Gegensatz zu denen in Köln durch weiße Paravents voneinander getrennt.

Da hörte Zabel, wie die Tür zum Zimmer aufging und sich Schritte näherten. Eine der Frauen sagte: »Herr Professor.«

Theodor Staade erschien neben Zabel. Sie gaben sich stumm die Hand. Der Arzt betrachtete Cécile mit einem mitleidigen Blick. »Es geht ihr schon etwas besser, aber nicht so, wie ich gehofft hatte.«

»Wieso?«

Er gab Zabel zu verstehen, dass sie sich vor der Tür unterhalten sollten. In dem Moment schlug Cécile die Augen auf, und sie lächelte, als sie Zabel erblickte.

»Ich komme gleich zurück.«

Sie nickte.

Zabel und der Professor verließen das Zimmer und gingen bis zum Ende des Korridors, wo ein Fenster war. Von hier aus hatte man einen Blick in den Garten der Universität, zu der das Hospital gehörte.

»Sie ist also noch nicht über den Berg?«

Staade schüttelte den Kopf. »Wahrscheinlich hat der Sturz zu inneren Verletzungen geführt, die sich erst später bemerkbar machen. Ihre Ausscheidungen sind immer noch blutig.«

»Und das heißt?«

»Auch wenn es äußerlich etwas besser zu gehen scheint und die Schwellungen zurückgehen, innerlich sieht es womöglich anders aus. Ich kann nichts versprechen, außer dass wir unser Bestes tun«, sagte der Professor und fügte noch hinzu: »Aber sagen Sie ihr das nicht.«

»Natürlich nicht.«

»Wie sieht es bei Ihnen aus, kommen Sie weiter in dem Fall?«

»Nein. Ich trete auf der Stelle. Cécile Travail kann sich noch immer an nichts erinnern?«

»Selbst wenn«, erwiderte Staade. »Nach so einem Sturz kann man den eigenen Sinnen nicht mehr vertrauen. Träume und Realität vermischen sich.«

»Es gibt mehrere Verdächtige«, sagte Zabel und zog das Büchlein hervor, reichte es dem Professor.

Der blätterte darin, sah Zabel fragend an.

»Das Mordopfer hat andere erpresst, und ich gehe davon aus, dass eine dieser Personen sich an Kämmer gerächt hat.«

Er schien zu verstehen, gab Zabel das Buch zurück.

»Mittlerweile glaube ich, dass wir es mit mehreren Tätern zu tun haben.«

Der Professor überlegte kurz. »Wenn ich Ihnen helfen kann, stehe ich jederzeit zur Verfügung, auch mein Assistent Weber, Sie können jederzeit vorbeikommen.«

Zabel bedankte sich mit einem Lächeln. »Auch wenn Sie sagen, dass der Verstand nach so einem Sturz verrücktspielt, möchte ich Sie um etwas bitten.«

Staade sah ihn fragend an.

»Jede Erinnerung, die die Patientin hat, muss unbedingt notiert werden. Egal, wie belanglos sie erscheinen mag.«

»Ich werde es den Schwestern sagen. Sie sollen alles aufschreiben, und ich werde Ihnen die Aufzeichnungen per Boten schicken.«

»Vielen Dank!«

»Das versteht sich von selbst.«

Der Professor sah auf seine Taschenuhr. »Ich muss mich wieder um meine Patienten kümmern.«

Sie gaben sich die Hand, und der Arzt verschwand mit zügigen Schritten. Zabel folgte ihm langsam, bis er die Zimmertür erreichte, eintrat und an den anderen Betten vorbei zu Cécile ging.

Sie war wach, und ihre Augen strahlten, als sie ihn sah.

»Guten Tag, Herr Kommissar«, sagte sie leise. Ihre Stimme verriet, dass sie noch immer angeschlagen war.

Zabel setzte sich neben sie auf die Bettkante. »Ich habe mit dem Professor gesprochen. Die Schwestern werden öfter nach Ihnen schauen, und sollten Sie sich an irgendwas erinnern, sagen Sie es, dann wird es aufgeschrieben, und ich erhalte die Nachricht.«

Cécile bewegte den Kopf, dass sie verstanden hatte. Ihre Lippen waren ausgetrocknet und rissig.

»Was ist das Letzte, woran Sie sich erinnern?«

»Das Messer.« Es fiel ihr schwer zu sprechen, die Worte kamen nur gequält über ihre Lippen. »Ich habe den Kessel nach ihm geworfen. Das Wasser war leider noch nicht heiß genug. Er ist mir gefolgt bis zur Schlafzimmertür. Im ersten Stockwerk.«

»Sie haben ihn einfach so hereingelassen?«

»Ich dachte, es sei noch mal der Kunde davor.«

»Sie hatten vorher Besuch?«

»Sein Name ist Alfons.«

Zabel kombinierte. »Sie dachten also, dass Ihr Freier etwas vergessen haben könnte?«

»Ja. Das wäre nicht das erste Mal gewesen.«

»Aber Sie schließen aus, dass er der Mann mit dem Messer war?«

Das Sprechen fiel ihr immer schwerer, sie hatte Schmerzen, stöhnte. »Ja. Er war ganz anders. Ganz in Schwarz gekleidet, mit einer Maske über dem Gesicht. Und er hatte eine andere Statur.«

»Was für eine?«

»Nicht dick, eher schlank, so wie Sie, aber … ich weiß es nicht mehr so genau.«

»Konnten Sie seine Augen sehen?«

»Nein. Ich habe nur auf das Messer gestarrt, in seiner Hand, die Klinge.«

»Wie lange war der Kunde weg, als Sie die Tür aufgemacht haben?«

»So lange, wie es brauchte, in die Küche zu gehen und einen Kessel mit Wasser auf den Herd zu stellen.«

»Wo finde ich diesen Alfons? Ist das sein echter Name?«

»Ja, ich glaube schon. So oder so ähnlich. Er arbeitet als Gerber, darum stinkt er meist fürchterlich nach Fischöl. Irgendwo im Süden der Stadt. Mehr weiß ich nicht.«

Zabel erhob sich von der Bettkante, sah auf sie hinab. »Fällt Ihnen sonst noch etwas ein?«

Cécile überlegte, dann weiteten sich plötzlich ihre Augen. »Er hat mich gefragt, wer mich beschützt?«

»Der Angreifer hat Sie das gefragt?«

Sie schüttelte den Kopf. »Nein, Alfons. Es hat sich herumgesprochen, dass Sie auf mich aufpassen.«

»Und was genau wollte er wissen?«

»Nur, wer mich beschützt. Ich habe das Gespräch abgebrochen, ich wollte nicht darüber reden.« Sie schloss die Augen und seufzte. »Es tut so weh.«

»Wo?«

»Überall. Ich möchte am liebsten sterben.«

»Nein«, herrschte er Cécile an. »Sie sterben nicht. Sie sind eine starke Frau, und ich lasse das nicht zu.«

Cécile schlug die Augen noch einmal auf und rang sich ein Lächeln ab. »Sie beschützen mich?«

»Ja, das werde ich.«

»Dann lassen Sie mich jetzt schlafen.«

Sie schloss die Augen wieder.

Zabel hatte genug gehört. »Werden Sie wieder gesund.«

KAPITEL 38

Zabel schritt durch die Straßen im Süden der Stadt, die Glocken der Kirche St. Pantaleon läuteten zur Mittagsmesse. Er war auf der Suche nach einer Gerberei und fragte Passanten, die des Weges kamen. Eine ältere Dame gab ihm schließlich einen Hinweis, dem er folgte und der ihn zum Weißgerbergraben führte, der nicht umsonst so hieß. Schon aus der Ferne nahm Zabel den Geruch wahr und musste nur noch dem üblen Gestank von Fischölen und Tran folgen, mit denen die Tierhäute behandelt wurden.

Zabel kam zu einem grün gestrichenen Holztor, welches sich zwischen zwei Häusern befand und durch das man in einen Hinterhof gelangte. Zabel trat hindurch und hielt sich spontan die Nase zu, denn der Gestank wurde beinahe unerträglich. Die herabscheinende Sonne heizte den Innenhof auf, und Zabel mochte sich gar nicht vorstellen, wie es hier im Sommer riechen würde. Der dürre Mann, der gerade damit beschäftigt war, ein Schaffell zu entfleischen, schien sich längst an den Geruch gewöhnt zu haben. Er hatte einen braunen Lederschurz vor seinem Bauch und eine Wollmütze auf dem glatt rasierten Schädel. Das Fell hing über einem massiven Baumstamm, und mit seinen kräftigen Unterarmen bewegte er eine lange, gekrümmte Klinge mit zwei Griffen von oben nach unten an der Innenseite des Fells entlang. Kleine Fleischstückchen rieselten auf den Boden. Der Mann war so in seine Arbeit vertieft, dass er Zabel erst bemerkte, als ein Schatten auf sein Gesicht fiel. Der Gerber schaute auf.

»Arbeitet hier ein Alfons?«, fragte Zabel.

Der Mann nickte, dann rief er laut. »Alfons, für dich!«

Die Gerberei befand sich in einem kleinen Backsteingebäude. Es dauerte nicht lange, bis ein deutlich beleibterer Mann aus der offen stehenden Tür trat und den schlanken Gerber fragend ansah. Der deutete auf Zabel und sagte: »He fröch einer noh dir.«

Alfons kam näher, während der andere weiter das Schaffell entfleischte.

Ein Lederschurz spannte sich um Alfons' mächtigen Bauch. Auch seine Gesichtszüge waren verfettet, die Hände waren ölverschmiert und brachten einen weiteren unangenehmen Geruch mit.

»Wat jibt et?«

Zabel deutete zum Tor. »Kommen Sie mit.«

Alfons folgte ihm auf die Straße vor der Gerberei.

»Wat is denn los?«

»Ich bin Kommissar Zabel.«

Alfons schien den Namen zu kennen, begann zu stottern und bemühte sich redlich, verständlich zu sprechen. »Wat … Was wollen Sie?«

Zabel ließ einen strengen Tonfall in seiner Stimme mitschwingen. »Wieso haben Sie Cécile Travail gefragt, wer sie von nun an beschützt?« Es war eine altgediente Verhörtaktik, dem anderen Angst einzujagen.

Alfons wusste anscheinend nicht, was er sagen sollte, nur, dass er etwas sagen musste. »Ich … äh, et war nor … man hört so Dinge op der Stroß.«

»Was für Dinge?«

»Na, dat en Kommissar sie beschützen tät.«

»Das erzählt man sich also?«

Alfons nickte eifrig, als würde ihm das helfen.

»Und das hat Sie nicht abgeschreckt?«

»Avjeschreck? Wovon?«

»Cécile Travail zu überfallen. Mit einem Messer!«

Alfons erstarrte. »Wat reden Sie da?«

»Sie wurde überfallen. Unmittelbar, nachdem Sie bei ihr waren.«

Alfons erstarrte.

Zabel wurde laut. »Lügen Sie mich nicht an. Sonst muss ich Leute befragen, die Sie kennen, und dann wird Ihre Frau davon erfahren, wo Sie sich nachts herumtreiben.«

»Nein, bitte nicht«, sagte der Mann eingeschüchtert.

»Dann lassen Sie uns jetzt vernünftig reden.«

»Ja«, sagte dieser Alfons flehend. »Isch hab dat nich jetan. Isch mag sie doch, dat Cécile.«

»Aber Sie haben den Mann gesehen. Er kam, unmittelbar, nachdem Sie das Haus verlassen haben.« Zabel entdeckte ein paar Schweißperlen auf seiner Stirn, obwohl es kalt war.

»Das heißt, Sie sind ihm auf der Straße begegnet.«

»Dat is möglich, vielleicht. Wie sah er denn us?«

»Ganz in Schwarz gekleidet, und er hatte einen dunklen Schlapphut auf dem Kopf.«

»Ein Kerl, d'r mer em Dunkel kaum erkennt?«, hakte er nach.

Zabel nickte.

»Do wor einer.« Alfons gewann etwas an Fassung zurück.

»Wo?«

»In der Salzgasse. Kennen Se die?«

Zabel nickte. Dort hatte er Arthur Schmoor gestellt und die Hand abgeschlagen. Die Salzgasse war so eng, dass zwei Leute quasi nicht aneinander vorbeikamen, und man konnte von dort aus das Haus Nummer 13 beobachten.

»Sie sind ihm in der Salzgasse begegnet?«

Alfons schüttelte den Kopf. »Isch wollt eigentlich durch die Jasse zom Hafen, ävver er stand da, un isch hätt' mich an ihm vorbeiquetschen müsse. Also bin isch weiterjejangen, den Buttermarkt entlang un die nächste Eck' erst abjebogen.«

»Beschreiben Sie den Mann.«

Alfons schüttelte den Kopf. »Dat, wat Se schon jesagt haben. Ganz in Schwarz, mit dem Hut auf dem Kopp un mit 'ner Maske.«

»Haben Sie seine Augen gesehen?«

Alfons schüttelte den Kopf. »Er hät auf den Boden jeblick und … ich hatt' Angst vor ihm. So Lück schaut man besser nit in de Augen. Er hatt' so 'ne komische Laut von sich gegeben.«

»Was für einen Laut?«

»*Tschhh* oder so. Dat isch weiterjehen soll.«

»Seine Statur?«

»Wie Sie etwa. Eher schlank.«

»Kräftig?«

Alfons schüttelte den Kopf. »Eher nit. Nein, er wirkte nit wie 'ne Räuber, eher wie 'ne …«

»Wie ein was?«

»'ne Freier. Der darauf wartete, bis isch weg bin, un der nit jesehen werden wollte.«

»Hatte er ein Messer?«

Alfons schüttelte den Kopf. »Ich hab keins jesehen, ävver …« Er schaute zum Boden. »Er hatt' die jleichen Schuhe an wie Sie.«

Zabel trug heute keine Stiefel, sondern normale Halbschuhe, seine Blücher.

»Sind Sie sicher?«

Alfons nickte. »Isch wollt auch mal so welche. Blücher, aus einem Stück Leder jefertigt. Der Schuhmacher will dafür zwölf Reichsthaler haben, dat jeht nit. Zu teuer.«

Obwohl die Blücherschuhe auf den ersten Blick eher schlicht aussahen, ohne Verzierungen, konnte ein geübtes Auge deren besondere Qualität erkennen. Und der Gerber verstand was von Leder.

Zabel wusste, dass Christian Schier auch solche Schuhe besaß. »Danke«, sagte er. »Sie haben mir sehr geholfen. Und ich rate Ihnen, kein Wort darüber zu verlieren. Zu niemandem.«

Alfons nickte eifrig. »Isch bin doch nit verrückt. Da können Se sich absolut sicher sein.«

Zabel wendete sich ab und entfloh dem Gestank.

KAPITEL 39

Drei Tage waren seit dem Krankenbesuch vergangen. Zabel saß an seinem Schreibtisch und öffnete den Brief, den ein Bote aus Bonn gebracht hatte. Er nahm den Bogen Papier heraus und las die Zeilen des Professors. Den Zustand von Cécile Travail betrachtete er nach wie vor als kritisch, das Fieber hatte sich nicht gesenkt, und die Patientin wurde dadurch mehr und mehr geschwächt. Zabel kannte so etwas aus Kriegszeiten, wenn sich Wunden entzündeten und der körperliche Verfall unaufhaltsam voranschritt bis zum Tode. Professor Staade schien die Hoffnung zu verlieren, betonte aber, dass er alles Menschenmögliche für die Patientin tun würde. Im weiteren Verlauf des Briefes standen mehrere Sätze, die nicht von dem Mediziner stammten, sondern die Cécile den Schwestern gesagt hatte. Professor Staade schrieb in dem Brief aber auch, dass ein solcher Sturz und die Verletzungen zu Hirngespinsten und Sinnestäuschungen führen könnten, ebenso wie Fieberträume.

Cécile hatte in Kämmers Umfeld, in der Nähe seiner Wohnung, einige Leute befragt, um mehr über den Erpresser herauszufinden, bei wem er Schulden gehabt hatte und wie viel. Irgendwann sei ein Mann auf sie zugekommen und habe ihr gedroht, dass sie keine weiteren Fragen mehr stellen solle. Cécile konnte den Mann nicht näher beschreiben, außer dass er sehr kräftig war und eine Brandmarke auf dem Handrücken hatte. Solche Verzierungen der Haut waren eher selten und deuteten häufig auf Seeleute hin, bei denen die schmerzhafte Verletzung als eine Art Ritual galt.

Zabel legte den Brief auf den Tisch und dachte nach. Entsprang diese Gestalt, die Cécile beschrieb, nur ihren Fieberträumen, oder steckte mehr dahinter?

Da trat Bartmann zur Tür herein.

»Guten Morgen«, sagte er mit verschlafenem Ton, während er den Mantel auszog.

»Guten Morgen«, erwiderte Zabel.

»Et is ruhig geworden öm Sie«, sagte Bartmann.

»Ruhig geworden?«

»D'r Polizeipräsident scheint sich nit mehr för Se zu int'ressiere. Er jlaubt, dat Se den Mordfall tatsächlich zu de Akten jelegt haben.«

»Das habe ich auch«, sagte Zabel.

Bartmann nahm hinter seinem Schreibtisch Platz. »Schade, dat Se m'r noch immer nit vertraue.«

»Es ist besser, wenn Sie so wenig wie möglich wissen. Nehmen Sie es nicht persönlich.«

»Isch hab wat jehört über diesen Kämmer.«

»Was haben Sie gehört?«

»Er war 'ne Neider. Er hät nit jünne künne.«

»Wie bitte?« Zabel hatte den Kollegen diesmal wirklich nicht verstanden.

Bartmann redete wieder deutlicher. »In Köln sagt man, man muss auch gönnen können. Kämmer konnte dat nit. Er hatte 'ne Hass auf viele, die mehr Erfolg hatten als er.«

»Woher wissen Sie das?«

»Ich treibe mich – im Kontrast ze Ihnen – in Spelunken rum, un dort kritt mer so einiges mit.«

»Und was bringt uns diese Erkenntnis?«

»Uns? Bin ich widder bei däm Casus dobei?«

Zabel zögerte. »Wenn Sie wollen, ja.«

Er wusste nicht, ob das eine gute Idee war, denn Bartmann könnte ein Spitzel sein. Aber auch dann wäre der Kollege vielleicht eine Bereicherung, denn Zabel würde ihm sowieso nicht alles mitteilen.

»Was bringt uns diese Erkenntnis also?«

»Kämmer hät nit zu Ende studiert, un als Kaufmann war er och nit erfolgreich. Et muss ihm 'ne jroße Freude bereitet haben, solche hochnäsigen Typen us d'r Oberschicht dranzukriegen.«

»Sie meinen, es ging ihm nicht nur ums Geld?«

»Dat auch, ävver nit nur.« Bartmann überlegte einen Moment, ob er weiterreden sollte, dann sah er Zabel in die Augen und sprach deutlicher denn je: »Fragt sich nur, ob Sie so weit jehen wollen?«

»Wie meinen Sie das?«

»Was, wenn ich richtisch liege un d'r Täter aus den besseren Kreisen kommt? Das wäre doch 'ne Jrund, weshalb d'r Polizeipräsident den Fall nit mag und froh is, dat Arthur Schmoor im Kerker sitz. Wie jeht et däm eigentlich?«

»Er lebt noch, und seine Wunden heilen. Zumindest sagt

das der Arzt aus Bonn, der ihn behandelt. Ich selbst war nicht mehr bei ihm. Aber reden Sie weiter, was denken Sie?«

»Isch jlaube, d'r Mörder kommt aus däm Domkapitel. Einer aus Ihrem Büchlein is 'ne Priester, un die mögen et nit, wenn irgendwelche Schandtaten ans Licht kommen. Deshalb is zuerst dat Vortragekreuz futsch, damit wir et später finden sollen.«

Ähnlich sah Zabel es auch, nur war er sich nicht sicher, ob der Täter im Kreis der Kirche zu finden war. Trotzdem folgte er der Argumentation des Kollegen. »Wie hat der Priester es denn gemacht?«

»Wat jenau? Dat Krütz kläue?«

»Nein, der Diebstahl dürfte kein Problem gewesen sein. Aber wie konnte ein Priester Kämmer brutal zu Tode prügeln und die Leiche danach im Hafen versenken, ohne dabei bemerkt zu werden? Der Hafen liegt außerhalb der Stadtmauer. Wieso hat er die Leiche dort abgeladen?«

Bartmann grübelte.

Zabel fuhr fort. »Kämmer war schwer, und eine Leiche ist noch schwerer als ein Mensch, der lebt.«

»Er brauchte en Boot«, sagte Bartmann. »Er is met 'nem Böötchen in den Sicherheitshafen jefahren.«

»Dann hätten ihn die anderen Schiffer gesehen«, hielt Zabel dagegen.

»In d'r Nacht?«

»Es war beinahe Vollmond und sternenklar.«

Bartmann fiel kein Einwand mehr ein. Sie schwiegen. Es war aber eine interessante Idee gewesen, fand Zabel. Er hatte sich noch nicht ausreichend der bislang unbeantworteten Frage gestellt, wie der Mord und das Verschwinden der Leiche vonstattengegangen waren.

Bartmann sprang von seinem Stuhl auf. »Muss m'r denn en d'r Hafen erenfahren?«

Zabel sah ihn fragend an.

»Muss man denn in d'r Hafen hereinfahren?«, wiederholte Bartmann auf Hochdeutsch und legte ein schelmisches Grinsen auf, bevor er weitersprach. »Vielleicht muss man de Leich nur in dat Wasser werfen. Sie enttäuschen mich, Zabel. Han Se dat etwa noch nit überprüft?«

Zabel stand auch auf, zog seinen Mantel an. »Dann wollen wir das mal tun.«

Die beiden verließen das Präsidium, gingen zum Pferdestall und nahmen sich einen Zweispänner, der schon bereitstand, weil die Kollegen ihn kurz zuvor im Einsatz gehabt hatten. Zabel verzichtete auf einen Polizeisergeanten und nahm selbst die Zügel in die Hand.

Sie umfuhren die Innenstadt über den Gereonswall bis zum Adler-Thor im Norden und weiter zum Sicherheitshafen, an den Booten entlang, die am Ufer festgemacht hatten, bis zum Schleusentor. Zabel zog an den Zügeln, und der Wagen kam zum Stillstand. Er und Bartmann stiegen aus und gingen zum Schleusentor, das bei Hochwasser geschlossen werden konnte. Im Moment stand es offen, der Fluss hatte einen niedrigen Pegel.

Unweit des Tors, ein kleines Stück flussaufwärts, ragte eine Buhne ins Wasser. Steine, die aufeinandergeschichtet waren und die Strömung beeinflussten. Zabel hatte eine Idee. Er sah einen Ast am Boden liegen, hob ihn auf.

»Wat haben Se vor?«, fragte Bartmann.

»Sie waren enttäuscht, weil ich nicht gründlich gearbeitet habe. Das hole ich nun nach.«

Da der Rhein Niedrigwasser hatte, ragte die Buhne weit in den Fluss hinein. Die Steine sahen glitschig aus. Zabel wagte es trotzdem und benutzte den Ast wie einen Spazierstock, um das Gleichgewicht besser zu halten.

Bartmann blieb zurück und rief ihm hinterher: »Fallen Se m'r nit in et Wasser. Isch rette Sie nit, isch kann nit schwimme.«

Zabel konzentrierte sich. Die Gefahr, ins Wasser zu fallen, schien eher gering, aber die Steine sahen nicht nur glitschig aus, sie waren es auch. Sollte er ausrutschen, bestand die Gefahr, sich die Knochen zu brechen. Zabel fand mit dem Ast in der Hand sicheren Halt zwischen den Brocken, die ohne Ordnung aufeinandergeschichtet waren. Schließlich erreichte er das Ende der Buhne und beobachtete die Strömung. Das Wasser wurde zuerst an den Steinen gestaut, musste drum herum fließen. Zabel beobachtete, was an der äußersten Spitze der Steinmauer passierte. Dort bildeten sich Strudel, es entstand eine Gegenströmung.

Zabel versicherte sich zunächst, dass er nach wie vor ausreichend Halt hatte, dann holte er mit dem Ast in der rechten Hand aus und schleuderte ihn so weit wie möglich in Richtung Flussmitte. Mit einem Platscher landete der Ast im Rhein, und die Strömung nahm ihn mit, aber nicht lange. Der Ast wurde langsamer, drehte sich entgegen dem Uhrzeigersinn im Kreis. Und dann geschah es: Er bewegte sich nicht weiter mit der Strömung, sondern verharrte hinter der

Buhne, schwamm sogar wieder zurück zu den Steinen, ganz langsam, aber stetig. Zabel ging in die Hocke und schaffte es mit einem langen Arm, den Ast zu fassen zu kriegen. Er holte ihn aus dem Wasser und wiederholte das Experiment. Beim zweiten Wurf flog der Ast nicht ganz so weit, was zur Folge hatte, dass er noch schneller als beim ersten Versuch den Weg zurückfand und diesmal nicht von den Steinen aufgehalten wurde, sondern stetig weiter in Richtung des Schleusentors trieb.

Zabel hatte genug gesehen. Er machte sich auf den Rückweg, darauf achtend, nicht das Gleichgewicht zu verlieren oder auszurutschen. Jetzt hatte er keinen Stock mehr, der ihm Halt gab. Als Zabel einmal aufschaute, sah er Bartmann am Zweispänner stehen. Er unterhielt sich mit einem Schiffer, der wild mit den Händen herumfuchtelte. Zabel musste sich auf die Steine konzentrieren, und der Rückweg dauerte länger als der Hinweg. Schließlich war es geschafft, er ging auf Bartmann zu, der immer noch mit dem Schiffer redete. Die beiden verstummten, als Zabel zu ihnen trat.

»Die Strömung ist günstig, wenn man flussabwärts fährt und die Buhne …«

Sein Kollege unterbrach ihn. »Ich weiß.« Er zeigte zu dem Schiffer. Der war klein und hager, hatte einen ungepflegten grauen Bart, trug eine blaue Wollmütze auf dem Kopf. »Hören Se sich an, wat er zu erzählen hat«, sagte Bartmann.

Der Schiffer lächelte, wodurch seine schlechten Zähne zum Vorschein kamen. »Ich han et jerade verzällt.«

»Bitte so, dass ich es auch verstehe«, sagte Zabel.

Bartmann ergriff das Wort. »Der Steinhaufen, die Buhne, wie et richtisch heißt, dient dazu, dat die Schiffer leichter in d'r Hafen kumme, wenn sie flussabwärts fahren.«

Der Schiffer nickte zustimmend. »Man muss nor op der Spitze der Buhne zuhalten, den Rest macht de Strömung fast vun allein.«

Bartmann schaute zu dem Schiffer. »Hätzlichen Dank, Jupp. Do häss m'r arg jeholfe.«

»Danke«, verabschiedete Zabel ihn.

»Gerne doch«, sagte Jupp und verschwand zu seinem Boot.

Bartmann grinste Zabel an. »Dat sah jod us, wie Se da rumgeturnt sind. Isch hätte wetten können, dat Se en Bad nehmen.« Er lachte. »Daröm ben isch hiergeblieben un han mich mal bei den Bootsleuten umgehört.«

Zabel lachte auch. »Mein Lob geht an Sie.«

Bartmann deutete zum Ende der Buhne. »D'r Mörder brauchte sich nur mit däm Boot flussabwärts treiben lassen un im richtigen Moment die Leiche loswerden.«

»Er müsste das Boot auch steuern können.«

»Auch dat. Ävver wann er dat so jemacht hat, beachtet ihn keiner.«

Zabel nickte. »Er lässt sich einfach treiben mit der Strömung, macht ein paar Ruderschläge und fährt weiter den Rhein hinunter, vielleicht bis Düsseldorf. Hat Kämmer noch gelebt, als er auf das Boot gegangen ist?«

Bartmann zuckte mit den Schultern. »Macht dat 'nen Unterschied, wo er ermordet wod?«

»Jede noch so kleine Einzelheit kann am Ende entscheidend sein«, erwiderte Zabel.

Die Ein-Täter-Überlegung erschien wieder möglich. Vom Einbruch in die Schatzkammer bis zum Versenken der Leiche könnte eine Person allein das Verbrechen begangen haben, und diese Person müsste auch nicht so stark sein wie Arthur Schmoor. Sie musste nur in der Lage sein, ein Boot zu steuern.

KAPITEL 40

Es war wieder Sonntag, der vorletzte vor dem geplanten Maskenumzug. Die Vorbereitungen liefen. Damit in der Gefolgschaft des *Held Carneval* nicht jeder gleich aussah und diese nicht nur aus Stadtsoldaten bestand, hatten sich mehrere weitere Gruppen gebildet und sich jeweils ein Motto ausgedacht, um dem Maskenumzug mehr Farbe zu verleihen. Zabels Uniform war bereits auf dem Weg der Fertigung, aber er war sich noch nicht sicher, ob er sie auch tatsächlich tragen würde. Es gab genug Männer seiner Statur, die für ihn einspringen könnten, aber Brügelmann hatte recht damit, dass es eine nette Geste seiner Frau gegenüber wäre. Der Umgang mit ihr war immer noch angespannt, er arbeitete noch länger als sonst, um Eva aus dem Weg zu gehen.

Zabel näherte sich dem Weinhäuschen bei St. Ursula und sah vor der Tür im Dunkeln einen Mann stehen, der anscheinend auf jemanden wartete. Erst im Näherkommen erkannte Zabel ihn, es war der Bäckermeister.

Zabel blieb vor der Tür stehen.

»Wir sollten reden«, sagte Rongsdorf.

Sie gingen ein paar Schritte vom Eingang weg.

»Die Sitzung hät noch nit angefangen«, sagte Rongsdorf und vermied so gut es ging die kölsche Mundart. »M'r han noch etwas Zeit.«

»Worüber willst du mit mir reden?«

»Glaubst du wirklich, ich hab dat Schwein umgebracht?«

»Ein Schwein zu töten fällt leichter als einen Menschen. Ich traue grundsätzlich jedem erst einmal alles zu.«

Sie sahen sich in die Augen.

»Ich bin bereit, dir zu helfen«, sagte Rongsdorf. »Ich möcht auch, dat d'r Mörder jefasst wird. Dann hätte der Spuk ein Ende.«

»Sprich dich aus«, befahl Zabel.

»Et jibt viele, die Kämmer jehasst haben. Un ich kann dir sagen, wer alles.«

»Wenn ich dir glauben soll, nenne mir zuerst den einen Namen. Mit welcher Frau hattest du eine Liaison?«

»Warum ist das wichtig?«

»Weil sie es gewesen sein könnte. Sie kann jemanden angestiftet haben.«

»Nein.« Er schüttelte den Kopf. »Sie wusste nichts von der Erpressung.«

»Bist du dir da absolut sicher?«

Rongsdorf sah ihn verdutzt an.

»Vielleicht hat sie es dir nicht gesagt.« Zabel fuhr fort. »Kämmer wusste von ihr, also könnte er auch zu ihr gegangen sein. Sie könnte auch in dem Büchlein stehen.«

Rongsdorf schluckte, über diese Möglichkeit hatte er bis jetzt wohl noch nicht nachgedacht. Er wandte den Blick ab, schaute zu Boden.

Zabel legte ihm freundschaftlich die Hand auf die Schulter. »Ich bin stets misstrauisch gegenüber Leuten, die mir Hilfe anbieten. Vor allem, wenn derjenige versucht, von sich selbst abzulenken.«

»Isch war et nit.« In der Stimme des Bäckermeisters schwang Angst mit. »Heutzutage reicht ein Jerücht, un m'r is erledigt. Vor allem en minger Position.«

»In deiner Position?«

»Ich stehe meiner Zunft für. Un ich versorge das Domkapitel mit Brot. Andere warten nur d'rauf, meinen Platz einzunehmen, un denen reicht ein Anlass wie dieser. Aber et jab, wie schon jesagt, noch einen über mir.«

»Wen?«

»Einen, der mehr zahlte als ich. Viel mehr.«

»Die Frau, mit der du die Liaison hattest?«

»Nein.« Rongsdorf wurde wütend, packte Zabel am Mantelkragen, im selben Moment wurde ihm bewusst, dass das keine so gute Idee war, und er ließ sofort los.

Zabel hatte ihn da, wo er ihn haben wollte. Der Druck auf den Bäckermeister zeigte Wirkung.

Zabel bohrte weiter. »Dann vielleicht ein Geistlicher. Wie viele Leute aus dem Domkapitel kennst du?«

»Fonk, den Kaplan Johann Schulze, die Hauswirtschafterin, den Koch. Einige, wieso?«

»Wie schwer wäre es, an den Schlüssel zur Domschatzkammer zu gelangen?«

Rongsdorf schüttelte den Kopf. »Dat weiß ich nit.«

Zabel überlegte. »Die Frau, mit der du die Liaison hattest, wie steht sie zur Kirche?«

Zabel sah an seinem Blick, dass er ins Schwarze getroffen hatte. »Sehr nahe?«

Rongsdorf wich wieder seinem Blick aus.

»Wie nahe?«

Der Bäckermeister gab sich einen Ruck. »Ihr jüngster Sohn ist im Priesterseminar. Der Kaplan ist Taufpate ihrer Tochter.«

Die Frau, die Zabel nicht kannte, wäre also ohne Weiteres in der Lage gewesen, an den Schlüssel heranzukommen. Das schien sicher. Es reichte, einen Abdruck in Wachs davon zu machen, um daraus eine Tonform zu erstellen, die man dann mit flüssigem Eisen ausgoss. Vielleicht steckte ihr eigener Sohn dahinter, der die Mutter beschützen wollte.

»Erzähl mir mehr über das Domkapitel, du belieferst es mit Brot?«

Rongsdorf nickte. »Ich backe däm Dompropst ein janz besonderes.« Er fing an zu grinsen. »Janz ohne Salz, dafür mit Kümmel. Ausschließlich für ihn.«

»Wieso?«

»Weil ihm die Ärzte dazu jeraten haben. Er hat Probleme met d'r Verdauung, leidet unter Blähungen, die manchmal, nun ja, unkontrolliert entweichen.«

Zabel erinnerte sich an den ersten Aufenthalt in der Domschatzkammer, wo auch ein seltsamer Geruch in der Luft gelegen hatte.

Rongsdorf grinste erneut. »Dat is ihm sehr unanjenehm, ävver er sagte mir, seitdem ich ihm dat Brot backe, is et besser geworden.«

Zabel nutzte den Stimmungsumschwung, um wieder auf

die entscheidende Frage zu kommen. »Wenn ich dir vertrauen soll, nenne mir den Namen der Frau. Ich verspreche dir, dass ich sehr verschwiegen sein werde.«

Der Bäckermeister schluckte. »Was willst du von ihr?«

Zabel schwieg einen Moment. »Ich lasse dich nicht in Ruhe, bevor ich nicht ihren Namen kenne. Und wenn ich es selbst herausfinde, sieht es schlecht für euch beide aus.«

Rongsdorf schien einverstanden zu sein. »Ich möchte vorher mit ihr reden. Gib mir ein, vielleicht zwei Tage.« Er wartete die Antwort nicht ab, ließ Zabel allein zurück und ging wieder zum Weinhäuschen.

Zabel verharrte noch einen Moment, bevor er dem Bäckermeister folgte und den Saal betrat. Die Sitzung hatte schon angefangen, er setzte sich zu Brügelmann, neben dem noch ein Platz frei war.

Christian Schier stand vor dem Klavier und hielt eine Ansprache. »Es geht darum, dem *Carneval* eine edlere, der gegenwärtigen Zeit entsprechende Form zu geben, ihn geistig aus seiner Versunkenheit wieder emporzuheben, ihn gleichsam poetisch zu gestalten.« Er holte tief Luft. »Das ist mein Anliegen mit dem Lied, was ihr jetzt zu hören bekommt.«

Er erntete Applaus, setzte sich ans Klavier und fing an, die Melodie zu spielen, deren Anfang Zabel bereits in Schiers Wohnung gehört hatte. Der Komponist sang, und Zabel war beeindruckt, wie aus einem so schmächtigen Körper und diesen kleinen Lungen eine so gewaltige Stimme ertönen konnte, die den ganzen Saal erfüllte.

»Herbei, herbei, Ihr Leute. Ihr lieben Leute schaut, dem Carneval wird heute sein alter Thron gebaut. Dem neuen

Regimente schließt heut Euch jubelnd an. Es hat ja bald ein Ende, nur kurz ist seine Bahn.«

Trotz der lauten Stimme hörte Zabel der Darbietung seines Freundes kaum zu. Er war in Gedanken woanders, stellte sich vor, wie Schier mit seinen Blücherschuhen an den Füßen in der Salzgasse darauf gewartet hatte, dass Cécile endlich allein war. Könnte Schier ein geübter Segler sein? Wieso nicht? Sie hatten nie darüber gesprochen. Zabel hätte ihm auch nicht zugetraut, dass er als Leutnant eines Freiwilligencorps an der Völkerschlacht teilgenommen hatte.

Schier sang aus Leibeskräften. *»In altersgrauen Zeiten der Karneval entstand. Und blüht in tausend Freuden im lieben Vaterland.«*

Das Entscheidende blieb nach wie vor das Motiv. Wer bereit war, ein Geheimnis um jeden Preis zu wahren, würde auch vor einem Mord nicht zurückschrecken. Dies galt ebenso für Schier wie für Rongsdorf und für die Person, die angeblich noch mehr Schweigegeld gezahlt hatte als der Bäckermeister. Vielleicht hatte Rongsdorf diese Person auch nur erfunden, um von sich selbst abzulenken, obwohl es in Kämmers Büchlein schon jemanden gab, der in mehreren Tranchen mehr bezahlt hatte als der *Hanaker*. In ein oder zwei Tagen würde Zabel wissen, ob er seinem Kameraden trauen könnte, dann nämlich, wenn der ihm den Namen der Frau sagte – oder eben nicht.

»Dort kommt der Held geschritten, der heut das Zepter führt. Der auf der Völker Bitten, sich mit der Herrschaft ziert.«

Christian Schier ließ den letzten Akkord ausklingen. Von Wittgenstein sprang von seinem Stuhl auf und applaudierte lautstark. Die anderen erhoben sich ebenfalls und klatschten. Schier verbeugte sich und strahlte übers ganze Gesicht. Seine Hymne hatte den Leuten gefallen, und das Brot des Künstlers war der Applaus.

Emanuel Zanoli, der in einer Woche als *Held Carneval* auf dem Wagen durch die Stadt fahren würde, lobte Schier von ganzem Herzen und bedankte sich überschwänglich.

Zabel dagegen schwieg. Er wusste, dass wenn einer aus diesem Kreis sich als der Mörder entpuppen würde, alles ein jähes Ende nähme. Er starrte auf den Weinbecher vor sich, bis er den Blick hob und merkte, wie von Wittgenstein ihn ansah. Sein Freund schien zu spüren, dass ihn etwas belastete. In dem Moment legte sich eine Hand auf seine Schulter, er schaute nach links und sah DuMont neben sich stehen.

»Hättest du hiernach noch etwas Zeit?«

Zabel sah ihn fragend an. »Wieso?«

»Wir müssen etwas bereden. Draußen wartet meine Kutsche.«

KAPITEL 41

DuMont saß bereits auf der Rückbank des Zweispänners, als Zabel aus dem Weinhäuschen kam. Er stieg ein und nahm gegenüber DuMont, der in Fahrtrichtung saß, auf der Bank Platz.

»Wohin fahren wir?«

»Zu Wittgenstein nach Hause.«

Sie schwiegen, während sie noch warteten. Zabel hatte aufgehört, Wein zu trinken, unmittelbar, nachdem DuMont die Einladung ausgesprochen hatte. Er wollte möglichst bei klarem Verstand sein. Was immer es zu besprechen gab, Zabel spürte, dass es nichts Gutes sein konnte.

Da schwang die Tür zur Weinstube auf, und von Wittgenstein trat in Begleitung von Ferdinand Franz Wallraf heraus. Sie stiegen in die Kutsche ein, von Wittgenstein setzte sich neben Zabel, Wallraf neben DuMont. Das Gefährt fuhr los, die Hufe der Pferde klapperten auf dem Pflaster und schallten durch die nächtlichen Straßen.

Nach einer kurzen Fahrt, während der niemand etwas sagte, stiegen sie in der Trankgasse aus, gingen ins Haus und hinauf in von Wittgensteins Wohnung im ersten Stockwerk. Nachdem sie ihre Mäntel abgelegt und nur über das Nötigste geredet hatten, betraten sie den Rauchersalon. Dort standen fünf Stühle mit Armlehnern im Kreis, ein kleiner Beistelltisch in der Mitte.

DuMont und Wallraf nahmen nebeneinander Platz, Zabel ihnen gegenüber. Von Wittgenstein kümmerte sich um das Wohl der Gäste, reichte Getränke und auf Wunsch auch eine Zigarre. Zabel und die anderen lehnten ab, der Hausherr aber gönnte sich eine, zündete sie an und setzte sich zwischen Zabel und DuMont.

»Wie können wir Ihnen behilflich sein?«, brach Wallraf das unerträgliche Schweigen. Er war der Einzige, der Zabel nicht mit Du ansprach.

Zabel erwiderte mit einer Gegenfrage. »Wobei wollen Sie mir helfen?«

»Den Fall aufzuklären, an dem Sie im Moment arbeiten. Sie gehen anscheinend nicht davon aus, dass der Täter im Kerker sitzt.«

»Sie dürfen mir gerne berichten, was Sie über den Mord an Jean Kämmer wissen. Vielleicht helfen Sie mir ja damit.«

Von Wittgenstein ergriff das Wort. »Du verdächtigst Christian Schier? Er hat uns erzählt, dass du bei ihm warst.«

»Es gibt einige Verdächtige. Kämmer hat mehrere Leute erpresst. Vielleicht auch einen der hier Anwesenden – oder ehemalige Mitglieder der Olympischen Gesellschaft.«

Zabel schaute von einem zum anderen, bis er bei von Wittgenstein angelangt war, der den Rauch seiner Zigarre ausblies.

»Indirekt«, sagte von Wittgenstein.

Zabel sah ihn fragend an. »Indirekt?«

»Schier ist zu mir gekommen, vor etwa zwei Monaten, und hat mir berichtet, dass ein Mann aus seiner Vergangenheit aufgetaucht sei und ihn erpressen würde. Schier hatte nicht genug Geld, um den Erpresser zu bezahlen, also hat er mich um Hilfe gebeten. Ich habe ihm was gegeben.«

»Wie viel?«

»Zehn Reichsthaler für den Anfang. Danach hat sich der Erpresser nie wieder gemeldet.«

»Wem hast du die zehn Reichsthaler gegeben?«, fragte Zabel weiter.

»Schier. Ich bin diesem Jean Kämmer nie persönlich begegnet.« Von Wittgenstein fuhr fort. »Christian hatte keinen Grund, einen Mord zu begehen, denn ich hätte auch weiterhin bezahlt. Für einen guten Freund.«

»Welchen Grund hatte Schier dir genannt? Wieso wurde er erpresst?«

DuMont antwortete. »Christian war in Jena in einer Burschenschaft und hatte an dem ersten Wartburgfest teil genommen, wie du ja weißt. Aus Angst vor Verfolgung musste er Deutschland verlassen und ist nach New York gegangen.«

Zabel nickte, die Geschichten stimmten überein.

Wallraf erhob die Stimme. »Welchen Verdacht hegen Sie gegen den Kapitularvikar?«

Zabel sah zu ihm. »Der Einbruch in die Domschatzkammer hat unmittelbar mit dem Mord zu tun. Jean Kämmer wurde das Kreuz untergeschoben, damit es so aussah, als ob er der Dieb wäre.«

Wallraf schüttelte den Kopf. »Das zeugt doch eher davon, dass der Täter nicht aus dem Kreis der Kirche stammt. Wieso sollte jemand so dumm sein? Ich würde doch nicht bei mir zu Hause einbrechen, um von mir selbst abzulenken.«

»Doch«, erwiderte Zabel. »Der Mörder hat es anscheinend nicht für möglich gehalten, dass ich dieser Spur folge. Der Einbruch war vorgetäuscht und der Täter mit großer Wahrscheinlichkeit im Besitz eines Schlüssels.«

Wallraf erstarrte, als er das hörte.

Von Wittgenstein und DuMont tauschten Blicke.

Zabel nutzte die Verwirrung für sich und schaute zu dem Geistlichen, dem ehemaligen Lehrer von von Wittgenstein und nun dessen guter Freund. »Wenn Sie mir helfen wollen, finden Sie heraus, wer einen Schlüssel besitzt oder wer zumindest Zugang dazu hat, damit er einen nachmachen kann.«

»Wie funktioniert das, einen Schlüssel nachzumachen?«, fragte Wallraf.

»Ein Wachsabdruck reicht«, sagte Zabel. »Es musste nur jemand, sagen wir für kurze Zeit, den Schlüssel in Besitz haben und damit allein sein. Aus einem Wachsabdruck lässt sich eine Tonform herstellen, in die man flüssiges Eisen hineingießt, und schon hat man einen weiteren Schlüssel, der ins Schloss passt.«

Es trat Stille ein.

Von Wittgenstein nahm einen tiefen Zug an seiner Zigarre und brach das Schweigen. »Wir haben großes Verständnis dafür, dass du die Tat aufklären musst, aber …«

»Aber was?«, schnitt Zabel ihm das Wort ab. »Ich soll nicht weitermachen, wenn es für bestimmte Personen unangenehm werden könnte?«

»Wenn der Ruf eines Unschuldigen in Mitleidenschaft gezogen wird«, erwiderte Wallraf.

Zabel schaute ihm in die Augen. »Jean Kämmer war ein Erpresser. Wieso sollte er vor einem Geistlichen haltmachen?«

»Haben Sie einen konkreten Verdacht?«

»Abgesehen davon, dass der Täter einen Schlüssel zur Domschatzkammer hatte, nein.«

Wallraf verfiel wieder in Schweigen. Er war den Umgang mit einem Kommissar offenbar nicht gewohnt.

DuMont, der sich bis jetzt auffallend ruhig verhalten hatte, ergriff das Wort. »Ich habe, nachdem Schier sich Hilfe suchend an uns gewandt hat, Nachforschungen angestellt über diesen Jean Kämmer.«

Zabel war erzürnt. »Wieso erfahre ich das erst jetzt?«

Von Wittgenstein antwortete. »Wir hatten gehofft, dass die Sache sich von selbst erledigt.«

DuMont sah zu Zabel. »Du hast vollkommen recht. Kämmer wollte den Ruf einiger Leute zerstören.«

»Die so etwas nicht verdient haben«, fügte Wallraf hinzu. »Man kann das Lebenswerk eines Mannes zerstören, wenn nur eine einzige Sünde in seinem Leben bekannt wird. Der Herr vergibt dem Sünder, die Menschen tun das nie.«

Zabel stand auf, er wollte nicht mehr sitzen. »Was habt ihr gegen Kämmer unternommen?«

»Nachforschungen angestellt, mehr nicht«, erwiderte

DuMont. »Wir haben ihn nicht getötet. Und auch niemanden angestiftet, es zu tun.«

Von Wittgenstein erhob sich von seinem Stuhl, ging zu einer Kommode, öffnete eine Schublade und holte eine schmale Aktenmappe heraus, reichte sie Zabel. »Das haben wir über den Mistkerl herausgefunden.«

Zabel schlug die Mappe auf und fand darin drei Seiten beschriebenes Papier. Er überflog den Text. »Kämmer war auch in einer Studentenverbindung.«

DuMont nickte. »Die kurz nach dem Wartburgfest aufgelöst wurde. Auf der Kundgebung sind sich Schier und Kämmer begegnet.«

Von Wittgenstein fuhr fort. »Josef Kämmer, wie er eigentlich heißt, stammte aus Jena. Er studierte dort mehrere Semester Rechtswissenschaften, ziemlich erfolglos, er wurde von der Universität ausgeschlossen. Daraufhin stieg er ins Geschäft seines Vaters ein, das bis dahin ganz gut lief. Er brachte das Vermögen seiner Familie durch, hatte Schulden bei einigen Händlern und Handwerksleuten in Jena. Darum kam er nach Köln.«

»Wieso Köln?«

DuMont zuckte mit den Schultern. »Das wissen wir nicht, wir haben nur eine Vermutung.«

»Die da wäre?«

»Er war in Jena in den Besitz von Kenntnissen gelangt. Auf dem Wartburgfest. Das hat ihn nach Köln getrieben, hier lebt oder lebte wahrscheinlich sein erstes Opfer.«

Von Wittgenstein ging auf ihn zu, schaute ihm in die Augen. »Glaube mir. Wir wollen dir helfen, Gustav.«

»Ganz ohne Gegenleistung?«

»Lass die Toten ruhen«, sagte DuMont. »Wenigstens noch eine Woche lang.«

»Struensee sitzt dir im Nacken«, sagte von Wittgenstein. »Das hast du selbst gesagt, also: Wieso wartest du nicht, und wenn der Umzug vorbei ist, werden wir peu à peu herausfinden, wer die Leute sind, die in Jean Kämmers Büchlein stehen.«

Alle Augenpaare waren auf ihn gerichtet.

Zabel klappte die Mappe zu, stand auf, schritt zur Tür und drehte sich noch einmal um. »Mir liegt nichts daran, den Umzug platzen zu lassen.«

»Was heißt das?« Wallraf sah ihn unerbittlich an.

»Wir werden sehen.«

KAPITEL 42

Zabel saß an seinem Schreibtisch und las den fein säuberlich gegliederten Text zum wiederholten Male. Die Informationen waren ausführlich.

Josef Kämmer, wie er mit richtigem Namen hieß, hatte sich nicht nur einer Burschenschaft, sondern auch der Turnerbewegung angeschlossen, die 1815 von Friedrich Ludwig Jahn ins Leben gerufen worden war. Neben der allgemeinen Körperertüchtigung wie Laufen und das Turnen an neuen Geräten, dem Reck oder Barren, gehörten auch Schwimmen, Fechten und ausgedehnte Wanderungen dazu. Der Turnverein von Jena, der sich 1816 gegründet hatte und dem Kämmer als Student angehört hatte, hatte sich nicht nur im Schwimmen geübt, sondern auch im Segeln mittels eines selbst angefertigten kleinen Bootes.

Zabel lehnte sich in seinem Stuhl zurück und schaute aus dem Fenster, erinnerte sich an die Tage in Berlin, als ihm die Attentäter aufgefallen waren, die König Wilhelm III. töten wollten. Kleine Unstimmigkeiten hatten letztlich dazu geführt, dass die Verschwörer überführt werden konnten. Zabel sah wieder aufs Papier, und je länger er auf die Schrift starrte, desto mehr wuchs in ihm das Gefühl heran, den alles entscheidenden Hinweis zu übersehen. Er schaute zum Kalender an der Wand. Noch eine Woche, dann würde der Maskenumzug stattfinden. Seine Freunde hatten recht, diese eine Woche würde er noch warten können, den Fall so lange zu den Akten legen und ihn erst am Aschermittwoch wieder hervorholen. Struensee schien sein Vorhaben aufgegeben zu haben, den Umzug zu stoppen. Womöglich hatten auch seine Gönner in Berlin allmählich Zweifel an ihm.

Da klopfte es an den Türrahmen. Ein junger Mann stand im Flur. »Ich habe einen Brief für Sie. Von Professor Theodor Staade aus Bonn.«

Zabel streckte den Arm aus, der Bote kam näher und gab ihm den Umschlag. Er riss ihn auf, holte den Brief heraus, der sehr kurz gefasst war.

»Sehr geehrter Kommissar Zabel. Ich habe leider keine guten Nachrichten, es geht zu Ende. Der Zustand der Patientin hat sich sehr verschlechtert, wir können nichts mehr für sie tun. Anbei sende ich Ihnen noch das, was die Patientin gegenüber den Schwestern gesagt hat. Ich hoffe, die Hinweise helfen Ihnen weiter.«

Der Bote stand immer noch neben ihm. »Möchten Sie, dass ich eine Nachricht von Ihnen mitnehme?«

Zabel sprang von seinem Stuhl auf. »Nein, nicht nötig.« Er griff zu seinem Mantel, zog ihn im Gehen an und verließ zusammen mit dem Boten das Büro.

Der Ritt nach Bonn dauerte zwei Stunden. Zabel hoffte, Cécile noch lebend anzutreffen. Er wollte sich von ihr verabschieden und ihr mitteilen, wie viel sie gemeinsam erreicht hatten. Nie würde er das Gespräch in der dunklen Gasse vergessen, als sie ihn herausfordernd angesehen und ihm mitgeteilt hatte, dass alles, was um sie herum geschah, zu einem Plan gehörte, den der Mörder erdacht hatte. Allein deshalb war Zabel noch einmal in Kämmers Wohnung gegangen und hatte das Büchlein gefunden. Vielleicht würde ihr das ein wenig Trost spenden, es ihr leichter machen, loszulassen und aus dieser Welt zu scheiden. In der Hoffnung auf eine bessere im Leben danach.

Er ritt durch das Tor im Norden der Stadt, und von dort ging es geradewegs zum Hospital der Universität. Zabel band sein Pferd an, dann lief er ins Gebäude, die Treppe nach oben in den zweiten Stock, den Korridor entlang. Außer Atem. Er wusste noch, wo Céciles Zimmer war, riss die Tür auf und ging an den Betten vorbei bis zum Fenster.

Dort lag eine Frau, die ihn verwundert ansah.

»Entschuldigen Sie«, sagte Zabel. Sein Hals fühlte sich rau an, die Zunge trocken, sie lag bleischwer in seinem Mund. Er wandte sich ab, ging zur Tür zurück, hinaus auf den Korridor. Er schnappte nach Luft, er war zu spät gekommen.

Da erschien die Oberschwester neben ihm, die eine andere Haube trug als ihre Kollegen. Statt weiß war ihre Haube hellblau. »Sie sind der Kommissar aus Köln, richtig?«

Zabel nickte stumm.

»Wir haben die Frau in ein anderes Zimmer verlegt, wo sie allein ist.«

»Sie lebt noch?«

»Ja, vermutlich. Es geht ihr sehr schlecht.«

»Bringen Sie mich zu ihr. Sofort.«

Die Oberschwester ging voraus, Zabel folgte ihr durch den Korridor. Eine andere, wesentlich jüngere Schwester kam ihnen mit einem Tablett entgegen, ihre Haube war schneeweiß. Die Oberschwester blieb stehen und schaute zu der Kollegin. »Ist das das Essen für Frau Kanasius?«

Die junge Schwester nickte verstohlen. Auf dem Teller lagen zwei Scheiben Brot und etwas Wurst.

»Was ist das für Brot?«

Die Schwester verstand nicht sofort, wirkte eingeschüchtert vom strengen Blick der Oberschwester. »Frau Kanasius darf kein Salz zu sich nehmen. Ist das Brot ohne Salz und mit Kümmel?«

»Ich weiß nicht genau«, sagte die Schwester.

Die Krankenschwester nahm die Scheibe, riss etwas ab und probierte. Dann wurde sie wütend. »Das ist normales Brot. Kein Salz, hat der Professor gesagt. Bringen Sie das zurück. Sofort!«

Die Schwester mit dem Tablett machte auf dem Absatz kehrt, während ihre Chefin weiterging. Zabel zögerte einen Moment, die Worte der Oberschwester hallten in seinen Ohren nach.

Sie blieb stehen, drehte sich zu ihm um. »Was ist mit Ihnen?«

Zabel folgte ihr bis zu einer Tür am Ende des Korridors. Sie betraten einen kleinen Raum, eine Abstellkammer, die normalerweise nicht als Zimmer genutzt wurde. Hier brachte man Patienten zum Sterben hin. Cécile lag in ihrem Bett am Fenster, sie reagierte nicht. War sie schon tot?

Zabel ging auf sie zu, fasste ihr Handgelenk – und fühlte einen schwachen Puls. Cécile bewegte sich, ohne aufzuwachen.

»Sollen wir einen Priester rufen?«, fragte die Oberschwester.

»Nein«, sagte Zabel. »Ist Professor Staade da?«

»Er macht heute Hausbesuche.«

»Und sein Assistent, Weber?«

»Er ist da.«

»Schicken Sie ihn her! Sofort.«

Die Oberschwester mochte anscheinend seinen Tonfall nicht, was ihr Gesichtsausdruck verriet, sie war es aber wohl gewohnt, Befehle entgegenzunehmen, und setzte sich sofort in Bewegung.

»Moment noch«, rief Zabel, als sie gerade die Tür schließen wollte.

Sie blieb stehen, sah ihn an.

»Waren Sie es, die die Dinge aufgeschrieben hat, die Cécile gesagt hat? Ihre Erinnerungen an den Unfall?«

»Ja.«

»Hat die Patientin Ihnen viel erzählt?«

»Was heißt *viel*? Jeden Tag ein paar Bruchstücke.«

»Haben Sie die Aufzeichnungen noch?«

»Nein, ich habe sie dem Professor gegeben, und der hat sie nach Köln geschickt.«

Zabel beendete das Gespräch. »Schicken Sie mir Herrn Weber her. Bitte. So schnell es geht.«

Die Oberschwester lächelte kurz, bevor sie verschwand und die Tür hinter sich zumachte.

Zabel wandte sich Cécile zu, tätschelte ihre bleichen Wangen. Sie wurde nicht richtig wach, öffnete die Augen nur einen Spaltbreit.

»Kannst du mich hören?«

Ein zaghaftes Nicken, die Augen gingen etwas weiter auf.

»Du hast erreicht, was du wolltest. Ich werde den Mörder finden, das verspreche ich dir.«

Sie reagierte nicht auf seine Worte, ihre Augen schlossen sich wieder, und Zabel fürchtete, es würde für immer sein. In dem Moment wurde ihm schmerzhaft bewusst, dass Eva recht gehabt hatte. Seine Ehefrau hatte allen Grund, eifersüchtig zu sein. Cécile war in sein Leben eingedrungen, und er hatte es zugelassen. Die Erinnerungen an ihr erstes Gespräch bei einem Becher Tee ließen ihn nicht mehr los. Der Moment, als sie den Rock angehoben hatte und ihm freie Sicht auf ihre Scham gewährt worden war. An die Regung, die er verspürt hatte. Cécile war keine gewöhnliche Hure, nicht wie die, die er in jungen Jahren als Soldat kennengelernt hatte. Seine ersten Erfahrungen mit Frauen bestanden aus solchen Begegnungen, und er schämte sich nicht dafür. Jeder Tag im Krieg konnte der letzte sein, wie bei seinem Bruder Anton, und er hatte sich manchmal nach körperlicher Nähe gesehnt. Aber Cécile war anders, eine außergewöhnliche Frau aus einer anderen Welt, einer Welt, auf die Zabel sonst nur durch die Augen eines Kommissars blickte.

Cécile schlug wieder die Augen auf, versuchte, etwas zu sagen. Er beugte ihr seinen Kopf entgegen. Sie hatte starken Mundgeruch, roch nach Tod. Cécile hauchte ihm ins Ohr.

»Du bist ein guter Mann. Ich werde im Himmel auf dich warten.«

Dann spürte er ihre Lippen auf seinen Wangen, sie küsste ihn sanft.

In dem Moment schwang hinter ihm die Tür auf, und Weber trat herein. »Herr Kommissar.«

Zabel wandte sich ihm zu. »Guten Tag! Was ist mit ihr?«

»Ihr Zustand hat sich verschlechtert. Wahrscheinlich Wundbrand. Dagegen können wir nichts tun.«

»Wahrscheinlich?«, hakte Zabel nach.

Weber nickte. »Ja, zuerst sah es ganz gut aus. Aber die Entzündung kann irgendwo im Körper sein, auch unter der Haut, es tut mir leid.«

»Eine andere Frage. Wo ist der Professor?«

»Er macht Hausbesuche bei Patienten.«

»Hier in Bonn?«

Weber nickte.

»Wissen Sie, ob der Professor auch Patienten in Köln behandelt?«

»Ja. Wieso?«

»Kennen Sie Martin Fonk, den Kapitularvikar und zukünftigen Dompropst? Er leidet unter Verdauungsproblemen mit starken Blähungen, sehr unangenehm. Er darf kein Salz mehr essen, sagte sein Arzt, nur noch salzfreies Kümmelbrot. Haben Sie schon mal von dieser Behandlungsmethode gehört?«

Weber nickte. »Ja. Man kann sagen, Professor Staade hat herausgefunden, dass manche Patienten sehr stark auf Salz reagieren. Kümmel hingegen beruhigt den Darm.«

»Und Fonk ist sein Patient?«

Weber nickte.

»Kennen Sie ihn auch, den Dompropst?«

Er schüttelte den Kopf.

»Die Narbe in Ihrem Gesicht stammt von einer Mensur, richtig?«

»Ja. Ich bin in einer Burschenschaft.«

»Der Professor auch?«

Weber schüttelte den Kopf. »Soviel ich weiß, nicht.«

Zabel schaute zu Cécile, die regungslos dalag. Dann ging sein Blick zu Weber, der allmählich wegen der vielen Fragen unsicher wurde. Zabel ging auf ihn zu, verkürzte den Abstand, sah ihm in die Augen.

»Waren Sie schon mal bei dem Dompropst in Köln?«

Der Assistent schüttelte den Kopf. »Nein. Das habe ich doch schon gesagt.«

Zabel redete leise. »Ich verspreche Ihnen, dass Ihnen keine Nachteile entstehen, wenn Sie jetzt tun, was ich sage. Wenn Sie meine Anweisungen nicht befolgen und die Frau stirbt, könnte dies ernste Konsequenzen für Sie haben.«

Weber schluckte. Sein Gesichtsausdruck verriet, dass er keinen blassen Schimmer hatte, was Zabel von ihm wollte, aber der Kommissar jagte ihm Angst ein.

»Behandelt der Professor alle Patienten hier im Spital?«

Weber schüttelte den Kopf.

»Man könnte also eine Patientin vor ihm verstecken?«

»Sie wollen wen verstecken?«

Zabel wechselte in den Befehlston, der furchteinflößend klang. Mit diesem Tonfall hatte Zabel schon junge Soldaten dazu gebracht, todesmutig ins Feld zu stürmen. »Hören Sie mir jetzt gut zu. Sie werden nun einen Totenschein ausstellen, und danach bringen wir diese Patientin auf eine andere Etage. Sie werden sich ab sofort um sie kümmern. Und die Frau erhält einen neuen Namen.«

Weber schien verwirrt. »Was soll das alles? Ich muss wissen, warum.«

»Nein«, schrie Zabel ihn an. »Das müssen Sie nicht. Sie müssen tun, was ich sage, oder das Leben, das Sie kennen, endet mit dem Tag, an dem diese Frau stirbt. Sollte sie in Ihrer Obhut das letzte bisschen Leben aushauchen, das noch in ihr steckt, dann ist das Schicksal, und ich werde Ihnen keine Vorwürfe machen, aber stirbt sie hier in diesem Zimmer, wird Ihre Laufbahn, junger Mann, auf dem Schafott enden.«

Das Gesicht des jungen Arztes wurde kalkweiß. »Ich werde zwei Krankenwärter rufen, die die Patientin transportieren.«

»Nein«, sagte Zabel sofort. »Besorgen Sie eine Trage. Das machen wir beide allein.«

Wie in Trance verließ der junge Mediziner das Zimmer und kam kurz darauf mit einem Klemmbrett und einer Trage zurück, die aus einem Stofftuch und zwei Stangen bestand. In dem Klemmbrett steckte der Totenschein. Weber füllte ihn mit zittrigen Fingern aus. Dann beförderten sie Céciles Körper auf die Trage und zogen ein weißes Tuch bis über ihren Kopf. Sie bekam kaum etwas davon mit, so schlecht ging es ihr. Dann trugen sie Cécile raus auf den Flur und weiter ins Treppenhaus, eine Etage tiefer, dort in ein Zimmer, das leer war. Weber nahm das Laken wieder von Céciles Kopf, damit sie Luft bekam, und sie hoben sie in ein Bett.

»Wie soll sie ab jetzt heißen?«, fragte der Arzt.

»Matilde«, antwortete Zabel. »Matilde Jahn.«

Weber hielt das Klemmbrett in der Hand, schrieb es auf. »Geburtsdatum?«

»Zehnter Februar 1794. Haben Sie eine Idee, was man der Patientin geben könnte, damit es ihr besser geht?«

Weber nickte. »Aber ich kann Ihnen nichts versprechen.«

»Tun Sie einfach Ihr Bestes, Gott wird den Rest übernehmen.«

KAPITEL 43

Die Kutsche bog von der Straße nach Jülich auf den Melatenfriedhof ab und hielt nach wenigen Metern neben der Kapelle. An deren Stelle hatte sich früher ein Hospital für Leprakranke befunden.

Professor Theodor Staade stieg aus, Zabel wartete bereits auf ihn.

»Mein herzliches Beileid«, sagte der Professor. »Ich war leider nicht da, als sie von uns ging.«

»Danke, dass Sie zu ihrer Beerdigung gekommen sind.«

Staade nickte. »Ich habe nachher noch in Köln zu tun. Was wollten Sie mir zeigen?«

»Folgen Sie mir bitte.«

Die beiden schritten an den Gräbern entlang und näherten sich einer sehr kleinen Trauergemeinde. Das Grab wurde noch von zwei Männern ausgehoben. Neben dem Loch stand ein Mann in schwarzem Mantel und mit einem Zylinder auf dem Kopf und neben ihm ein anderer, der keine Trauerkleidung trug. Er hatte einen dunkelblauen Gehrock an und eine gelbe Weste sowie ein weißes Hemd mit Stehkragen. Er stellte sich dem Professor vor. »Christian Samuel Schier.«

»Professor Theodor Staade.«

Die beiden gaben einander die Hand.

Die zwei Männer in der Grube waren mit Spitzhacken und Schaufeln zugange, kämpften gegen das gefrorene Erdreich an. Neben dem knietiefen Loch stand der Mann im schwarzen Mantel, der keinerlei Notiz von dem Professor nahm und mit finsterer Miene schwieg, als wäre er in tiefer Trauer.

Zabel stellte dem Professor eine Frage. »Was hat Cécile Travail Ihnen alles berichtet?«

»Haben Sie die Briefe nicht bekommen?«

»Doch. Aber Ihre Oberschwester meinte, sie hätte viel mehr aufgeschrieben, als ich zu lesen bekommen habe.«

»Das mag ihr so vorgekommen sein«, entgegnete Staade, »weil Cécile Travail sich sehr oft wiederholt hat.«

»Konnte sie die Schuhe des Täters beschreiben?«

»Die Schuhe?« Der Professor zögerte einen Moment, bevor er den Kopf schüttelte.

Zabel hob seinen rechten Fuß. »Blücher. Wie die, die ich heute anhabe. Das hat sie mir gesagt.«

Zabel wartete gespannt, wie Staade auf die Lüge reagierte, denn Cécile wusste nichts von irgendwelchen Schuhen. Diese Information hatte er von dem Gerber erhalten.

Der Mediziner schien den Sinn der Frage nicht zu verstehen. »Helfen Sie mir bitte. Worauf wollen Sie hinaus?«

»Tragen Sie manchmal auch Blücher?«

»Wieso fragen Sie das?«

»Weil der Mann, der Cécile umbringen wollte, solche Schuhe anhatte.«

Ganz langsam schien es dem Professor zu dämmern, dass dies keine Beerdigung war.

In dem Moment ertönte auch schon ein Geräusch aus der Grube, als wären die Männer mit ihren Schippen auf etwas gestoßen.

»Da ist er«, sagte einer von ihnen.

Zabel sah in das Grab. Das helle Holz des Sarges schimmerte unter der Erde hervor.

Der Professor war sichtlich irritiert. »Was soll das? Wieso ist da ein Sarg in dem Grab?«

»Eine Exhumierung. Wir stehen am Grab von Jean Kämmer. Darf ich vorstellen?« Er zeigte zu dem Mann im schwarzen Mantel und mit dem Zylinder auf dem Kopf. »Major Schultheiss, Doktor der Medizin und Leibarzt unseres Prinzen Friedrich von Preußen.«

Er und Zabel hatten sich in Jülich kennengelernt. Schultheiss reichte dem Professor stumm die Hand, der erwiderte es sichtlich irritiert.

Staade wendete sich wieder Zabel zu. »Würden Sie mir das bitte erklären, was der Kollege aus Düsseldorf hier macht?«

»Wir schauen uns die Leiche von Jean Kämmer noch einmal gemeinsam an. Da es in den letzten Wochen sehr kalt war, dürfte der Verwesungsprozess noch nicht weit fortgeschritten sein.«

Die Männer hoben den Holzsarg aus dem Grab und stellten ihn neben dem Loch auf dem Boden ab.

»Öffnen Sie den Deckel«, befahl Zabel.

Die Männer hatten Werkzeuge dabei und lösten den

Deckel des Sarges, nahmen ihn ab. Darunter kam die steif gefrorene Leiche von Jean Kämmer zum Vorschein. Er trug nur ein weißes Totenhemd, das bis zu den Knien reichte.

Die Männer wandten sich angewidert ab, als sie den augenlosen Schädel sahen.

»Bitte holen Sie den Leichnam heraus, und legen Sie ihn neben den Sarg auf den Boden.«

Auch das taten sie, bevor sie zur Seite traten. Schultheiss begab sich in die Hocke und fing an, die Leiche in Augenschein zu nehmen.

Staade verharrte stumm daneben. Der Major und Leibarzt des Prinzen schaute fragend zu Zabel. »Die Leiche schwamm im Wasser?«

Er nickte.

»Angezogen?«

»Ja«, antwortete Zabel. »Ist das ungewöhnlich?«

»Eine Leiche schwimmt nur, wenn sie Auftrieb erfährt. Dazu muss genügend Luft im Körper sein, in den Lungen oder im Darm. Normalerweise ist das der Fall, wenn Verwesungsgase im Bauch entstehen und der Auftrieb den Körper nach oben befördert.«

»Genau so kann es doch gewesen sein, oder?« Zabel kannte die Antwort bereits.

Schultheiss schüttelte den Kopf. »Es dürfte einige Zeit dauern, bis die Verwesung so weit fortgeschritten ist, dass genug Gase entstehen. Vor allem in eiskaltem Wasser.«

Zabel sah zu dem Professor. »Wie sehen Sie das?«

Staade nickte stumm. Seine Gesichtsfarbe schien leicht verändert.

»Bei diesen Temperaturen setzt kaum Verwesung ein«, fuhr der Major fort, »wie man ja unschwer erkennen kann. Das heißt, es würde ziemlich lange dauern, bis die Leiche im Wasser auftaucht.«

Zabel hakte nach. »Und wieso schwamm der Körper auf dem Wasser? Woher kam der Auftrieb?«

»Ich kann es nur vermuten«, antwortete Schultheiss. »Vielleicht hat der Mörder den Bauch mit Luft vollgepumpt.« Der Arzt kam wieder auf die Beine und schaute zu den Männern, die die Leiche ausgegraben hatten. »Bitte drehen Sie den Körper herum.«

Sie taten es, wenn auch mit Widerwillen.

Schultheiss begab sich erneut in die Hocke und schaute sich den Rücken des Opfers an. Die Haut war weiß und hart gefroren, übersät von zahlreichen schwarzen Flecken durch Einblutungen. Der Arzt nahm eine Lupe aus der Manteltasche, die er bis zum jetzigen Zeitpunkt nicht gebraucht hatte. Er machte sich auf die Suche nach etwas, und je länger er die Leiche begutachtete, desto stiller und lebloser erschien Professor Staade, der neben Zabel stand.

Schultheiss betrachtete eine Stelle am Nacken etwas genauer. Dann griff er in seine Manteltasche und nahm ein Lederetui hervor, klappte es auf. Zum Vorschein kamen ein Skalpell und eine Pinzette. Der Arzt schnitt mit der scharfen Klinge in die gefrorene Haut und zog ein Stück mit der Pinzette heraus. Dann sah er es sich an, kam wieder auf die Beine.

»Eine sehr kleine Stichwunde, wie von einer Nadel, würde ich sagen.«

»Von was für einer Nadel?«, fragte Zabel.

»Einer Injektionsnadel«, antwortete Schultheiss.

»Und was wurde da reingespritzt?«

Der Major schüttelte den Kopf. »Das vermag ich nicht zu sagen. Aber die Stelle ist bezeichnend, denn dort gehen eine Menge Nerven entlang, vom Gehirn ins Rückenmark.«

Zabel schaute zu Professor Staade, der inzwischen zur Salzsäule erstarrt war und schwer atmete. »Ich stelle mir die Frage, wieso Sie das bei Ihrer Untersuchung übersehen haben?«

Die Stimme des Professors klang sehr leise und gereizt. »Selbst dem Besten unterläuft mal ein Fehler.«

»Ich weiß, warum Sie es übersehen haben«, erwiderte Zabel. »Ich war mit dabei. Wir haben die Leiche noch nicht mal auf den Bauch gedreht, um nachzusehen. Hatten Sie Angst, dass die Luft aus dem Darm entweichen könnte, die Sie vorher hineingepumpt haben?«

Der Professor schien seine Contenance zurückzugewinnen. Er sah Zabel an und schüttelte den Kopf. »Selbst dem Besten unterlaufen Fehler. Auch Ihnen. Deshalb verzeihe ich Ihnen. Ich werde jetzt wieder fahren.«

Noch während er sprach, drehte er sich weg.

»Cécile Travail lebt«, sagte Zabel laut.

Staade wandte ihm abrupt den Blick zu, in seinen Augen das pure Entsetzen.

»Und Cécile wird mir bestätigen, dass sie viel mehr über den Täter wusste und es auch gesagt hatte. Viel mehr, als Sie mir weitergeleitet haben. Außerdem kann mir Martin Fonk, der zukünftige Dompropst, bestätigen, dass er Ihr Patient ist und dass sich, während Sie ihn zur Ader gelassen haben, niemand sonst in seinem Büro aufgehalten hat. Aber das ist noch nicht alles.« Zabel deutete zu Christian Schier, der die ganze Zeit stumm danebengestanden hatte.

»Christian Samuel Schier hat in Jena studiert und war in derselben Burschenschaft wie Jean Kämmer, der eigentlich Josef Kämmer hieß.«

Theodor Staade wich die Farbe aus dem Gesicht.

»Er kennt Sie«, setzte Zabel nach und zeigte auf Schier. »Sie waren zusammen auf dem Wartburgfest.«

Die Knie des Professors versagten. Er suchte Halt an einem Grabstein, musste sich setzen.

»Cécile ist auf dem Weg der Besserung, seitdem Sie sie nicht mehr behandeln. Die Leiche von Josef Kämmer hatte Luft im Bauch, damit sie auf dem Wasser schwamm, und vor seinem Tod wurde ihm etwas injiziert. Es war kein Versehen, dass Sie die Einstichstelle übersehen haben. Der Dompropst ist Ihr Patient, und Sie hatten die Möglichkeit, an die Schlüssel zur Domschatzkammer zu gelangen. Auf diese Weise haben Sie das Kreuz gestohlen und den Einbruch vorgetäuscht. Kämmer besaß ein kleines Boot, mit dem Sie seine Leiche in die Nähe des Sicherheitshafens gebracht haben. Kämmer hatte Sie erpresst, unter anderem mit Ihrer Anwesenheit auf dem Wartburgfest. Sie hätten alles verloren, Ihre Stelle als Professor und Ihre Reputation.«

Theodor Staade starrte vor sich auf den Boden und schwieg.

Zabel fuhr fort. »Ich hatte mich gefragt, wieso Sie die Leiche mit Luft aufgepumpt haben? Aber dann verstand ich es. Sie wollten, dass der Tote schnell wieder auftaucht. Sie wollten von Anfang an bei dem Fall dabei sein, um mich zu manipulieren. Sie wussten, dass ich Sie konsultieren würde und Sie die Leichenschau durchführen.«

Staade hob seinen Kopf, sah zu Schier. »An Sie kann ich mich beim besten Willen nicht erinnern.«

»Er wurde ebenfalls erpresst«, sagte Zabel. »Womit genau hatte Kämmer Sie in der Hand?«

Der Professor schwieg. Zwei Polizeisergeanten traten aus ihren Verstecken hinter Bäumen hervor. Bartmann näherte sich langsam auf dem Weg, der zu ihnen führte.

Zabel fuhr fort. »Sagt Ihnen der Name Professor Sigmund Schenk etwas?«

Der Verdächtige schwieg.

Zabel hatte den Namen in dem Bericht über Jean Kämmer entdeckt, den von Wittgenstein angefertigt hatte. Professor Schenk war erwähnt worden, er gehörte zu Kämmers ehemaligen Professoren.

Zabel fuhr fort. »Schenk lehrte in Jena, bevor man ihm nach den Karlsbader Beschlüssen 1819 die Professur entzog und er ins Gefängnis musste. Schenk war ein glühender Verehrer nationalistischer und liberaler Ideen. Ein Patriot durch und durch. Leider war er mit Jean Kämmer befreundet gewesen.«

Staade schüttelte den Kopf. »Nein. Das war er nicht.«

»Woher hatte Kämmer die Kenntnis, dass Sie und Schenk Freunde waren?«

Der Professor gab auf, leistete keinen Widerstand mehr, weil er wohl erkannte, dass er am Ende des Weges angekommen war. »Kämmers Vater war Schneider«, antwortete Staade. »Schenk hatte seinem ehemaligen Studenten einen Gehrock mitgegeben, weil er einen neuen brauchte, mit dem gleichen Schnitt. In dem Rock hatte Schenk aber einen Brief vergessen. Nach dem Attentat an Kotzebue hatte Sigmund alle Briefe verbrannt und nicht bemerkt, dass einer fehlte. Der wichtigste von allen, der, in dem auch mein Name stand, sowie der von dem Attentäter Carl Ludwig Sand und einigen anderen, die sich auf der Wartburg begegnet waren.«

Zabel wusste in diesem Moment, dass Theodor Staade das beste Pferd im Stall gewesen war, die Person, die noch über dem Bäckermeister stand. Alle anderen Verdächtigen waren somit entlastet.

Der Professor schaute zu ihm. »Was hat mich verraten? Das sind Sie mir schuldig, bitte.«

»Der Dompropst, Ihr Patient. Ich war mir sicher, dass es eine Verbindung zwischen dem Mord und dem Einbruch in die Domschatzkammer gab, zwischen dem Täter und dem Domkapitel. Sie hatte ich deshalb lange Zeit nicht auf meiner Liste. Bis ich von dem Brot ohne Salz erfuhr.«

Der Professor konnte es nicht fassen, sah zu Schier. »Sind wir uns damals begegnet?«

Schier schüttelte den Kopf. »Wenn, dann kann ich mich nicht mehr an Sie erinnern.«

Zabel schaute zum Professor. »Was haben Sie Cécile verabreicht?«

Er schluckte. »Gift. In kleinen Dosen, damit es nicht auffiel, da ich wusste, Sie würden sonst misstrauisch werden.«

»Es wird ihr also besser gehen, von Tag zu Tag?«

Der Professor nickte.

»Den Brief, den Kämmer hatte. Wo ist der?«

»Verbrannt«, sagte Staade. »Auf seinem Boot, mit dem ich die Leiche zum Hafen transportiert habe.«

Zabel hatte eine letzte Frage. »Haben Sie ihm die Verletzungen zugefügt?«

Der Professor nickte. »Ja, jede einzelne. Und ich bereue nichts. Dieser Mensch hatte den Tod mehr als verdient.«

Zabel schaute zu Bartmann, der näher kam und die Ketten bei sich trug.

Zabel und Staade schauten sich noch einmal in die Augen, bevor der Kommissar sich den Totengräbern zuwandte. »Sie können den Leichnam wieder beerdigen.«

KAPITEL 44

Der Neumarkt erblühte in einer Farbenpracht, wie Zabel sie noch nie gesehen hatte. Eine Wolke schob sich vor die Sonne, und vor dem nun verdunkelten Hintergrund erblickte er sein Spiegelbild in der Fensterscheibe. Er hatte die weiße Hose und das Oberteil angezogen, knöpfte es zu. Eva erschien hinter ihm und reichte ihm den maßgeschneiderten Caputrock in den Farben der Stadt: rut und wieß, mit weißem Innenfutter und je einer Reihe funktionsloser Knöpfe aus Messing rechts und links. Eva half ihm, die zwei weißen Bänder über die rechte und linke Schulter zu legen, an denen die Patronentasche aus schwarzem Leder und der Sabel hingen. Er zog die schwarzen Gamaschen über die Halbschuhe bis zu den Knien, Eva reichte ihm noch den Helm aus Filz und schien begeistert über den Anblick, der sich ihr bot.

Sie sah ihn zum ersten Mal in einer Soldatenuniform, auch wenn es keine preußische war. »Du siehst großartig aus.«

Er seufzte. »Ich hatte Prinz Friedrich versprochen, keine solche Uniform zu tragen.«

»Falsch«, erwiderte sie. »Hat Seine Königliche Hoheit

nicht nur gesagt, dass er dich nicht in einer solchen Uniform sehen will? Da er nicht da ist, wird er dich nicht sehen können.«

Eva hatte sich ebenfalls verkleidet, sie trug ein Kleid, das vor hundert Jahren in Mode gewesen wäre, und sie sah aus wie eine Frau am Hofe Ludwigs XIV., in einem engen Korsett und einem ausladenden Rock, dazu mit einer schwarzen Maske vor dem Gesicht, die ihre Augen verdeckte.

»Es ist Zeit zu gehen«, sagte sie.

Zabel hielt sie sanft am Arm fest. »Was geschieht an Aschermittwoch?«

Sie sah ihn an und verstand sofort. »Hück steiht de Welt still. För 'ne kleine Moment.« Eva wirkte bereits leicht beschwipst.

Zabel schluckte. »Was geschieht, wenn die Welt sich wieder dreht?«

»Mir lääve hück, nit morje, su schnell verjeiht die Zick.« Sie sah ihm in die Augen. »M'r lääve der Aureblick. Und der is jenau ... jetz'!«

Sie wandte sich ab, ging zur Tür und ließ einen irritierten Ehemann zurück. Zabel folgte langsamen Schrittes. Ihrer beider Zukunft war ungewiss, das hatte sie ihm damit sagen wollen. Heute würden sie ausgelassen feiern, die Feste, wie sie fallen. Was danach kam, würde sich zeigen.

Sie traten gemeinsam auf die Straße, die von zahlreichen Menschen in bunten Kostümen bevölkert wurde. Es war nicht leicht, sich einen Weg durch die Menge zu bahnen, aber die Uniform verschaffte Zabel Respekt. Kinder starrten ihn mit großen Augen an.

Sie kamen zum Aufstellplatz, wo der Zug starten würde. Von Wittgenstein erwartete die beiden. Er selbst war gekleidet wie ein Fürst, ganz in Schwarz, und musterte den Stadtsoldaten und Corpsadjudanten, zu dem er Zabel ernannt hatte.

»Gewonnen«, sagte Zabel. »Ich gebe mich geschlagen. Der Zauber der Stadt hat auch mich erfasst.«

Sie reichten sich die Hand, schlugen ein, und damit war ihre kleine Wette, die nun schon seit zwei Jahren bestand, abgeschlossen.

»Et jitt kei Wood, dat sage künnt, wat ich föhl, wenn ich an Kölle denk«, sagte von Wittgenstein. »Das habe ich erstmals so empfunden, als ich in Wien oder in Berlin war.« Er sinnierte einen kurzen Moment, bevor er weiterredete. »Die Städte sind op ihre Aat jot un schön, doch wenn ich ierhlich ben, do trick mich nix hin.«

Da wurde von Wittgenstein von irgendwoher gerufen und verabschiedete sich von Zabel. Sie würden sich später sehen. Eva war bereits weitergezogen und in der Menge verschwunden.

Zabel trommelte seine Mannschaft zusammen. Sie sollten elf an der Zahl sein. Vorneweg würde ein Fahnenträger gehen, der Markus Zinn hieß und leicht humpelte. Eine gute Voraussetzung, dachte Zabel, für einen Fahnenträger. Hinter ihm schritten der Glasmaler Probst, der Schneider Flambeau, der Bäckermeister Rongsdorf. Günther vun d'r Pooz, Eure Lordschaft, hatte sich ebenfalls eine Uniform schneidern lassen, genau wie Friedrich Brügelmann. Johann Baptist Farina zog es stattdessen an diesem Tag vor, sich einer anderen Gruppe anzuschließen, genau wie DuMont und DeNoël. Aber es gab einen anderen Johann Baptist in Uniform, der mit Nachnamen Nückel hieß. Zabel zählte durch, sie waren nur acht. Da bahnte sich die Nachhut einen Weg durch die Menge, die letzten drei, von denen sich Zabel nur die Nachnamen eingeprägt hatte: Müller, Schneefeld und Fahnenbruck.

Dann ging es los, der erste Maskenumzug setzte sich in Bewegung, die Blaskapelle ließ das von Christian Samuel Schier geschriebene Lied erklingen. Der *Held Carneval* fuhr auf einem Wagen, der von zwei Pferden gezogen wurde und aussah wie ein gelber grinsender Fisch mit großen Schuppen, dessen Schwanzflosse nach oben zeigte und dem *Held Carneval* als Sonnendach diente.

Die Menschenmenge jubelte dem Helden und seiner Gefolgschaft zu. Alle, die mitgingen, wurden frenetisch gefeiert. Zabel erinnerte sich nicht, so etwas schon einmal erlebt zu haben, und er musste sich eingestehen, dass es ihm gefiel, wie bei einem Triumphzug durch die Menge zu schreiten und in all die fröhlichen Gesichter zu blicken, die ihn anlächelten, obwohl er nichts anderes tat, als nur einem Wagen zu folgen, auf dem der *Held Carneval* thronte.

In der Menge fiel jeder auf, der nicht mitfeierte, nicht euphorisch klatschte, nicht begeistert war, der sich nicht von der Stimmung mitreißen ließ. Der Zug kam immer wieder zum Stillstand, was die, die um sie herumstanden, besonders erfreute, wodurch die Stadtsoldaten noch mehr gefeiert wurden.

Da fiel Zabel ein seltsames Pärchen am Wegesrand auf,

das ihn anstarrte. Sie hatten sich wie Piraten verkleidet, die rechte Hand des Mannes sah aus wie ein Stumpf, und er hatte einen Handkarren neben sich stehen, auf dem seine Piratenbraut saß. Auch sie war bandagiert.

Zabel traute seinen Augen nicht. Die beiden trugen keine Verkleidung. Der Mann war ein Koloss. Am Freitag hatte Zabel die Freilassung Arthur Schmoors veranlasst. Sein Widerstand bei der Festnahme war mit dem Verlust seiner Hand abgegolten. Er hatte die Auflage erhalten, Köln zu verlassen und sich nie wieder innerhalb der Stadtmauern blicken zu lassen. Aber er ging nicht allein. Auf dem Handkarren neben ihm saß Cécile. Sie winkte Zabel zum Abschied mit dem bandagierten Arm, warf ihm einen Luftkuss zu.

Dann setzte sich der Zug wieder in Bewegung, Zabel folgte dem humpelnden Fahnenträger, und als sich der Corpsadjudant das nächste Mal umdrehte, waren Cécile und Schmoor in der jubelnden Menge verschwunden.

Ende

NACHWORT & DANKSAGUNG

Den Preußen verdanken wir, dass der Kölner Dom fertiggestellt wurde, dies gilt als historisch belegt. Ob und inwieweit die Preußen auch bei der Neuordnung des *Carnevals* ihre Finger mit im Spiel hatten, wird wohl im Bereich der Mutmaßungen bleiben. Es gilt als sicher, dass die Entscheidung, den *Carneval* neu zu beleben, ein Politikum war und gegenseitige Versprechungen zwischen Köln und Preußen eine Rolle gespielt haben. Erwiesen ist, dass schon im zweiten Jahr des organisierten *Carnevals* Seine Königliche Hoheit Prinz Friedrich von Preußen als Ehrengast auf dem großen Maskenball im Gürzenich erschien und von da an dem närrischen Treiben nicht mehr fernblieb. Und das, obwohl der Weg von Düsseldorf sehr, sehr weit war – damals schon.

Allen voran danke ich meinem Agenten Lars Schultze-Kossack, den es zwar beruflich und privat nach Hamburg verschlagen hat, der aber als gebürtiger Kölner weiß, was Karneval für die Menschen im Rheinland bedeutet. Seiner Beharrlichkeit ist es zu verdanken, dass ich irgendwann anfing zu schreiben. Die Geschichte fiel bei der Lektorin

Judith Mandt auf fruchtbaren Boden, die damals noch bei Ullstein arbeitete, sie hat es aber mittlerweile in ihre Heimat Köln zurückgezogen. Nina Wegscheider, *preußisch*, war auch vom ersten Lesen an begeistert, und ihre Nachfolgerin Margit Schulze, *preußisch*, brachte das Buch schließlich zu einem guten Ende. Alle zusammen haben der Geschichte immer wieder neue Impulse gegeben und dafür gesorgt, dass der Roman nicht nur für Einheimische und Fastelovend-Jecke geeignet ist. Dazu hat auch der Außenredakteur Lothar Strüh beigetragen.

Besonderer Dank gilt meinen Fachberatern, allen voran Günter Leitner, der als aktiver Roter Funk auf den Namen *Bäbbel* hört. In Köln und auf dem Melatenfriedhof streift der Kunsthistoriker auch als Stadtführer umher und ist bekannt für seine zahlreichen Anekdoten.

Ich bedanke mich bei den beiden Huberti. Dr. Hubertus Zilkens, der mit vielen Details aufwartete, die bei einem historischen Roman das Salz in der Suppe sind. Und Hubertus Erfurt, öffentlich vereidigter Sachverständiger für antike Möbel. Er achtete mit Argusaugen darauf, dass es kein Wort ins Buch schaffte, welches es mit großer Wahrscheinlichkeit damals noch nicht gegeben hat.

Fürs Kontrolllesen danke ich Dr. Marcus Leifeld, Spitzname: *Mottekeß*, und dem Kenner Preußischer Militärgeschichte: Uwe Zinnow, sowie Peter Koch, Spitzname: *Plämp*, für die Korrektur der Kölsche Sproch – auf eine Weise, die das Gesagte jedem Leser verständlich macht. Ich danke Johann Maria Farina für seine Unterstützung und der Familie Brügelmann. (Die Cousine von Friedrich Wilhelm Brügelmann ist frei erfunden.) Ich bedanke mich auch bei Dr. Manuela Mirschenz, die Kuratorin des Medizinhistorischen Museums, das zufälligerweise direkt neben dem Roten-Funken-Platz gelegen ist.

Letztlich danke ich allen, die mich in unterschiedlicher Weise unterstützt und meine Intuition beflügelt haben.

Dazu gehört Ludwig Sebus. Im Laufe der siebenundneunzig Jahre seines Lebens hat er mehrere Generationen mit seinen Liedern, Texten und Gedanken inspiriert. Auch mich.

Ich danke meiner Tochter Malin und Dr. Reinhold Bastians für medizinische Beratung, Antje Müller für die launigen Tischgespräche mit Bladnoch Vinaya sowie ihre Internetrecherchen und Wolfgang Oelsner. Hans Willy Fahnenbruck möchte ich für die Bereitstellung des Coverbildes danken und dem Team von Ullstein: Maren Schröder, Wendy Kerstan, Antoinette von Schwarzkopf, Juliane Buchar und Stephanie Martin.

Zu guter Letzt gibt es da noch einige Kölner Musikgruppen, die meinem Aufruf gefolgt sind, eine Brücke zwischen den Karnevalisten von vor zweihundert Jahren und denen heute zu schlagen. Mir wurden einige Textzeilen und Titel bekannter Lieder zur Verfügung gestellt, die ich in die Dialoge eingewoben habe. Diese Zitate sollen zum Ausdruck bringen, dass das Liedgut von heute einer zweihundertjährigen Tradition entspringt, die von allerlei Künstlern gewahrt wird. Vielen Dank dafür.

Die Zitate stammen aus den folgenden Liedern:

»Viva Colonia« & **»Hey Kölle«** – Interpret: HÖHNER. Komposition & Text: Henning Krautmacher, Hannes Schröder, Jan-Peter Fröhlich, Peter Werner, Ralf Rudnik. Mit freundlicher Genehmigung der Vogelsang Musik GmbH und Musikgruppe HÖHNER.

»Stääne« – Interpret: Klüngelköpp. Komposition & Text: Robert Kowalak & Frank Binninger. Dank an: Pavement Musikverlag GmbH

»Heimat es« – Interpret: Paveier. Komposition & Text: Detlef Vorholt, Hans Knip. Dank an: Pavement Musikverlag GmbH.

»Alle Jläser huh« – Interpret: Kasalla. Komponist & Text: Claudio Pagonis, Florian Feil, Robert Schröder, Nils Plum, Rene Schwiers, Sebastian Wagner, Bastian Campmann. Dank an: Universal Music Publishing

»Et jitt kei Wood« & **»Hück steiht de Welt still«** Interpret: Cat Ballou. Komponist & Text: Oliver Niesen, Dominik Schoenenborn, Michael Kraus, Kevin Wittwer. Dank an: Pavement Musikverlag GmbH

Köln, im Spätsommer 2022

GLOSSAR

Heinrich von Wittgenstein (1797–1869)
Heinrich von Wittgenstein stammt aus einer renommierten Kölner Familie, Vater und Großvater waren Oberbürgermeister der Stadt. Mit gerade mal fünfundzwanzig Jahren schwang er sich an die Spitze des neu gegründeten Festordnenden Komitees. Im weiteren Verlauf seines Lebens wurde er Unternehmer, Politiker, Regierungspräsident und heiratete 1829 die Tochter des Bankiers Abraham Schaaffhausen.

Marcus DuMont (1784–1831)
Verleger und Herausgeber der *Kölnischen Zeitung*. Nach der Heirat mit Maria Katharina Schauberg erwarb er im Jahre 1805 die Schaubergsche Druckerei. Trotz aller Widrigkeiten brachte er die *Kölnische Zeitung* heraus, die als katholisch und preußenkritisch galt, weshalb sie häufig zensiert wurde. Das Verlagshaus existiert bis heute und bringt neben Belletristik und Reiseliteratur auch den *Kölner Stadtanzeiger, die Kölnische Rundschau* und den *Kölner Express* heraus.

Christian Samuel Schier (1791–1824)
In Erfurt geboren, ging Schier nach den Befreiungskriegen, in denen er als Lieutenant in einem Freiwilligencorps gedient hatte, an die Universität Jena. Er war ein begeisterter Burschenschaftler und nahm 1817 an dem Wartburgfest teil. Wegen dieser Teilnahme wurde es ihm in Deutschland zu unsicher. Er emigrierte nach New York und kehrte erst 1820 nach Deutschland zurück: in seine Wahlheimat Köln. Er war Musiker und Privatlehrer und dichtete das erste Karnevalslied, das auf die »Cölner Melodie« gesungen wurde.

Ferdinand Franz Wallraf (1748–1824)
Lehrer, Priester und bedeutender Kunstsammler. Er wurde zum *Erzbürger* der Stadt Köln ernannt, eine Vorform der Ehrenbürgerwürde. In seinem Testament vererbte er seine bedeutende Kunstsammlung der Stadt Köln, die Werke sind im Wallraf-Richartz-Museum zu sehen.

Prinz Friedrich Wilhelm Ludwig von Preußen (1794–1863)
Königlich preußischer General der Kavallerie und Kommandeur der Vierzehnten Division in Düsseldorf. Neffe des preußischen Königs Friedrich Wilhelm III. Der Prinz residierte ab 1820 im Schloss Jägerhof in Düsseldorf, das durch ihn und seine Frau, Prinzessin Luise, zum Mittelpunkt des gesellschaftlichen und kulturellen Lebens in Düsseldorf wurde. Prinz Friedrich war dem *Carnèval* zugetan und ab 1824 Dauergast bei dem alljährlich stattfindenden Maskenball im Kölner Gürzenich.

Georg Karl Philipp von Struensee (1774–1833)
Struensee war ein preußischer Verwaltungsbeamter und wurde am 8. November 1816 zum ersten Polizeipräsidenten in Köln ernannt, nachdem die Rheinprovinzen den Preußen zugesprochen worden waren. Ein halbes Jahr später ernannte man ihn auch noch zum obersten Zensor der Stadt. Struensee stand dem Karneval äußerst kritisch gegenüber, es gibt aber keine Belege dafür, dass er versucht hat, die Feierlichkeiten aktiv zu verhindern, wohl aber den Maskenumzug zu behindern. September 1830 wurde er nach heftigen Protesten seitens der Kölner Bevölkerung zurück nach Berlin berufen.

Friedrich Wilhelm Brügelmann (1778–1842)
F.W. Brügelmann, geboren in Elberfeld, war Unternehmer, Kaufmann und der Neffe von Johann Brügelmann, der in Ratingen die größte Baumwollspinnerei auf dem europäischen Festland errichtet hatte. F.W. gründete 1820 das Unternehmen Brügelmann in Köln.

Emanuel Ciolina Zanoli (1796–1832)
Zanoli war der erste Karnevalsprinz, er durfte aber noch nicht so genannt werden, daher hieß er: *Held Carnevul.* Er war ein Hersteller von Eau de Cologne.

Johann Baptist Farina (1758–1844)
Johann Baptist war der Enkel des Gründers der ältesten Parfümmanufaktur für Eau de Cologne. Das Unternehmen Farina gibt es seit 1709 in Köln an den Obenmarspforten gegenüber dem Jülichs-Platz und ist bis heute in Familienbesitz.

Muzio Clementi (1752–1832)

Italienischer Komponist, Pianist und Musikpädagoge. Seine Klaviersonatine G-Dur op. 36 Nr. 5 von 1797, 3. Satz Rondo wurde durch Phil Collins weltberühmt. Der Song »A Groovy Kind of Love« basiert auf den ersten acht Takten dieser Sonatine.

Carl Ludwig Sand (1795–1820)

Sand war ein radikaler deutscher Burschenschaftler, der am 23. März 1819 ein Attentat auf den russischen Generalkonsul und Dramatiker August von Kotzebue verübte und diesen durch mehrere Messerstiche tötete. Sand wurde dafür am 20. Mai 1820 hingerichtet. Sand hatte zuvor im Jahre 1817 am Wartburgfest teilgenommen.

Wartburgfest 1817

Anlässlich des vierten Jahrestages der Völkerschlacht bei Leipzig trafen sich am 18. Oktober 1817 etwa 500 Studenten und einige Professoren auf der Wartburg bei Eisenach in Thüringen und forderten einen deutschen Nationalstaat mit einer eigenen Verfassung. Die Obrigkeit reagierte alarmiert und sah revolutionäre Tendenzen. König Friedrich Wilhelm III. wähnte sogar, dass beim Wartburgfest zum Aufstand aufgerufen worden sei. Teilnehmer dieser Veranstaltung mussten Repressalien befürchten, und mancher flüchtete deshalb aus Deutschland. Zwei Jahre später wurden die Karlsbader Beschlüsse erlassen, die dazu führten, dass einige Künstler und Professoren mit Berufsverbot belegt und manche sogar mit Gefängnis bestraft wurden.

Kölsche Funken rut-wieß von 1823 e.V.
Kurz: Rote Funken. Ältestes von insgesamt neun Traditionscorps in Köln. Die Uniformen sind den Kölner Stadtsoldaten nachempfunden, dahinter verbirgt sich eine Persiflage auf das preußische Militär und die Ordnungsliebe. Besondere Markenzeichen sind die Blumen im Gewehrlauf der *Knabbüs* und die Tatsache, dass Rote Funken nicht mal in der Lage sind, eine gerade Reihe zu bilden. Noch heute erfüllt der Verein karitative Aufgaben, wozu unter anderem der Erhalt des Denkmals Ulrepforte (»Ülepooz«) gehört.

Festkomitee des Kölner Karnevals von 1823 e.V.
Die Aufgaben des Festkomitees Kölner Karneval sind bunt wie der Karneval selbst. Das Festkomitee lädt jeden herzlich dazu ein, nach Köln zu kommen und sich selbst ein Bild von dem närrischen Treiben zu machen, das in dieser Form seit nunmehr zweihundert Jahren gefeiert wird.

»Feiern wir die Feste, wie sie fallen,
oder fallen die Feste,
weil wir sie nicht mehr feiern.«